有頂天家族　二代目の帰朝

森見登美彦

幻冬舎文庫

有頂天家族

二代目の帰朝

目次

第一章　二代目の帰朝

面白く生きるほかに何もすべきことはない。

まずはそう決めつけてみれば如何《いかが》であろうか。

私は現代京都に生きる狸《たぬき》であるが、一介の狸であることを潔しとせず、天狗《てんぐ》に遠く憧れて、人間を真似《まね》るのも大好きである。この厄介な性癖は遠い御先祖様から脈々と受け継がれてきたものに相違なく、今は亡き父はそれを「阿呆《あほう》の血」と呼んだ。

我が父下鴨《しもがも》総一郎は京都狸界の頭領「偽右衛門《にせえもん》」として、洛中洛外に広く名を知られた狸であり、天狗たちからも一目置かれていた。総一郎が今少し分別のある狸であったなら、鞍馬天狗たちに喧嘩《けんか》を売った挙げ句、人間たちに狸鍋にされてしまうこともなかったであろう。しかしながら、彼が鉄鍋の縁《へり》でダンスを踊るケタはずれの阿呆であったればこそ、幾多の伝説は遺《のこ》されたのである。

「阿呆の血のしからしむるところだ」とは父の言葉だ。

その偽右衛門下鴨総一郎の第三子として、私は糺ノ森《ただすのもり》に生を享《う》けた。

梅檀《せんだん》は双葉より芳し、四つ足の肉球がシッカリするのも待ちきれず、私は狸界の健康優良問題児として毛深い頭角を現した。六角堂のへそ石様を松葉で燻《いぶ》して物議を醸したのを皮切りに、栓抜き瓢簞《ひょうたん》から平安騎馬隊まで変幻自在に姿を変え、天狗や人間にちょっかいを出して、「矢三郎は無茶なやつだ」とおおいに顰蹙《ひんしゅく》を買ってきた。しかし父から受け継いだ阿呆の血を身のうちに流す狸として、ほかにどういう生き方があったろう。この道のほかに我を生かす道なし。

ようするに、面白きことは良きことなり。

五月某日、洛中に春の花咲き乱れ、東山三十六峰ことごとく笑う新緑の候、私という狸があいかわらず面白く生きているところから、この毛深い物語は始まる。

○

五月という季節が子狸の頃から大好きで、阿呆の血が沸き立ってしょうがない。

むくむくと膨れあがる新緑の森は、なんとなく狸を思わせるではないか。

その日私は、鼻歌を歌いながら糺ノ森を出て、春風が吹き渡る鴨川べりを歩いていった。

私は金髪碧眼《へきがん》のゴウジャスな美女に化けていた。ハリボテの肉体美を誇りながら鴨川沿いを練り歩き、通りすがりの阿呆学生をことごとく悩殺した。

そうして私が向かったのは、出町《でまち》商店街裏にあるアパート「コーポ桝形《ますがた》」である。

京都のあらゆる路地裏を爽《さわ》やかな春風が吹き抜けているというのに、おんぼろアパートは腐りかけた万年床のように陰々滅々としていた。

そのアパートでは、半ば引退した老天狗である赤玉先生が、癇癪玉《かんしゃくだま》を膨らましたり萎《しぼ》ませたりしながら暮らしている。先生は如意《によい》ヶ《が》嶽薬師《だけやくし》坊《ぼう》という立派な名前を持ち、かつては如意ヶ嶽一円を支配する大天狗であった。しかし鞍馬天狗たちとの陣取り合戦に敗北を喫して、今や出町商店街裏に逼塞《ひっそく》し、天狗としての品格は雲散霧消して見る影もない。

「ほらほら先生、矢三郎が参上しましたよ」

奥の四畳半へ声をかけると、「矢三郎か」と不機嫌そうな声が返ってきた。

「あーら先生、今日もごきげんナナメですの？」

「産湯にひたって以来、上機嫌であったことなど一度もないわ」

「またそんなことを仰《おっしゃ》って……ほらほら美女が来ましたよ。黄金の三輪素麺《そうめん》みたいな金髪をご覧くださいな」

「安っぽい化け術をひけらかすな、気色悪い！」

　私が台所に食材を置いて奥の四畳半に入ると、先生は赤玉ポートワインの染みがついた万年床にあぐらをかき、金襴緞子《きんらんどんす》の座布団にのせた石を睨《にら》んでいた。人間の握り拳《こぶし》ぐらいの大きさの、なんの変哲もない灰色の石ころである。

「おお、これぞ天狗鍋の要石《かなめいし》！」と私は言った。

「これさえあれば、おまえのごとき阿呆でも鍋が作れる」

「……まったくひどい言い草ですね」

　天狗鍋とは、鍋に水をはって豆腐と九条葱《くじょうねぎ》と白菜と鶏肉をいれ、そこへ先生所蔵の要石を放りこんでぐつぐつ煮たものである。薬味をきかせたポン酢につけて食べると旨いのだが、たとえ同じ食材を使っても、この要石がなければ天狗鍋の味は出ない。この要石は、長年にわたって洛中の料亭の鍋という鍋を渡り歩いてきた百戦錬磨のツワモノであり、ひとたび鍋に放りこめば数知れぬ鍋の旨みが滲《し》みだすのである。高台寺のそばにある料亭にはもう一つの石が預けてあり、今もなお熟成中であるという。

　もっとも赤玉先生に言わせれば、天狗鍋とはそもそも深山幽谷《しんざんゆうこく》で煮炊きすることを念頭に置いたレシピであるから、明澄《めいちょう》なる山の大気を鍋に溶けこませなければ本物ではないらしい。こんなアパートでは埃《ほこり》と狸毛が溶けこむばかりで、けっきょくは紛《まが》い物になるというのだ。出されれば旨そうに喰《く》うくせに天狗というものはじつにうるさい。

「ありがたやー」と私は要石を押し頂き、台所に立って鍋の支度を始めた。

「矢三郎よ、まだツチノコなんぞを追いかけておるのか？」

「先生もご一緒にいかがですか。明日、如意ヶ嶽へ参ります」

私が言うと、先生は四畳半で「くだらぬことを」と鼻を鳴らした。

「しょうむないところばかり総一郎に似おるわ」

○

あらかた鍋も食べ終わった頃、窓外の日は暮れていた。

私は充ちた腹をぽんぽんと叩き、赤玉先生もまた満足そうに天狗煙草《たばこ》の煙を吹いた。立ち上る紫煙が電球の笠のまわりを小さな龍のようにたゆたっている。

「ずいぶん日が長くなりましたね」

「つまらん一日が今日も暮れおる」

「ところで弁天様から手紙は来ましたか？」

私が訊《たず》ねると、先生はジロリと私を横目で睨んだ。

「なにゆえそんなことを知りたがる？」

「どうして教えてくださらないんです？」

「うるさいやつめ。儂《わし》と弁天の文通がおまえに何のかかわりがあろう」

弁天は赤玉先生が手取り足取り天狗教育を施した愛弟子《まなでし》である。

弁天はその天狗的膂力《りょりょく》によって本職の天狗たちを圧倒し、その美貌によって人間たちを悩殺し、狸鍋を喰うという悪食によって洛中の狸たちを戦慄せしめてきた。かつて琵琶湖畔《びわこはん》をぽてぽて歩いていた彼女が赤玉先生に攫《さら》われてきたとき、かくもメキメキ頭角を現すとは誰が想像したであろう。

弁天は私をそそのかして赤玉先生を罠《わな》にかけて墜落させ、その没落の原因を作った。そればかりか我が父を狸鍋にして喰い、ことあるごとに私を鍋にして喰おうとする。それでいて彼女は私の初恋の人であるからややこしい。「狸であったらだめですか」と私は訊ね、「だって私は人間だもの」と彼女は答えた。あのやりとりを思い出すたびに尻の毛がむずむずする。

弁天が「海を渡る」と宣言したのは、桜花絢爛《けんらん》たる春四月のことだった。

それを聞いたのは弁天と早朝の賀茂川べりを散歩していたときで、彼女は土手に咲き誇る桜の木から木へと飛び移りつつ、一つ残らず花弁をふるい落とすという残酷な遊びに耽《ふけ》っていた。桜の嵐の中を追いかけつつ、「どうしてまた急に」と訊ねてみた。彼女は丸裸になった桜の梢《こずえ》に腰掛け、土手に舞い散る花弁を愉快そうに眺めながら、「退屈したんだもの」と言うばかりであった。

「矢三郎、先生のお世話をお願いね。気が向いたら手紙を書くかもしれないわ」

弁天は京都の桜を盛大に散らしてから、神戸港で金満家をたぶらかして豪華客船に乗りこみ、世界一周クルーズの旅に出た。赤玉先生が弁天の出立《しゅったつ》を知らされたのは出航後のことであり、追いすがろうにも手遅れであった。

壮大な無銭渡航に出たきり、弁天はいまだに帰ってこない。

ときおり弁天から届く手紙だけが先生の心の慰めであった。あの弁天がわざわざ手紙を書くというだけで随喜《ずいき》渇仰《かつごう》すべきことではあるものの、それは冷血が行間に滲《にじ》んで見えるほど書く手間を惜しんだ手紙であって、たとえ文章が書いてあったとしても僅《わず》か数行、ひどいときには○か×しか書いてない。それでも来信を心待ちにしている赤玉先生は僅かな文字列を舐《な》めるように丹念に読んで唐櫃《からびつ》におさめ、正倉院御物《しょうそういんぎょぶつ》のように大切にしていた。私が先生のアパートにまじめに通っていたのは、先生の酔眼を盗んで弁天の手紙を読むためでもあった。

赤玉先生は空になった鍋を覗《のぞ》きこんで唸《うな》る。

「弁天め、今は英国におるらしい。辺鄙《へんぴ》なところへ出かけおって」

先生はがらくたの山の中から地球儀を手に取ると、くるくるとまわして英国を見つけた。

「なんだ、こんなちっぽけな」と言った。「あたら才能を無駄にして何が世界漫遊ぞ。腰を据えて魔道を究め、いずれ偉大なる儂の跡目を継ぐべきであるのに」

「何をしておられるのでしょうねえ」

「ふん。英国の狸でも喰っておるのではないか？」

それを聞いて私は、「食べちゃいたいほど好きなのだもの」という麗しき天敵の言葉を思い起こした。恩師を裏切り、我が父を喰い、自分をも喰おうとする天敵の帰国を心待ちにするとは、阿呆の血というものは我ながら厄介きわまる。

「淋《さび》しそうだな、矢三郎」

先生は私を睨んだ。「弁天がおらんからだ。図星であろう？」

「あはは。何を仰いますやら」

「身のほどを知らんやつめ。あれが狸ごときに慈悲を垂れてくれると思うな」

先生はそう言って鼻毛を毟《むし》った。

「……みずから鉄鍋に身を投げたいというなら止めはせんがな」

○

その春、私は夢中でツチノコを追いかけていた。

人間界には「小人閑居《しょうじんかんきょ》して不善を為す」という言葉がある。愚か者が暇を持て余しているとロクなことをしない、という意味であろう。狸界にも「小狸閑居して不善を為す」という言葉があって、不善を為すぐらいならツチノコでも追いかけている方が世のためであり、これは処世の知恵といえよう。そもそも私がツチノコ探しを始めたのは亡き父の影響だが、若かりし頃の父が血眼《ちまなこ》でツチノコを追いかけたのも、身の内にたぎる阿呆の血の遣《や》り場に困ったからにちがいない。

ツチノコとは、妙ちくりんな、ずんぐりむっくりした蛇であり、『和漢三才図会《わかんさんさいずえ》』にも「野槌蛇《のづちへび》」として記載されている由緒正しい未確認生物である。私がこの世に生を享けるよりも前から、このヘンテコなる生き物を発見してやろうという熱情は、しばしば狸界を席巻した。父の疾風怒濤《しっぷうどとう》の青春時代は、ツチノコをめぐる冒険に八割がた費やされたという噂である。その浪漫的情熱の源は我々の身の内に流れる阿呆の血にほかならず、我が一族にはツチノコが原因で身を持ち崩した狸さえいるという。

しかし我が母はツチノコの浪漫をまったく理解しなかった。

「そのツチノコっていうのは、タケノコみたいなものなの?」と母は言った。

「ぜんぜん違いますよ、母上」

「でも、食べられるのでしょう?」

私がツチノコの想像図を見せると、母は「ヘンテコな蛇ね。きっとお肉がブリブリしてるわ」と言う。母はあくまでツチノコの食材的側面しか見ない。

「これはおいしくないわね。おいしくない！」

「だから、食べないですってば」

「食べないのならどうして探すの？」

「母上には、この浪漫が分からないのだな」

「そういえば総さんも若い頃にそんなの探していたっけ。本当にもう、呆《あき》れてしまうわ。狸の子っていうのは、ヘンテコなものに夢中になるのだからね！」

そして母は美青年姿に変じてタカラヅカ観劇へ出かけてしまった。

私は六道珍皇寺《ろくどうちんのうじ》の井戸の底にいる次兄もツチノコ探しに誘ってみた。しかし次兄は「もしそのツチノコが見つかったとしたら、俺は丸呑みにされるわけだね。つまりそいつは蛇で、俺は蛙《かえる》だから」と言った。これには反論の余地がなかった。

その頃、長兄は足繁く南禅寺に通って多忙であった。かつて南禅寺の先代と父が手を組んで開催した「南禅寺狸将棋大会」を復活させるべく暗躍していたのである。将棋は父の趣味だったが、ツチノコもまた父の趣味であった。しかし長兄は将棋をツチノコ探しよりも文化的に価値あるものと位置づけているきらいがあり、「ツチノコみたいな朦朧《もうろう》としたものを追いかけるのは止せ」と説教を始める始末で、お話にならなかった。

けっきょく私は、あまりやる気のない弟の矢四郎を隊員として、「ツチノコ探検隊」を組織することになった。初代隊長は父、二代目隊長は私、隊員一号は弟である。隊員二号は広く洛中洛外に募集中である。

○

赤玉先生を訪ねた翌日、我がツチノコ探検隊は鹿ヶ谷《ししがたに》から森に入って、如意ヶ嶽山麓をうろうろしていた。新緑の森は透きとおった水を吸いこんだスポンジのごとく膨れ、若葉から洩《も》れる幾千という光の柱の間を芯のひんやりとした風がすうすう通る。

「兄ちゃん、春の匂いがするねえ」

「こら、しっかり見張ってろ。どこに隠れてるか分からないんだぞ」

「でも兄ちゃん。ツチノコなんて本当にいるのかなあ」

「いるかいないか分からないから浪漫なんだぜ」

ツチノコというのは謎に充ちた未確認生物であるから、それを捕まえるためには謎めいた手法を用いるべし、というのが私の理論であった。あたりまえの手段であれば、すでに誰かが試しているにちがいない。「そんなことして何になるの？」という方法ほど役に立つ可能性があろう。我々は、味の素をふりかけた固ゆで玉子や、安酒を詰めた瓢箪を木陰に仕掛けた。森の中で怪しい痕跡を見つけると、すかさず野帳に記録した。

私は弟にもツチノコ探索の妙味を教え、ゆくゆくは立派な隊員として育て上げようと目論《もくろ》んでいたが、彼は電磁気学の小難しい話ばかりして、ツチノコという今そこにある浪漫にまるで興味を示さない。ついには蝦蟇口《がまぐち》形のリュックから参考書を取りだして、二宮尊徳よろしく歩き読みを始めた。その情熱のうち一パーセントでもツチノコ探索に振り分けてくれまいか……そんな私の切なる願いをまるで理解せず、弟は「兄ちゃん、天才とは九九パーセントの汗と一パーセントのヒラメキだってね」などとエジソンめいたことを言う生意気ぶりであった。

「違うぞ、矢四郎。天才とは九九パーセントの阿呆と、一パーセントのヒラメキさ」

「それじゃあ、いつ努力をするの？」

「……天命を待つのだ」

「でも兄ちゃん。それではいけないと思うなあ、僕は」

私が「ちんちくりんのエジソンめ！」と言おうとしたとき、ふいに姿の見えない巨人が揺さぶっているように、森の木々がざわめきだした。

そして、ひゅうううと空を斬《き》る異様な音が近づいてきた。

「何か飛んでくるぞ、危ない！」

私が弟の頭を抱えて身をかがめるや、天空から飛来した何かが新緑の天蓋《てんがい》を切り裂くようにして頭上を横切った。木漏れ日が激しく波立って、引き裂かれた若葉があたり一面に降り注ぐ。そしてズンと腹に響く音がして静かになった。

我々はおそるおそる顔を上げた。

我らの頭上、若葉に包まれた大木の梢に天鵞絨《ビロード》張りの長椅子が引っかかっていた。赤い天鵞絨が、木漏れ日に艶《なま》めかしく輝いて見える。

「兄ちゃん、これは天狗つぶてかな？」と弟が呟《つぶや》いた。

○

空から珍しい品物が降ってくる現象のことを、狸たちは「天狗つぶて」と呼ぶ。

これは天狗のいたずら、あるいは落とし物であり、かつてはお札や小判、酒樽《さかだる》や錦鯉《にしきごい》など、あらゆるものが降ったという。母が幼かった頃、三条小橋のたもとで綿菓子が降ったという。し、船岡山のそばには天狗つぶての蒐集《しゅうしゅう》で名を知られた狸が私設博物館さえ開いている。かつて赤玉先生が現役で天空を飛行していた頃には、門下の狸一同、しばしば落とし物の捜索に駆り出されたものだ。

その数日前からモダンな天狗つぶてが洛中に降って話題をさらっていることは私も知っていた。

磨き上げられてピカピカ輝く銀食器、音楽家が使いそうな年季の入ったヴァイオリン、金の脚のついたバスタブ、空でも飛びそうなペルシア絨毯《じゆうたん》など、じつに多彩にしてゴウジャスな品々である。天狗が所有権を主張しないかぎり、「天狗つぶて」は拾った者の所有に帰すというのが江戸時代から続くならわしなので、洛中の狸たちが熱狂したのも当然であろう。狸界の掟《おきて》に従えば、その天鵞絨張りの長椅子は下鴨家のものとなる。

私と弟は苦労して長椅子を木から下ろした。

赤い天鵞絨に腰掛けてみると尻がふんわりとして、由緒正しい洋館の賓客となったかのような厳かな気持ちになる。仄《ほの》かに漂う黴臭《かびくさ》さも高貴さの証のように思われた。我々は名家の子息たちのごとく背筋を伸ばして感嘆の吐息を洩らした。

「座り心地が良すぎてお尻が消えたみたいな感じがする」と弟がしみじみと言った。

「こいつはすごいな。あんちーくというべきものだ」

「持って帰ったら母上が喜ぶよ」

「よかろう。ツチノコ探検隊はこれより長椅子運び隊となる。隊員一号はすみやかに長椅子の端っこを持て！」

「了解！」

我々は長椅子を挟んで縦列となり、如意ヶ嶽の山麓をえっちらおっちらと進んでいった。歴史的貫禄《かんろく》のある長椅子はその重量にも貫禄があり、膂力に欠ける現代的狸ッ子の細腕には荷が重かった。弟は「兄ちゃん、腕がじんじんするよう」と弱音を吐いた。「じんじんするのはここがじんじん山だからさ」と私が言うと、弟は「嘘だい、ここは如意ヶ嶽だよ」と言って笑った。

やがて弟は心配そうに囁《ささや》いた。

「兄ちゃん、こんなところまでツチノコを探しに来て叱られないの？」

「誰が叱るっていうんだ？」

「ここは鞍馬天狗様の縄張りでしょう？」

「鞍馬天狗なんか気にしてツチノコが探せるものか。だいたい如意ヶ嶽一帯はそもそも我らが赤玉先生の縄張りだ。天狗の陣取り合戦で追い落とされたけれども、先生は鞍馬の連中より偉いんだ。鞍馬天狗なんて赤玉先生に比べればちんちくりんさ」

「ちんちくりんかあ」

ふいにガクンと長椅子が重くなった。引っ張ってもビクともしない。「矢四郎、ちゃんと持ってるか？」と振り返ろうとすると、耳もとで「ほーうほう」と夜のフクロウが鳴くような声がした。首筋に吹きつけられる冷たい息にゾッとするや、襟首をグイと摑《つか》まれた。

「生意気なことを言うやつめ。おまえはどこの狸だ？」

黒っぽい背広姿の男が長椅子の肘掛けに舞い降りて、私の首根っこを摑んでいる。

私は首を縮めて言った。

「これはこれは鞍馬天狗様。ご機嫌麗しゅう」

○

私と弟は鞍馬天狗に大文字の火床《ひどこ》へ連れていかれた。肝っ玉の縮み上がった弟は化けの皮が剝《は》がれて狸に戻ってしまい、猫のように首を摑まれている。

かつて赤玉先生が如意ヶ嶽一円を我がもの顔で跋扈《ばっこ》していた頃、赤玉門下の子狸たちは「実技訓練」と称して山野を引きまわされることがあった。時には岩屋山やら宝ヶ池へ連れていかれることもあったが、たいていは先生のお膝もとたる如意ヶ嶽をうろちょろした。大文字の火床で子狸たちが化け術を使い、偽源平合戦を繰り広げたりしたのが懐しい。

「こっちだ、ついてこい」

鞍馬天狗は威張って言うと、大の字に炉が点在する斜面をのぼっていく。

青々とした若草を踏みながら振り返れば、霞《かすみ》のかかったような空のもと、明るい京都の街並みが眼下に広がっていた。まさしく天狗的な眺めである。

その斜面の中腹に、プールサイドのアイスクリーム屋のごとき紅白縞《じま》のパラソルがあって、四人の鞍馬天狗たちが丸テーブルを囲んで花札に熱中していた。きっちりと背広を着こんでネクタイをしている者もあれば、額に青筋を立てて腕まくりしている者もある。彼らが花札を投げ出すたびにチャラチャラと小銭をまくような音がした。なにしろ天狗というのは癇癪持ちだから、ゲームに夢中になるとすぐに花札を引き裂いたり、嚙《か》みちぎったりする。それゆえに「天狗の花札」はすべて鋼鉄製なのである。

我々を連れてきた天狗が呼びかけた。

「ほーうほう、霊山坊《れいざんぼう》」

ワイシャツ姿でサングラスをかけた天狗が振り返った。

「ほーうほう、多聞坊《たもんぼう》。どうして狸なんぞ連れてきた」

「我々を侮辱するようなことを言うもので、聞き捨てならんと思ってな」

「なるほど、狸を教え導くのも我らの仕事。で、なんと言って侮辱した？」

「『鞍馬天狗なんてちんちくりん』だとさ」

丸テーブルを囲む鞍馬天狗たちは花札を握ってドッと笑った。その天狗笑いは不吉な黒雲のようにひとかたまりになって、吹き渡る風にのって飛んでいく。

この鞍馬天狗たちは、かつて赤玉先生を追い落として如意ヶ嶽を占拠した者たちであり、鞍馬山僧正坊《そうじょうぼう》配下の十天狗のうちの五人である。霊山坊、多聞坊、帝金坊《ていきんぼう》、月輪坊《げつりんぼう》、日輪坊《にちりんぼう》だが、彼らはおたがいにドングリのように似通っていて誰が誰やら見分けがつかない。愛宕山《あたごやま》で開かれた寄り合いのとき、赤玉先生から「山のドングリが格好をつけてやがる」と嘲笑《ちょうしょう》されたのも当然であろう。

私は春風に吹かれつつ、火床に這《は》いつくばって言った。

「罷《まか》り越しましたるは下鴨総一郎が三男、矢三郎でございます。それなるは弟の矢四郎です」

鞍馬天狗たちは「名門！　名門！」と喝采して花札を打ち鳴らした。

「おまえが下鴨の矢三郎か」「弁天さんのお気に入りらしい」「待て待て、総一郎といえば鉄鍋に落ちた間抜けが一匹いたっけな」「あの狸なら憶えている」「身の程をわきまえぬ狸であったなあ。薬師坊が甘やかしていたからな」「あの老いぼれはいつもそうだった。狸ごときに崇《あが》められてご満悦であった」などと勝手なことを口々に言う。

サングラスの霊山坊が紙巻き煙草を嚙んで嘲笑した。

「薬師坊は幸せ者だ。どこまで落ちぶれようが狸どもが世話を焼いてくれる。如意ヶ嶽一円は我々が預かっているから『安心してくたばれ』と伝えるがいい」

「畏《おそ》れながら申し上げます」

そこで私は身を起こし、屁理屈を滔々《とうとう》と述べた。

「たしかに私は鞍馬天狗様を『ちんちくりん』と申し上げました。どうやら天界の王者たる鞍馬天狗様におかれましては、あまりにも高邁《こうまい》な暮らしをなさっておられるがゆえに、卑賤《ひせん》なる狸どもの言葉遣いをご存じないようです。我ら狸の言葉は時代に合わせてその意味を変えていくものでありまして、かつては『ちびっこい、ひよっこ、ドングリっぽい』などという侮蔑の言葉であった『ちんちくりん』も、今では『でっけえ、大人の風格、意外に紳士』などのステキな意味を持つようになっております。狸が鞍馬天狗様を愚弄《ぐろう》するなんてあり得ぬことでございます」

鞍馬天狗たちはあっけにとられ、花札をカチカチ鳴らして黙っている。霊山坊がサングラスを押し下げて、上目遣いでニヤリと笑った。「なるほど妙な狸だな」

「ぺらぺらとよく喋《しゃべ》る狸め、俺は気に入らんぞ」

多聞坊はそう言って、毛深い弟の首根を摑んで高く掲げた。

「さてさて、こいつを放り投げたらどこまで届くであろうな」

にわかに鞍馬天狗たちが花札を打ち鳴らして盛り上がった。

「鴨川を越えるか越えないか、賭けをしよう」

「花札よりも面白いぞ」

「山を賭けようか、谷を賭けようか」

かつて我が父、偽右衛門下鴨総一郎は如意ヶ嶽そのものに化けてみせ、恩師をいじめる鞍馬天狗たちに一泡吹かせた。いわゆる「偽如意ヶ嶽事件」である。これは下鴨家のみならず、狸界の歴史に刻まれるべき暴挙にして栄光の記憶であった。しかし我が眷属《けんぞく》にとっての歴史的勝利は、鞍馬天狗たちにとっては歴史的汚点に他ならず、鞍馬に刃向かったことは父が金曜倶楽部の鉄鍋に落ちる遠因ともなった。

この逸話から賢明なる狸が学ぶべきことは、「天狗に刃向かっても損ばかり」ということであろう。天狗は狸をいじめるものである。いじめるからこそ天狗なのである。

「どうした矢三郎」と霊山坊が言った。「何か言いたいことがあるか？」

「畏れながら私は弟をいじめられると持病の発作が……」

「発作？　発作とは何だ」

「ううう、いけません。鞍馬天狗様、お気をつけください！」

私は呻《うめ》きながら四つん這いとなり、むくむくと身体《からだ》を膨らました。尻の穴を引き締めて気合いを入れるのがデカイものに化けるコツである。みるみるうちに我が四つ足はパルテノン神殿のごとく太くなり、盛り上がる背は漆喰《しっくい》で塗りかためたように白くなった。長々しい鼻が青空に向かってぐんぐん伸びる。私は白い巨象に化けたのである。

かつて父に偽如意ヶ嶽に誘いこまれた鞍馬天狗たちは、白い巨象に追いまわされた苦い思い出を持つ。彼らが屈辱的な記憶に気を取られて困惑した隙をつき、弟はぷるぷると身をよじって多聞坊の手を逃れ、ツチノコのごとく斜面を転がって逃げだした。

「やめいやめい矢三郎。くだらん」

霊山坊が不愉快そうに顔をしかめた。

「我々は象が嫌いだ。ただちにもとの姿へ戻れ。さもないと……」

そのとき遥か西の空より恐ろしい速さで飛来してきた旅行鞄《かばん》が、霊山坊の顔に激突した。まさに天与の一撃であった。物も言えずひっくり返った霊山坊に引きずられるようにして、他の鞍馬天狗たちが将棋倒しになり、パラソルは吹き飛ばされ、花札がじゃらじゃらと散らばった。

「ぱおんぱおん、どうしたことか？」

私は長い鼻をあげて西の空を見た。

滑るように春の空から舞い降りてきたのは、ひとりの英国紳士であった。

○

「おや、如意ヶ嶽に象とは珍しい」

英国紳士は大文字に降り立ち、シルクハットに手をやって私を見上げた。

私が身体を縮めて腐れ大学生姿に戻ってみせると、彼は「やはり狸の化け術か、おみごと」と呟いて、気取った仕草で無音の拍手をしてみせた。

その洋風天狗は外国人めいた風貌の白皙《はくせき》の美男子であり、時代錯誤な新帰朝者ぶりがとてつもなく目立っていた。艶々《つやつや》と輝くシルクハット、ぴったりと身体に合った三つ揃《ぞろ》いの黒の背広、石膏《せっこう》のごとく白いワイシャツに黒い蝶《ちょう》ネクタイ、革の手袋に包んだ細い手には洋杖《ステッキ》を持っている。そもそも天狗は年齢不詳の存在だが、人間でいえば三十代後半ぐらいの年格好に見えた。水もしたたるイイ天狗である。

彼は旅行鞄を拾い上げると、もがもがしている鞍馬天狗たちに声をかけた。

「やあ諸君。こんなところで何を遊んでいるのかね？」

鞍馬天狗たちは立ち上がり、呆れた顔をして紳士を見つめた。

ふいに霊山坊がサングラスをはずして驚きの声を上げた。

「薬師坊の二代目ではないか。どうして今さら帰ってきた」

「見るべきものは見たからね。鞍馬の総帥は御健勝かな。いずれ落ち着いたら挨拶に出向こう。ところで……」

二代目はさらさらと喋ってから、怪訝《けげん》そうにあたりを見まわした。

「ここへ他にも荷物を送ったはずなのだが」

「嗚呼《ああ》、あれか」と霊山坊は冷ややかに言った。「邪魔になるから投げ捨てたぞ」

「……どうしてそんなことを。諸君の山でもあるまいに」

霊山坊が目配せすると、鞍馬天狗たちが二代目を取り囲むようにして間合いを取った。ものものしい気配があたりに充ちた。

「後れを取ったな、二代目。如意ヶ嶽は我らが占領した」

いよいよこれは天狗合戦かと、私は毛を震わせてワクワクした。

なにしろ当今では天狗合戦はひどく珍しいもので、赤玉先生と鞍馬天狗たちの愛宕山合戦、滋賀天狗と京都天狗の竹生島《ちくぶしま》大綱引き、伊吹山飛行上人《しょうにん》撃墜作戦など、もはや伝説化した逸話を伝え聞くばかりである。狸の身の上で歴史的天狗合戦を見物することができれば、酒席の自慢話には一生困ることがない。

しかし二代目は淡泊であり、鞍馬天狗の挑発も馬耳東風であった。

「ああ、そういうことかね。承知した」

「それしか言うことはないのか」と霊山坊は拍子抜けしたように言った。「まったく呆れた冷血漢だな。おまえの父親は我々に山から追い落とされたのだぞ」

「ならば如意ヶ嶽は諸君のものだろう」

二代目はつまらなそうな顔をして言った。

「それとも何かね、自分たちの行いを恥じているのか？」

「どうして恥じることがあろうか！」

「それなら堂々としていたまえ。なにしろ諸君は天狗サマだ、陣取り合戦に夢中になろうが誰も文句は言わんさ……ところで父はどこにいるのかね？」

「出町商店街の裏だ。薄汚いアパートで狸の世話になっている」

「ならば私がとどめを刺してやろう。では諸君、失敬する」

二代目は鞍馬天狗たちに慇懃《いんぎん》に礼をしてみせると、まるで見えないエスカレーターにでも乗っているかのように優雅に空へ飛び立っていった。

鞍馬天狗たちは唖然《あぜん》としてその姿を見送った。

二代目の姿が見えなくなると、彼らは口角泡を飛ばして議論を始めた。散らばった鋼鉄製の花札を踏み鳴らし、「あいかわらずイヤミなやつ」「それにしても今さら帰国するとは」「本家にも知らせるべきか」「愛宕山は知っているのか」などと言い合っている。もはや自分たちをちんちくりん呼ばわりした生意気な狸など眼中にないと見える。

コレ幸いと私は狸姿に戻り、山裾に向かって駆けだした。

森を抜けていくと、隠れていた弟が藪《やぶ》から飛びだし、「兄ちゃん生きてた！」と喜んだ。しばしたがいの無事を喜び合った後、私は腐れ大学生、弟は少年の姿に化け、観光客で賑《にぎ》わう銀閣寺門前の坂を下り、そのまま疏《そ》水《すい》沿いの葉桜の下を駆けた。

もはやツチノコも天狗つぶても問題ではない。何よりも優先すべきは赤玉先生の身の安全であった。二代目が「とどめを刺してやろう」と言うのを確かに聞いたし、この天狗親子の百年の時を超えた確執を思えば、二代目が先生のもとへバイオレンスな御礼参りに参上することは十分あり得る。しかしながら赤玉先生は、我々を先祖代々にわたって導いてくれた恩師であって、我ら兄弟も、我らの父も、そのまた父も、数えきれない毛玉たちが先生のもとで学んできた。いかに先生がもはや天狗として無に等しい存在とはいえ、むざむざその天狗人生に終止符を打たれるのを傍観してはいられない。

今出川通を走りつつ、私は弟に糺ノ森へ戻れと言った。

「兄貴に二代目が帰国されたと言うんだ。八坂さんにも知らせる必要がある」

「兄ちゃんはどうするの？」

「俺は出町柳へ行く。二代目は先生のことを恨んでいるから、きっと仕返しに来る。その前に先生をどこかへ逃がしておく」

弟は糺ノ森へ急を告げに走った。

そして私が向かったのは出町商店街裏「コーポ桝形」である。

○

引退した天狗の岩屋山金光坊が大阪日本橋で中古カメラ屋を営んでいて、私はこれまでにたびたび遊びに行ったことがある。金光坊は赤玉先生が持つ数少ない友人で、二代目について詳しく私に教えてくれたのも彼であった。

二代目の生まれは崎陽《きよう》、すなわち長崎である。

二代目が赤玉先生に長崎から攫われてきて京都の土を踏んだのは、御一新にまつわる幾多の動乱も昔話となった明治廿《にじゅう》年頃のことであったという。

「俺の息子だ」と赤玉先生は二代目を金光坊に紹介した。

生まれて初めて京都の土を踏んだ二代目の姿を、金光坊はハッキリ憶えていた。まだ幼さを残した豊頬《ほうきょう》の美少年でありながら眼力は鋭く、押し隠した大きな癇癪玉が透けて見えた。赤玉先生の血脈を引いているのは一瞥《いちべつ》して分かったという。

赤玉先生から天狗教育を受ける少年にとって、明治日本の発展はまるでよそごとであった。琵琶湖疏水が完成し、市電が走り、ビルヂングが建っていく文明開化の時代、少年は如意ヶ嶽の山中で厳しい修行に明け暮れた。しかし少年二代目は自分の境遇に満足していたわけではない。彼が腹をくくって天狗修行に打ちこんでいたのは、いち早く頭角を現して憎むべき父を蹴り落としてやろうと心に決めたためであるらしい。

かくして歳月は流れて新世紀が到来し、大正の世となった。

二代目はピカピカの新青年となって、もはや如意ヶ嶽山中に閉じ籠もっていることはなくなった。友人となった鞍馬の総帥、鞍馬山僧正坊と高等学校にもぐりこんで偽学生を演じたり、狸たちを引き連れて夜の街へ遊びに出かけたりした。赤玉先生は二代目の振る舞いに苦い顔をしていたが、二代目もまたちゃくちゃくと天狗的膂力を高め、赤玉先生に真っ向から張り合った。たがいの癇癪玉を大爆発させる機会を、親子ともども虎視眈々《こしたんたん》と狙っているような雲行きであった。

そこに現れたのがひとりの女性である。

当時、時計台をもつ西洋風ホテルが烏丸《からすま》通に忽然《こつぜん》と出現した。

彼女はその「廿世紀ホテル」の持ち主である戦争成金の箱入り娘であった。

二代目は一目見るなり熱烈な恋に落ちたのだが、そこに赤玉先生が「魔道を踏みはずした弟子を懲らしめる」と言ってちょっかいを出したのである。当時の赤玉先生は天狗として気力充溢《じゅういつ》、息子の初恋相手に横恋慕するぐらいの悪行は朝飯前であったろう。

燦然《さんぜん》と輝く夜のホテルを舞台に繰り広げられた恋の駆け引きはもつれにもつれ、少年時代から膨らみ続けてきた二代目の癇癪玉はついに爆発炎上した。

父と子、東山三十六峰を震撼《しんかん》させる大喧嘩は三日三晩続いたという。

不眠不休で戦った二人はそれぞれ満身創痍《まんしんそうい》、野人と変わらぬ姿と成り果てつつ、当時まだ建て替えられる前だった南座の大屋根に這い上った。青白い稲妻が暗天を切り裂き、土砂降りの雨が街を包む中、彼らは最後の力を振り絞って激突した。たがいの鼻の穴に指をつっこみ、髪を毟り合ってモガモガするさまは天狗の死闘とも思われず、子どもの喧嘩に見えたそうである。しかし亀の甲より年の劫《こう》、赤玉先生は荒ぶる獅子のごとく、二代目を南座の大屋根から四条通へ蹴落として、勝利の雄叫《おたけ》びを上げた。敗北した二代目は雨に打たれつつ、暗い街を抜けて姿を消した。

以来、百年。

大英帝国から帰朝して故国の土を踏んだ如意ヶ嶽薬師坊二代目は、河原町御池《かわらまちおいけ》の京都ホテルオークラへ威風堂々と入城した。

ホテルの快適な客室に荷物を置いた二代目が父親への御礼参りに向かうべく入念に身支度をしているとき、赤玉先生は出町商店街裏の安アパートに立て籠もり、弁天帰国を祈願して片目を入れた達磨《だるま》を抱きしめて、「べんてんべんてん」と呟いていた。

父と子、なにゆえここまで鮮やかに明暗を分けたか。

天狗残酷物語というべきである。

○

私が赤玉先生のアパートに飛びこんだとき、幸いまだ二代目は来ていなかった。

ボロ切れのようなカーテンの隙間から春の陽が射し、がらくたに埋もれた四畳半を照らしていた。黄ばんだ下着姿の赤玉先生は万年床で高鼾《たかいびき》をかき、全体的に痛ましい風情とは裏腹に、先生の寝顔は幸福の極みにあった。弁天の尻の夢でも見ているのであろう。「起きてください!」と揺さぶっても、先生は寝返りを打って意地汚く尻の夢にしがみつき、かえってその甘美な夢の底深くへ沈みこんでいくかのようである。

「呆れたもんだ。起きやせん」

万年床のまわりには、天狗煙草や風神雷神の扇、弁天からのそっけない絵葉書、お気に入りの手拭いなど、身のまわりの品が散らばっている。私はそれらをかきあつめて風呂敷に包み、先生の身体を起こして背負った。夢うつつに狸の森へ運ばれるのは不本意だろうが、先生のこころよい目覚めを待ってはいられない。

アパートのドアを開けて外へ出ようとすると、アパートの塀の向こうに、あきらかに出町柳界隈には似つかわしくない英国紳士の姿が見えた。

「うひゃあ、二代目！　なんと仕事の早い」

やむを得ず私は部屋へ引き返した。

二代目の脳裏にある赤玉先生の姿は百年前のものであり、零落した現在の姿は想像したこともあるまい。ならば私が赤玉先生に化けて、二代目の目を欺くことができるかもしれない。偽赤玉先生として二代目を温かく迎えて抱擁してやれば、意外にもすんなり百年の時を超えた雪解けが実現するかもしれないではないか。おお、そうだ。

私は押し入れからがらくたを引きずりだし、達磨を抱えた赤玉先生を万年床ごと押しこんだ。襖《ふすま》を閉じると同時に、二代目がドアをノックする音が聞こえた。

「如意ヶ嶽薬師坊はご在宅か」

私は赤玉先生に化けて四畳半の中央にあぐらをかいた。

「入るがいい」と私は大声で言った。

やがて二代目はドアを開けて踏みこんできて、台所から四畳半を覗きこんだ。純白のハンカチで鼻と口を押さえている。天狗煙草の煙、瓶底に残った赤玉ポートワイン、腐敗した松花堂弁当、耳掃除して放りだしたままの黄ばんだ綿棒、脱ぎ散らかした下着、赤玉先生の加齢臭、そして足繁く通ってくる狸たちの残り毛と臭《にお》い。混沌の極みにあるその部屋は二代目を圧倒したらしく、彼は敷居に立って呆然《ぼうぜん》としていた。

私は化け術の粋を尽くして天狗的威厳を再現した。

「よく帰ったな、息子よ。今までのことはすべて儂が悪かった。許してくれるか？」

いやしくも魔道を究め、森羅万象に唾を吐く如意ヶ嶽薬師坊の口から、かくも妥協的な台詞《せりふ》がこぼれ落ちるとはまことに嘘臭く、我ながら恥ずかしい。

私が両腕を広げてみせると、二代目はおずおずと近づいてきて、ハンカチで慎重に畳の汚れを拭ってから膝をつき、上着が汚れないように細心の注意を払いながら抱擁にこたえた。ここに天狗親子百年の対立は終止符を打ったかに見えた。

ふいに二代目が私の耳もとで囁いた。

「ずいぶん狸臭くなられましたな、父上」

「狸どもが通ってくるからな。まったく儂も辟易《へきえき》しておるのだ」

「そう仰るが、どうも狸が大好きであるように見受けられます」

「馬鹿め。何を言っておるか」

「では、なにゆえ狸のように尻尾《しっぽ》を生やしている？」

二代目は私の腰をピシャリと叩き、その弾みで飛びだした尻尾をむんずと摑んだ。

瞬く間に化けの皮を剝がされて逆さ吊りにされたとき、私は「天狗に化けて天狗を欺こう」などという浅知恵をめぐらしたことを後悔した。かくも屈辱的かつ苦痛に充ちた経験があろうか。狸は天地無用である。逆転した天地の間を頼りなく揺れながら、私はもがもがして二代目に許しを乞うた。「ごめんなさい！　ごめんなさい！」

「ひょっとして君は、先ほど如意ヶ嶽にいた狸ではないかな？」

二代目はその秀でた鼻梁《びりょう》を逆さの私に近づけた。

「さては事情を察して先手を打ったね」

二代目は怒りをおさめて私を畳におろした。

私は痛む尻尾を撫《な》でさすりながら二代目を見上げた。

「しょうむない悪戯《いたずら》をお許しください。下鴨総一郎が三男、矢三郎と申します。二代目におかれましては無事の御帰国、心よりお祝い申し上げます」

「そんな堅苦しい挨拶は無用ですよ。ところで本物の父はどこにいます？」

「はて。私も存じ上げません。どこへ行かれたものやら」

二代目は「ふふん」と鼻を鳴らして四畳半を見まわし、先ほど私が慌てて閉めた押し入れの襖に目を留めた。その中では赤玉先生が涎《よだれ》を垂らして達磨を抱きしめ、弁天の尻の夢を見ているはずである。今にも見破られるのではないかとひやひやしたが、二代目は押し入れを調べようとはせず、ただ「狸というのは健気《けなげ》なものだね」と哀れむような呆れたような、何とも言えない口調で呟くばかりであった。

「狸は健気ですとも」と私は言った。「用事があればなんなりとお申しつけください。長年のご不在で何かとご不自由なこともありましょう。家財道具も捜さねばなりませんし」

「そうなのだ。鞍馬の愚物どもが如意ヶ嶽から投げ落としたそうでね」

「いかがでしょう、この矢三郎におまかせくださいませんか？」

大文字から鞍馬天狗たちが投げ落とした家財道具は、洛中に充満する狸たちがことごとく拾い集めたであろう。しかし二代目が今からでも所有権を主張すれば、狸たちの寝床に吸い取られたコレクションを取り返すのも不可能事ではあるまい。

私がそう言うと、二代目は「たいへん助かる」と言い、ポケットから金貨を取りだして私に押しつけようとした。「タダ働きさせるわけにもいくまいから」

「しかし天狗というのは狸をこき使うものですよ。天狗は狸よりも偉いのだから」

「私は借りを作ることを好まないのですよ、矢三郎君」

二代目はそう言った。

「それに、私は天狗ではない」

○

二代目の帰国は狸界にも大きな波紋を広げた。

命短し毛玉にとって、純然たる新天狗の出現を目撃するのは生涯に一度あるかないかの珍しいことである。物見高い狸たちは噂の新天狗を一目見ようとして、河原町御池のホテルオークラへ入れ替わり立ち替わり押しかけた。その中には狸谷不動《たぬきだにふどう》に引き籠もったはずの老い先短い毛玉たちの姿さえあった。いつの間にか「新天狗の姿を見ると寿命が延びる」という無責任な噂が広まっていたのである。

狸界が騒然とする中、狸界の頭領八坂平太郎から呼びだされて、私は長兄と一緒に祇園《ぎおん》を訪ねていった。

四条大橋の東詰から八坂神社に向かって歩きながら、私は「億劫《おっくう》だなあ」とぶつぶつ言った。

私の経験からして、偽右衛門に呼びだされる場合にロクなことはなく、たいていハワイアンメロディーにのせて御説教を聞かされるか、何らかの厄介な仕事を頼まれるのだ。

長兄が説明したところによれば、前日に八坂平太郎と長兄を中心とした会合が開かれ、狸界としての二代目への対応が協議されたものの結論が出ず、「とりあえず矢三郎の意見を聞いてみようや」というイイカゲンな結論でお茶を濁したらしい。

「二代目とちゃんと話したことがあるのはおまえだけだからな」と長兄は言った。「それにおまえは赤玉先生の扱いにも長《た》けている。天狗といえば矢三郎というわけだ」

「俺は天狗の専門家じゃないぞ」

「つべこべ言うな。ちっとは狸界に貢献しろ」

八坂平太郎という大狸は、円山公園から祇園界隈《かいわい》を縄張りとする八坂一族の頭領であるばかりでなく、京都の狸たちを束ねる偽右衛門という地位にある。その事務所は小さなスナックやバーのならぶ祇園縄手の裏通りにあり、今は廃業した肛門科医院であった。長年にわたって洛中の狸たちの尻の面倒を見てきたその医院には、私も尻にキノコを生やした幼い頃に世話になった。

廃病院の待合室は偽右衛門への陳情に詰めかけた狸たちでいっぱいであり、私と長兄は古びた革張りのソファに座って辛抱強く待った。ようやくのことでハワイアンの流れる診察室に案内されると、籐椅子《とういす》に寝転がる八坂平太郎がウクレレをぽろんと弾いて我々を迎えた。

「よう、わざわざすまんのう。偽ハワイへようこそ」

診察室の壁はハワイらしい青い海と空に塗り分けられ、隅には偽椰子《やし》が何本も植わっており、壁はフラガールの人形だの花輪だのアロハシャツだのといったハワイグッズで埋め尽くされている。ハワイこそ、若い頃に慰安旅行で出かけて以来の八坂平太郎憧れの地であり、彼は偽右衛門の地位を早く長兄に押しつけて、夢の南国へ逃亡したがっていた。引退後はハワイの浜辺で椰子の実とじゃれ合って過ごすのが彼の念願なのである。

「商売繁盛でけっこうですね」と私は言った。

「さして儲《もう》かるわけでもないのに千客万来でな。まったく腹の立つことだ」

狸界の頭領たる偽右衛門は洛中の狸たちをまとめる役目であるから、何か揉《も》め事があれば調停に出るし、大きな狸の集まりがあれば采配を振るし、狸としての生き方に悩む子狸がいたら導いてやる。時には恋愛相談も受ける。とはいえ、狸というものは大問題をポカンとして見過ごし、小問題をめぐって無闇に騒ぎきらいがある。八坂平太郎のもとへ持ちこまれる問題の解決にあたっても、大岡裁き風のアクロバティックな頓智《とんち》が求められることはまれである。それだけに、天狗にまつわるややこしい問題が天から降ってきたりすると、八坂平太郎は困惑してしまうのであった。

八坂平太郎は長兄と私に椅子をすすめ、冷蔵庫からマンゴーのフラペチーノを出した。ウクレレはぽろぽろ鳴る。いよいよ南国らしい気配があたりに漲《みなぎ》ってきた。

「さて矢三郎、おまえを天狗界についての権威と見こんで訊《き》くのだが」

そこまで言われると悪い気はしない。

「二代目というのは……あれは本物か？」

八坂平太郎が言うには、もし二代目が正真正銘の天狗で、赤玉先生の正統な跡継ぎであるというなら、狸界としても正式に御挨拶に伺って、歓迎の式典を開くのが礼儀というものであろう。なにしろ百年ぶりに故国の地を踏んだというのだから、それはもう盛大にやらねばならない。しかしながら誰もがその百年前の大喧嘩を知っているように、赤玉先生と二代目の間にはとてつもない軋轢《あつれき》がある。先生は二代目をまったく認めておらず、それどころか弁天を自分の跡継ぎに据えようと考えているらしいではないか。狸界として二代目に礼儀を尽くすのはいいけれども、あとから赤玉先生と弁天から理不尽な鉄槌《てっつい》を下されるのはタマラン、という話なのであった。

私は二代目との顚末《てんまつ》を語って聞かせた。

「私の見るところ、あれはどこからどう見ても天狗ですね。本人は『天狗ではない』と言い張っておられるのが妙だけど……天狗の自覚が薄いんでしょうかねえ」

「そいつは扱いが厄介だぞ」

「あいかわらず親子仲は悪いようですし、いずれ弁天様が帰国したら一悶着《ひともんちゃく》あるに決まってます。下手に巻きこまれると尻の毛に火が点《つ》きますぜ」

「面白がるのはよせ、矢三郎」と長兄が私を窘《たしな》めた。

「まあええわい」と平太郎は言った。「……それで、矢一郎君はどう考える？」

長兄は腕組みしてまじめな顔をした。

「弟は阿呆です。しかし見立ては正しいと思いますね」

八坂平太郎はウクレレをぽろぽろ奏でて思案した。

かつて偽右衛門の地位にあった父が金曜倶楽部の鍋に落ちたとき、八坂平太郎がその跡を継いだのは、父と幼馴染《おさななじ》みだというだけの理由であった。頭領を失って右往左往していた狸界の面々が夢中で押しくら饅頭《まんじゆう》をしているうちに、まごまごしていた平太郎がポコンと押しだされたのである。当時は夷川《えびすがわ》早雲も偽右衛門の地位を強奪するには貫禄が足りず、「あいつにまかせるぐらいなら平太郎の方がマシだ」と考える狸も多かった。以来、さして特筆すべき業績はないものの、さして特筆すべき失態もなく、淡々と狸界のために尽くし、柄にもない役目をまっとうしてきたのは立派なことであった。

「所詮《しょせん》我らは狸だからな。急《せ》いてはことをし損じる」

やがて八坂平太郎は演奏を止めて膝を叩いた。

「俺は狸オヤジとして静観を決めこむ。いずれ天狗界の行く末がハッキリしたら、尻尾の振り方を決めるとしよう。そのかわり天狗界の動向には注意しておいてくれよ」

○

私が八坂平太郎に頼んだのは、狸たちが拾って毛深い懐《ふところ》にしまいこんだ「天狗つぶて」に対して二代目の所有権を広く告知し、返上を要請することであった。

私は寺町通の骨董《こっとう》屋の清水忠二郎に頼んで、店舗の一角に臨時の天狗つぶて回収所を設置し、狸たちが持ちこんでくる品々を検分した。せっかく拾った天狗つぶてを手放すのは狸たちにとって身を切られるようにつらいことで、大勢の狸たちが古道具屋の店先で愁嘆場を演じた。中には「よけいなことを」と私を恨む狸さえいる始末であった。

二代目が英国から持ち帰った品々は呆れるほど多岐にわたった。

書き物机、洋杖十数本、革の紳士靴数十足、木製の衣装簞笥《だんす》、旅行鞄たくさん、遠眼鏡《とおめがね》のコレクション、拡大鏡や顕微鏡やらの実験器具、室内用スリッパたくさん、銀食器に燭台《しょくだい》、ヴァイオリン、チェス盤、謎めいた鍵の束、外套《がいとう》三着、ランプ、バスタブ、ペルシア絨毯、鳥打ち帽、何百冊もの洋書、新聞記事のスクラップ。これでもまだ一部にすぎない。如意ヶ嶽山麓で私と弟が発見した長椅子も回収された。

かくして一週間ほど私は多忙を極め、ツチノコどころではなかった。

ツチノコは浪漫だが、天狗は現実である。

その間、二代目は河原町御池のホテルで暮らしていた。

彼はその美貌と天狗的威厳をもってホテルの従業員を悩殺し、長年の馴染み客のように扱われていた。時代錯誤な英国紳士ぶりも、重厚なロビーや喫茶室にはうまく溶けこみ、新帰朝天狗としての面目を遺憾なく発揮している。午後五時に一時間ほどの散歩に出かけるのが日課であったが、歩く道は決まっていて、雨が降ろうが決して変えない。新京極の雑踏にあっては二代目の姿かたちはきわめて目立ち、道行く誰もが振り返ったものだ。ホテルへ戻ってくると彼は玄関先で必ず時刻を確認するのだが、懐中時計を開ける仕草から文字盤を見下ろして頷《うなず》く顎《あご》の角度まで、判を押したように変わらなかった。その上着のポケットから続々と湧いて出るらしいナポレオン金貨は、二代目の途方もない財力を暗示したが、彼はその財力を豪奢《ごうしゃ》な夜遊びに蕩尽《とうじん》するわけでもなく、まことに静謐《せいひつ》な暮らしぶりであった。

毎日夕刻になると私は二代目が散歩から帰った頃をみはからって、その日に狸たちから巻き上げた品々を届けに行った。

「やあ、矢三郎君。今日も世話になったね」

私が訪問を繰り返すうちに、ホテルの客室には整然とした偽欧羅巴《ヨーロッパ》が組み立てられていった。染み一つないワイシャツで私を迎える新帰朝天狗は、愛用の家具に囲まれて居心地が良さそうであった。しばしば彼は私の懐に金貨をねじこもうとしたが、私にも狸としての矜持《きょうじ》があり、のらりくらりと断った。

「私は人に借りを作るのが嫌いなのだよ」と二代目は言った。

「そんなことを仰っても、私は狸ですからね」

「では言い直そう。私は狸に借りを作るのが嫌いなのだ」

「正直なところを言えば、いずれ大きく回収したいと思っているんです。金貨ぐらいでは釣り合いませんよ。こう忙しくてはツチノコを追いかける暇もない」

「そら見たまえ。うかうかしていると化かされそうだ」

「化かされてやるっていう余裕を持つのもステキなことですよ」

「うまいことを言う。狸的知恵というものか」

二代目は苦笑したが、私は断固として金貨を受け取らずに済ました。

ところで、二代目がとりわけ回収を気に掛けていたのが「独逸《ドイツ》製空気銃」というものであった。それは十九世紀に独逸の技術者が開発したもので、強力なポンプで空気を圧縮して鉛の銃弾を飛ばす機械であるという。大陸から大英帝国へと人手を渡り、長年さる貴族の秘蔵品となっていたものが売り立てられた際に二代目が買い取ったもので、写真を見たところまるで金管楽器のような美しさであった。私は「空気銃」と聞いて、やわらかでふわふわした毛玉めいたものが飛び出す玩具を想像したが、「そんな可愛らしいものではない」と二代目は笑った。かつて某国大臣の暗殺にも使われたという噂で、万が一撃たれるようなことがあれば、狸などひとたまりもなく昇天するという。

「毛玉諸君も鉄砲は嫌いだろう？」

「もちろん嫌いです。しかし身近に見ることがありませんので」

「早く捜しだしてもらえるとありがたい。悪用されると困るからね」

ところで、こうして私が足繁く二代目のもとへ通っている間も、赤玉先生は二代目の帰国を知らずに暮らしていた。わざわざ注進に及んで癇癪玉のとばっちりを受けたがる狸がいるわけもなく、アパートに立て籠もる先生にはそもそも知る機会がなかったのである。

一度松花堂弁当を携えて先生のアパートを訪ねてみると、先生は四畳半の真ん中に置いた卓袱台《ちゃぶだい》にしがみつくようにして、弁天へ送りつける恋文を書いていた。

知らぬは先生ばかり、いと哀れなることなり。

などと考えてボンヤリしていると、先生がふいにこちらを睨んだ。

「矢三郎よ」

「なんですか？」

「儂に何か隠し事があるのではないか？」

「何を今さら」私は慌てて陽気な声を出した。「隠し事なんていっぱいありますぜ」

先生は鼻を鳴らし、恋文の仕上げに取りかかる。

「……まあよいわ、どうせつまらぬことであろう」

○

二代目帰国騒動の蚊帳《かや》の外に置かれていた赤玉先生が一切を知ることになったのは、五月も半ばになってからのことで、二代目が帰国してから二週間ほど経《た》った頃であった。

アパートに閉じ籠もっている先生に真実を告げる人物がいるとすれば、旧友の天狗のみである。水引き飾りをつけた一升瓶をぶらさげた岩屋山金光坊が出町商店街を歩いていた、という噂を聞いた私は、「ついにその時が来た」と思った。

恐る恐る先生のアパートに顔を出してみたが、すでにもぬけの殻であった。

それからというもの、赤玉先生は洛中から姿を消してしまい、気の早い狸たちは「二代目の御礼参りを恐れて雲隠れした」と騒ぎ立てた。しかし私をはじめとする赤玉門下の狸たちは「あの先生にかぎってそれはない」と言い返した。

たしかに我らが恩師は、天空を自在に飛行する力を喪失して早幾年、天狗らしいことは何一つできないくせにワガママで助平で狸をいじめる威張りん坊、天狗のタチの悪いところだけを念入りに掃き集めたようなロクでもないジジイではあるものの、天狗たることの矜持だけは鼻から垂れるほど持ち合わせている。狸ごときに「二代目が怖くて逃げた」と後ろ指をさされるぐらいならば、高野豆腐に激突して死んだほうがマシという人物である。

「先生は必ず戻ってくる」と赤玉門下の狸たちは主張した。

数日を経ずして、「先生が雲ヶ畑《くもがはた》でうごうごしているのを見た」という狸が現れた。

洛北雲ヶ畑といえば、賀茂川の流れを北にさかのぼって市街地を出て、北山杉の森深くにもぐりこんだところで、大昔から岩屋山金光坊の縄張りであった。俗塵《ぞくじん》と狸の毛にまみれた下界を遠くはなれ、そのような高尚な場所に立て籠もるということに、我々は赤玉先生の本気を見る思いがした。我らが偉大なる恩師は、帰国した二代目を迎え撃つべく、長年の隠遁生活で鈍《なま》りきった心身を鍛え直しているにちがいない。

「さすが赤玉先生である。腐っても如意ヶ嶽薬師坊だ」

狸界における先生の名声は、やや持ち直したようであった。

○

修行中の赤玉先生へ、陣中見舞いの豆餅を届けようと私は思い立った。

しかしながら雲ヶ畑はひどく遠いのである。

長兄の自働《じどう》人力車を借りていこうと目論んだが、ケチな長兄はなかなかウンと言わない。山中に籠もる赤玉先生はご機嫌斜めであろうから、癇癪玉の誤爆によって貴重な人力車が木っ端微塵《みじん》になっては困るというのである。しょうがないので遠路はるばる自転車をこいで出かけたが、あまりに遠いのでウンザリした。見舞いの豆餅を自分で喰って何事もなかったかのように引き返そうと、幾度思ったかしれない。

くねくねとした山道を歯を食いしばって辿《たど》り、ようやくのことで到着した。

天狗が山に籠もって修行しているのだから、大山鳴動していてもおかしくないと覚悟していたが、雲ヶ畑の集落は平和そのものであった。新緑に包まれた山里では、透きとおった陽射しが古い小学校の校舎や石垣を照らし、畑の用水路を流れる水の音ばかりが大きく聞こえた。時間が水飴《みずあめ》のようにとろとろと流れているかのようである。

私は区役所の雲ヶ畑出張所の前に来て、木陰に腰を下ろして休憩した。

ふいに頭上から声が聞こえた。

「これはこれは下鴨の矢三郎ではないか？」

驚いて見上げると、小さな出張所のコンクリートの張り出し部分に、ワイシャツに紐ネクタイ姿の品の良い老人が腰掛けて、ファンタグレープをちびちび飲んでいた。赤玉先生の数少ない友であり、今は引退して大阪日本橋で中古カメラ屋を営む岩屋山金光坊であった。

「おや、金光坊さま」と私は立ち上がって頭を下げた。

「薬師坊の様子を見に来たのかい？」

「なにしろ暇でございますから」

「ははは。あいかわらず心優しい弟子であることよ。では一緒に参ろうか。天狗の修行場へはそこからのぼればよい」

目の前に高雲寺《こううんじ》へのぼる急な石段がある。

私は金光坊に連れられてその石段をのぼっていった。

金光坊は寺の境内へは入らず、左手を流れる小さな水路に沿うようにして山中に踏みこんでいった。光り輝く新緑の木立を抜けると、水路はやがて冷え冷えとした杉の森に入った。右を見ても左を見ても天を衝《つ》く杉が黒々と聳《そび》えている。のどかな山里の気配が遠のくにしたがって、天狗的気配が濃厚に立ちこめてきた。

岩屋山金光坊は腰に焦げ茶色の小さな瓢箪をぶらさげていて、ちゃぷんちゃぷんと可愛い音をさせている。

「これには龍水が入っているのだよ」

岩屋山志明院の一帯は賀茂川の源流地として知られているが、その山中には幾つもの龍石が埋まっている。その石から滲み出る水を龍水といい、天狗たちはいわゆる精力増強剤として愛用してきたという。二代目との戦いに挑む赤玉先生への差し入れであった。どうやら金光坊は、薬師坊親子の戦いを止めるつもりは毛頭ないらしい。

「天狗というものは物事をうまく丸める方法を知らぬのでな」

「まったくもう、親子揃ってひねくれておられるんだから困ります」

「恩師を気遣うおまえの心がけはまことに感心だが、親子喧嘩の後始末まで狸が心を砕いてやることはないよ。好きなようにやらせておやり」

水路に沿って十五分ほど歩くと、やがて両側から倒れた無数の杉の大木が行く手をふさいでいた。明らかに天狗のしわざである。金光坊が印を結んで何やら呪文を唱えると、結んだ手を開くようにして倒木が次々と立ち上がり、我らの前に道ができた。

そうして開けた道を進んだ先が天狗の修行場であった。

そこは巨人の足跡のようなかたちをした草原で、土踏まずにあたる部分に一本だけ天を衝いて聳える巨大な杉の木がある。その杉の下に出町商店街裏のアパートからわざわざ持ってきた万年床が敷いてあった。赤玉先生が達磨を膝に抱いて、ぷかぷかと天狗煙草をふかしている。わざわざ山奥に籠もったにしては、代わり映えのしない景色である。

金光坊から龍水の詰まった瓢箪を受け取り、先生はジロリと私を見た。

「矢三郎よ、こんなところで何をしておる？」

「ツチノコを追いかけていたら迷いこみました。これはお土産の豆餅です」

「まったく遊んでばかりおるやつめ」

私が二代目の帰国を知りながら素知らぬ顔をしていたことは、もはや先生もご承知であろう。しかし先生も今さら癇癪玉を投げつけるようなことはしなかった。

「それで……やつはどうしておるか？」

「河原町御池のホテルに籠もっておられます」

「儂の寝首をかく算段でも重ねておるのだろう。下手な考え休むに似たりだ」

赤玉先生は瓢箪の栓を抜き、龍水をごくごく飲んで口を拭った。

「あの愚か者め。些末《さまつ》なことを思い煩って魔道を踏みはずす癖は直らんと見える。如意ヶ嶽薬師坊は逃げも隠れもせん。戦いの時は来たれりだぞ、ハイホーッ！」

「彼は昔の彼ならずさ、薬師坊」

金光坊が静かに言うと、赤玉先生はフンと鼻を鳴らして黙った。

私が小さな毛玉であった頃、赤玉先生は「課外授業」と称し、門下の子狸たちをまとめて手提げ籠に放りこみ、この天狗の修行場まで飛んでくることがあった。広々とした草原で狸たちが遊んでいる間、先生は大杉のてっぺんで天狗煙草を吹かし、青空に妙ちくりんな雲を浮かべては子狸たちを面白がらせたものである。

久しぶりに見たその大杉の姿が懐かしく、私はゆっくりとまわりを歩いてみた。あまりの大きさに梢が見えない。太い幹のあちこちに千社札が貼りつけられ、天狗が置き忘れたらしい酒瓶や、戯れに集めてきたらしい鬼瓦、色褪《あ》せた手拭いが枝に引っかかって春風にひらひらしていた。

幼い頃、癇癪を起こした赤玉先生に罰としてこの杉のてっぺんに縛りつけられたことがある。赤玉先生は忘れて帰ってしまい、長兄が迎えに来てくれるまで、私は杉のてっぺんでムッツリと膨れていたものだ。

私がそんな想い出を語ると、赤玉先生は「忘れた忘れた」と言った。

「憶えておられないとはひどいや」

「おまえの親父も、そのまた親父も縛ってきたのだ。いちいち憶えていられるか」

やがて赤玉先生は万年床から立ち上がり、瓢簞を揺らして杉の木の根もとに近づいた。そして瓢簞を逆さにして、空っぽになるまで龍水を注いだ。

「いいのかね？」と金光坊が言った。

「この杉とも長年の付き合いだ。残りはこいつにくれてやろう」と先生は言った。

杉の根もとに龍水を注いだ先生の横顔には、如意ヶ嶽薬師坊としての天狗らしい威厳が充ちている。かつて如意ヶ嶽を跳梁跋扈《ちょうりょうばっこ》して下界に遍《あまね》く唾を吐いていた頃の先生の姿が脳裏に彷彿《ほうふつ》とした。

赤玉先生は、空っぽになった瓢簞を金光坊に押しつけると、懐から一通の封書を取りだした。恋文かと思いきや、「果たし状」という字が見えた。

「これをやつに届けい。名誉なお役目と心得よ」

私は封書を受け取って平伏した。

「下鴨矢三郎、心得ました」

○

河原町御池のホテルのロビーにおいて、私は二代目に赤玉先生の果たし状を手渡した。実の父親からの全身全霊をこめた物騒な書状を受け取っても、二代目は眉一つ動かさず、ダイレクトメールでも受け取ったかのような冷ややかな顔をしていた。

「行くかもしれない。行かないかもしれない」

二代目は言った。

「あてにしないで頂きたいね」

二代目のやる気のなさに相反して、天狗の決闘の噂は狸界を熱狂させた。百年前のように赤玉先生が勝利して二代目を京都から蹴りだすか、それとも二代目が勝利して天狗の新時代を切り開くか。狸たちは固唾《かたず》を呑んで決闘の日を待った。

そもそも天狗というものは、傲慢山の急峻《きゅうしゅん》から森羅万象を見下《みくだ》す者である。天狗だからこそ偉いのであり、偉いからこそ天狗なのである。この向かうところ敵なしの天狗論理によれば、狸なんぞは毛玉にすぎず、人間なんぞは裸の猿にすぎず、自分以外の天狗たちでさえ所詮は張り子の虎である。

天地間で偉いのはただひとり我ばかり——それが天狗というものだ。

したがって、父は子よりも偉く、子は父よりも偉い。

どう考えても、丸くおさまるわけがないのである。

○

決闘当日の夜、赤玉先生は南座の大屋根によちよちと這い上がっていった。

鉢巻きと襷《たすき》掛けからは闘志満々であることがよく分かるが、四つん這いになってぷるぷるしているその姿には天狗らしさのかけらもない。百年前に我が子を蹴落とした南座の大屋根を決闘の場所に指定したのは明らかに無謀なことであった。しかし先生は不屈の闘志で屋根を這い、なんとかてっぺんに辿りついた。

「天空を自在に飛行する、それが天狗というものだが――やれやれ」

赤玉先生はあぐらをかいて汗を拭い、天狗煙草に火を点けた。

濃い煙草の煙がひんやりと心地よい夜風に散っていく。

そこから東を見れば夜祭りのような祇園四条の明かりが連なり、西を見れば四条大橋とビル街の明かりが燦然と輝いている。

四条通を挟んで向かいにある「レストラン菊水」の屋上から、ジウジウと肉を焼く美味《うま》そうな匂いが夜風にのって流れてきた。提灯《ちょうちん》の輝くビアガーデンは今宵鞍馬天狗たちによって貸し切られ、今まさに「薬師坊をテッテイして馬鹿にする會《かい》」が開催されようとしていた。

特等席から、赤玉先生と二代目の決闘を麦酒《ビール》ジョッキ片手に見物しようという魂胆であろう。争乱や決闘沙汰《ざた》は天狗たちにとって格好の酒の肴《さかな》なのである。

鞍馬天狗たちはビアガーデンの手すりを乗り越えて四条通上空へ身を乗りだし、扇子やメガホンを振りまわした。「薬師坊よ、心置きなく戦え」「まかせろ、骨は拾ってやる」「拾って鴨川へ捨ててやる」などと無用の声援を送りながら、鞍馬天狗たちはジョッキを打ち砕いて麦酒の泡をまき散らし、やんややんやと囃《はや》し立てた。

「山のドングリどもめ。いずれ琵琶湖に沈めてやるぞ」と先生は歯軋《はぎし》りした。

じつのところ、物見高いのは鞍馬の天狗たちばかりではなかった。

四条大橋の周辺には酔漢と化した狸たちがおびただしく集まって、決闘の行く末を見守っていた。偽右衛門八坂平太郎も、我が長兄の矢一郎とともに、四条大橋のたもとに待機していたらしい。また、鴨川の対岸で燈籠《とうろう》のように輝く「東華菜館」の屋上では、岩屋山金光坊がひとり老酒《ラオチュウ》を傾けて旧友の決闘が終わるのを待っていた。

やがて暗い夜空から万年筆のインクが滴《したた》るようにして、黒ずくめの二代目が舞い降りてきた。彼はシルクハットの縁を持ち上げ、赤玉先生に白々しく会釈した。そして、まるで通りすがりの赤の他人に話しかけるように声をかけた。

「これは御老体。こんなところで何をしておられるのです？」

「ちと待ち合わせでな」

「それは奇遇ですな。じつは私もここで待ち合わせなのです」

「……あんたのお相手は誰かな」

「くだらぬ人物ですよ。口にしたくもないような」

「ほう、それは奇遇なり。儂の待っている相手もまた、じつにくだらぬ人物でな」

　赤玉先生は天狗煙草の火を消して、よろよろと危うい足取りで立ち上がった。へっぴり腰のまま、百年ぶりに対面する我が子を睨みつける。

「その愚か者は儂の息子でもあり弟子でもあったが、今はそのどちらでもない。修行半ばの身の上で色恋沙汰にうつつを抜かし、愚かにも儂に刃向かった。ゆくゆくは偉大なる儂の跡目を継いで天下の命運を握るべき男が、小娘ごときに弄《もてあそ》ばれて魔道を踏みはずすとは情けない。それきり挨拶もなく長い歳月姿を消しておったが、今さらのこのこ帰ってきたという。どうせ儂のもとへ顔を出す度胸もなかろうとて、先手を打って果たし状を送りつけてやったわ。またここから蹴落としてやろうと思ってな」

　そう言って赤玉先生は挑発したが、二代目は平然として物も言わない。

　天狗の父子は睨み合ったまま動かなかった。

　やがてビアガーデンの鞍馬天狗たちが痺《しび》れを切らし、「のこったのこった」「おい、早くやれ」「まさか仲直りか」「仲良し親子か」と囃し立てた。

二代目は革手袋をはめた手を挙げて、艶やかに光るシルクハットを脱いだ。

そのシルクハットを胸に当てて天に祈るかのような一瞬の仕草の後、彼は冷徹な表情で振り向くなり、鞍馬天狗たちが宴会をしているビアガーデンに向かって、猛然とシルクハットを投げつけた。その護身用シルクハットは、第一次世界大戦で使用された大砲の弾丸を鋳直して造ったものであるという。シルクハットは凄《すさ》まじい音を立ててテーブルを打ち砕き、鞍馬天狗たちを一撃で黙らせた。

二代目は向き直って俯《うつむ》き、気取った仕草で髪を整えた。

「蹴落とせるものなら、蹴落としてごらんなさい」

「やってやろう。覚悟せい」

赤玉先生が懐から取りだしたのは、風神雷神の扇であった。

◯

風神雷神の扇とは、片面で扇《あお》げば大風を起こし、もう片面で扇げば雷雨を起こすという天下無敵の扇である。かつては如意ヶ嶽薬師坊の七つ道具であったが、そのわりに先生はぞんざいに扱った。「愛の記念」として弁天に進呈して天狗界狸界から大顰蹙を買ったが、昨年の紆余曲折《うよきょくせつ》を経て先生の手に戻ったのである。

　今の赤玉先生には天狗風を吹かす力はない。渾身《こんしん》の力をこめたとしても、レンゲの花咲く野を吹き渡る春風のようなシロモノで、二代目の前髪をソッと揺らすのがせいぜいであろう。しかし風神雷神の扇さえあれば、いかに先生が老いたりとはいえ、南座の大屋根ぐらいはやすやすと吹き飛ばせる。

「思い知るがいい！」

　赤玉先生は大喝して扇を振り上げようとした。

　扇は先生の手からすっぽ抜けて、鴨川に向かって宙を飛んだ。いかに最強の扇といえども、扇げなければ何の役にも立たない。逃れた扇を慌てて摑もうとして赤玉先生は虚空を摑み、そのままバランスを崩してバタンと倒れ、頭からズルズルと滑り落ちた。扇はコロコロと軽快に転がり落ちていく。

　このままでは風神雷神の扇も、我が恩師の命も危ない。

　私は暗がりから身を起こして屋根を駆け、風神雷神の扇を摑んで懐におさめ、続いて赤玉先生にしがみついて引き留めた。

　赤玉先生は無言で起き上がり、私の隣であぐらをかいた。

したたかに打った鼻をおさえて涙目をしているが、他に怪我《けが》はないようである。

頭上から二代目の厳しい声が降ってきた。「そこにいるのは矢三郎君だろう？」

私は大屋根の縁で平伏した。「下鴨矢三郎、参上いたしました」

「こんなところで何をしているのかね？」

「……これもまた阿呆の血のしからしむるところで」

「救援に駆けつけたというわけか」と二代目は溜息《ためいき》をついた。「まったく狸というのはなんと愚かなのだろうか。微笑《ほほえ》ましいことは認めよう。しかし諸君が愚物であるという事実は揺るぎない」

「二代目も天狗らしいことを仰いますね」

「私は天狗ではないよ。天狗とは何か？　そこにいる老いぼれですよ」

二代目は赤玉先生を顎で示した。

「あれほど威張り散らして己の神通力を誇っておきながら、縄張りも守れずに鞍馬の連中に山を追われ、人間どもの暮らす薄汚いアパートに押しこめられている。今でも自分は偉いと思っているのだろうが、しょせん裸の王様だ。天狗風ひとつ満足に操れず、まともに空も飛べやしない。何ができるというのかね。じつに無意味で滑稽な末路だ。しかしこれが天狗というものだ。これが天狗のなれの果てだ。……嗚呼、それにしてもなんというざまだろうか。

狸ごときに哀れまれて、それでもなお生きているとは」

　二代目は美しい眉をひそめ、冷たい目で赤玉先生を見下ろした。

「恥を知るがいい。恥を知れ」

　二代目の言葉が腹にすえかねたのか、赤玉先生はよろよろと立ち上がり、私を押しのけるようにして、屋根に這い上がろうとした。ずるずると力なく滑り落ちては、なんとか踏みとどまり、ふたたび二代目の立つ高みへのぼろうとする。

　赤玉先生は白髪を振り乱し、息を切らしながら呻いた。

「逃げずにそこで待っておれ。儂がふたたび蹴落としてやるからな」

　そのとき二代目が傲然と見下ろしていたのは、必死で屋根を這い上がる父親のみならず、それを固唾を呑んで見守っている私であり、眼下の街に蠢《うごめ》く有象無象《うぞうむぞう》の一切であったろう。天地間で偉いのはただひとり俺ばかりだと、その冷たい目は雄弁に語っていた。「天狗ではない」と言い張る二代目の、ギラギラと底光りする天狗の片鱗《へんりん》に惚《ほ》れ惚《ぼ》れした。

　二代目はその白い頬に冷笑を浮かべて言った。

「まだ父上は死なざるや？」

　赤玉先生は歯軋りするような声で答えた。

「……死んで欲しくば殺してみせろ」

二代目はその言葉を鼻で嗤《わら》った。

「殺してやる価値もない。勝手に野垂れ死ぬがいい」

先生が這い上がるのを待つことなく、二代目は大屋根から跳ねた。

二代目は楽々と鴨川を飛び越え、「東華菜館」の屋上で老酒を飲んでいる岩屋山金光坊に会釈してから、煌《きら》めく夜の街へ飛び去ってしまった。

赤玉先生はポカンと口を開けて見送るばかりである。

かくして天狗の決闘の幕は下りた。

○

「やれやれ、また逃げおったか。情けないやつ」

赤玉先生は大屋根の中ほどにあぐらをかき、一仕事を終えたかのようにせいせいとした顔つきで煙草を吹かした。私は先生のかたわらに腰を下ろし、風神雷神の扇を弄びながら、二代目の飛び去った夜の街の燦然とした輝きを眺めていた。

やがて赤玉先生は呆れたように言った。

「まったくおまえという狸はどこにでも現れおるな」

「神出鬼没を心がけております」

ふいに先生が「どうだ？」と言って私の脇腹をつついた。「儂の勝ちであろう？」

「……ええっと、何をもって勝ちとするわけですか？」

「そんなことも分からんようでは話にならんわい」

先生は美味そうに煙草を吸いながら、眼下を南北に流れる鴨川を見た。

川沿いには早くも納涼床が出始めていて、夢幻的な夜の明かりを黒い川面《かわも》に投げている。いかにも弁天が豪奢な夜遊びをしていそうな眺めであった。

そのとき先生と私が考えていたのは同じことであったらしい。

鴨川に目をやりながら、先生はぽつんと呟いた。

「弁天はどこでどうしているのやら」

「お帰りになれば——さぞかし楽しくなるでしょうね」

「……今こそ、あの別嬪《べっぴん》の出番であるというのに」

先生は夜空に輝く月を見上げ、溜息をつくように言った。

「儂は弁天に会いたい。儂は弁天に会いたいのう」

第二章　南禅寺玉瀾

恋に落ちる雄狸と雌狸は、「運命の赤い毛」で結ばれているという。

あやふやな伝説に胸をときめかせ、貴重な一本の赤い毛を選《よ》り出そうとして総身を点検する狸はあとを絶たない。こうしている間にも、吉田山の木陰で、荒神様の境内で、京都府立植物園の温室で、狸君と狸嬢の毛深くも慎み深い交情が進行中である。曰《いわ》く、「君のような狸は世界で一匹だ」。曰く「あなたのような狸は世界で一匹よ」。まったくもって、ごちそうさま！

ここに一つ、毛深き恋の物語がある。

今は昔、左京区一乗寺狸谷不動の森に、桃仙《とうせん》という名の狸の雌が暮らしていた。桃のように瑞々《みずみず》しくて、仙人のように身が軽い。参道の二百五十段もある階段で朝から晩まで遊んでいた。彼女を軽んじるようなぼけなすは、「くたばれ！」の一言で撃退された。近隣の子狸たちは畏敬の念をこめ、「階段渡りの桃仙」と呼んだ。

ある日のこと、馴染みのない子狸たちが狸谷不動へ乗りこんできた。当時狸界を席巻していたツチノコブームに煽《あお》られて「ツチノコ探検隊」を標榜《ひょうぼう》し、近郊の山々を荒らしまわっていた悪童たちである。歌いながら階段をのぼってきた悪童たちは、途中で桃仙と出会ったが、彼女の勇名を知らない彼らは居丈高に出た。

「そこのけチビスケ」

「なんだとコンニャロ」

桃仙は憤激し、悪童たちをぽこぽこ蹴落とした。「くたばれ！」

それからというもの、参道の長い石段をめぐって、狸谷不動の子狸たちとツチノコ探検隊による陣取り合戦が繰り広げられた。桃仙はよく戦って自分たちの縄張りを守ったという。やがて歳月が過ぎ去り、白無垢《しろむく》姿となった桃仙は、かつて守り抜いた二百五十段を下っていった。狸谷不動をあとにして、嫁入り先の糺ノ森へ向かうのである。

そのとき彼女が懐かしく思い返していたのは、高歌放吟して階段をのぼってきたツチノコ探検隊の悪童たちと、それを迎えて立つ自分の姿であった。あの日「そこのけチビスケ」と言い放ったツチノコ探検隊の隊長は下鴨総一郎といい、つまり我らの父である。「なんだとコンニャロ」と応じたお転婆は言うまでもなく母なのだ。この世に毛深き恋なかりせば、下鴨家の兄弟は毛一筋だに存在しなかった。

玉のような毛玉たちが生まれたその先は、毛深き愛の物語となる。

○

梅雨入りした六月頭のこと、私は京都市動物園の檻《おり》の中に座っていた。

京都市動物園は岡崎の平安神宮のそばにあり、煉瓦塀《れんがべい》で囲まれた敷地内に鳥獣の声が賑やかに響いているところである。ゾウ、ライオン、キリン、カバといった貫禄のある連中の檻に交じって、狸の檻もちゃんとある。

しかしながら、狸というものは檻に入ることをたいへん恐れる。というのは、我々狸が得意とする化け術は自由の観念と密接なつながりがあって、檻に放りこまれて自由を奪われてしまうと、化けの皮をかぶっていることができなくなるからだ。化けることもできない不自由を好む狸はいない。

そういうわけで、動物園の狸役はその道のプロフェッショナルである岡崎の狸たちが、交替で務めるのが昔からのならわしであった。彼らが慰安旅行などへ出かけるときは、やむを得ず他の狸が代打を務めねばならないが、当然ながらその仕事は人気がない。私がその仕事を引き受けることにしたのは、報酬が高額であったからである。

代打を引き受けるにあたって、まずは「動物園の狸としての正しい振る舞い方」について、岡崎の頭領から念入りな講習を受けた。正しい狸というものを洛中の人士に知らしめる啓蒙《けいもう》活動に、岡崎の狸たちは誇りを持っているのだ。

「大事なのは愛嬌《あいきょう》です。しかし媚《こび》を売るのではありません」

岡崎の頭領は彼らなりの哲学を語った。

「誇りをもって狸を演じる。それがコツです。ありのままのリアリズムでやっちゃいけませんよ。そんなことをすれば台無しです。ありのままを晒《さら》すのではなく、狸よりも狸らしくなる瞬間を意識的につかまえる。これもまた化け術なのです」

さすがに檻に入るのは薄気味悪くて、初日は落ち着かずに過ごした。化ける力も封じられ、ふらふらと遊びに出かけることも許されず、四六時中誰かが自分を見張っているというのは、馴れない狸にはひどく疲れることであった。

その日の夕刻、私がひとりぼっちで檻の中にいるのを心配して、母が様子を見にやってきた。母は例によってタカラヅカ風美青年の姿をしていたが、その肩に緑色の蛙をのせているからなおさら目立つ。その蛙は檻の隙間からもぞもぞ中へ入ってきた。

「矢二郎と一緒なら淋しくないでしょう」と母は言った。

そういうわけで二日目からは次兄と一緒に過ごすことになったので、気分はずいぶん楽になった。毛深い頭に蛙をのせて、私がのちのちと歩きまわると、檻の前に集まった子どもたちが「蛙が狸を運転してる！」と仰天していた。

「おまえも色んなことに手を出すねえ。俺はまったく感心するよ」と次兄は言った。

「とくにやるべきこともないからね」

「そういえばツチノコは捕まえたのかい？」

「おいおい兄さん、捕まえてたらこんなところにいるもんか。今頃は記者会見と祝賀パーティで大忙しだよ」

さてその夜、次兄は檻の隅にぺたりと座りこんで何やら一心に考えこんでいた。

「何をしているの？」と覗きこんだら、次兄は詰め将棋を解いていた。

南禅寺家主催の狸将棋が六月中旬に開催されることとなり、次兄はその予選に出るという。

「枯れ木も山の賑わいさ」と次兄は言った。「なにしろ将棋の好きな狸は少ないし、淋しい大会になっては南禅寺が可哀相《かわいそう》だから」

「それにしても父上も物好きなイベントを作ったもんだなあ」

我らの父、下鴨総一郎はたいへんな将棋愛好家であった。その将棋好きが高じて、南禅寺の先代と手を組んで「狸将棋大会」を立ち上げたものの、狸というものは将棋の駒を憶えるのさえ億劫がるし、将棋盤の前にジッと座っていると尻の毛がむずむずしてくるような手合いである。父の願いもむなしく狸界に将棋は定着せず、そのうちに父が狸鍋に落ちて、大会は一時休止に追いこまれていた。それを復活させたわけだから、長兄はさぞかし鼻が高いだろうと私は思った。

　そのとき、ふと私は思い出して言った。

「そういえば兄さん、『将棋の部屋』ってあったよね？」

「あったあった。父上の秘密基地だろ、面白い部屋だったな」

「あの部屋は今、どうなってるの？」

「紀ノ森にあるはずだが、俺も知らないんだよ」

　狸界の頭領として駆けまわる合間、「将棋の部屋」に籠もるのが父の大切な息抜きであった。その部屋は将棋指南書や古い将棋盤などの蒐集品が集められた四畳半であり、時には我ら兄弟もその部屋で将棋を教わったものである。

　私は懐かしい将棋の部屋を脳裏に思い浮かべた。

　何に使うのか分からない畳一畳分もありそうな大駒や、奇妙なかたちをした将棋盤に囲まれて、父は楽しげに座布団にあぐらをかいていた。その部屋には大きな天窓があった。天窓の向こうには深く澄んだ青空が広がっていて、熟した柿の実をつけた枝が張り出しているのが見えた。「あの柿が欲しい」と言って父を困らせたことを憶えている。

　不思議なことに、父は我々をそこへ連れていくとき、必ず目隠しをした。

憶えているのは、風がビュウビュウ吹く穴の底へ飛び降りた感覚ばかりである。

「兄貴も部屋の在処《ありか》を知らないのかな？」

「知らないらしいぜ」と次兄は言った。「森を隅から隅まで探したけど、それらしい穴ぼこは見つからなかったそうだよ。よほど父上は上手に隠したんだろうね」

そして次兄は呟いた。「いつかもう一度行ってみたいな」

〇

珍しい客が檻を訪ねてきたのは、動物園生活最終日のことであった。

その日は朝から薄曇りで時折ぽたぽたと雨が降り、動物園は閑散としていた。ちんちんと音を鳴らして走る赤煙突の汽車ぽっぽも、小さな観覧車も、灰色の雨に濡れて侘《わび》しげに見えた。こんな日はいくら私が狸らしい狸を演じていても、檻の前に足を止めてくれる人間も少ない。そうなると張り合いがないものである。

私が退屈してあくびをしていると、小さな女の子がやってきた。幼稚園児ぐらいの背格好で、赤い傘と赤い長靴が鮮やかであった。彼女は汽車ぽっぽにも観覧車にも興味を示さず、くるくる赤い傘をまわしながら一直線に狸の檻の前までやってきた。よほど狸が好きなのであろう。彼女は赤い傘をグッと檻に押しつけるようにして、私が檻の中を意気揚々と歩きまわるのを、大きな目をして見つめていた。そのうち彼女はくすくすと笑いだした。

「ステキな狸ぶりねえ、矢三郎ちゃん」

私はびっくりして立ち止まった。

頭上の次兄が「なんだ玉瀾《ぎょくらん》じゃないか」と言った。「どうしてこんなところに？」

「矢三郎ちゃんが代打に出てるっていうから、応援に寄ったげようと思って」

「ふん。立派に務めてるだろ、玉瀾先生？」

私が言うと、「『先生』は止《よ》して」と玉瀾は苦笑した。

南禅寺玉瀾という狸は、南禅寺家の頭領正二郎《しょうじろう》の妹である。

かつて私が赤玉門下の子狸であった頃、玉瀾はすでに知恵も分別もついていて、赤玉先生のお気に入りであった。先生の教えを受けた狸たちのうち、成績優秀な狸の何匹かは先生の手伝いをすることになっていた。南禅寺玉瀾は、長兄の矢一郎とともに、赤玉先生の助手役を立派に務め、教壇下でうごうごする毛深い悪童たちを牧羊犬のごとく追い立てたものだ。私が「玉瀾先生」と呼ぶのはそのためである。

玉瀾は檻の前に立って、狸将棋大会を楽しみにしているという話をした。今日も兄の正二郎と一緒に予選会場の下見に出かけた帰りだという。

「矢三郎ちゃんも見物に来るでしょう？」

「どうしようかなあ。俺は将棋に興味がないもの」と私はあくびをした。

「矢一郎さんが頑張って復活させたのに来ないっていうの？　そんなつれないことを言っては駄目よ。来ればきっと面白いから」

「そりゃあ玉瀾は面白いだろうけどさ」

玉瀾は子どもの頃から将棋大好きの狸として知られている。

そもそも南禅寺家は将棋好きの一族だが、玉瀾の将棋大好きぶりは群を抜いており、琵琶湖疏水に転落しても詰め将棋を解くのを止めなかったとか、好きで好きでしょうがないから将棋の駒を食べてしまったとか、毎晩将棋盤に添い寝しているとか、数々の伝説がまことしやかに囁かれていた。玉瀾によれば全部デタラメらしいが、彼女が赤玉先生門下にいた頃、いたいけな狸の子たちに将棋を無理強いしていたことは事実であって、「おもしろいから！　おもしろいから！」と将棋盤を持って追いかけてくる玉瀾から私も逃げまわったことを憶えている。玉瀾は将棋へのその過剰な愛ゆえに、啓蒙活動には不向きであった。狸界に広まった数々の玉瀾伝説は、当時追いかけられて閉口した子狸たちが言いふらしたものであろう。

ふいに玉瀾がぽつんと呟いた。

「矢一郎さんは、今でも将棋を指さないのね」

「兄さんはもう将棋を指さないさ」

次兄がやわらかな声で言った。「玉瀾が一番分かっているだろう?」

「いつまでこだわるのかしらん。もう立派な毛玉なのに」

「それをあいつに言ったかい?」

「言えない。……なんでか分からないけど言えないの」

糺ノ森に父が遺した将棋盤があって、長兄はこれを自働人力車とともに大切にしていた。その将棋盤は桐の箱におさめられているが、その盤面には凄まじい歯形が残っていた。怒り狂った長兄が虎に変じて嚙みついた跡である。幼い頃の長兄は、将棋で形勢が不利になって頭に血がのぼると虎になりがちな悪癖があった。長兄が将棋を指さなくなったのは、そんな風に我を忘れるのが心底厭《いや》になったためである。同い歳の女の子と将棋を指して、悔し泣きして将棋盤に嚙みついたことなど、沽券《こけん》にかかわる思い出であるにちがいない。

やがて玉瀾は「じゃあ将棋大会で会いましょう」と言い残し、雨に煙る南禅寺の森へ帰っていった。彼女は歩きながらホンモノの子どものように赤い傘をくるくるまわしていた。次兄が私の頭の上で「この世に毛深き恋のなかりせば」と呟いた。

「なんだい兄さん?」

「……いや、なんでもないさ」

「井戸の底の蛙にも守秘義務というものがあってね」

「思わせぶりだな」

○

六月中旬のある日、夜が更けてから家族で連れだって南禅寺へ出かけた。

空は分厚い雲に覆われて星一つ見えず、湿気《しけ》った夜風が吹いていた。弟の矢四郎は鼓笛隊の先頭に立つリーダーのように得意げな顔をして、家紋入り提灯を掲げている。大邸宅の長い塀が続く暗い町を抜けて南禅寺境内に入ると、洛中の狸たちが提灯を提げてうごうごしていた。今宵は南禅寺家主催の「狸将棋大会」の日である。

母は感心して境内を見まわした。「ずいぶん大勢集まるのねえ」

「父上が亡くなってからというもの、この将棋大会も長いこと中断しておりましたからね」と長兄は誇らしげである。「私も奔走した甲斐《かい》がありました。父上も喜んでくださるでしょう」

「兄さんが今宵《こよい》の勝負に勝てば父上はもっと喜ぶぞ」と私が言うと、肩にのった次兄がもぞもぞした。「そいつはどうかな。あんまり期待しないでくれ」

「弱気なことを言うな、矢二郎。下鴨家の名誉を守れ」と長兄が言う。

「おいおい兄さん、俺は名誉を守るために将棋をやってるわけではないぜ」

「おまえなら玉瀾の相手も立派に務まるさ」

「どうかねえ」と次兄。

「きっと勝てますとも」と母が言った。「でも、勝負は時の運だからね」

境内に集まった狸たちの大半は飛車角の区別もつかない将棋音痴であり、賭けと宴会を目当てにしている。松の木に囲まれて黒々と聳える南禅寺三門の下では、寺町通のバー「朱硝子《あけがらす》」の主人が狸仲間たちと賭けごとの相談をしていた。何らかの対立をことごとく賭けごとに結びつけるのが彼らの生き甲斐である。

私は歩いていって、「朱硝子」の主人に声をかけた。

「よう。将棋音痴なのにわざわざ出かけてくるとはね」

「頑張ってくれよ矢三郎、俺たちは盤外乱闘も考慮に入れてるからな」

彼はけしからぬことを言った。「盤外乱闘は十八番《おはこ》だろ？」

私が言い返そうとしたとき、弟が家紋入りの提灯を振った。

「八坂さんがいらっしゃったよ」

八坂の狸たちが控えめにぷっぷと喇叭《らっぱ》を鳴らしつつ、南禅寺の境内に入ってきた。偽右衛門八坂平太郎はあいかわらずのアロハシャツ姿である。

彼は我々に気がついて三門の下へやってきて、長兄の肩を上機嫌で叩いた。

「いや矢一郎君。狸将棋の復活、じつにめでたいな」

春頃から八坂平太郎はちゃくちゃくと引退の支度をしており、偽右衛門の仕事をなしくずしに長兄に引き継ぎつつある。長兄は「寝るヒマもない」と不平を言いながらまんざらでもなさそうで、新京極で調達してきた怪しい栄養ドリンクをこれ見よがしに飲み、水を得た毛深い魚のごとく洛中をぴちぴちと泳ぎまわっている。

八坂平太郎は私の肩にうずくまっている次兄に話しかけた。

「それにしても矢二郎が予選を勝ち抜くとはな。おまえがこんなに将棋が強いとは知らなんだ」

「父に教わりましたからね。それに井戸の底では他にやることもないわけで」

「おまえも総さんに悪い遊びを教わった口だな。俺も同じさ。子どもの頃はツチノコ探し、大きくなってからは将棋と酒とハワイだ。まったく金にもならんロクでもないことばかりで、あんなに楽しいことはなかったな。それにしても総さんは何でも上手だった」

母がくすくす笑った。「平太郎さんは何でも下手っぴだったわね」

「待ってくれ、そいつはあんまりな言い草だぞ」

「あら。たとえ下手っぴでも、いつまでも楽しく遊んでいられるのは御立派ですよ」

「まったく言いたい放題だ。かなわんのう」

アロハ姿の偽右衛門はそう言って笑った。

○

南禅寺は東山の山懐にある臨済宗の古刹《こさつ》である。

南禅寺一族は、南禅寺から蹴上《けあげ》に広がる森を縄張りとしている。

今を去ること八十年ほど前、しんしんと冷えこむ南禅寺の書院で、阪田《さかた》三吉《さんきち》という大阪の将棋指しが、東京からやってきた将棋指しと対決した。いわゆる「南禅寺の決戦」である。長年沈黙していた阪田三吉が「右端の歩を突く」というヘンテコな手で一世を驚倒させたということは将棋音痴の私でも知っている。七日間にわたるその戦いは凄愴《せいそう》鬼気迫るものであり、高みの見物をしていた南禅寺の狸たちも気を呑まれた。

南禅寺の三兄弟が阪田三吉から教えを受けたという伝説は信憑性《しんぴょうせい》に欠けるとしても、その七日間をきっかけにして南禅寺一族が将棋に開眼したのは事実であるらしい。以来、南禅寺家は将棋に情熱を注ぎ、狸界への普及活動にも力を入れてきた。若かりし父が将棋を指すようになったのは、南禅寺の先代から手ほどきを受けたためである。

南禅寺の狸の案内に従い、境内の狸たちは提灯を掲げて歩いていった。

境内の暗がりに浮かび上がる南禅寺水路閣をくぐって石段をのぼると、琵琶湖疏水の流れる音が聞こえてきた。東山の山影がおおいかぶさり、あたりは息が詰まるほどジメジメとしていた。提灯行列は南禅院の庭を下に見て、暗い杉木立を抜けていく。行列の先頭からは八坂平太郎の笑い声が聞こえ、誰かがプオーンと喇叭《らっぱ》を鳴らした。

長兄は歩きながら、用心深く前後左右に目をやっていた。

「金閣と銀閣の姿が見えんな」

前年末に狸界を揺るがした大騒動は、長年にわたって偽電気ブラン工場の采配を振って私腹を肥やしてきた夷川家頭領・夷川早雲の失脚をもって幕を閉じた。肥やした私腹を持ち去った早雲の行方は、今なお杳《よう》として知れず、どこかの温泉地でぬくぬくしているという噂であった。

早雲に代わって狸界きっての阿呆兄弟金閣と銀閣が工場の経営を引き継ぐこととなり、由緒正しい密造酒偽電気ブランの伝統も風前の灯火《ともしび》だと誰もが思ったそのとき、末娘の海星《かいせい》という辣腕経営者が彗星《すいせい》のごとく現れて阿呆兄弟の手綱を握った。「海星に叱られた」と夜の巷《ちまた》で泣き濡れる兄弟がたびたび目撃されている。

「あいつら将棋になんか興味ないだろ。阿呆だから」

「予選で惨敗してふてくされていたが、大会には参加すると言っていた。海星が偽電気ブランを差し入れてくれたし、夷川家を大会から締め出すわけにもいかん」

「あいつらが何か仕掛けてきたら受けて立つぜ」

「盤外乱闘は自重しろ」

やがて我々は森の中の広場に出た。

物々しい篝火《かがりび》が森の一角を明るくして、広場の中央に作られた何十畳分もある巨大な将棋盤を照らしている。それが今宵の決戦の舞台となるのだ。将棋盤の三方には階段状の見物席がある。その前には長テーブルが置かれ、ぐつぐつとおでんの煮える鍋や、目もくらむほどたくさんのおにぎり、そして蠱惑的《こわくてき》に輝く偽電気ブランの大瓶がぎっしりと列んで、集まってきた狸たちを盛んに誘惑していた。

南禅寺の頭領、玉瀾の兄である正二郎が和服姿で進み出た。

「今宵は南禅寺狸将棋大会にお越しいただきまして、まことにありがとうございます。下鴨総一郎さん亡き後、当大会は長らく中断を余儀なくされておりましたが、このたび皆様の温かいご支援のもと、無事開催の運びとなりました。この大会が今後も末永く続くことを祈ります。なお、夷川家の海星様より多大なるご寄付を頂いておりますことを一言申し上げ、ここに感謝の意を表します」

早くも一杯やった狸たちがやんやと囃し立てた。

「狸将棋万歳！　偽電気ブラン万歳！」

その歓声が響き渡る瞬間を狙い澄ましたかのごとく、黒々とした英国紳士の行列が提灯を連ねてやってきた。提灯には「夷川」の文字が見える。金ピカの下品なシルクハットを頭にのせた金閣は得意満面でふんぞり返り、「偽電気ブラン万歳！」という歓声を気持ちよさそうに浴びていた。彼の背後では銀ぴかのシルクハットを頭にのせた銀閣が、これまた気持ちよさそうにしていた。

「やあやあ皆さん、お待ちかね。金閣だよ」

「お待ちかね、銀閣だよ」

私が「待ちかねてないぞ！」と野次を飛ばすと、集まった狸たちがドッと笑って森が賑やかになった。金閣はふくよかな頬をふるふるさせて私を睨んだ。そして銀閣と一緒にあかんべえをしてきたので、私もまたあかんべえを返した。

南禅寺の狸将棋は、創始者たる南禅寺の先代と父たちが考えだしたものである。といっても、人間たちがやっている「人間将棋」とルールは変わらない。異なるのは、狸たちが化術をつかって巨大な将棋の駒に化けるという点である。王将の座についた対局者たちは手もとに小さな将棋盤を持って指し、その指し手にしたがって駒に化けた狸たちが盤上をのちのち行ったり来たりする。これは壮観と言えば壮観であるが、間抜けと言えばきわめて間抜けである。

南禅寺正二郎は予選を勝ち抜いた二匹の名を読み上げた。

「西軍、南禅寺玉瀾」

和服姿の南禅寺玉瀾が姿を見せ、狸たちに一礼した。

「東軍、下鴨矢二郎」

正二郎の声に合わせ、私は両手にのせた次兄を高々と上げた。

「よ！　美女と蛙！」と誰かが言って、また狸たちがドッと笑った。

母と矢四郎はおでんを山盛り皿に取って見物席に上がった。長兄と私は次兄を座布団にのせ、将棋盤の王将の座へ運んだ。「リラックスしていこうぜ」と私は次兄の肩の力を抜こうとし、長兄は「下鴨家の名誉を守れ。気合いを入れろ」とプレッシャーをかけた。「兄さんも矢三郎も言うことがバラバラだからなあ」と次兄は苦笑した。

そんな言い合いをしていたら、敵陣から南禅寺玉瀾がやってきた。

「矢一郎さん、こんばんは」

長兄は直立不動となった。

「こんばんは、玉瀾」

「このたびは将棋大会のためにご尽力頂きまして、まことにありがとうございます。無事にこの日を迎えられたのは矢一郎さんのおかげでございます」

「もったいないお言葉です。私もホッといたしました」

そして玉瀾は次兄に微笑みかけた。「手加減しませんからね、矢二郎君」

敵陣へ戻っていく玉瀾を見送りながら次兄が言った。

「兄さんが出場しなかったから玉瀾は残念がっているんだぜ」

「俺はへなちょこだ。出場したところで、予選を勝ち抜くこともできなかったろう。玉瀾の相手なんぞ到底務まらんさ」

長兄と玉瀾は赤玉先生の門下時代、手に負えない悪童たちを追いまわすかたわら、将棋盤をはさんで向かい合っていた。長兄と玉瀾は一緒に将棋を研究していたわけだが、月日が流れるにつれて実力の差は歴然と顕《あらわ》れてきた。

玉瀾に誇りを打ち砕かれた長兄は、父の将棋盤に歯形を残すこととなる。

○

将棋において無駄な駒は一つもなく、「歩」を馬鹿にするものは「歩」に泣く。しかしどうせなら見栄えの良い駒の役に選ばれたいのが狸というもので、あらかじめ駒役に参加を表明していた狸たちは、南禅寺家に役割が読み上げられるたびに一喜一憂した。私は次兄率いる東軍の桂馬役を仰せつかり、長兄は飛車役を割り振られて得意げであった。ひるがえって敵陣を見ると、いまいましい金閣と銀閣は西軍の金将銀将というなかなか重要な役どころを担って、これもまた得意満面であった。

やがて次兄が先手と決まって、狸将棋の幕が開いた。

序盤はちまちまと駒たちが動くだけで、将棋音痴の私には退屈であった。見物席の狸たちも目前の試合よりは、おでんと偽電気ブランと世間話に夢中である。私はしばしば次兄を見やって、「桂馬をおおいに活用してくれ!」と念じたが、次兄は荒ぶる桂馬のことなど眼中になく、冷静な顔で盤面を読んでいる。

それにしても将棋の面白さというのは、私にとって大いなる謎であった。幼い頃に父が熱心に教えてくれたにもかかわらず、定跡とか王を囲うとか、そういう堅苦しい手順は右耳から左耳へと軽やかに通り抜け、何一つ頭に残らなかった。私は敵陣の王将の寝首を掻こうとして無謀な突撃を繰り返し、我が王将はたいてい素っ裸のまま敵に包囲されて華々しく討ち死にしたものだ。やがて私は「阿呆仙人」「桃色狸」「めりけん大臣」などのデタラメな駒を独自に開発して、将棋というゲームを根本から破壊し始め、さすがの父も匙《さじ》を投げた。私は将棋から遠ざかった。盤上の勝負に見切りをつけ、盤外に活路を見出したのである。

そんなことを思い出しているうちに狸将棋は中盤戦にさしかかり、いよいよ駒たちが盤上で切り結び始めた。次兄がようやく桂馬を前に進めてくれたので、私はぴょんと跳ねて盤の中ほどに躍り出た。

玉瀾が銀将を前に進め、私は銀閣と向かい合うことになった。

偽紳士姿の銀閣は、ギコギコと下手なヴァイオリンを弾いている。

「うるさいぞ、銀閣」

「おまえには芸術というものが分からないのだね」と銀閣はニンマリして言った。「僕らは英国紳士のたしなみを勉強中なのだ。ヴァイオリンは紳士のたしなみだよ」

「おまえたちが英国紳士になれるなら、聖護院《しょうごいん》大根だって英国紳士になれら」

「なんだとこいつ、生意気なやつ」

敵陣の奥から金閣が「無視してやれ！」と叫んだ。「栄光ある孤立だぞ！」

「そうそう、栄光ある孤立。兄さんと僕は昔の大英帝国のように『栄光ある孤立』を貫くことにしたんだ。阿呆な狸は相手にしてやらないのさ」

つねづねその阿呆ぶりを天下に披露している金閣と銀閣はすでに狸界で孤立している。当人たちの高邁な理想と狸界一般の認識が、奇跡的に一致する瞬間を私は見た。

「栄光のない孤立はただの孤立だと思うなあ」と私は言った。

「黙らっしゃい」

「そんなことばかりしてると、また海星に叱られるぞ」

「ふん。海星なんて恐るるに足らず」

「嘘つけ、叱られて泣きべそかいてるくせに」

「泣いてない！　泣いてないぞ！」

銀閣はヴァイオリンの弓を振りまわして激高した。

「兄さん、どう言い返せばいいだろう。たいへん腹が立つ！」

「待ってろ銀閣。兄さんが今助けに行ってやるから！」と金閣が叫んだ。

○

金閣は「栄光ある孤立」という前言をやすやすと撤回し、金将にあり得べからざる自在な動きをして、私の眼前に押し出てきた。押しのけられた駒たちがバタバタと倒れた。玉瀾は

「勝手に動いちゃダメ！」と叫んでいるが、言うことを聞く連中ではない。

「やい、矢三郎。本当におまえという狸はいつまで経っても非紳士的だよね」

「こいつは進歩するってことがないんだよ、兄さん」

「その点、僕らは違う。僕らはつねに進歩発展するのだ」

「進歩して、そのうえ発展するのだ。用心しろ！」

金閣と銀閣は息を合わせて、ひとまわり大きな駒に化け直した。「酔象」と「踊鹿」という文字が大きく書かれている。私が「そんなヘンテコな駒があるか」と言うと、金閣は「あいかわらず教養のない狸だね」とせせら笑った。

「これは大昔の将棋で実際に使われていた駒なんだぞ。非凡なる僕らには、そんじょそこらの平凡な駒は似合わないのさ」

「どうだい、兄さんは物知りだろう。将棋は弱いけど頭はステキに良いのだぞ！」

「あんまり褒めるなよう、銀閣。非紳士的じゃないか」

「やや、これは失敬。たしかに紳士らしくないね」

目前に屹立《きつりつ》している馬鹿馬鹿しい大駒を見ているうちに、幼年期に無闇に乱発して父を嘆かせた七十四種の駒が脳裏を過《よ》ぎった。盤外乱闘は慎めと長兄に言われているが、ここはあくまで将棋盤の内側であり、先に手を出してきたのは金閣銀閣である。ここは一つ、私も格好良い大駒に化け直して対抗すべし。かくして私が化けたのは、幼い頃に知恵を絞って考案した最強四天王の一つ「阿呆仙人」である。

　金閣と銀閣は声を合わせて叫んだ。

「そんな駒があるもんか！」

　狸将棋本来の目的は雲散霧消して、他の駒たちは呆れて見守るばかりだった。見物席にいる狸たちは盤外乱闘に発展しそうな気配を見て、「なんだか面白いことになってきたぞ」と身を乗りだしている。さらに金閣と銀閣は「自在天王」「牛頭《ごず》天王」に化け、私は「めりけん大臣」を経て、しまいには将棋盤中央に「天上天下」「唯我独尊」と、七色に輝く「宇宙大王」という大駒がならび立った。

　延々と続く意地の張り合いに業を煮やして、長兄がやってきた。

「いいかげんにしろ、矢三郎」

「盤外乱闘は慎んでるだろ？」

「今日は南禅寺家の大切な行事だ。阿呆と張り合ってる場合じゃない」

「今さら引き下がれるもんか」

「玉瀾に恥をかかせる気か？」

　そのとき金閣が「ははーん」とイヤらしい声を出した。

「やっぱりそうか。僕は前々から矢一郎はアヤシイと思ってた」

「アヤシイとは何のことだ」と長兄が言った。

「いやに矢一郎は南禅寺家にやさしいな、そのくせ僕らにやさしくないな！　と思ってたんだよ。偽右衛門になりたがってるくせに、南禅寺ばっかり贔屓《ひいき》するのは不公平だと思わない？　この狸将棋にしてもさ、矢一郎は一生懸命手伝ってるだろ。僕ら夷川家は偽電気ブランをドラム缶いっぱい差し入れたのに、矢一郎からは感謝の言葉一つナシだよ。こんな扱いってあるかい。どんだけ僕らはかわいそうであることか。純粋な心をもった僕らがひねくれちゃうのも道理ではなかろうか！」

「まったく当然至極だよ。ひねくれちゃうよ、兄さん！」と銀閣が叫んだ。

「僕の見るところ、矢一郎が南禅寺を贔屓するのは玉瀾がいるからだな。狸将棋を復活させて玉瀾にイイ顔見せたいんだ。矢一郎さんステキって言われたいのさ。ねえ皆さん、こいつはちょっと問題ありですよ。これは公私混同というやつではないのかなあ。次の偽右衛門にふさわしくない、不純な態度だと僕は思うなあ」

盤上盤外がしんと静まり返り、見物客たちが固唾を呑んだ。

まさか堅物の長兄にかぎってそんなはずがあるものか、デタラメな言いがかりもたいがいにしろと思って振り返ると、長兄は目を白黒させて「ちちちち」と小鳥のように囀《さえず》っていた。

どうやら図星であるらしい。公私混同の善《よ》し悪《あ》しはべつとして、かくも大勢の狸たちの面前で、こともあろうに金閣銀閣に恋情を見破られるとは、長兄の味わった屈辱は同情にあたいする。

調子に乗った金閣と銀閣は和服姿の玉瀾に化け、盤上で身をくねくねさせた。

「将棋ばかり指してたせいでお嫁に行き損なっちゃったのーん」

「矢一郎さーん、どうかお嫁にもらってくださいませーん？」

怒り狂った南禅寺玉瀾が盤上を駆け抜けたのはそのときである。

玉瀾は大きな虎と化し、その物凄《ものすご》い吠え声で金閣たちの小ぶりな肝を粉砕した。

毛玉に戻って転げる銀閣の尻に彼女はかぷりと嚙みついた。絹を裂くような狸の悲鳴が盤上に響き渡る。彼女が大きく首を振るや、毛玉は「うはーい」と、か細い声で喚《わめ》きながら、暗い杉木立の向こうへ飛んでいってしまった。

「巻き添えを食ってはたまらぬ」と盤上の狸たちは毛玉に戻り、逃げだそうとして押しあいへしあいを始めた。金閣はその毛深い混沌《こんとん》に紛れて逃げだそうとしていたが、私に蹴飛ばされてころころ転がったところを、玉瀾にむんずと踏みつけられた。

金閣はぴいぴいと悲鳴を上げ、今さら玉瀾に謝った。

「ごめんよう、玉瀾。ちょっと言いすぎたかもしんない」

すでに盤上はめちゃめちゃであり、狸将棋どころではない。

荒ぶる玉瀾の吠え声は酒盛りをしていた狸たちの酔いも一瞬で吹き飛ばした。見物席で高みの見物をしていた八坂平太郎が、しぶしぶ腰を上げて事態収拾に乗りだそうとしたとき、曇り空の底が抜けたような大雨が降りだした。

狸たちはひゃあひゃあと悲鳴を上げて逃散した。

南禅寺家主催の狸将棋大会は、波瀾のうちに幕を閉じたのである。

○

南禅寺の将棋大会の夜から雨が降り続き、京都の街を灰色にした。鴨川にかかる幾多の橋と両岸の街並みは曖昧に煙って、幻の街のように霞《かす》んでいた。

狸将棋は洛中の狸たちから意外と好評で、八坂平太郎は「来年もやるといい」と言ったらしい。夷川家・下鴨家・南禅寺家が入り乱れる盤上乱闘も、また行事の一つとして楽しんだ狸たちが多かったのである。ふて腐れていたのは金閣と銀閣で、「玉瀾に嚙まれた尻がたいへん痛んで仕事が手につかない」と南禅寺家に抗議してきたそうだが、どうせ大袈裟《げさ》に吹聴しているに決まっており、夷川海星から「御配慮一切無用」と申し入れがあったので、南禅寺家はのらりくらりとかわしていた。

ふわふわの毛に包んで八方丸くおさめるのが狸の流儀である。

その風潮に真っ向から逆らっているのは、長兄と南禅寺玉瀾であった。玉瀾は家族の制止を振り切って南禅寺山門の楼上に自主謹慎中であり、長兄もまた糺ノ森に自主謹慎して朝から晩まで陰鬱な顔つきをしていた。梅雨空のようにジメジメとした顔つきで延々と説教されるのだからたまったものではない。

「挑発に乗るなと言ったはずだ。けっきょく南禅寺に迷惑をかけたではないか」

「そもそも悪いのはあいつらだよ」

「やりあう場所をわきまえろと言っているのだ」

長兄の言うことにも一理あるために、なおさら私も意地になって引くに引けない。

「兄貴だって、どうして金閣と銀閣にガツンと言い返さなかったんだい。南禅寺家に迷惑がかかるっていうのなら、あそこで兄貴がちゃんと場をおさめるべきだったろ。玉瀾が恥をかいたのは兄貴のせいだからな」

反論できないものだから長兄はいよいよ怒った。

「……おまえは俺を困らせるために生まれてきたのか？」

長兄の頭の固さたるや、地獄の釜で三日三晩念入りに茹《ゆ》で上げた玉子のごとくコチコチである。そのハードボイルドエッグな性質も、下鴨家の若き頭領として一族の未来に思いを致せばこそ、蛙と阿呆と坊やという三匹の弟たちを叱咤《しった》激励《げきれい》して正道へ導こうとする兄心ゆえであろう。しかしながら、まるで私が長兄の足を引っ張るためにこの世に生を享けたかのような言い草はあんまりである。

私は椋《むく》の樹上に立て籠もって抗議した。

「俺は断然傷ついた。兄貴が土下座するまで下りないぞ」

「勝手にしろ。馬鹿と煙は高いところが好きというからな」

「それを天狗に言ってみろ」

翌日も樹上に立て籠もっていると、長兄は呆れて何も言わなくなった。

つまらぬ意地を張って木に登ったものだが、湿気で尻がジメジメしがちな季節をやりすごすことを考えれば、意外に樹上は快適であった。

遠く地べたを離れて枝から枝へと渡り歩き、降り続く雨がさらさらと森の天蓋を叩く音に耳を澄ます。そうやって樹上で暮らしながら、眼下をうごうごする家族たちや、下鴨神社の参道を行き来する参拝客たちを眺めていたら、自分が天狗に近づいたような雄大な気持ちになり、幼い頃に赤玉先生に大目玉を喰らって雲ヶ畑の大杉のてっぺんに縛りつけられたことを思い出した。

長兄は父の面前で、玉瀾に情けをかけられたのが許せなかったのであろう。誇り高い長兄にすれば、コテンパンに負ける方がまだしも納得がいくことだったのである。

そのことがあって以来、長兄は将棋を指すことを自らに禁じた。

どれだけ父が勧めても指すことはなかった。

○

私が長兄に抗議して樹上生活を始めてから三日後のことである。

私を説得すべく、母がよちよち登ってきた。

「おいしい羊羹《ようかん》があるから持ってきたのよ」

母は木の枝に羊羹をならべ、首にぶら下げていた魔法瓶から煎茶を注いだ。そうして母と私は枝に腰掛けて、真っ黒の羊羹をのちのち食べた。

降り注ぐ雨が森を楽器のように奏でていた。

やがて母は唐突に宣言した。

「お母さんは玉瀾のことが気に入りました」

「そりゃあ玉瀾先生は良い狸さ」と私は頷いた。

「矢一郎のお嫁に貰《もら》いましょう。お母さんは決めました」

「……そいつはまた急な話ですね、母上」

「あなた、どう思う？」と母は囁いた。「脈はあると思うんだけれどもね」

「運命の赤い毛ってやつ？」

「でも難しいわね。矢一郎は恋の駆け引きっていう柄じゃないし、玉瀾も恥ずかしがり屋さんみたいだから……」

母は煎茶を美味しそうに飲んでから独り言のように言った。

「でも矢一郎には心の優しい弟がいるから、きっと何か工夫をしてくれると思うの。なんといっても優しい弟だから、将棋大会で騒ぎを起こして迷惑をかけたことを、申し訳なく思っているのではないかしら。きっと一皮脱ぐつもりなんだわ。そうに決まってる。そうですとも。お母さんには分かっています」

母はひとりで納得し、ふたたび羊羹を頰張ってニコニコした。

「おいしい羊羹でしょう。この羊羹は上等なの」

○

母に上等の羊羹を御馳走されてしまっては、知らん顔で毛深い天狗を気取っているわけにもいかないのである。

その日の午後、私は樹上生活に終止符を打って南禅寺へ出かけていった。

岡崎から蹴上に向かって琵琶湖疏水に沿って歩いていくと、対岸には雨に濡れた京都市動物園の観覧車が見え、異国の鳥の淋しい鳴き声が響いてきた。琵琶湖疏水記念館の向こうに広がる南禅寺の森は小雨に打たれ、たっぷりと雨水を吸いこんで膨れているように見えた。私は物々しい料亭を横目に通りすぎて、南禅寺の境内に入った。

濡れた赤松の林を抜けていくと、楼上を雨に煙らせた南禅寺三門が聳えている。降りしきる雨の飛沫《しぶき》を、古びて黒々とした柱の下にしのいで、和服姿の南禅寺正二郎がひとりで将棋盤に向かっていた。彼は私を見ると嬉しそうに笑った。

私は正二郎の向かいにあぐらをかいた。尻がひんやりとした。

「玉瀾先生の様子はいかがですか？」

「あいかわらずの天《あま》の岩戸でね。ひとたび立て籠もると決めたら、兄の言うことなんか聞きませんよ。阿呆踊りでもすれば下りてきてくれるかしら」

「このたびは色々と申し訳ございませんでした」

「気にしなさんな。雨降って地固まる、ってこともありますから」

降りしきる雨がさあさあと三門の屋根を叩いている。

「兄貴はまったく色々と鈍くさくて」

「……でもまあ、我々は狸だから」

正二郎は笑って将棋盤をくるくるまわした。

「僕には矢一郎のことがよく分かるのだが、自分の父親があんなに洛中に名高い狸だったら、始終父親に見張られてるみたいで、間違えないでいいことを間違えたりなんかするものですよ。ころころ気楽にやって流れにまかせていれば大きく間違ったことはしないものだけれど、肩肘張って何かしようとしたら、僕らは決まって物事をこじらせてしまう。狸っていうのはそういうものじゃないかしら」

「そうかもしれない。やわらかいのが狸の取り柄だから」

「でも僕は矢一郎のことが好きですよ」

南禅寺正二郎はいつも下鴨家に親切であった。堅物のわりには虎になって暴れたりもする長兄とは違って、正二郎はいつも礼儀正しい温厚な狸である。他の狸の尻の振り方を見て自分の尻の振り方を決める狸が多い中で、正二郎はいつも長兄の肩を持ってくれた。長兄は正二郎を信用していたし、正二郎も長兄を信用している。

正二郎は将棋盤を見つめて呟いた。

「こうして妹が立て籠もるとね、ついつい僕は将棋の神様のことを考えてしまう」

「将棋の神様？」

「昔、玉瀾は将棋の特訓をすると言って、よく楼上に籠もることがあった。そのときに将棋の神様が見えたというんですよ」

玉瀾が正二郎に語ったところによると、連日一心不乱に将棋盤に向かい、息を詰めるようにして考えこんでいたら、ある日ふいに八十一枡《ます》の将棋盤が無限の広がりをもって感じられた。そこにならんでいる駒たちと、その動きの一切が自分の心へ直《じか》に結びついてきて、小さな将棋盤が自分が思っていたよりもずっと大きいこと、自分が生きている京都どころか、日本よりも世界よりも大きいことがまざまざと分かり、背筋がぞくぞくするような嬉しさと怖さに一瞬気が遠くなった。

その瞬間、毛深い将棋の神様が盤上を横切るのを、彼女はたしかに見たという。

その話を聞いたとき、正二郎は不吉な思いがした。

阪田三吉の南禅寺の決戦によって南禅寺家が将棋に開眼して以来、将棋に夢中になりすぎた狸たちの中には、不幸な末路を迎えた者が何匹もあった。将棋のことを考えすぎて狸鍋に落ちる者、車に轢《ひ》かれてしまう者、将棋武者修行の旅に出たきり二度と帰らない者もあった。将棋に憑《つ》かれてこの世から姿を消した者たちのことを、南禅寺家では「将棋の神様に連れていかれた」と言いならわしてきた。

「玉瀾も連れていかれるのではないかと僕は気が気でないんだ」

南禅寺正二郎は盤面を見つめながら言った。

「誰か引き留めてくれる者はいないかといつも思ってきた。ねえ矢三郎君、僕はそれが矢一郎であればいいなあと思ってるんですけどもね」

「兄貴なんかでいいんですか？」

「……いいも何も。妹が決めた相手だからね」

私は正二郎に一礼して、陰気な蛍光灯が照らす急な階段をのぼった。

南禅寺の三門の楼上は仏様を祀《まつ》ってある広い板の間をめぐって、欄干のついた廊下が続いている。欄干はしっとりと濡れていた。

雨に煙る境内の向こうには京都の街並みを見渡すことができた。左手には真綿にくるまれたように見える緑濃い高台に都ホテルが聳え、正面には狸と天狗と人間が今日も蠢く愛すべき街並みがある。彼方には愛宕山太郎坊の縄張りたる愛宕山と、それに連なる山々が暗緑色の屏風《びょうぶ》のように立ちふさがっていた。

私は鉄の乳鋲《ちびょう》が打たれた頑丈な木の扉を開いた。

「声をかけちゃ駄目よ、矢三郎ちゃん」

暗い中で玉瀾が言った。

「私、いま反省しているんだから」

○

南禅寺玉欄は暗い板の間につくねんとしていた。

「そろそろお尻が痛くなった頃合いだろ？」と私は言った。

「レディに向かってお尻の話をするのはいけません」

「尻を冷やすのは万病のもとだよ。そろそろ下りておいで、玉瀾先生」

「……先生って言わないで」

ワンピース姿の玉瀾は背筋を伸ばして端座し、目前に置いた将棋盤を見つめているらしい。しっとりと濡れたように冷たい板の間には、お香の匂いと狸ばなれした荘厳な気配が充ちていた。太い柱は鮮やかな絵で飾られ、奥の祭壇にならぶ仏様はまるで我々を睨んでいるようだし、天井の孔雀《くじゃく》の絵もジロリとこちらを見下ろしてくる。

私は将棋盤を挟んで玉瀾の向かいにあぐらをかいた。

盤面を覗いてみると、きれいにならべられた駒たちはまだ一歩も動いていない。私は玉瀾の顔色を窺《うかが》いながら手を伸ばし、右端の歩をつまんで前に進めた。玉瀾は何も言わずに盤面を見つめていたが、やがて手を挙げて駒を進めた。

　ざあざあと降りしきる雨の音を聞きながら、我々は将棋を指した。私が無謀極まる将棋を指してばかりいるので、玉瀾は次第に笑いを堪《こら》えきれなくなってきたようだった。

「いくらなんでも無茶よ、矢三郎ちゃん。こんな将棋ってないわ」

「そんなにもひどいかい？」

「あなたの駒はみんなころころ笑ってる感じがする」

「阿呆が指すと、駒も阿呆になるのかね」

　南禅寺玉瀾が赤玉先生の助手をしていた頃、私はまったく扱いにくい生徒であったろう。それでも玉瀾は親切であった。ことあるごとに赤玉先生の鉄槌から私をかばってくれたし、尻にキノコが生えて途方に暮れていたときは狸専門の肛門科医院まで連れていってくれた。「尻を冷やすのは万病のもと」という信念を私の脳裏に植えつけたのはそもそも南禅寺玉瀾であった。

「玉瀾がここから下りるというまで阿呆将棋を指してやろう」

「勘弁してちょうだい。笑い死にするから」

「そんなら下りよう。みんな心配してる」

「……立場がさかさまになったわね」

玉瀾は将棋盤から顔を上げて微笑んだ。

「雲ヶ畑の大杉に吊るされたときのこと憶えてる？」

「赤玉先生が俺を縛って忘れて帰ったときだろ」

「あのとき、あなたは『僕は下りない』って言い張ったのよ」

「そうだっけ？」

「そうよ。今でもハッキリ憶えてる。日が暮れてもあなたの姿が見えないものだから、矢一郎さんがそれはもう心配して、私も一緒に雲ヶ畑へ捜しに行ったの」

その夜、長兄と玉瀾は私を捜して暗い野原を横切っていった。

雲ヶ畑の天狗の修行場はそもそも狸には馴染みのないところで、夜ともなると薄気味が悪かった。空を見上げれば街中では見られないような満天の星が怖いほどで、海原《うなばら》のように広い野原には生ぬるい迷い風が吹いていた。

その野原の真ん中までやってきたとき、ふいに玉瀾は息が詰まるほど怖くなった。わけもなく、二度とこの草原から出られないような気がしたのだ。今にも天地が逆転して無限の星空へ落ちていくような気がした。思わず立ち止まったとき、長兄がそばに寄り添って玉瀾の手をシッカリ摑んだ。そうすると宇宙へ落ちていくような息苦しさは遠のいて、たしかに踏みしめられる地面が戻ってきた。玉瀾はそのまま長兄の手を握って放さなかった。

やがて彼らは黒々と聳え立つ大杉の下まで来た。

「矢三郎や一い」と呼びかけると、「ほーい」と暢気《のんき》な声が降ってくる。

そして大杉を登っていった長兄と玉瀾は、てっぺんに縛りつけられたまま忘れられている、毛深い私を見つけだした。長兄も玉瀾もホッとして泣きだしたいぐらいだったらしいが、幼い私は毛深い地蔵のようにムッツリとしていた。それどころか「僕は下りない」と駄々をこね、長兄たちを仰天させた。私は「このまま大杉のてっぺんで修行して天狗になる」「そうして赤玉先生を如意ヶ嶽から蹴落としてやる」と狸にもあるまじき決意を語り始めたのである。よほど先生に対して腹を立てていたのであろう。

玉瀾は将棋の駒をならべながら、その夜のことを思い出して笑うのだった。

「あの夜は力ずくで連れ帰ったんですからね。呆れた意地っ張りだったわ」

「なにしろ阿呆だったからな」

「今でも大して変わってないでしょ?」

「で、玉瀾はどうする。まだ意地を張るつもり?」

私が言うと、玉瀾は笑った。「阿呆将棋はもうけっこうよ」

我々が狭い階段を伝って下りていくと、いつの間にか雨は小止《こや》みになっていた。南禅寺正二郎はあいかわらず将棋盤の前に座っていた。玉瀾が「兄様、ただいま」と頭を下げると、正二郎は顔を上げてニコッと笑った。「ようこそ、お帰り」

「これから糺ノ森へ行って参ります。かまいませんか？」

「……いいとも。行っておいで」

○

私は糺ノ森を流れる小川のほとりにあぐらをかいていた。森は夕闇に沈んでいて、黒々とした木立の向こうに下鴨神社の明かりが煌々《こうこう》としていた。

目の前には、椋の木の洞から持ち出してきた父の将棋盤がある。丁寧に駒をならべて小川のせせらぎに耳を澄ましていると、ふらふら飛んできた蛍が将棋盤にとまり、盤面に刻まれた長兄の牙の跡をボンヤリと浮かび上がらせた。

やがて下草をかきわけ、長兄がヌッと顔を出した。

「矢三郎、父上の将棋盤をどうした？」

「ここにあるよ。返して欲しければ俺に謝れ」

「何を謝れというんだ？」

「謝る気がないっていうなら将棋で勝負だな。俺が負けたら返す」

「俺は将棋なんかしないぞ」

「おや。俺に負けるのが怖いのかい？」

しばらく長兄は私を睨みつけていた。しかし私ごときに負けるはずがないと踏んだのであろう、しぶしぶ小川のほとりに出てきて、将棋盤の向こうであぐらをかいた。

考えてみれば長兄と真剣に将棋を指すのは初めてのことである。

長兄は石橋を叩くように慎重に指し、私は選び抜かれたヘンテコな手を指した。長兄が「マジメにやれ」と言うので、私は「これは新しい戦法なのさ」と言い返した。やがて盤面の混沌が深まるにつれて、長兄の顔には不安の色が濃くなってきた。私はひたすら阿呆将棋に徹しているだけだが、長兄のハードボイルドエッグな頭脳は私の戦法について勘ぐりに勘ぐりを重ねた挙げ句、わけが分からなくなってきたらしい。

やがて長兄は目を閉じて長考に入った。

このときを待っていた私は息を殺して将棋盤から離れ、薮の蔭《かげ》に隠れていた玉瀾と入れ替わった。彼女は覚悟を決めて座り、混沌たる盤上を睨む。

目を開いた長兄が玉瀾の姿を見て仰天したのは言うまでもない。

「どうして玉瀾が？　矢三郎はどうしたんです？」

「矢三郎ちゃんは戦略的撤退をしました」

「あいつめ、何を考えてるんだ。お騒がせして申し訳ありません」

「いいから」と玉瀾は静かに言った。「いいから将棋を指しましょう」

「勘弁してください」

「どうして私と指してくれないの？」

「……見苦しいことになるのはもう厭だ」

「もう二度と、わざと負けたりしないから。矢一郎さんと将棋が指したいの」

玉瀾は将棋盤の奥深くを見つめながら言った。

ついに長兄は覚悟を決め、将棋盤に向かって居ずまいを正した。

さすが南禅寺玉瀾は将棋の神様を見ただけのことはあり、私が精一杯メチャメチャにした盤面に一筋の光明を見出したらしい。彼女は将棋盤にのしかかるようにして駒を進め、長兄もまた真剣な顔をしてそれに応じた。

夕闇の底で将棋の駒たちがちらちらと白く光っている。

一手また一手と進めるうちに、長兄も玉瀾も将棋盤のほかは何も目に入らなくなったらしい。私が藪から出ていって将棋盤のかたわらに座りこんでも何も言わない。

蛍が薄緑の光で盤面を照らし、そしてまた飛んでいった。

小川のほとりで将棋盤に向かう彼らの姿を見ていると、かつて玉瀾が糺ノ森へ遊びに来ていた頃のことを思い出した。木立が夕闇に沈んで盤面が見えなくなっても、玉瀾は父や長兄たちと将棋盤にしがみついていたものである。その姿を見ながら、幼い私は「いったい将棋の何が面白いんだろう」と思っていた。父が「負けました」と玉瀾に頭を下げたりするときには、ひどく不条理な出来事を見ているような気がした。

将棋が終盤にさしかかり、追い詰められた長兄の息遣いは苦しげだった。背中を丸めて将棋盤を睨んでいる彼の姿が、夕闇の中でむくむくと膨れた。無我夢中で我を忘れているのだろう。大きな虎と化した長兄は、今にも将棋盤に嚙みつきそうな気配を漲らせた。長兄を追い詰めつつある玉瀾も毛玉が弾《はじ》けるようにして虎に変じた。玉瀾としてもここで手を抜くわけにはいくまい。

さて、南禅寺玉瀾が毛むくじゃらの腕で器用に一手を指したとき、カチッと何か留め金がはずれるような奇妙な音が聞こえた。「なんだ?」と長兄が首を傾《かし》げた。

「あら、こんなところに……」

玉瀾が盤上を指さした刹那、ビュウッと強い風が吹き、彼女の姿が消え去った。

仰天した長兄は毛玉に戻り、「玉瀾!」と叫びながら将棋盤のまわりをうろうろしている。

「落ち着け、兄貴」と私は言い、玉瀾が先ほど指さした盤上の一角に目を凝らした。盤面に小さな穴が開いていて、すうすうと風が洩れてくる。

長兄が狸姿のまま将棋盤に前足をかけた。

「おい、まさか玉瀾はこの穴に吸いこまれたんじゃあるまいな」

「玉瀾の尻がこんなに小さな穴を通るもんか」

将棋盤のマスが陥没してできた穴で、狸の前脚一本さえ通りそうにない。将棋盤の真上から覗きこむと、黒々とした穴の底で淡い光が揺れていた。

「しかし妙な穴だね」

私は手を伸ばして穴をさぐってみた。

とたん、赤鬼に摑まれたような猛烈な力で将棋盤に引き寄せられた。目の前いっぱいに将棋盤が広がる。「自分が縮んでいるのだ」と悟ったときには、すでに私は化けの皮を剝がされ、盤面にできた穴を落ちていくところであった。

長兄の呼び声があっという間に遠ざかっていく。

○

深い穴の底では毛深い南禅寺玉瀾が待っていた。

「ああ、びっくりした」と彼女は言った。「何が起こったのかしら？」

「ここは将棋の部屋だよ」

「聞いたことある！　総一郎さんの秘密基地でしょう？」

「将棋の部屋は将棋盤の中に隠されていたんだ。兄貴が将棋盤を大事にしまいこんでいたんだから、見つからなかったのも当然だな」

私は目の前で輝く白い障子を開けた。

かつて父から将棋を教わったときと同じように、大きな天窓から射しこむ明るい光が四畳半を照らしていた。不思議なことに天窓の向こうにはあの日と同じ青い空があり、そして私が父にねだった柿の実も時間の流れが止まったかのようにそこにある。

しかし変わらないものはそれだけであった。

父が愛した将棋の部屋はいつの間にか一変していて、将棋の部屋というよりもゴミ捨て場と呼んだ方がふさわしい。父亡き後には掃除をする者もいなかったのだから埃が積もるぐらいは当然だが、それだけでは説明のつかない荒廃ぶりであった。丁寧に分類されてならんでいた本は荒縄で縛られて積み上げられているし、黴だらけの段ボールを開けると赤玉ポートワインの空き瓶が詰まっている。

「ひどいものね。総一郎さんらしくないわ」

「子どもの頃はこんなに汚くなかったけどな」

そのとき、我々の後を追ってきた長兄が姿を見せた。彼は部屋に一歩踏みこむと、驚きのあまりポカンと口を開けた。「そうか。こんなところにあったのか！」

「しかし兄貴、こんなに汚れてるのはどういうわけだい？」

「……俺に分かるわけがないだろう」

ゴミに埋もれた部屋の中央には将棋盤が置かれ、薄っぺらい座布団には父の尻の形が残っていそうだった。そのかたわらには陶器の皿があり、傷だらけのパイプが置かれている。父はそのパイプに赤玉先生からもらった天狗煙草の燃えかすを詰めてぷかぷか吸ったものだった。立ちのぼる煙草の煙が、天窓の向こうにある秋の青空に消えていった様子をありありと思い出せる。

長兄と玉瀾は毛深い姿のまま、四畳半をうろうろしている。玉瀾が見つけてきた六角形の巨大な将棋盤は「天狗将棋」に使われるものであった。大昔、この将棋の勝敗をめぐって天狗大戦が起こったために封印され、現在では天狗界でも使われていないものだ。なにゆえこんなものがここにあるのかと我々は首をひねるばかりだった。

玉瀾がくんくんと鼻を鳴らした。

「さっきから不思議なんだけど、どうしてこんなにカレーの匂いがするの？」

「父上はカレーが好きだったよ」と私は言った。

「そうだったな。しかし、何年も匂いが残るっていうのは妙ではないか？」

「インドの底力を馬鹿にしちゃいけないよ、兄貴」

「こっちから匂ってくるみたい」

玉瀾が壁際にうずたかく積まれたゴミ袋を指さした。

我々はカレーの匂いの出どころを確かめようとして、ゴミ袋をかきわけてみた。そのとき何か重いものがゴロンと足下に転げ出た。手に取ってみると、それは空飛ぶ茶釜エンジンであった。これは昨年の大文字納涼船合戦において不幸にも失われた空飛ぶ茶室「薬師坊の奥座敷」の飛行システムであり、一度は赤玉先生が弁天に譲ってしまったのを、歳末のどさくさに紛れて先生に返上したものである。

「どうして茶釜エンジンが将棋の部屋に？」

ゴミ袋の山の向こうから現れたのはもう一つの障子であった。我々が通ってきた障子とは違って、あちこちが無残に破れ、赤黒い色の染みだらけである。赤玉ポートワインの甘い匂いがする。その障子の破れ目から、今この瞬間にも鍋で煮こまれつつある新鮮なカレーの匂いが漂ってきた。我々は人間の姿に化けて顔を見合わせた。

「この障子の向こうはどこに通じていると思う？」と玉瀾が言った。

「だいたい分かった」と長兄が言った。

「俺も分かった」と私も言った。

○

その頃、出町商店街裏のアパート「コーポ桝形」では、赤玉先生が弟の矢四郎に指図して、晩餐《ばんさん》の天狗カレーを作らせていた。

天狗カレーといっても、その秘訣《ひけつ》は天狗鍋と変わらない。味の決め手は先生秘蔵の石ころであり、あとは山の幸と海の幸を漠然と鍋に投じ、市販のカレー粉を入れて煮こむばかりである。先生は半年に一度ほどカレーが食べたいと言って駄々をこねるが、あんまり辛すぎると癇癪玉をぶつけて晩餐を台無しにする。だからといってカレーが甘口であるということを先生に悟られてはならない。甘口のカレーを食べるなど天狗の沽券にかかわると、先生は考えているからである。

エプロン姿の矢四郎は甲斐甲斐しく台所に立ち、大きな鍋をかきまわした。

「すごくステキな匂いがしますね、先生」

「ふん。ライスカレーなど、所詮は子どもの食べ物だ。しかし、こうもジメジメして食が進まぬときには、気分を変えてみるのも悪くない」

「この石ころはカレー臭くなりませんか？」

「洗って干しておけばよい」

「僕はカレーが好きです。矢一郎兄ちゃんもカレーが好きです。矢二郎兄ちゃんも、矢三郎兄ちゃんも。そういえば母上も大好き。つまり狸はみんなカレーが好きです」

そうして弟は鍋をかきまわしながら歌った。

「おーいーしーいー、カレーだよー、るらら一♪」

「これこれ。歌っておらんで、早《はよ》う支度をせんか」

先生はライスカレーへの期待に胸を膨らませ、銀色の匙で卓袱台をコツコツ叩いた。矢四郎は「はーい、ただいま」と返事をして、炊き上がったばかりの湯気の立つ飯を皿に盛った。

「たっぷりかけろ、しかるのち混ぜろ」という先生の厳命に従い、矢四郎はカレーと飯をぐるぐる混ぜ、生卵を割って落としてから、四畳半に運んで卓袱台にのせた。

「これが天狗カレーというものだ」と先生は威張った。

彼らがライスカレーにピカピカ輝く匙を突っこんだとき、押し入れの中で何かが爆発したかのような物音がした。

襖の向こうで悲鳴と罵倒の入り混じった声が上がり、長兄と玉瀾と私が襖を破って転げ出た。長兄が卓袱台を踏んでひっくり返し、跳ね上がったライスカレーを玉瀾が「アッツイ！」と叫んで払いのけ、先生の四畳半はカレーまみれの惨状を呈した。

偉大なる先生は髭先《ひげさき》から甘口カレーをしたたらせ、頰にこびりついたニンジンやジャガイモのかけらを振り払って怒号した。

「この毛玉どもめ、何をやっておるのか！」

我々は慌てて平伏した。

○

かつて琵琶湖の竹生島《ちくぶしま》に将棋好きの天狗が暮らしていた。

赤玉先生はしばしば竹生島へ出かけて、彼と将棋を指した。やがて相手が赤玉先生に贈ってくれたものこそ、「将棋の部屋」を内蔵した将棋盤である。

これはもともと二つで対になるもので、一方は竹生島の天狗が持ち、もう片方を赤玉先生が持つことになった。かたや竹生島、かたや如意ヶ嶽、離れて暮らす天狗たちはその不思議な将棋盤のおかげで、いつでも気軽に将棋が指せたのである。

しかし天狗大戦の例からも分かるように、天狗たちの将棋は盤外乱闘に発展しがちである。

竹生島の天狗と赤玉先生もまた将棋問題をこじらせて一時的な断交状態となった。竹生島の天狗は絶交の印として、もう一方の将棋盤を送りつけてきた。後ほど彼らは和解するのだが、ふたたび将棋を指せば争いになることは分かっているので、二つの将棋盤はそのまま如意ヶ嶽の山中で放ったらかしになっていた。

そこに現れたのが糺ノ森の下鴨総一郎である。我らの父が将棋に夢中であることを知った赤玉先生は、「どうせ使っておらんから」ということで、結婚祝いに将棋盤の片割れを父に貸してやることにした。つまり父の「将棋の部屋」は、そもそも赤玉先生のものだったのである。

こういった経緯を赤玉先生が教えてくれたのは、我々が飛び散ったカレーをすべて拭き終え、先生が鍋に残っていたライスカレーを腹中におさめた後のことである。玉瀾が赤玉ポートワインをとぽとぽと湯呑みに注ぐと、先生はようやく機嫌を直した。

「しかし先生」と私は言った。「将棋の部屋をゴミ捨て場にするのはよくないです」

「片付けたければ止めはせんぞ」

「けっきょく我々に押しつけるんですね」

「毛玉風情が生意気なことを言うな。そもそも、あの部屋がなければ総一郎は結婚せず、おまえらは毛一筋だに存在しておらんのだからな」

「それはどういうことです？」

「……総一郎から聞いておらんのか？」

「結婚するとき先生にお世話になったということは聞いてますけど」

「けしからん。偉大なる儂への恩義について、子々孫々まで語り継ぐべきであるというのに、何をむにゃむにゃさせておるのか」

父と母が結婚した経緯について、下鴨家では二通りの説があった。

狸谷不動において「階段渡りの桃仙」と勇名を馳《は》せていた母が、ツチノコ探検隊を率いる父と出会ったことはすでに述べた。陣取り合戦を繰り返しつつ親睦を深めていったが、やがて年頃になると遠ざかった。恥じらいが芽生えたのである。

母説によれば、母の俤《おもかげ》を忘れられない父が赤玉先生に頼み、先生が下鴨家と狸谷の両家に話をつけて見合いの場を設けた、ということになる。一方の父説によれば、父の俤を忘れられない母が赤玉先生に同じことを依頼したということになる。

父と母の意見が真っ向から対立し合っているために、子どもたちとしては「とにかく赤玉先生のおかげ」とおおざっぱに呑みこむしかなかった。

「総一郎も桃仙もいいかげんなことを言いおってからに」

そう言って赤玉先生は真相を語った。

当時の先生は、父と母の石橋を叩いて渡らぬ式の恋の駆け引きにウンザリしていた。傍で見ているだけでイライラした。なにしろ先生は琵琶湖畔から気に入った乙女を攫ってくるような天狗であり、いわば猪突猛進型の恋を信条としている。「毛玉風情が恋の駆け引きなど生意気である」と断じた先生は、父と母を将棋の部屋に監禁し、「くっつくか、くっつかないか、決着がつくまで退出罷りならぬ」と言い渡した。これほど理不尽極まる大きなお世話もあるまいが、父と母はくっつくことに決めたので、我々兄弟にとってはありがたいことであった。

「毛玉というのは、まことに世話の焼けるものだ」

語り終えた赤玉先生はジロリと長兄と玉瀾を睨んだ。

そそくさと玉瀾が台所に立つと、慌てて長兄も手伝いに立ち上がる。

「何をもったいぶっておる。毛玉同士がもつれ合うのは自然の摂理ではないか」

先生は綿棒を耳に突っこみながら溜息をついた。

「まったく、しょうむないところばかり総一郎に似おるわ」

○

天狗の猪突猛進型恋愛論について述べているうちに、我が恩師は酔いと眠気で呂律《ろれつ》がまわらなくなり、やがてこっくりこっくりと船を漕《こ》ぎだした。コレ幸いとばかりに矢四郎と私が万年床に押しこんだら、先生は達磨をひしと抱きしめた。

我々はアパートを出て、出町商店街を抜けていった。

矢四郎が母への土産だと言って天狗カレーの残りを詰めたタッパーを抱えていたので、ひっそりとした商店街にやさしい甘口カレーの匂いが尾を引いた。その匂いはたまたま行き交った人々の胸中に、あのなんとも言えない郷愁を呼び起こしたにちがいない。

「ここからはひとりで帰りますから」

出町橋の西詰で玉瀾は頭を下げた。

「矢一郎さん、また将棋を指してくれる？」

「いつでも指しますよ」と長兄は言った。

玉瀾は私にも頭を下げた。「ありがとう、矢三郎ちゃん」

「なんの、玉瀾先生」

彼女は「先生は止して」と睨んでから、出町柳駅の明かりに向かって橋を渡っていった。

橋の半ばで彼女が振り返ってこちらに手を振ったとき三鞭酒《シャンパン》を抜くようなポンという音がして、長兄が尻尾を出した。長兄は玉瀾に手を振り返し、まじめくさった顔つきで尻尾を押しこんだ。その間、終始無言であった。

紅ノ森へ帰ろうとすると、長兄が思いついたように呟いた。

「おまえたち、これから一杯やる時間はあるか？」

「まだ宵の口だよ、兄貴。一杯なんてケチくさい」

「今夜は俺が奢《おご》ってやる」

「まったくもってごちそうさま！」と私は言った。

「ごちそうさま！」と弟も言った。

第三章　幻術師天満屋

いつの御代《みよ》にかありけん、万葉の地で暮らしていた狸たちが、体毛を活用して人間に化ける手法を会得した。それから数百年の歳月をかけ、狸たちは化け術の蘊奥《うんのう》を極める。彼らが満を持して人間の歴史に踏みこんだのが、世に言う「源平合戦」であった。

と、狸界の古文書『毛子』に記されている。

しかし時代が下るにつれ、狸たちは始祖伝来の技術の上にあぐらをかいた。「子狸閑居して不善を為す」とはよく言ったもので、薄っぺらな化け術でしょうむないイタズラにふける狸たちが増え、化け術の蘊奥を極めんとしたパイオニアたちの心意気は雲散霧消、天下の狸気は荒廃した。やがて狸を顔色なからしめる流浪の幻術師たちにお株を奪われ、多くの狸たちが煮えたつ鉄鍋に転げ落ちていった。

明治の御一新を経て、文明開化の豪腕をふるい始めた人間たちを前に、狸たちは「偽汽車」を走らせるぐらいがせいぜいの体《てい》たらくだった。その挙げ句、「波風立てずに文明にタダ乗りする方が得策である」という総意のもと、化け術の乱用を戒めることになる。馬糞《ばふん》をボタモチと偽って喰わせたり、毛玉を紙幣に換えて資本主義に物申す狸は払底したのである。

いやらしくも恐ろしいのは人間である。生き馬の目を抜く世の中、化かし化かされながら昼夜を分かたず腕を磨き、「世はなべて化かし合い」とナマ悟りした人間ほどデンジャラスなものはない。天狗たちが傲慢山の急峻から唾を吐き、狸たちが阿呆の平野でころころしていたとき、黙々とインチキ技術の研鑽《けんさん》を積んできた人間たちを侮るなかれ。

今や我々は、人間が狸を化かす時代を迎えた。

かくして、怪人「天満屋」の登場となる。

○

七月半ばのある日、私は寺町通にある骨董屋で店番をしていた。

店主の清水忠二郎は「鍼《はり》医者へ行く」と言い残して出かけたきり、炎天下で溶け去ったかのように帰ってこなかった。狸的趣味に彩られた骨董屋を訪れる客は少なく、喋る相手といえば精算台に置かれた達磨ぐらいである。私は硝子戸越しに往来を眺め、あくびをしながら辛抱した。

「達磨君よ、これも母上のためだ。タカラヅカは金がかかる」

ここで狸の経済学について述べておこう。

言うまでもないことだが、我々のような狸には衣食住の心配がない。我々はむくむくの毛を身に纏《まと》い、糺ノ森の寝床で寝起きして、なんでも喰らう雑食家である。金銭が問題となるのは、「牛丼」「偽電気ブラン」「タカラヅカ観劇」等の資本主義的欲望を満たそうとする場合にかぎられる。

長兄の矢一郎は狸界においてさまざまな役職を引き受けているために、いわば稼ぎ頭と言ってもよいが、政治的策謀はとかく物入りで、接待やら会合やら贈り物やら、稼ぐそばから蒸発する。母はまれに大金を稼ぐが、運と度胸まかせの一攫千金《いつかくせんきん》狙い、我が母ながら瞠目《どうもく》すべき無計画ぶりで、これもまたあてにできない。次兄は井戸の底の蛙であるから、そもそもあてにする方が阿呆である。

そういう次第で、下鴨家に安定して金銭をもたらすのは、矢四郎の偽電気ブラン工場における奉公と、私の骨董屋におけるアルバイトであった。

「ちゃりんちゃりんと小銭を貯めるー、るらら一♪」

哀愁漂う節まわしで鼻歌を歌いながら、大小さまざまの信楽焼《しがらき》の狸たちをアヴァンギャルドにならべかえて遊んでいると、偽電気ブラン工場の仕事を終えた矢四郎が遊びに来た。弟は少年姿に化け、大きな蝦蟇口のかたちをしたリュックを背負っていた。どうせ小難しい学問の本でぱんぱんなのであろう。あたかも二宮尊徳のごとし、かくも勤勉な狸は見たことも聞いたこともない。

「おや、今日は早いな」と私は言った。

「海星姉ちゃんが今日はもうお帰りって。兄ちゃんの仕事はいつ終わる？」

「忠二郎さん次第だな。出かけたっきりの鉄砲玉だよ」

「そんなら僕もここで待っていよう」

矢四郎はリュックを背負ったまま、椅子に腰掛けてにこにこした。そして、「兄ちゃん、狸でも英国紳士になれるの？」と妙なことを言った。

「そんなわけあるか」

「金閣と銀閣がね、ホテルの二代目のところへ遊びに行ってるんだ。二代目から学んで、英国紳士になるんだって。ホントかなあ」

「相手にするな、矢四郎。馬鹿が伝染《うつ》るぞ」

私がそう言ったとたん、弟のリュックから「兄貴たちを馬鹿にするな！」と憤激した声が聞こえ、森閑とした骨董屋の空気を揺さぶった。弟はたまげて尻尾を出し、背中のリュックを見ようとして、尻尾を追いかける犬のようにくるくるまわった。弟を落ち着かせてリュックに手をかけると、リュックの中から「やめろ触るなこのトンチキ」とくぐもった声が聞こえた。

「海星だな、そんなとこで何してんだ」

夷川海星は偽電気ブラン工場の末娘であり、かつて私の許嫁《いいなずけ》であった。

この毛深い許嫁たるや、何を恥じらっているのか知らんがまったく姿を見せようとせず、性格は複雑怪奇にねじくれ曲がって口が悪い。すでに婚約は破棄されたというのに、彼女は今もなおこうして私の身辺に神出鬼没し、罵詈《ばり》雑言《ぞうごん》を投げつけてくる。そのくせ決して姿を見せようとしないのだから腹が立つ。私は元許嫁をリュックから追いだそうとしたが、彼女は「助平」「へなちょこ毛玉」「くたばれ」等の悪口雑言を畳みかけ、ついには「ゲロが出ちゃう！」と自爆を示唆した。

「海星姉ちゃん、そんなところで暑くないの？」と弟が言った。

「保冷剤を持ちこんだから、中はヒンヤリしてステキなの」

「どうりで背中が涼しいと思った！」と弟は感心した。

○

私は冷たい麦茶を入れ、忠二郎が隠していた饅頭を出してきた。

この頃海星は多忙をきわめていて、何かとストレスが溜《た》まっているらしい。阿呆を煮染めたかのごとき金閣と銀閣の手綱を握り、偽電気ブラン工場の采配を振っているのだから当然でもあろう。八つ当たりされる私が可哀相である。

二代目につきまとっている金閣と銀閣について私が苦言を呈すると、海星はウンザリした口調で言い返した。「どうして私がそこまで面倒を見なくてはいけないわけ？　二代目も腹が立つなら、どうぞ御遠慮なくお灸《きゅう》を据えてやって欲しいわ」

「二代目に下駄《げた》を預けるやつがあるか」

「どうせ二代目だってグウタラしてるんでしょ？」

「コラ、いやしくも大天狗の息子だぞ」

「へえ、それじゃあどうしてホテルに籠もってグズグズしてるの？　南座の決闘だって拍子抜けだったし、何がしたいのか分かんないわ」

「……天狗の胸中は分からん。深遠な考えがあるんだろうさ」

五月に南座大屋根の決闘が尻すぼみに終わって以来、赤玉先生は出町商店街裏の逼塞生活に返り咲き、二代目もホテルオークラの最上等客室で悠々暮らしている。

私は二代目の身辺に出没してなにくれとなく世話を焼き、赤玉先生のもとへ通って世話を焼き、対立する親子それぞれの命を受けた毛深き二重スパイさながらに暗躍しているのだが、小天狗も大天狗も相手が寝首をかきに来るのではないかと神経をとがらせて睨み合うばかりで、その不毛な争いに終止符を打とうとしない。

「天狗大戦でも起こるかと思ったのにね」と、海星は物騒なことを言った。「どうせあんたも期待してたんでしょ」

「まだ分からんぞ。いずれ弁天様も帰ってくるだろうし」

「ホント呆れる。いつまでたっても、身の程を知らない毛玉なんだから。ナマ天狗が帰るからって、ニヤついてるんじゃないわよ！」

さすがに腹に据えかねて、私はリュックを摑んで揺さぶった。「少しは口を慎んだらどうだ、このへちゃむくれが！」と私は叫んだ。「やめろやめろゲロが出ちゃう！」と海星は喚いた。そのとき、矢四郎が饅頭を頰張りながら驚くべきことを口にした。

「兄ちゃんと海星姉ちゃんはいつ結婚するの？」

私はあっけにとられ、海星は不気味に沈黙した。

「急に何を言いだすんだ。結婚するわけないだろ」

「……だって、矢一郎兄ちゃんと玉瀾姉ちゃんはもうすぐ結婚するでしょ？」

たしかにそれは、誰もが望んでいることであった。

南禅寺の将棋大会以来、長兄と玉瀾はたがいに行き来しては、将棋盤を挟んで親睦を深めている。とはいえ、ここでもまた次の一手を見失ったかのような睨み合いが続いていた。両家の狸たちが総力を結集して彼らを一つの鞘《さや》に押しこもうとしているのだが、長兄と玉瀾は盤面を睨んでいるばかりで、今にも詰みそうなのにまったく詰まない。

「矢一郎兄ちゃんと玉瀾姉ちゃんは結婚する」と矢四郎は決めつけた。「それなら、兄ちゃんと海星姉ちゃんも結婚するんじゃないの？　僕はずっとそう思ってた」

「どうしてそういうことになるんだ？　そう簡単にくっついてたまるか」

私が言うと、「そうそう」と海星も同意した。

弟はキョトンとした。「そうそう」「どうして結婚しないの？　仲良しなのに」

「仲良しではないさ」と私は言った。

「仲良しではないわよ」と海星も言った。

「それに万が一仲良しだったとしても、俺たちの婚約はすでに破棄されてるんだ」

「そうそう。あんな約束、もう関係ないんだもん」

「でも結婚する約束を止めようって言ったのは早雲の叔父《おじ》さんでしょう。叔父さんはどこかへ行っちゃったでしょう。そうして母上は海星姉ちゃんが大好きでしょう。誰が反対するの？」と、矢四郎は幼さに裏打ちされた大胆な論理を畳みかけてきた。「兄ちゃんたちが結婚したいなら結婚したらいいと思うな」

「おまえにはいささか問題が複雑すぎるようだな、矢四郎」

私は兄としての威厳を見せて言った。「いずれ説明してやる。今日は黙ってろ」

「あい」と弟は言った。

そのとき硝子戸が開いて、骨董屋主人の忠二郎が戻ってきた。しかし、彼は慌てている様子で、「やあ矢四郎君」と弟の頭を撫でるのも早々、真剣な顔をして私を見た。

「矢三郎よ。急な仕事だが、一つ頼まれてくれないか？」

○

清水忠二郎に連れられて、我々は寺町通商店街を歩いていった。アーケードには駒形提灯がぶらさがり、スピーカーからは祇園囃子が流れている。

連れていかれたのは、一軒の古めかしい紳士服店で、水につかったかのように薄暗い店内には、くすんだ色合いの背広がたくさん吊るされていた。その奥で我々を迎えた陰気な店主には狸らしさのカケラもなく、背広の色が染みついたような鼠《ねずみ》色の顔をしていた。

「おいおい、よりにもよって矢三郎かよ」

私に下駄を預けるのが意に染まないらしく、彼は陰気な声でぶつぶつ言った。

「騒ぎを大きくされては困るんだがな」

狭い階段でビルの三階へのぼると、そこが事務所になっていた。

先々代から蓄積されたとおぼしき布地や段ボールの山を抜けて、我々は寺町通に面する窓に近づいた。窓の下には寺町通アーケードの屋根が見える。南北に作業通路が走り、夏の陽射しに焼かれたアーケードからはムッとする熱気が立ちのぼっていた。昨年の秋、金曜倶楽部の面々と初めて鍋を囲んだ夜、弁天や淀川《よどがわ》教授と夜の街の天井裏を散歩したことが懐かしく思い出された。

「あそこを見てみろ」と店主が窓を開けて右手を指した。

作業通路を四条通に向かって進んだ先に、通路を不法に占拠して作られた妙な小屋が見える。ラーメン屋の屋台を細長くしたようなもので、「天満屋」と書かれた山吹色の幟《のぼり》が熱風をはらんで揺れていた。朝顔の鉢植と空豆色の如雨露《じょうろ》さえ置かれている。

「あれを撤去させようとしてるんだが、どうしてもできんのだ」

これが商店街を悩ましている「天満屋問題」であった。

七月に入ったあたりから、寺町通のアーケード上を奇妙なものが通り過ぎるという噂が立ち始めた。自動車ほどもある会津の赤べこが首を振りつつ通ったと言う者もあり、何か参勤交代のサムライめいた行列だったと言う者もあった。

当初は狸か天狗のイタズラであろうと誰もが考えた。

しかし、商店街の人間たちがアーケード上にこのヘンテコ違法建築物を発見したことによって、事態は思わぬ展開を見せたのである。

商店街振興組合の代表者たちが立ち退きを要求しに行くと、燃えるような赤シャツ姿の男が小屋から顔を出した。何を言っても、その男はニヤニヤと笑いながら顎を撫でているばかりで埒《らち》があかない。そのうち誰かが「あれっ？」と頓狂な声を出した。男の撫でている顎がさっきよりも長くなっているではないか。男のニヤニヤ笑いは大きくなり、顎はいよいよ伸びてきた。やがて男は膨れあがってフランスパンのようになった顎をぶんぶん振りまわし、立ち退きを要求しに来た人々を追い払ってしまったのである。

「それまで目撃されていた怪現象もそいつのしわざらしい」

「警察には届けたのかい？」

「警察が来たとたん、何もかも跡形なく消える。おかげで通報者は嘘つき呼ばわりだ。そして警察がいなくなると、またひょっこり現れるのだ。どういう仕掛けか分からない」

「じつにふざけてる。面白いな！」と私は笑った。

「面白がってる場合か」と店主は不愉快そうに言った。

私はその男を調べるべく、窓枠を乗り越えて作業通路に降り立った。

「兄ちゃん、気をつけてね」と矢四郎が心配そうな顔をした。

○

その違法建築物を目指し、私は作業通路を歩いていった。足の下からは寺町通の賑わいと、スピーカーから流れる祇園囃子が聞こえてくる。小屋に近づくにつれて、「天満屋」と染め抜いた山吹色の幟が熱風にバタバタ揺れる音が聞こえ、そして食欲をそそるカレーヌードルの匂いがビルの谷間を流れてきた。「こんちは、こんちは」と私は声をかけた。

赤いシャツを着た男が小屋から出てきた。

小柄な中年男だが、ボンレスハムのごとくみっちりと引き締まった体軀《たいく》が透けて見え、全体の安定感がただごとではない。ダンプカーに踏まれてもへいちゃらそうであった。陽射しを浴びた赤ら顔が油を塗りこんだようにテラテラし、グッとこちらを見据えるその目玉は錦鯉のようにまん丸である。左手にヌードルの容器、右手には齧《かじ》りかけのおにぎりと割り箸を持っている。

男は磨き上げた便器のごとく真っ白な歯を剝《む》きだしてニカッと笑った。

「なんだ若いの。愉快そうじゃないか」

「おじさんも愉快そうだね」

「おうよ。俺はいつだって愉快さ」と男はヌードルを美味そうにすすった。「俺様にとっては森羅万象これエンターテインメントよ」

「へへえ。でもそれなら俺の方がすごいって自信があるな」

「ほほーう！　その自信はどこから来るんだ？」

「俺の自信に根拠というものはないんだよ、おじさん」

私がそう言うと、ふいに男は優しい顔になった。匂い立つ胡散《うさん》臭さの中に一抹の愛嬌がある。「なかなか物の分かったやつじゃないか」と言った。

「おじさんが何者か知らないけど、こんなところに小屋を作ってはいけないよ」

「世の中で何が一番面白くないことかというとだな、人様の指図を受けることすなわちコレさ。俺が立ち退きたくなるまで待つこった」

男は堂々と言ってのけた。「どうしてもやりあいたいっていうなら受けて立つぜ」

「おじさん、そんなら遊んでおくれ」

「ほう」と男は面白そうに笑った。

「目をつぶって十数えてくれたら、それはもう面白いものを見せてあげるよ」

「そいつは楽しみだ」

　男はそう言ってアッサリと目を閉じた。不安そうな素振りはまったく見せない。

　人喰いヒグマにまつわる恐ろしい話を淀川教授から聞いて以来、一度ヒグマに化けて思い切り吠えてみたいという秘めたる野望があり、私はこっそり稽古をしていた。しかしながら私だって、通りすがりの善男善女の肝を粉砕して悦に入るようなヘンタイではない。どちらかといえば大義名分をもって化けたい正義の狸である。怪しい男の挑発は、いわば絶好の機会を与えてくれたことになる。私はのそのそと男に近づき、両手を挙げて今にも襲いかかる格好をした。

「もういいかい？」と男は目を開けた。

　すかさず私は腹の底から吠えた。その吠え声たるや、寺町通のアーケードをびりびりと震撼させ、商店街を歩く人々が一斉に立ち止まったほど凄まじいものだった。

　ところが呆れたことに赤シャツの男はまったく動じなかった。彼は持っている箸で私の腹をツンツンつっつき、「馬鹿だなあ」と言った。「こんなところにヒグマがいるかよ」

　男は持っていたおにぎりの残りをヌードルのスープに放りこみ、割り箸を突っこんでかき混ぜると、ずずずと一気に飲み干した。

「ではお返しに、俺様も面白いものを見せてやろう」

男は空になったヌードルの容器を背後に放り投げ、懐から一枚の手拭いを取りだした。洗いざらしの白い手拭いで、会津の赤べこがたくさん描いてある。

男は手拭いを垂らしてヒラヒラさせた。

それを見ていると、妙に目がちらちらして焦点が合わなくなってきた。

今にして思えば、すでにそのとき私は男の術中に落ちていたのである。

やがて、手拭いに描かれた赤べこたちが首を振り始め、ぽろぽろとこぼれ落ちてきた。茹で玉子ほどの大きさの赤べこたちが、作業通路をうろちょろしだした。男が「ほいほい」と手拭いを振るたびに、あたかも木の実が落ちるようにコツコツと音を立てて赤べこが降る。狭い通路は瞬く間に赤べこに埋め尽くされた。数えきれない赤べこたちが身体を這い上がってきて、払っても払ってもキリがない。

見上げると、赤シャツの怪人が青空に浮かび、手拭いから無数の赤べこをばらまきながら昇天していく。「森羅万象これエンターテインメントよ」と声が響いた。

「おじさん、ひょっとして天狗かい？」

私が叫ぶと、男はニカッと笑った。偽物臭い真っ白な歯が光った。

「何を言ってやがる。俺は天狗よりも偉い男だ」

そのとき青い空がちらちらと瞬《また》いたかと思うと、ふいに真っ黒に反転した。しばらくは闇の中に、男の悪魔的に美しい白い歯だけが浮かんでいた。

ここで私の記憶は途絶える。

○

しばらくは自分がどこにいるのかも分からなかった。何もかもがモヤモヤして頭蓋骨の中に杏仁《あんにん》豆腐でも流しこまれたような気分である。

やがて遠くから矢四郎の「兄ちゃん兄ちゃん」という泣き声が聞こえてきた。その声を頼りにして闇の中を手探りしているような気分でいると、耳もとで海星が「しっかりしろ！」と甲高い声で叫んだ。

ふいに水底から浮かび上がるように、現実が戻ってきた。

あたりが薄暗いのは橋の下にいるためらしい。私は狸姿に戻ってびっしょりと毛を濡らし、ガタガタと震えていた。「どこだここは？」と私が言うと、弟が「兄ちゃんが気づいた！」と叫んで抱きついてきた。遠くでしきりにサイレンの音がして、騒然とした街の気配がこの橋の下の暗がりにまで伝わってくる。

清水忠二郎が私の顔を覗きこんだ。

「ようやく気がついたか。まったくなんてことをしてくれた」

「なんだい、何がどうなってるんだ？」

そのとき暗がりから海星の切羽詰まった声が響いた。

「早く逃げないと！　人が来るかもよ！」

「なんだよう、何があったんだ」

「まったく憶えてないのか？　おまえは化かされたんだよ」

清水忠二郎はずぶ濡れの私を抱き上げて走りだした。

逃げながら清水忠二郎が教えてくれたところによると、ヒグマに化けた私は天満屋の術中に落ち、朦朧としたまま引き返してきた。そしてヒグマの姿のまま忠二郎たちの制止を振り切って階段を下り、のそのそと寺町通へ出ていったのである。逃げ惑う人々の悲鳴と祇園囃子が入り混じり、昼下がりの街は大混乱に陥った。つくづく思うが、心までヒグマになりきって通行人を襲ったりしなかったのは不幸中の幸いであった。

「いくら呼びかけても反応しないし、化けの皮は剝がれんしで、往生したよ。鴨川へ突き落とすっていうのは海星のアイデアさ」

「ありがとう海星」

私は礼を言ったが、海星が厳しい声で言った。

「狸が人間に化かされるなんて情けない！」

私には返す言葉もなかった。

○

その週末のことである。

私は祇園祭の宵山で賑わう街を抜けだし、逢坂《おうさか》の関を越えて琵琶湖へ出かけた。浜大津駅の改札を出て緑地公園を抜けていくと、見渡すかぎりの水であった。岸壁に腰掛けて足をぶらぶらさせる私は、学問の道に迷う学生に見えたかもしれない。

実際、私はいささかショゲていた。

天満屋事件によって私は長兄から大目玉を喰らい、糺ノ森への謹慎を言い渡された。ヒグマに化けて白昼の街をうろうろしては、長兄が怒り狂うのも無理はない。落ち度は自分にあると分かっている。だからなおさら腹が立つ。

とはいえ私が天満屋に挑んだのは、あくまで忠二郎たちの頼みであって、これには情状酌量の余地があった。忠二郎たちがわざわざ糺ノ森を訪ねてきて、その点を長兄に説明してくれたので、なんとか謹慎が解けたのである。

ヒグマ姿でのそのそ歩きまわって街を騒がせる私の姿は新聞やテレビにさえ報じられ、天満屋への敗北を満天下に宣伝したも同然であった。金閣と銀閣が「人間に化かされるなんて狸の恥さらしだよね、まったく!」「いやもう、まったく!」などと嬉しそうに言いふらしているという噂であった。そのくせ、我こそは天満屋に一泡吹かせてやろうという気骨ある狸は狸界に一匹もいない。

「まったく情けない。どうしてくれよう」

私は足をぶらぶらさせて呟いた。

雄大なる琵琶湖は、足の下でちゃぷんちゃぷんと波音を立てた。

暮れゆく夏空のもと、沈む夕陽に照らされた湖水は鈍く輝き、波の彼方は蜃気楼《しんきろう》のように霞んでいた。左手に見える港には、きらびやかな夜の明かりを点した遊覧船が出航のときを待っている。そうやって湖上を渡ってくる風に吹かれていると、まるで故郷から遠くはなれた地にいるかのような旅愁を感じた。

そんな風に雄大な景色を眺めていると、ふと弁天のことが心に浮かんだ。

弁天は琵琶湖畔の出身である。赤玉先生に連れ去られた当時は、雪の積もった湖畔をぽてぽて歩く人間の小娘であった。しかし今は天狗への階梯《かいてい》を着実にのぼって、琵琶湖さえ軽々と飛び越えられる半天狗となった。

彼女が気紛《きまぐ》れに海外へ勇躍し、京都を留守にしているのは惜しいことだ。天満屋事件のことを聞いたら、彼女は膝を叩いて面白がるにちがいない。彼女は得意の天狗笑いによって我が憂悶《ゆうもん》を吹き飛ばすだろう。せめて彼女に笑ってもらえれば、私も少しは痛快な気持ちになるであろう。

偉大なるものを前にしたとき、狸はころころ笑うものである。

「森羅万象これエンターテインメントよ」

私はそう呟いて立ち上がった。

○

菖蒲池《あやめいけ》画伯が半世紀にわたって暮らしている自宅は、古刹園城寺《おんじょうじ》のある長等山《ながらやま》を背にした閑静な住宅街にあった。

ちょうど琵琶湖疏水が長等山の隧道《すいどう》へもぐりこむあたりで、藍色の夕空に青葉を茂らせる桜並木を歩いていくと、夏草の生い茂る土手下に暗い疏水が音もなく流れていた。ひっそりとした住宅街の中に、敷地内に生い茂る草木に埋もれた一軒の異様な家があり、石の門には「菖蒲池」と筆書きしたぺらぺらの木板が貼りつけられている。門から中を覗いてみると、生い茂る夏草を踏み分けた獣道のようなものが続き、その突き当たりに電球の明かりで蜜柑《みかん》色に輝く引き戸が見えていた。

いかにも狸と心を通わせる人間が住みそうな家であった。

引き戸を開けて、「ごめんください」と声をかけたが返事がない。

上がって板張りの廊下を歩いていくと、右手に食堂があり、その奥の台所では割烹着《かっぽうぎ》姿の女性がじゃあじゃあと水を流している。左手には箪笥や卓袱台でごたついた六畳間があり、その真ん中に淀川教授がぺたりと座りこんでいた。

彼が一心不乱に見つめているのは何枚もの「狸絵」であった。

先月四富会館《よんとみかいかん》の飲み屋で画伯の絵を見つけてからというもの、淀川教授はその狸絵にすっかり惚れこんでしまった。大津市役所で働く画伯の娘夫婦に連絡を取り、足繁く画伯の自宅に通うこと数度、今では菖蒲池画伯の信頼を勝ち得ているという。

「どうも淀川先生、こんばんは」

「やあ君。じつに素晴らしい絵だろ？」

私も淀川教授のかたわらに腰をおろして狸絵を見た。

それはぽこぽことならんだ狸や達磨や石ころを描いたもので、単純素朴な筆遣いであった。

狸と達磨と石ころの境目も曖昧で、まるで子どもが描いたようだ。狸たる私としては、「いくら狸だってもう少し繊細な顔つきをしてら」と言いたくなる。

「どうだい、じつにスバラシイ狸たちだね。菖蒲池画伯の天才があますところなく現れている。これが見る力というものだよ。よく見るということは、よく愛するということなんだ。狸への愛の深さゆえ、かくも迷いなき線が引ける。狸の毛深さ、可愛さ、やはらかさ、自由さ、そういったものが、この一本の線にすべて入っているだろう」

「こいつはなんだか毛深い石ころみたいですけど」

「毛深い石ころだって？　ちゃんとよく見てごらんよ」

教授が画中に指さしたのは、やっぱり毛深い石ころにしか見えない。

「ここに狸の豊饒《ほうじょう》な毛が表現されている。栄養たっぷりで毛並みのいい狸だろうな、糞もきっと上質なやつをするだろうなっていうことが僕には分かるね。しかし本当の凄《すご》みというべきはだね、この豊かなやはらかさの奥にカチンと張り詰めた緊張を感ずることなんだ。それが狸の野性というものではないか。いくら狸だって可愛いだけじゃ生きていけない。いざとなればなんでもかんでも喰ってみせますぞっていう雑食家の喰い意地が透けて見えるだろ。こうでなくっちゃいけない。これこそ本物、これこそ狸の真の姿、狸のイデアだ。画伯の絵は、現実の裏側に隠された真実の狸世界を照射するのだ。ハレルヤ！」

「そういうものですかねえ」と私は呆れた。

ふいに淀川教授は縁側に目をやって腰を浮かした。

「やあ。そんなことを言っていたらもう真っ暗じゃないか、君」

たしかに縁側の向こうにある庭は真夜中のように暗かった。外にはまだ夕明かりが残っているのだが、鬱蒼《うっそう》とした木立が光を遮っているのだ。私は縁側に立って蚊取り線香の匂いを嗅《か》ぎ、深い森のような木立に目を凝らした。

「この庭は画伯にとっての全宇宙だ。この四半世紀、画伯はこの家と庭から外へ一歩も出ていないのさ。偉大なる引き籠もり、庭の王様だよね」

教授はそう言って、感嘆の吐息を洩らした。

台所から聞こえていた野菜を刻む音が止み、割烹着姿の女性が手を拭きながら六畳間へ顔を出した。彼女は私の顔を見ると、「私ったらお客様に気づきもしないで。あきれたこと！」と言った。深窓のご令嬢がその俤を奇跡的に保って八十年間生き延びたというべき上品さが、きれいに結んだ白髪から清潔な割烹着の隅々にまで漂っていた。それが画伯の奥さんであった。私は頭を下げて「矢三郎と申します」と言った。

「こんな時間だと若い人はもうお腹を減らしておいででしょう。お鍋の支度はあらかた終わっているのですけれどもねえ。あの人はまだ戻りませんか？」

「ええ。先ほど庭に出たきりですな」

「狸と一緒にいるのでしょう。夢中になると暗くなるまで遊んでいるのですから」

○

忘年会に狸鍋を喰らう秘密結社「金曜倶楽部」は洛中に名高いが、この悪食集団に対抗するために淀川教授によって設立されたのが「木曜倶楽部」であった。

メンバーは教授と私の二名だけである。

金曜倶楽部の会合に「狸鍋断固反対！」と印刷したビラを投げこんだりしたものの、今のところ鼻で嗤われて相手にされていない。どちらかといえば秘密結社というよりも「飲み友だち」という方が実態に近いのである。

淀川教授と私はしばしば夜の会合を開き、美味いものを食べながら話をした。

淀川教授の専門は栄養学であるそうだが、「美味を訪ねて三千里」を座右の銘とする教授は精力的に世界各地へ出かけており、意外にグローバルな活躍ぶりだった。飽くなき食欲を原動力として突進する教授の摩訶《まか》不思議な冒険譚《ぼうけんたん》は傾聴にあたいするもので、教授の食欲に裏打ちされた気骨の在処を示すものであった。そうでなければ、天下の金曜倶楽部に対して「喰うに喰えないのも愛なのだ」なる詭弁《きべん》を弄し、鮮やかな転向を見せてアッサリ除名されるということはあり得ない。

淀川教授の金曜倶楽部に対する未練はただ一点、弁天のみであった。

「弁天さんとの夜の散歩が懐かしいねえ。ねえ君、もし弁天さんが帰国したら、うまく取り次いでもらえないかな。僕が南米で見つけてきた『美女の鼻毛』という果実を進呈するつもりさ。名前とは裏腹に美味いんだよ、これが」

「さあ、弁天様は気まぐれですからねえ」

「やっぱり駄目かなあ」

「高嶺《たかね》の花ですからねえ」

「そうだねえ。じつに高嶺の花だねえ」

教授は懐かしそうに目を細めたものである。

そして淀川教授は酔っぱらうと、狸たちのことを想って涙をこぼした。

「食べたなあ、諸君。じつに食べたなあ」

淀川教授は見えない聴衆に向かって呟くのだった。

「しかし諸君、食べちゃったものはしょうがない」

金曜倶楽部は人間社会においても隠然たる勢力を有しており、昨年末に除名処分を受けて以来、淀川教授はさまざまな辛酸を舐めているらしい。しかし彼は一切愚痴をこぼさず、それどころか木曜倶楽部を立ち上げ、金曜倶楽部の逆鱗《げきりん》に触れることも敢《あ》えて辞さなかった。

まことに見上げた心意気であり、捨て身の狸愛と言うべきであろう。

〇

庭に出た教授と私は、二手に分かれて画伯を捜すことにした。

「菖蒲池さーん、菖蒲池さーん」

私は夏草をかきわけ、暗い木立の奥へ入りこんだ。

そこは庭という概念を超越した驚異の庭であった。伸び放題の夏草には刈り取られた形跡もなく、年輪を重ねた樹木は自在に枝を伸ばして葉を茂らせ、ムッとするような熱気が立ちこめていた。夕空も見えなければ庭の果ても見えない。奥深くに進むにつれて縁側から洩れていた電球の明かりが届かなくなると、夏の匂いを鍋で煮詰めたような暗がりが私を包んだ。

ふいに草の奥で毛深いものが動き、濡れた鼻面が仄かに光った。

「おまえはどこの狸だ？」と毛深い者が問いかけてきた。

「下鴨総一郎が三男、矢三郎である」と私は答えた。

「私は園城寺権三郎である。兄上の矢一郎君には、先日の京滋狸《けいじ》大会で世話になった。君の名前も知っている。画伯はこちらにおられる。案内して進ぜよう」

権三郎の尻にくっつくようにして木立を抜けると、ぽっかりと空が開けた。そこは鬱蒼とした木立に囲まれた小さな窪地《くぼち》になっていて、夕明かりに照らされた下草が青々として見えた。窪地の底では、古びた作務衣《さむえ》姿の痩せた老人が木の椅子に腰掛けて、木の根っ子のように見える無骨なパイプを吹かしていた。

「くれぐれも画伯に迷惑のないようにな」

園城寺権三郎が私の背後で囁いた。彼は草の蔭に身を潜めている。木立の奥では他にも大勢の毛深いものたちが動く気配が感じられた。画伯に近づこうとする不逞《ふてい》の輩《やから》、すなわち私を、園城寺の一族が総出で見張っているらしい。

私は池の底のように静かな窪地へ下りていった。

「はじめまして。菖蒲池先生、お迎えに上がりました」

画伯は私を怪しむ風でもなく、伸び放題の白髭の隙間から煙を洩らした。

「この窪地は池であったのです」と画伯はのんびりと語った。

「五十年の前のことですが、私が自分で掘りましたです。あの頃は私も元気でありまして、たいていのことは自分の腕ひとつでやったものです。長い間この池には楽しませてもらいましたが、無念なことに地下水が涸《か》れましてな……。しかし、おかげさまでステキな窪地ができました。こんな風にして座っていると、井戸の底の蛙のようにじつに良い心地がします」

そうして画伯は澄んだ目で私を見た。バッタが飛び跳ねるのを見守る子どものような目で、そんな目で見つめられるとくすぐったい気持ちになった。なんとなく化けの皮を脱ぎ捨てたくなるような眼差《まなざ》しであった。

「そろそろ夕食だそうです。戻りましょう」

「では今日の仕事はこれでおしまい。はい、おつかれさまです」

画伯は誰にともなく呟いて立ち上がった。杖《つえ》をつきながらよちよちと窪地から這い上がったかと思うと、なんのためらいもなく藪へ突っこんだ。さすが四半世紀の年輪を重ねた庭の王様というべし、風のような速さで木々の間隙《かんげき》をすり抜けていく。

ふいに画伯は立ち止まって聞き耳を立てた。

「おや、祭りの音がします。どこの祭りかな？」

たしかにどこか遠くから、祇園囃子のようなものが聞こえた。

「ははあ。どうやらあの男が到着したと見えますな」と画伯は呟いた。

「あの男？」

「お客です。あの男であれば祭りを連れてくるぐらいのことはやるですよ」

画伯の先導によって、我々はすぐに縁側まで戻ってきたが、淀川教授の姿が見えない。聞き耳を立てると、木立の奥の方で救いを求める声がする。どうやら画伯を捜しに行ったはずが、この驚異の庭で遭難しかかっているらしい。

「それでは、私があの人を迎えに行くです」

画伯は言った。「すまないことでありますが、玄関に出ていただけますかな」

そうして私が玄関の引き戸の前まで出ていったとき、祇園囃子が聞こえてきて、曇り硝子の向こうが夜祭りめいた明かりで燦然と輝いた。

引き戸の向こうの人影が深々と頭を下げるのが見えた。

「ごめんくださいまし。天満屋でございます」

聞きおぼえのある声と名前に「まさか」と思って引き戸を開けると、赤い光を放つ提灯が差し入れられ、あの森羅万象をバリバリと嚙み砕きそうな純白の歯を煌めかせて、赤シャツ姿の男が入ってきた。あまりにも不気味であったので、「今宵の鍋の具はおまえなのだ」と最後通牒《つうちょう》を突きつけにきた地獄の鬼のように思われた。

男は私の顔を見てポカンとし、それからニカッと笑った。

「なんだよ、おまえさんも今宵の客かい？　また会えて嬉しいよ」

「矢三郎といいます」

「なかなか古風でステキな名前じゃないか。矢三郎君よ、ひとつ宜《よろ》しくな。今宵は俺様が珍しいものを喰わせてやるから」

彼は脇に置かれた頭陀袋《ずだぶくろ》に手をつっこみ、濡れて黒々としたものをズルリと引っ張りだした。赤い提灯がヌラヌラと照らす。

彼が得意げに掲げて見せたのは、大きな山椒魚《さんしょううお》であった。

○

淀川教授の講義によれば、山椒魚とは「魚」といえども魚ではない、世界最大の両生類である。清流を四つ足で歩きまわり、沢蟹《さわがに》や蛙をもぐもぐ喰って暮らしている。身体を半分に割いて川に流しても復活すると言われ（「さすがにこれはデタラメだねえ、プラナリアじゃあるまいし」と教授は言い添えた）、その荒っぽい伝説から「ハンザキ」という異名をもって呼ばれた。そんな伝説が生まれたのも無理からぬ話で、薄茶色の身体には黒い斑点が広がり、頭のあたりにはへんてこなイボイボまであって、雑食家の狸といえど「食欲をそそられる」とは到底言いかねる不敵な面構えであった。

天満屋は山椒魚を掲げて、菖蒲池家の台所に闖入《ちんにゅう》した。

「今宵は山椒魚鍋といきますぜ」

彼が宣言したものだから、にわかに画伯の家は騒然とした。

奥さんは「そんな薄気味の悪いものを食べるのはいやですよ」と尻込みし、淀川教授は「オオサンショウウオは特別天然記念物だからねえ。ワシントン条約でも取引は禁止されている」と困った顔をした。菖蒲池画伯は山椒魚の頭のいぼいぼを黙って撫でている。

「これはオオサンショウウオじゃありませんぜ、淀川教授」

「これはオオサンショウウオだよ、君」

「いやいや。これはあくまで大きな山椒魚であってね」

「だからさ、大きな山椒魚がすなわちオオサンショウウオなんだよ」

「そんな単純な話があるもんですか。分からん人だな、先生も」

「君こそ分からん人だねえ、天満屋さん」

ここで私は気づいたのだが、天満屋と淀川教授は初対面ではないらしい。かといって、とくに親しい間柄でもないようだ。

「ねえ、先生。百歩譲って、こいつが特別天然記念物だったとしましょうや」

天満屋は胡散臭い笑みを浮かべて言った。

「ワシントン君だかルーズベルト君が喰うてはならんと言ってる。それは分かった。しかしですな、この愛すべき山椒魚君は、すでに不幸なる事故によって瞑目《めいもく》している。ここに残されたものは、『良い出汁《だし》の出る形骸』とでも言うべきもんですよ。愛すべき山椒魚君をむざむざ腐らすほうが命を粗末にする所業ではないか。ワシントン君やルーズベルト君にも『喰うな！』と言う権利がありましょうかね」

この詭弁には、さすがの教授も言い返せなかった。

「先生だって喰いたいでしょうが？」

天満屋が追い打ちをかけると、教授は「そうだね」と呟いた。

「噂には聞くが、美味いんだろう？」

「安心なさい。山椒魚料理は岡山の山奥でしっかり習ってきた。山椒魚君というのは一見不気味であるが、食べてみれば分かりますよ、こいつの美味いことが！」

天満屋は赤鬼のように大きな手で包丁を握り、鮮やかな手つきで山椒魚を鍋に仕立てた。はらわたを取り、皮と肉をぶつ切りにして水洗いしていると、山椒のような香りが台所から六畳間へ、そして庭先にまで溢《あふ》れ出た。山椒魚の肉と野菜を大鍋に入れたあと、天満屋は頭陀袋から怪しい瓶を取りだして、黒ずんだ粉末を鍋にふりかけた。「この天満屋特製の粉末が山椒魚の肉をやわらかくするのよ」と得意気に呟いている。

かくして我々は六畳間で山椒魚鍋を囲んだのであるが、私はあまりの美味さに驚嘆し、七月の夜の蒸し暑さも忘れた。山椒魚の怪物めいた外見とは裏腹に、その鍋の美味さには一点の濁りもない。肉のついた皮はもちもちとステキな歯触りで、嚙めば嚙むほど美味かった。私は何度もおかわりした。鍋を囲む誰もがしたたり落ちる汗をものともせず言葉少なに箸を動かし、ふと気づけば、あれほど嫌がっていた奥さんも幸せそうな顔をして食べていた。山椒魚君、侮るべからずである。

舌鼓《したつづみ》を打つ我々を、天満屋は満足そうに見まわした。

「どうです、美味いでしょう？　美味いでしょうが？」としきりに言った。

「なにしろこれは難題でありましたよ。俺はこれでも広い見聞の持ち主で、世にある珍味の知識も豊富だが、恩義のある菖蒲池先生につまらんものを献上してお茶を濁したとなれば、天満屋の名がすたるというものである。悩みに悩んで賀茂川べりを歩き、気がついたら雲ヶ畑におりました。すっかり日の暮れた川沿いを歩いていたら、沛然《はいぜん》たる雨とともに何やら黒くてヌラヌラしたものがワッと降ってきたわけです。これは驚くのも当然だ。思わず杖でポカリとやったら、闇の中で『キューッ』っと厭な声が聞こえたもんで、さすがの俺もゾッとしましたな。そうして足下を見ると、山椒魚君が息絶えて転がっていたというわけです。じつに不幸な事故だったが、おかげさまで良い土産ができましたわ」

天満屋は鍋に向かって手を合わせた。

「迷わず成仏してくれたまえ。なむなむ」

そのとき、山椒魚君はすっかり我々の胃の腑《ふ》におさまっていた。

台所で鍋と皿を洗いながら、淀川教授と私は水音にまぎらわして密談した。天満屋と画伯夫婦は六畳間で冷えた麦茶を喫しつつ、画伯の狸絵を鑑賞中である。

「あの天満屋っていう人物は何者ですか？」

「金曜倶楽部で見かけたことがあるよ。寿老人の手先のような仕事をしていた」

「道理でうさんくさいわけだ。スパイかもしれませんね」

「それにしても妙だね」

淀川教授は首を傾げた。

「天満屋は何か失策をしでかして寿老人の逆鱗に触れたそうでね、京都から姿を消したのさ。もう何年も前の話だよ。どうして帰ってきたのだろう」

○

夜が更けるにつれて驚異の庭はいよいよ暗くなってきたが、鳥獣の跋扈する怪しい物音があちこちから聞こえて、むしろ賑やかさを増してきた。画伯は縁側から身を乗りだして、草が刈り取られて石ころがいくつか置かれた場所を指さした。そこに狸たちがしばしば現れるという。

「私が絵を描いてる間、かしこくジッとしているですよ。じつにかわいい子たちです」

「だからこそ素晴らしい絵が生まれるわけですねえ」

淀川教授は狸の絵を見つめて相好《そうごう》を崩していた。

話をしているうちに、淀川教授が四富会館で見かけた狸絵は、菖蒲池画伯からもらった狸絵を天満屋が売ったものだと分かった。「そんなことは困るですよ」と画伯は苦情を言ったが、天満屋は坊主頭をぞりぞり撫でて悪戯小僧のように笑うばかりだ。

「しかし悪気があってのことではない。そいつを分かってもらわなくちゃいかん。俺は生まれてこの方、悪気があったことなんて一度もないのだ。やることは大抵インチキだが、善意のインチキですよ。まあそれが怖いって言われたこともありましたがね。ほらよく言うでしょうが、地獄への道は善意によって埋め尽くされているっていう言葉が……いや、そんなことはともかく」

じつによく喋る男であった。

「俺だったら先生の絵をいくらでも高値で売ってみせますよ。大船に乗ったつもりでまかせなさい。四条と祇園の画廊にいくつかわたりをつけてあるんだ。宣伝だって俺にまかせなさい。テレビだって簡単だ。ようするにインチキだからね、宣伝などというものは。ようは化かしてやればいいのだからね。絵が売れればこのお宅も、もうちっと近代的にできますぜ。裏の土地を買って庭を広げることだってできるわけだし、ポンプで水を引いてくればあの枯れちまった池をいっぱいにできる。先生は俺の恩人だからね、ぜひとも良い暮らしをしていただきたいわけだな」

しかし画伯は静かに言った。「私は今の生活に満足しておるですよ」

「このように欲のない御仁を相手にしては、天満屋もお手上げぢゃ」と天満屋は大げさに溜息をついた。「狸と石ころで遊んでいれば満足だという仙人ではなあ」

「私は仙人ではないです。そんなけっこうなものではないですよ」

「そうですよ。この人はそんな立派な人間ではありません」と奥さんが言った。「さんざん苦労させて私を泣かしてきたんですから。なにが仙人なもんですか」

「お、ということは先生もまた俗物でありますか？」

「おおいに俗物です」

「じつにけっこう、そうでなくちゃ。俺もまた俗物ですよ。俗物万歳だな」

天満屋は膝を叩いて面白がり、鉄板をねじ曲げるみたいに笑顔を作った。

「それではお集まりの俗物の皆様方のために余興を一つ」

天満屋は持ってきた赤い提灯に火を入れると、我々の目の前でユラユラ揺らした。徐々に目がちらちらしてきた。以前にも味わったことのある感覚である。

「あら！」と奥さんが叫んで庭先を指さした。

真っ暗な木立の奥にぽつんと提灯の明かりが灯っていた。はじめは一つだったのが、二つ三つと瞬く間に増えていく。やがて闇から滲みだすようにおびただしい数の提灯がならび、「天満屋」という文字を燦然と輝かせながら、木立を押し分けて近づいてきた。やがてそれは提灯のみっちり詰まった光り輝く壁になり、あたかも津波のように縁側を乗り越えて座敷に雪崩《なだ》れこんできた。祇園祭の山鉾《やまぼこ》のような明かりがあたりに充ち満ちて祇園囃子が聞こえた。私は画伯が庭で呟いた言葉を思い出した――「あの男であれば祭りを連れてくるぐらいのことはやるですよ」

天満屋の「おしまい！」という声が響いたとたん、一切が夢のように消え去った。

奥さんと淀川教授と私は台所まで逃げており、平気な顔をして座敷に座っているのは、画伯と天満屋ばかりだった。

「これが幻術というものだ」

天満屋はニカッと笑った。

○

淀川教授と私は菖蒲池画伯の家を出て、ひっそりとした夜の町を歩いていった。

菖蒲池画伯の驚異の庭、祇園囃子とともに現れた天満屋、山椒魚の鍋、そして幻術。宴《うたげ》は夜更けまで続いたような気がしたけれど、まだ時刻は九時をまわったばかりである。あの宴の余韻が頭のまわりを漂っていて、自分たちはまだ天満屋の幻術にかかっているのではないかという気さえする。

「幻術とはたいしたもんですねえ」

「ねえ、君。僕の頬を叩いてくれたまえ。不安でたまらないから」

私が教授の頬を平手打ちすると、静かな町に小気味のよい音が響いた。教授は頬をおさえて「どうやら現実らしい」と呟いた。「それにしても君は手加減しないね」

「教授が大丈夫だということは私も大丈夫ですね」

「いや、君。その理屈は妙だよ。今の実験によって僕は幻術にかかっていないことが分かったが、それはあくまで僕の主観であってね。君が幻術にかかっていないという証拠にはならないのではないの」

「でも私は教授が痛がるのをちゃんと見ていましたよ」

「それもまた幻術でないとどうして言えるんだい？」

「……つまり、もう一度教授のほっぺたを叩けということですか？」

「ちがうよ、ちがうよ。叩くべきは君のほっぺたさ」

「どうしてそうなるんです？　そいつはいやだな。痛いのは御免被りたい」

我々が街灯の下で哲学的な押し問答をしていると、行く手の暗がりから赤い提灯を持った天満屋がヌッと現れた。あたかも妖怪のようであった。

天満屋は白い歯を見せて笑った。

「淀川先生、聞きましたぜ。倶楽部から追放されたそうですな」

「……なんだい天満屋さん。君には関係ないことだよ」

そう言って歩きだす教授に、天満屋は不気味に寄り添ってくる。

「腹いせに反対運動をやってるとか。無茶しますなあ」

「……そんなこと誰から聞いたの？」

「天満屋の地獄目地獄耳と言いまして、洛中には俺の小さな目と耳がゴマンと転がってますよ。その小さな可愛い耳がたしかに聞きましたぞ。淀川教授はあの偉大なる寿老人に楯突《たてつ》いておると。じつに見上げた反骨精神、恐れ入谷《いりや》の鬼子母神《きしもじん》。悪いことは言わんからおよしなさいって。大学教授ともあろう人がさ」

「天満屋さんはスパイだろ？」

　私が釘を刺すと、天満屋は心外だという顔をした。

「おやおや。画伯のお宅で出くわしたのはまったくの偶然だぜ」

「疑わしいね」教授は決めつけた。「そもそも君は旅に出たのではなかったか？」

「たしかにそんなこともありました。ありていに言えば、我が純粋なる好奇心の発露が寿老人御大《おんたい》の逆鱗に触れましてな。今は白雲の風に漂うがごとき漂泊の身の上でして、つまり金曜倶楽部の使い走りをする理由もないわけだ。俺は今のあなたに反骨仲間としての連帯感さえ覚えるね」

　天満屋は馴れ馴れしく教授の肩を叩いた。

「爪弾きにされた者同士、仲良くやりましょうや。相談に乗りますぜ」

「御免被るよ。相談料が高そうだもの」

「……ねえ教授、寿老人っていうのは怖い人だよ。せいぜい気をつけるこってす」

　やがて琵琶湖疏水にさしかかると、天満屋は「それではワタクシめはここで」と言って身軽に塀を乗り越えた。ひょいひょいと赤い鞠《まり》のように跳ねて土手を駆け下りていく。夏草の茂った土手の下では、暗い疏水に粗末な小舟が一艘《いっそう》浮かんでいた。天満屋は提灯をちょんと舳先《へさき》にのせて、自らもその小舟に乗りこんだ。やがて提灯を点した小舟は闇の底を滑りだし、長等山の隧道に入って見えなくなった。

「まったく呆れた人物だ。こいつは油断ならないぞ」

「教授はお先に帰ってください。私は寄るところがありますので」

「おや、そうかい。それでは僕は腹ごなしの散歩をして帰ることにしよう」

淀川教授を見送った後、私は蓮池画伯の家に引き返した。

天満屋は別れ際、寺町通の対決については一言も触れぬまま、私に向かって茶目なウィンクをした。淀川教授は当然気づかなかったが、それは「化かせるものなら化かしてみやがれ」という、私にだけ分かる明らかな挑戦であった。そのウィンクを見たとたん、阿呆の血脈を受け継ぐ毛玉として、「打倒天満屋」の決意は固まったのである。

山椒魚は阿呆の血を沸き立たせる食べ物らしい。

○

菖蒲池画伯は六畳間から洩れる電球の明かりを背に受けて、のんびりと縁側に座っていた。たゆたう煙草の煙と伸び放題の白髭が絡《から》まり合って、どこまでが煙でどこまでが髭か判然としない。

私は狸姿に戻って庭先へ出た。

画伯はパイプから口をはなして嬉しそうな顔をした。

「おや。化けるのはもう止めたですか、矢三郎さん」

鋭い眼力を持つ菖蒲池画伯を前にして、我らの化け術が通用しないことは、薄々勘づいていたことである。私が縁側の下まで行って頭を下げると、画伯は縁側から手を伸ばして「嬉しいですな」と私の手を握った。

私は縁側に這い上がり、画伯のとなりにチョコンと座った。

「奥さんはもうお休みですか？」

「風呂に入っているですよ」

言われてみれば、どこかで風呂を使う音が聞こえた。

「私は風呂が好きでないですが、妻はとても好きです。じつに長く入るですよ」

「狸も風呂が好きですよ。あれはステキな発明です」

「あんなに長く風呂に入って、中で何をやってるですかな」

「毛を数えているんでしょう。父に百本数えろと言われたことがあります」

「なるほど。狸にも人間にも毛はあるですな」と画伯は笑った。「しかし毛を勘定するのは億劫です。そんな学校みたいなことをさせられるのは困りますな」

かたわらに無骨な陶器の皿があり、渦巻き型の蚊取り線香が細い煙を上げている。画伯はその皿を覗きこんだ。

「見飽きません」

私は画伯と一緒にぽかんと蚊取り線香を眺めた。

やがて画伯は優しい声で「忘れ物でもありましたですか？」と言った。

「天満屋さんのことが知りたいのです」と私は正直に言った。「以前、天満屋さんに化かされてしまいまして、一矢報いてやりたいと思っているのです」

「天満屋さんは狸を化かすですか」

「化かします。ひどい目に遭った」

「天満屋さんも困ったお人です」

「……どうして天満屋さんはこちらへ通ってくるんですか？」

画伯は澄んだ目で私を見て黙っている。こちらの毛深い腹の底まで見通すような目であり、素手で肝を撫でられたような気がした。私は背筋を伸ばし、天満屋との顛末について説明した。画伯はポッポと煙を吐きながら聞いていた。

聞き終わると画伯は「なるほど」と呟いて立ち上がった。

「ついてくるですよ。天満屋さんがどこから来たのか教えるです」

画伯は縁側から下り、庭木の間へ分け入った。

色濃い闇に包まれた木立を抜けていった先に小さな小屋があり、懐中電灯や草刈り用の鎌や古びた行李《こうり》が押しこまれている。それらのガラクタをかきわけて、画伯は分厚い布でくるまれた大きな板のようなものを引き出してきた。

「天満屋さんが来るときは、ここに隠してあるですよ。あの人はこれを燃やそうとするですから。人のものを燃やすのはいけないです」

布の下から姿を現したのは、一双の地獄絵の屛風であった。

懐中電灯をつけて照らしてみると、異様な風景が浮かび上がった。

黒々とした岩場が広がり、あちこちに不気味な赤い色が散らばっている。それらは火炎の色であり、また血の色でもある。毛むくじゃらでたくましい鬼たちが哀れな亡者たちを追いまわし、血の池に沈めたり、金棒で叩き潰したりしている。鼻先を絵に近づけてジッと見ていると、生ぐさい臭いが立ちのぼり、悲鳴が聞こえてきそうな気がした。こんなところに落とされたとしたら、あっという間に体毛が炎上して丸裸になるだろう。オソロシヤ。尻の毛がぞわぞわして息苦しくなってきたが、やがて絵の右上に優しい光が射しているのを見つけた。それは明らかに画伯の素朴な筆で描き加えられたもので、狸みたいな仏様が極楽の蓮池《はすいけ》の縁から蜘蛛《くも》の糸を垂らしていた。

「この地獄絵は厄介な絵だと言われて、ある人から預かりました。ここに仏様を描いて欲しいと言われたですよ。私は『仕事』みたいなことをするのはきらいですが、この絵を見たら描いてあげたくなったです。この亡者たちが可哀相になったですよ」

「地獄で仏というやつですね」

そして画伯は、仏様が地獄に垂らした蜘蛛の糸を指した。白く光る蜘蛛の糸の先は暗黒と血と炎に埋め尽くされた地獄の隅にあり、糸を見つけて群れ集った亡者たちがしがみついたり、極楽から見下ろす仏様に向かって合掌したりしている。

「天満屋さんはこの蜘蛛の糸につかまって上がってきました」

画伯は言った。「あの人は地獄絵の中にいたですよ」

〇

私が地下鉄東西線に揺られて市内へ戻ったのは深夜のことである。

画伯に地獄絵の加筆を依頼してきたのは、中京区にある某寺の住職だったということだが、絵の本当の所有者が誰であるのか画伯は知らなかった。私は「寿老人御大の逆鱗に触れましてな」という天満屋の言葉を思い浮かべた。その恐るべき地獄絵は、金曜倶楽部の首領、寿老人の所蔵品ではないかと考えた。

私は三条大橋をわたって、深夜の寺町通アーケードを歩いていった。

私に叩き起こされた紳士服店の店主は不機嫌そうに「やめとけ」と言ったが、こちらは山椒魚鍋によって精気が漲っており、なおかつ天満屋の肝を縮み上がらせることウケアイという奸計《かんけい》を胸に秘めている。頑として私が聞き入れないものだから店主もついに匙を投げ、「好きなようにしろ。しかし俺は寝るからな」と言った。私が寺町通のアーケード上に出ると、寝間着姿の店主はぴしゃりと窓を閉めてカーテンを引いた。

私は静まり返った夜の街の天井裏を歩いていった。

丸く夜空をくりぬいたような月が出ていた。ビルの谷間を、ひんやりとした月の光が満たしている。昨年の秋、私の先に立って歩いていた弁天の姿が目の前に浮かんできた。あの不思議な夜の散歩の相手は「あの月を取ってきて」と無茶なことを言う美女だったが、今宵のお相手は固太りの幻術師のおっさんである。

天満屋は違法建築物の平らな屋根にあぐらをかいていた。

どうやら月見酒を楽しんでいるらしい。

「こんな時間に訪問客とは珍しいな」

天満屋はこちらに背を向けたまま陽気に言い、手に持っていたグラスを月明かりに透かした。焦げ茶色の不気味な飲み物で、月明かりの中で見ても不味《まず》そうだった。それは天満屋が考案したノンアルコールカクテル「なまはげ」であり、味噌とコーラをブレンドして沢庵を添えたものであるという。

「素晴らしい月だと思わないか。今宵の月に乾杯!」

天満屋はそう言ったが、私は何も答えなかった。

私は大きく息を吸いこんで姿を変えた。

我が化け術の粋をご覧《ろう》じろ。

怪訝そうな顔をして振り向いた天満屋の顔から、一瞬にして血の気が引いた。

そのとき彼が見たものは酒樽ほどもある巨大な顔であった。室戸岬から持ってきた奇岩に赤ペンキをぶちまけたようなごつごつの顔に、西瓜《すいか》ほどもある目玉が爛々と輝き、牙をならべた口は耳まで裂け、ぼさぼさ頭からは二本の角が突きだしている。

今年の節分祭の折、「鬼に豆をぶつけたい」という弁天の願いを叶えるために鬼に化けたことがあり、その経験が役立った。私が腕によりをかけて再現した地獄の鬼には、地獄の風に数百年吹かれ続けたかのごとき貫禄があったと自負するものだ。

唐突な鬼の出現は、天満屋の肝を一撃で粉砕した。

私は牙を剝き、腹の底から大声を出した。

「ぐらあっ！　天満屋ーッ！」

天満屋は薄気味の悪いカクテルをぶちまけて屋根を這い、向こう側へ転げ落ちた。

私は小屋に這い上がって仁王立ちし、「地獄から迎えに参ったぞ！」と叫んだ。月光に照らされて立つ筋骨隆々の赤鬼は、まさに地獄からの追っ手に見えたろう。天満屋は乙女のような悲鳴を上げて、空転する車輪のように手足をバタつかせた。

「待ってくれ！　待ってくれ！」と彼は叫んだ。

生きた心地もなさそうに見えた。

○

追いすがる赤鬼、こけつまろびつ逃げる天満屋。

かくもみごとに自分の目論見が図に当たるというのは、狸ならずとも嬉しいはずだ。

猫が鼠をからかうように、追いつくでもなし追いつかぬでもなし、私は「待てーい、待てーい」とノンビリ追いかけた。こうして天満屋の肝を念入りに冷やした後、幻術の乱用を戒めてやるつもりであった。しかし天満屋に一矢報いたことで有頂天となり、油断していたのも事実である。古来狸というものは、詰めの甘さに定評がある。

唐突に天満屋が立ち止まり、身をひるがえして立ち向かってきた。

次の瞬間、月光に妖しく輝く金属の筒が私の鼻先に突きつけられていた。危ういところで踏みとどまり、両目を寄せて鼻先を凝視すると、筒先の黒い穴からは冷ややかな殺気が立ち上っている。天満屋が闘志満々でかまえているものは銃であった。

「撃つな！　撃つな！」

私は両手を挙げて学生姿に戻り、即座に降参した。

「飛び道具とは卑怯《ひきょう》なり！」

天満屋は呆れたように言った。

「なんと、矢三郎君か？　やってくれたな」

天満屋の銃はたいへん美しいものだった。金管楽器のように黄金色に輝く銃身と艶やかな木製の台尻は、美術館の陳列品のような高貴さを湛《たた》えている。かくも美しい銃がそこらへんにごろごろしているわけがない。如意ヶ嶽薬師坊二代目が欧州放浪から持ち帰り、今に至るも行方の知れない、幻の独逸製空気銃にちがいなかった。

「おじさん、そいつは拾いものだろ？」

「どうしてそんなことを知ってる？」

「知り合いの落とし物なんだ。前からずっと捜してた。返しておくれ」

「へえ、そうかい。しかし今となっては俺様の愛用品だ。返せと言われても返せないね」と天満屋は畏れを知らぬことを言う。

　天満屋は怒っている風でもあり、面白がっている風でもある。

　唐突に彼は「俺と組まないか」と言った。

「おまえのことが気に入ったよ」

「お断りだね。どうせ幻術で煙に巻くつもりだろ？」

「俺にはおまえのことが何もかも我がことのように分かるんだ。おまえがどこで幻術を学んだか知らんが、今は面白くってしょうがないだろ。怖いものなしだろ。若いというのはそういうことよ。しかし世界は広い。いずれ何枚も上手の幻術師に出会って、死ぬほど熱い灸を据えられる羽目になるのさ。俺にだって憶えがある。で、人間の値打ちってやつが現れるのはそのときだ。賢いやつは謙譲の美徳を学ぶ。馬鹿なやつは可惜《あたら》命を棒に振るのさ」

「いくらなんでも銃はズルいぞ」

「俺はズルいさ。インチキ野郎さ」

「あ、開き直ったな」

「おいおい、俺様は寛大だから貴重な教訓を垂れてやってるんだぜ。俺様は幻術だけで勝負しようなんて一言も言っちゃいない。人生はオリンピックにあらず。どんな手段を使っても勝つべきだ。正真正銘のインチキ野郎というものは、インチキにあらざる奥の手をバッチリ隠し持ってことに臨む。俺様みたいに得体の知れない男に喧嘩を売るならそれぐらいの覚悟はするものだ。なあ矢三郎君、こう見えて俺様は志の高い男だぜ。世界を征服するか、宇宙の秘密を暴くかってなものだ。俺と組めば面白い人生になるぞ」

天満屋は楽しそうに語りながら銃口を揺らしている。

それを見つめているうちに頭が痺れてきて、アッと思ったときには夜空の月がプリンのようにぷるぷる震えていた。私はすでに天満屋の幻術の中にあるのだ。

「そろそろ良かろう」

天満屋は夜空に手を伸ばし、無造作に我が月を奪った。手のひらにのせて転がした。夏蜜柑ほどの大きさの月は彼の掌《たなごころ》で明るく輝き、満面の笑みを照らしだす。

「色よい返事がもらえるまで、おまえの月は預かっておこう」

○

先ほどまで煌々と夜の街を照らしていた月が今や天満屋の掌中にある。

満月を奪われるというのはまったく切ないもので、あたりの風景が一転して荒涼とした。この先ずっと月に縁のない世界で暮らすのは御免被りたい。しかし打つ手がない。

「それにしても見事な鬼だった。たまげたぜ」

「天満屋さんは地獄の鬼を怖がると聞いたからね」

「画伯に聞いたんだな？」

「そうだよ」

「……おまえ、あの地獄絵を見たかい？」

私が「見た」と言うと、天満屋は舌打ちした。

「チクショウ、やっぱりまだあの家にあったのか。あのジジイも間抜けなふりをして抜け目がねえや。悪いことは言わん。あんな悪趣味な絵は燃やしてしまうがいい」

「天満屋さんは地獄にいたんだろ？」

「俺は寿老人の幻術にやられたのさ」

「天満屋さんはどうして寿老人を怒らせたんだい？」

「まったくおまえさんも得体の知れんやつだな。寿老人とどういう付き合いだ？」

天満屋はそう言って、用心深く空気銃をかまえ直した。

まさか父親が金曜倶楽部の鍋になったとは言えない。

「……弁天という人に紹介されてね」

私が彼女の名を口にした途端、天満屋は「弁天だと！」と激高した。もともと血色の良い赤ら顔をいよいよ赤くして、今にも脳天から蒸気を噴きそうである。私に向かって突きつけた銃口を怒りにまかせてぐるぐるまわすものだから、危なっかしくてしょうがない。

「あの女が諸悪の根源だろうが！」

天満屋は唾を飛ばしながら言った。

「あの女のせいで俺がどんなに目に遭ったと思うか。文字通り地獄を見たのだからな。色仕掛けで寿老人に近づいて、あることないこと吹きこみやがって……。たしかに美人だ。たしかに魅力的だ。たしかに俺にとっては高嶺の花だ。だからといって気軽にポイと地獄へ放りこまれてたまるものか。俺も天下の天満屋だぞ。やられっぱなしで地獄に骨を埋めやせん。だからこうして帰ってきたのだ。あの女め、次に会ったらタダじゃおかねえ」

そのときである。

天空より飛来した白いものが天満屋の顔に激突し、彼は仰向《あおむ》けにひっくり返った。天満屋を打ち倒したものを見れば、高級そうな純白の旅行鞄である。哀れ天満屋は鼻血を噴いて悶絶しており、油断なくかまえていた空気銃も通路に投げだされている。

私がその銃を拾おうとすると、天満屋は慌てて身を起こし、四つん這いになって飛びついてきた。鼻から血を噴きながら我が子のように空気銃を抱きしめ、「こいつは俺のだ、誰にも渡さん！」と駄々をこねる。まことに呆れ果てた根性、さすが地獄に流されても生き抜いただけのことはある。

ふいに空から一人の女性が舞い降りてきたかと思うと、彼女は四つん這いになった天満屋の脳天をヒールの踵《かかと》で踏みつけた。「いでででで！」と天満屋が悲鳴を上げた。

「お久しぶりねえ、天満屋さん」

弁天が言った。

「お元気そうで何よりだわ」

○

「あなた演説家になればいいのに」

弁天が言うと、天満屋は足の下からおずおずと訊ねた。

「……これはこれは弁天様。どこから聞いておられました？」

「『俺にとっては高嶺の花』っていうところから。ジックリご高説を賜りましたわ」

「そこから先は忘れてくださいまし」

すかさず私は弁天に耳打ちした。

「次に会ったらタダじゃおかねえって言いましたよ」

天満屋は慌てて「何を言うんだ矢三郎君」と弁天の足の下で悲痛な声を上げた。「そいつは言葉の綾ってもんだろ。気になる異性にそう言っちゃうことってあるよな？」

弁天がヒールの踵に力を入れると、天満屋は「あらよーっと！」と叫んで痛みに顔をしかめた。「脳天が割れるまであと一歩よ！」

「天満屋さん。あなた、また地獄へ行きたいの？」

「めっそうもない、へへへ。いやはや弁天様の足の下は極楽でございますなあ」

天満屋は鼻血まみれの壮絶な愛想笑いをした。

「それにしても弁天様はいつご帰国あそばされました？」

「たった今ですよ。まさか帰国早々、あなたの顔を見るとはね」

「往年の軋轢は地獄に流して、せいぜい仲良くしましょうや」

「どうしようかしら。だって私はあなたが毛虫みたいに嫌いなのよ」

「そう仰いますな。一寸の毛虫にも五分の魂」

およそ四ヶ月ぶりに見る弁天はあいかわらずの天衣無縫ぶりであった。半ズボンをはき、「美人長命」と書いた悪趣味なTシャツを着ている。どうせ夷川家の金閣銀閣が餞別《せんべつ》に贈ったものであろう。金閣銀閣は偽電気ブラン工場の一角をつかって奇天烈な四文字熟語を入れたTシャツを製造したもののまったく売れず、工場に出入りする狸たちに無理矢理押しつけては嫌がられている。

ふいに弁天が「あら！」と声を上げた。

「ステキなものがあるのね」

彼女は身をかがめ、天満屋の脇に転がって輝く月を手に取った。彼女は輝く月を両手で持ち、あたかも特大の宝石を鑑賞するかのようにウットリと眺めた。

「きれいな月ねえ、矢三郎」

「きれいですよ、もちろん。それは私の月です」

「あら、そうなの？」と弁天は微笑んだ。「おうちに飾っておきたいわ。ずっと前からこんなのが欲しかったの」

「勘弁してください。月夜のない狸なんて腹鼓も打てない」

「……腹鼓なんて聞かせてくれたこともないくせに」

そのとき弁天の足下で脳天を割られかかっていた天満屋が、虎のような唸り声を上げ、ぐいと頭を持ち上げた。弁天が体勢を崩した隙《すき》をつき、彼はバネ仕掛けのように飛び退って間合いを取った。鼻血に染まった天満屋の顔つきはいよいよ凶悪であり、血の池地獄から這い上がってきた固太りの獄卒のごとし。

独逸製空気銃の銃口は、しっかりと弁天に向けられていた。

天満屋はためらわずに引き金を引いた。

弁天が蝿《はえ》を払うような仕草をすると、白い手の甲で撥《は》ねた銃弾は空しく夜空へ消えてしまった。空気銃の銃弾など天狗にとっては豆まきの豆のようなものである。

彼女は天満屋がつきつけている銃身を両手で握りしめた。天満屋は銃を奪われまいとして、必死の形相でしがみつく。次の瞬間、彼女は空気銃ごと天満屋を持ち上げ、ハンマー投げのように豪快に振りまわした。天満屋はあっけにとられてされるがまま、錦鯉のような目玉をいっそう丸くしている。

弁天はそのまま天満屋を四条通の方角へ投擲《とうてき》した。

たいしたものだと思ったのは、独逸製空気銃を抱えて飛んでいく天満屋が、私に向かってウィンクしたように見えたことである。生きるか死ぬかの瀬戸際で、どこからそんな余裕が湧いてくるのか。狸を化かして半天狗に刃向かう天満屋というのは、まことに端倪《たんげい》すべからざる怪人であった。

飛んでいく天満屋を見送りながら私は言った。

「死んじゃいますよ、天満屋さん」

「あれしきのことで死ぬものですか。ゴム鞠みたいに頑丈な男なんだから」

弁天はハンカチで手を拭いながら言った。

○

「本当にきれいな月だこと」

弁天の手のひらにある小さな月がその艶然とした笑みを照らしている。

彼女の姿を見守りながら、私は長らく胸に空いていた穴がふさがったかのような安堵《あんど》を覚えた。恩師を没落させた裏切り者、我が初恋の相手にして父の仇《かたき》、そして私を鍋にして喰おうとする天敵。その帰国を祝福してしまうのは、これもまた阿呆の血のしからしむるところであろう。彼女の笑いのもとで巻き起こる波風を私は待望していた。弁天はこの街に混沌をもたらすために帰ってきたのだ。

弁天は通路に転がった旅行鞄を顎で示した。

「鞄を持ってちょうだい、矢三郎。これからお師匠様のところへご挨拶に行きます」

「それはいいですね。きっとお喜びになりますよ」

赤玉先生は嬉しさのあまり泣きだすかもしれない。弟子としてはそんな場面に立ち会いたくないと思いながらも、私は彼女の旅行鞄を持ち上げた。まるで金の延べ棒でも詰まっているかのように重かった。

弁天を見ると、彼女は人差し指の先で私の月を回転させて遊んでいる。

「弁天様、ちょっとよろしいですか」

「なあに、矢三郎」

「先生のところへ出向く前に、私の月を返して頂けますでしょうか」

「あら、やっぱり返さなくっちゃ駄目なの？」

「伏してお願い申し上げます。月のない闇夜で生涯を暮らすのはつらいです」

「どうしようかしら。せっかくお月様が手に入ったのに……」

しばらく彼女は渋っていたが、やがて野球選手のように振りかぶり、夜空に向かって月を投げた。我が愛すべき月はポッカリと開いた空の穴におさまり、ふたたび煌々と街を照らし始めた。これで私もまた月見団子を楽しめる身分に戻ったわけである。

終わり良ければすべてよし。

私は深々と頭を下げた。

「ありがとうございます、弁大様」

しかし弁天は物足りなそうであった。ジロリと冷ややかな目で私を見た。

「あなた、もっと他に言うことがあるでしょう？　本当に駄目な狸ね」

「なんです？」

「……淋しかったと仰い、矢三郎」

「淋しゅうございました。お帰りなさい、弁天様」

弁天は満足そうに頷いた。

「ただいま帰りましたよ。面白くなるわね、矢三郎」

第四章　大文字納涼船合戦

かつて天狗大戦というものがあったそうである。

私がその物語を聞いたのは百万遍知恩寺《ひゃくまんべんちおんじ》の境内で、冥途からの招待状が手違いで届き損ねていると言われていた大長老からであった。

その老狸は阿弥陀堂《あみだどう》裏に転がっている大きな綿埃《わたぼこり》そっくりだったが、はちきれんばかりの啓蒙意欲に燃えており、境内に迷いこんだ哀れな子狸をつかまえては、『毛子』の素読を無理強いしたり、狸史観とでも言うべき歴史蘊蓄を語り聞かせていた。彼としては狸界への貢献のつもりだったのだろうが、我々子狸にとってはおおいに迷惑であった。

「あの戦争では――」

と彼が言うとき、それは太平洋戦争でも応仁の乱でもなく、天狗大戦のことだった。

彼の青空授業の中身はほとんど忘れてしまったが、彼があまりにも狸に偏った歴史観を持ち、あたかも日本国の歴史が狸の毛深い尻だけで押し開かれたかのごとく語ったことは憶えている。子狸であった私は「眉唾だなあ」と思った。当時すでに私は、人間と天狗と狸の三つ巴《どもえ》が世の中をまわしていることを知っていた。

あるとき老狸はこう言った。

「狸の喧嘩に天狗が出る。これは駄目ぢゃ」

「天狗の喧嘩に狸が出る。これも駄目ぢゃ」

私はその言葉が気に入らなかった。ちょうど父が「偽如意ヶ嶽事件」を起こしたばかりの頃で、赤玉先生の名誉を守るために鞍馬天狗に刃向かった父のことを私は誇らしく思っていた。天狗の喧嘩に出るなとはどういうことか。あの如意ヶ嶽薬師坊大先生でさえ、糺ノ森へ父をねぎらいに来てくれたではないか。上等の菓子折もあったぞ。私は生意気にピイピイ喚いて、哀れな老狸を困らせた。何しろ今に輪をかけて阿呆であり、六角堂のへそ石様を松葉で燻すような阿呆の骨頂時代のことだからしょうがない。

あれから時が過ぎた。

父も、阿弥陀堂裏の大長老も、とっくに冥途へ転居した。

五山送り火が近づくと、色々なことを思い出す。

○

母が狸谷不動の祖母を訪ねるというので、私も一緒に出かけることにした。

叡山《えいざん》電車の一乗寺駅で下車して、曼殊院道《まんしゆいんみち》を東へ歩いていった。

真夏の陽射しが町を焦がし、糺ノ森で濡らしてきた手拭いは乾燥昆布のように干からびた。白川通を越え、かの剣豪宮本武蔵がチャンバラをしたという一乗寺下がり松を過ぎても、祖母が引き籠もっている森にはまだつかない。狸谷不動院は、ひっそりとした民家と乾いた畑の広がる町を抜け、杉の森を切り裂く薄暗い谷間のような参道を延々とのぼった先にある。

母は例によってタカラヅカ風美青年姿で一見涼しげであったが、「ホントに暑い！」と私よりも先に音《ね》を上げた。「ひと雨来てくれないかしらん」

「雨で済めばいいけど、雷まで鳴りだしたらどうするの」

「お母さんの化けの皮は剝がれますよ、もちろん。あたりまえですよ」

「そうすると抱いて帰る羽目になるから……」

「それはいやねえ。想像するだけで暑い暑い」

狸谷不動の祖母に会うのは久しぶりのことであった。

知恩寺阿弥陀堂裏に転がっていた長老と同じく、祖母もまた狸という生来の頸木《くびき》を捨てて幾星霜、その姿は世にも美しい純白の毛玉であった。狸谷不動の森でふわふわと転がりながら、やわらかさの極限を目指すのが祖母の長寿法である。もともと狸谷不動の狸たちには先祖伝来の健康法や漢方の知識があり、数多くの信徒たちから祖母は「教祖」として崇め奉られていた。

「お祖母《ばあ》様なら矢二郎にピッタリの薬を見つけてくださいます」

「兄さんによると自律神経が問題だってさ」

「お母さんにはムツカシイことは分からないけど、ようするに肝をしっかりさせればいいんでしょう。化力《ばけりょく》を戻すには肝が大事」

「でも兄さんは飲んでくれるかな。あれで意外に頑固だから」

井戸の底の次兄は祖母のことがあまり好きではない。

狸界随一の長寿研究家だけあって、祖母は長年にわたって森羅万象を「長生きに役立つもの」「役立たないもの」に分類し続けてきた。ある意味で冷徹なそのリストは日々更新されているわけだが、実の孫である我ら兄弟もいつの頃からか検討の俎上《そじょう》に上がった。かぎられた生命力を集中して配分するために、祖母は孫への愛情も整理した。祖母にとっては長兄の矢一郎こそが自分の孫であり、あとは眼中にない。かわいそうなのは次兄であって、はじめのうちはおおいに可愛がられていたのに、徐々に祖母の視界から退場を余儀なくされるという悲哀を念入りに味わわされたために、すっかりいじけてしまった。はなから愛情を期待していない分、私や矢四郎の方が気楽であった。

やがて母と私は参道の入り口に辿りついた。

苔むした石碑には「狸谷山不動院」と彫りこまれ、そのまわりを信楽焼《しがらきやき》の狸たちが岸壁にへばりつく貝殻のように取り囲んでいる。風雨に色褪せた狸たちは、健気に空を見上げて「あはは」と笑っているかのように見えた。

そこから先はひんやりした杉の森を抜ける総計二百五十段に及ぶ階段である。今では祖母が信徒たちを引き連れて、毎朝毛深い絨毯のように行き来して健康を増進しているという。その石段は、かつて「階段渡りの桃仙」として名を馳せた母が、「ツチノコ探検隊」を率いた父を迎え撃った伝説の地でもある。

「ここの石段、ちょこっと削れてるでしょう。これはお母さんが飛び跳ねたから」

「でたらめ言ってら」

「でたらめなもんですか。何千回も上り下りしたのだから削れてあたりまえ。そんな風に遊んでいたら、総さんたちがのぼってきたんですよ、タケノコ探検隊とか言って……」

「タケノコじゃなくてツチノコでしょう」

「そうそうツチノコ。あんな小太りの蛇さんを追いかけて何が楽しいのかしらねえ」

「父上はツチノコをつかまえようとして母上をつかまえたわけだ」

「お母さんはツチノコなんかと一緒にされるのはいやだわ。第一、お母さんの方がずっと美味しそうですよ」

母は不満そうに言ってから、「嗚呼！」と溜息をついて石段を見上げた。

「こんなに長かったかしらん。天国まで続いてそうじゃないの」

○

ようやく階段をのぼりきって広場に出ると、左手に森の緑を背負って清水寺の舞台のような足場が聳えており、その上に狸谷不動院の本殿がある。

八月炎天下の昼日中、ここまでのぼってくる参拝客は少ないようで、人影のない境内には蟬《せみ》の声ばかりが聞こえていた。

母は広場の右手にある小さな社《やしろ》に近づいた。

その社のまわりも焼き物の狸たちが取り囲んでいて、苔むしたやつ、欠けたやつ、真新しいやつ、もはや狸でさえないやつ等々がひしめき合っていた。母は身をかがめて、「こんにちは」と小さな声で呼びかけながら社の裏手へまわっていく。そこは背後の森の木立が迫っていて、じめじめと薄暗い。ふいに社の床下から、「おやおや！」と声が聞こえた。覗いてみると、小さな大黒様の置物が小槌を振って笑っていた。

「誰かと思ったら桃仙じゃないか」

それは伯父《おじ》の桃一郎で、今や一大宗教団体となった祖母の信徒たちの面倒を見ている狸であった。なにしろ健康相談に訪れる狸たちが引きも切らず、伯父が采配を振らなければ、たちまち収拾がつかなくなるのである。伯父は私の姿を見て、「矢三郎と会うのも久しぶりであるなあ」と喜んだ。

「お久しぶりです、兄さん。お母さんへお願いがあって来たのだけれど」

「そうかそうか。それでは参ろう」

大黒様はたちまち狸姿に変じて境内を走りだし、母と私はそのあとに続いた。本殿の脇にある階段をのぼって赤い鳥居をくぐった先は、瓜生山《うりゅうやま》へ通じるハイキングコースになっている。伯父は少し山道を登ってから、薄暗い杉木立の奥へ入っていった。祖母が驚くといけないので、母と私は狸の姿に戻った。

やがて狸たちが集まっている大きな杉の木のところへ来た。

杉の枝には「谷神不死《こくしんはしせず》」と書かれた大きな赤い提灯が吊るされ、その下で何十匹もの毛玉たちが押しくら饅頭をしていた。林檎《りんご》ほどもある珠《たま》をつなげた数珠《じゅず》を持ち合ってグルグルとまわしている狸たちもあれば、折り畳まれた大般若経《だいはんにゃきょう》をアコーディオンのようにばらばらとめくって風を起こしている狸もある。我が偉大なる祖母は、大般若経のありがたい風に純白の毛をそよがせつつ、朱色のフカフカの座布団に丸まっていた。夏蜜柑ほどの大きさで、目鼻の在処も分からず、寝ているのか起きているのかも判然としない。

我々は信徒たちの間を抜け、祖母の前へ出た。

「お母さん、私です。桃仙ですよ」と母が囁いた。

餅のように白い毛玉がふっくらと膨らんで、「あらまあ、桃仙なの？」と鈴を鳴らすような声がした。歳を重ねるにつれて祖母は声も口調も若返っていき、今ではすっかり少女のような喋り方をするようになっている。

「お母さんの娘の桃仙ですよ。起こしたんだったらごめんなさい」

「あら、謝る必要なんてないのよ。わたし、眠ってなんかいなかったから」

「よかった。お母さんは眠っていなかったのね」

「そうなの。楽しいことを考えていただけ」

「楽しいことって？」

「きれいな水のこととか、その水に緑の葉っぱが映っているのとか。日の光で葉っぱが透きとおって見えるところもね。そうして何もかもが涼しい風に揺れているの」

「ステキなことを考えていたのねえ、お母さん」

「うふふ。そうよ、わたしはお母さんですよ」と祖母は嬉しそうに笑ってから、「あら。わたし、あなたがお嫁にいったような気がする」と呟いた。

「お嫁にいきましたとも」

「やっぱり。そうだと思った。そうして幸せに暮らしているのね？」

「幸せに暮らしているわ」

「あなたはステキな匂いがする」

ふいに祖母は心配そうに囁いた。

「……ねえ、わたしの匂いを嗅いでくれる？」

母は濡れた鼻を祖母の白い毛に近づけてくんくんやった。祖母は「へんな匂い、しない？」と心配そうに言った。母が「へんな匂いなんてしないわ。とても良い匂いですよ」と言うと、祖母はホッとしたように「やっぱり」と言った。

「へんな匂いはしないと思ったわ。だけど、ときどき心配になるんだもの」

○

母が長兄の矢一郎の近況を語って聞かせると、祖母は喜んで聞いていた。

やがて母は「ちょっと相談があるのだけれど」と言い、蛙姿が板につきすぎて化けられなくなった狸のことを話題に出した。耳を傾けた祖母は「ふうん」と可愛い声で呟いた。「化けられないのは、お腹の底の水が涸れかけているからよ」

「でもその子は井戸に棲《す》んでいるんですよ。水ならたくさんあるのに」

「井戸の水と、お腹の底にある水は、ちょっとちがう」

「どうすればいいのかしら？」

「良いお薬を教えてあげる。化ける練習をしながら飲むんですよ」

そうして祖母は桃一郎伯父に丸薬《がんやく》を準備するよう伝えた。

祖母の理論によれば、万物の根源は水である。狸の尻のふはふは具合から、山をも動かす天狗の念力まで、あらゆる力のもとは水である。我々は世に生を享けたとき、ステキにきれいな水をたっぷり身体に含んでいるのだが、浮き世の風というものはカラカラに乾いているので、歳を取るにつれて干からびてくる。祖母が歳を重ねるにつれて身も心もこぢんまりとさせていくのは、その水をしっかり保つためであるという。

薬ができあがるのを待っていると、祖母が「そこにいるのはだあれ？」と言った。

「通りすがりの狸です。矢三郎と申します」と私は言った。

「あら、お兄ちゃん。わたしたち初めて会うの？」

「前にも何度か会ってると思うな」

「やっぱり。そうだと思った。……もうちょっとそばに来てくれる？」

母が怪訝そうな顔をして私を促した。私は祖母に寄り添った。

祖母は私の匂いを嗅ぎ、満足そうに白い毛を揺らした。

「わたし、今は目が見えないの。いつの間にかそうなっちゃった」

祖母はそう言ったが、とくに哀しそうではなかった。

「でも水が流れているのだけは見えます。この世はみんな一緒に流れていく大きな河。その河の流れが今は悪くなってるみたいね」

「それはいわゆる便秘のようなもの？」

「そんな感じ、そんな感じ」

「ははあ。そいつは厭なもんだ」

「他人事《ひとごと》みたいに言わないで。ここはお兄ちゃんが頑張るところなんだからね。しっかり目を開けて、毛をシャンとしておきなさい。そうして波風立ててね、うんと立ててね」

祖母はそう言って楽しそうに笑った。

「わたしが言いたいのはそんだけ。おしまい」

私はあっけにとられて祖母を見つめた。それきり祖母は黙りこんでいる。耳を近づけてみると、赤子のような寝息が聞こえた。

やがて次兄の薬ができあがり、母と私は伯父に見送られて狸谷不動院へ戻った。

母と一緒に長い石段をおりていくときも、蒸し蒸しとする森の気を震わせる蟬の声に混じって、祖母の言葉が耳朶《じだ》に甦《よみがえ》った――「ここはお兄ちゃんが頑張るところなんだからね」。はてな。我が偉大なる祖母は、何を頑張れというのであろう。その意図するところはさっぱり分からないが、純白の毛を揺らしてあの世とこの世の境目をふわふわしている祖母の言葉には、やはらかな威厳がそなわっていた。

「お祖母様は不思議なことを仰ったわねえ」と母が言った。

「何のことだかサッパリ分からないけど、とりあえず頑張るよ」

そのとき母は「あら！」と声を上げて、石段の途中で立ち止まった。

日傘を差したワンピース姿の女性が石段をのぼってくるところだった。彼女は母の声を聞いて我々を仰ぎ見た。木漏れ日の中でニッコリと笑った。

「こんにちは。長い石段ですねえ」

南禅寺玉瀾は爽やかな声で言った。

○

その日の夕暮れ、私は狸谷不動の祖母にもらった手土産を持ち、六道珍皇寺の井戸の底にいる次兄を訪ねた。

次兄が暮らしているのは井戸の底に浮かぶ小さな島で、ごつごつとした岩場に羊歯《しだ》や苔が繁殖している。玩具のような社があって、「将棋大神《しょうぎたいじん》」と書かれた御神燈が吊ってあった。次兄は御神燈の明かりのもと、豆粒みたいな駒をまいた将棋盤を睨んでいた。

夏でも涼しい井戸の底に、今日は珍しく先客がいた。焦げ茶色の蝦蟇《がま》がぼってりと岩場に尻をつき、次兄と将棋盤を挟んで向かい合っている。蝦蟇は「なんだ、矢三郎か」とげふげふ言う。意外なことに長兄であった。

蛙に化けた私も小島に這い上がり、将棋盤のかたわらにペタリと尻をついた。

「どうして兄貴がここにいるんだよ」

「なんだ。俺がいるのが気に食わんのか？」

「千客万来だ」次兄は嬉しそうに言った。「今宵の井戸は混み合ってるぜ」

「兄貴は奈良へ行ってたんじゃないの？」

「行ったさ。行って帰ったから、ここにいるんだろうが」

「それがね」と次兄が言った。「じつは俺、兄さんに将棋を教えているんだよ」

次兄によれば、長兄は玉瀾との棋力の差を少しでも埋めるために、次兄に頭を下げて指南を願ったという。「せめて恥ずかしい敗け方をしないように」というのは誇りを重んじる長兄らしい言い草であった。

そこで初めて聞いたのだが、長兄と次兄は父の遺した将棋の部屋の探索も進めており、うずたかく積まれた将棋本の埃を払い、父の遺産を整理して将棋について学んでいた。南禅寺玉瀾もその探索に加わり、「江戸時代に出版された猛烈にムツカシイ詰め将棋の本」を借りだしたりしているという。

「なんだよ、楽しそうなことして。どうして俺も仲間に入れてくれないの？」

「おまえは将棋に興味ないだろうが」

「将棋には興味ないけど、父上の遺産には興味あるよ」

「そもそもこれは玉瀾の将棋研究のためだから。おまえを仲間に入れたら、どうしたって玉瀾のことで兄さんをからかうだろう。兄さんは恥ずかしがってるのさ」

次兄が笑うと、長兄は盤面を凝視して鉛色になった。

長兄と玉瀾は将棋盤を挟んで向き合うようになったものの、それはまさに含羞と含羞のぶつかり稽古と言えた。このまま清らかに指しつ指されつ晩年を迎えるつもりであろうか。狸界の誰もが「どうせ末永く幸せに暮らすんだろ」と恋の行方を見守るのにも飽き飽きしているというのに、彼ら自身は今もなお東西の橋詰に別れて堅牢きわまる石橋をコツコツ入念に叩いているのである。

「いいかげん王手をかけろよ、兄貴」

「矢三郎の言う通りだよ。あんまり待たせるのも失礼だ。玉瀾にはいつでも投了する支度があるだろうさ」

「なんと無責任なことを言うんだ、おまえら。そんな保証がどこにある」

「なあ兄貴、毛玉同士が惹《ひ》かれ合いもつれ合うのは自然の摂理なんだぜ」

「黙れ、この破廉恥毛玉め」

「なんだと。自然の摂理のどこが破廉恥」

「俺には責任というものがあるんだ。勢いだけで生きている暴れん坊や、世を捨てて井戸に籠もってるやつとは違う。俺には俺のやり方がある」

次兄が「まあまあ兄さん」と宥《なだ》めた。「矢三郎も兄さんのためを思って言ってるのさ」

「そうだよそうだよ」

「嘘をつけ。どうせオモシロ半分なんだこいつは。俺には分かってる」

長兄はむっつりと黙りこんでしまった。

○

「これは狸谷不動でもらってきた丸薬だよ」

私が母と一緒に狸谷不動へ出かけてきた顚末を説明すると、次兄は渋い顔をして黙りこんだ。祖母にないがしろにされてきた数々の塩辛い記憶を反芻《はんすう》しているのであろう。次兄は祖母とのことをややこしく考えすぎるきらいがある。次兄を押しのけて祖母の愛を独占してきた長兄も居心地が悪いに相違なく、奈良の大仏のごとき半眼となって黙然とした。

しばし沈黙があった後、次兄はようやく「そうだな」とぽつんと言った。

「いつまでも意地を張っていてもしょうがないや」

「飲んでくれるかい。化力が早く戻るに越したことはないよ」

「ありがたく使わせてもらう。化力が戻ったら、御礼を言いに行くことにしよう」

「狸谷不動の薬は評判が良いからな」長兄がホッとしたように口を開いた。「玉瀾も通っていると言っていた。南禅寺の先代が病気なのだ」

「そうそう、玉瀾に会ったんだっけ」

私は言った。「ついでに母上が納涼船に誘ったよ」

母は送り火見物にかこつけて、長兄と玉瀾をくっつけてしまおうと決意していた。縁結びに関する母の持論はおおざっぱかつ明快である。

母曰く――「とりあえず狭いところに押しこめちゃえばくっついちゃうものよ。狸はやわらかいのが取り柄なんですからね」

五山送り火の宵、夜空に納涼船を浮かべて毛深い先祖をお見送りするのは、下鴨家の大切な年中行事である。我が父の存命中に活躍した納涼船「万福丸」は、一昨年に惜しくも焼失したため、昨年は弁天から「薬師坊の奥座敷」と呼ばれる空飛ぶ茶室を借り受けてお茶を濁した。しかしながら夷川家との激烈な空中戦の末、空飛ぶ茶室は墜落して木っ端微塵となった。長兄が前日から奈良へ出かけていたのは、送り火の宵に浮かべる納涼船を奈良の狸から借りるためであった。

「今年の送り火は兄さんも玉瀾もいて、賑やかになるなあ」と私は言った。

しかし長兄と次兄は浮かない顔つきで目を見合わせている。

「おや、何か問題でもあるの？」

「浮かべる船がないんだよ、矢三郎」と次兄が言った。

「だって、奈良の狸たちから借りると言ってたろ？」

長兄は苦い顔をして「あの話は駄目になった」と言った。

○

昨夜のこと、長兄は暗い奈良の町を抜けて奈良ホテルを訪ねた。

石橋を叩いて渡る長兄は、今年に入ってから幾度も奈良へ出かけており、南都連合の狸たちから「遣唐使船」を借りる手はずを慎重に整えてきた。

長兄と連合事務方の狸は、庭に面した喫茶室で面会した。

連合の狸は酒臭い息を吐き、紐ネクタイをいじくるばかりで、いつ船を引き渡せるのか、なかなか明言しなかった。どうも様子がおかしかった。長兄がしつこく問い詰めると、相手は「九月頃にはなんとか」と申し訳なさそうに答えた。いかに暢気な狸といえども、五山送り火が終わるのをみはからって納涼船を浮かべる阿呆はいない。

連合の狸は「あの船は昨年木津川に墜落しましたでしょう」と言い訳した。「あの故障の修理がまだ終わらぬらしいのですよ」

「しかし、あれからもう一年も経つのですよ。第一、これまでそんなことは一度も仰らなかったではありませんか」

苦しげな顔をする相手の顔を見ているうちに、長兄にはピンときた。

何らかの強烈な横槍《よこやり》が入ったにちがいないぞ。

長兄は腹立ちのあまり虎になりかかったが、由緒正しい奈良ホテルの喫茶室で暴れるわけにもいかない。苦虫をバリバリと嚙み潰して飲み下し、しばし暗い窓外の庭を眺めて心を落ち着けてから視線を戻すと、すでに連合の狸は逃げ去っていた。

あまりの無礼に長兄が呆れ果てたのは言うまでもない。

翌日、長兄は奈良公園の鹿と観光客を蹴散らす勢いで東奔西走し、南都連合の長老たちをつかまえて直談判しようとした。しかし、奈良の重鎮たちは連日の宴会によって毛深い酔漢と化していた。長兄がどこの誰なのかもどうでもよさそうで、春日《かすが》の森にしつらえた宴席でケラケラ笑いながら偽電気ブランを押しつけてくる始末であった。京都の夷川家から贈られた膨大な偽電気ブランが南都連合の首脳部を酒精漬けにしていたのである。かくして長兄は手ぶらで京都へ戻ってくる羽目になった。

「金閣と銀閣が奈良を買収して船を横取りしたのだ」と長兄は唸った。

「夷川も大がかりないやがらせをするものだね」と次兄が呟いた。

そのとき私の脳裏には、夷川家の阿呆兄弟が高らかに笑って「用意周到！」と叫ぶ姿が浮かんだ。今頃は「してやったり」と祝杯を上げているだろう。

憎むべき阿呆兄弟め、鹿に蹴られて糞にまみれろ。

私は「夷川家が隠匿している船を強奪すべし」と主張した。

しかし長兄は苦い顔をして首を振った。「強奪に成功したとしても、夷川の連中が黙って指をくわえていると思うか。五山送り火まで延々と奪い合いが続くことになる」

「望むところぢゃ」

「俺は去年みたいな船合戦をやるつもりはないからな。玉瀾を招待するとなればなおさらだ。下鴨家と夷川家のいがみ合いに南禅寺を巻きこむわけにはいかんのだ」

次兄が静かな声で言った。

「あの阿呆どもに知恵をつけたやつがいるね。南都を抱きこむなんて金閣銀閣だけでは荷が重すぎるし、かといって、海星が片棒を担いでいるとも思えないしね」

「裏で糸を引いているのは早雲にちがいないぞ」

蝦蟇はぷるぷると怒りに震え、虎の毛をもっさり生やした。

「やつが姿を消してから半年以上、そろそろ温泉めぐりにも飽きて、ちょっかいを出したくなる頃合いだろうからな。早雲め、このまま逃げ切れると思うな。必ず我ら兄弟が鉄槌をくだす。父上の霊前に土下座させ、尻の毛を毟って鴨川へまいてみせる」

「……それはいいけど、とりあえず送り火はどうする？」と私は言った。

井戸の底で額を寄せ合っても妙案は浮かばず、夜は更けるばかりだった。長兄は重病の石ころみたいに黙りこみ、次兄は将棋の駒を舌先で弄んでいる。蛙が三匹寄っても文殊は微笑まぬ。ここは一つ、私が思案を引き受けた方がよさそうだ。

「ひとまず俺にまかせてくれ」と私は言った。

○

思案につまったら遊ぶべし。これぞ狸の解決法である。

そういうわけで翌日、私は弟の矢四郎を連れて三条烏丸へ出かけていった。

昼下がりの烏丸通は炎天下をさまよう人々で賑わっていた。真夏の太陽が街を隅々まで焼き、まるで鉄鍋の底でちりちり炒《い》られているかのごとし。町屋の軒先で睨みをきかす鍾馗《しょうき》様も真っ黒焦げで、森の木陰が恋しくなる猛烈な暑さである。

「暑いねえ」

「暑いのう」

「……兄ちゃん、二代目の豆餅が溶けちゃう」

「そいつはいかん。急ごう」

如意ヶ嶽薬師坊二代目が、惜しまれつつ河原町御池のホテルを去ったのは先週のことであった。あらたに彼が居をかまえたのは、六角通から新町通をのぼった左手にある七階建てのビルである。正面は蓬《よもぎ》色のタイル張りで織物会社のローマ字看板が出ている。ビルの側面から背面にかけては、騙《だま》し絵のように錯綜《さくそう》する外階段や忍び返しのついた鉄柵が複雑怪奇に絡まり合い、あたかも極東の軍事要塞といった趣きであった。その屋上に天狗の邸宅があろうとは誰が想像するだろう。

長い階段をのぼって屋上へ出ると、ぽっかりと青い空が広がった。目の前には叡山電車を五台ほど転がせる広さがある。吹きつける熱風に弟が「あふー」と喘《あえ》いだ。

そこで私は弟を押しとどめた。「ちょっと待て」

二代目は広い屋上の真ん中に立ち、精神を統一しているところであった。

白いワイシャツの袖をまくり上げ、しゃんと背筋を伸ばしている。彼の前にはアイロン台がある。かたわらの物干し台にはハンガーにかかった何着ものワイシャツが眩《まぶ》しく輝いている。二代目は左手をアイロン台に置き、混沌たる世界の命運を双肩に担っているかのごとく厳粛な顔つきをしていた。聞こえるのはただ熱い風の音ばかり、目もくらむような蒼穹《そうきゅう》のもと、あたりにパリパリと張り詰める緊張が我々を圧倒した。

にわかに二代目は開眼し、アイロンがけに取りかかる。

彼は鉄塊のように無骨なアイロンを華麗にふるって、ワイシャツを次から次へと仕上げていった。霧吹きがシュッシュッと音を立てるたび、アイロン台上に美しい虹が現れては消える。いつしか私と弟はアイロン台に近づき、その作業に魅せられていた。二代目のアイロンさばきには一抹のためらいもなく、あまりの手際の良さにウットリして眠くなるほどだ。二代目がワイシャツの襟を整えてサッと振るたび、熱々のシャツから立ち上る清潔な匂いが我々の鼻をくすぐった。

最後の一枚にまで徹底した秩序がもたらされたとき、二代目の口もとに微笑みが浮かんだ。厳粛な表情で押し隠していた喜びがウッカリ洩れたという風だった。

二代目は顔を上げて我々を見た。

「やあ、諸君。お待たせして失礼した。アイロンがけに集中したかったものだからね」

「よくこんな炎天下でアイロンがけを……お暑くないですか？」

「じつは私も暑いのだが、『暑い』という動物的感覚を意識から切り離している。しかし毛玉諸君にこの暑さはつらいだろう。毛を剃《そ》るわけにはいかないのかね」

「そうすると見栄えが良くないし、第一化けられませんよ」

「なるほど。それは同情せざるを得ない」

二代目は笑った。「……ところで、一緒にいるのはどなたかな？」

私が背中をつっつくと、弟は風呂敷に包んだ土産を差し出して頭を下げた。

「罷《まか》り越しましたるは下鴨総一郎が四男、下鴨矢四郎にございます。二代目に引っ越しのお祝いとして献上の品でございます」

「やあ、これはありがとう」

二代目はそう言って弟と握手をした。弟はどぎまぎしている。

「さてと。毛玉諸君は今少し時間があるかな？」

「暇で暇でしょうがありませんね」

「よろしい。今ちょうど私も世界にささやかな秩序をもたらし、一服しようと思っていたところだ。引っ越し祝いの返礼に、毛玉諸君を午後のお茶会に招待しよう」

○

二代目の邸宅はその屋上の東、三分の一ほどを占めていた。

瀟洒《しょうしゃ》な別荘風の建物で、白壁に薄緑色の三角屋根がついている。白い柵で囲まれた前庭には青々と木々が茂り、庭木戸の脇には欧州から持ち帰ったガス燈がある。デッキチェアの置かれたベランダは広々として、硝子戸の向こうにある居間はさらに広い。二代目が持ち帰った一切合財を運びこんでもまだ余裕がある。ひんやりと冷房のきいた室内はじつに快適であり、天狗らしくもないハイカラさが隅々まで漲って、骨董的家具と古書とパイプ煙草の匂いが漂っていた。

我々は、純白のテーブルクロスの掛かった大きなテーブルについた。二代目は見るからに高級そうな光り輝く茶器をならべて、我々をもてなした。弟が熱い紅茶に驚いて尻尾を出す一方、二代目はぺたぺたと指にくっつく豆餅を持てあましている。

「お口に合いませんか？」と弟は言った。

「そんなことはないとも、美味だよ。ただ私は、手を汚さずに食べられるものを好む」

二代目はそう言って豆餅を小さく齧ってもぐもぐやった。

「それにしてもハイカラなお宅ですなあ」

「もとは狸界の実力者の別邸だったそうだ。見つけたばかりの頃は狸の臭いがしたが、テッテイして改築したから、今はもう気にならない」

狸界の実力者と聞いて、私は厭な予感がした。

「ひょっとして、ここを用意したのは金閣と銀閣ではないですか？」

「その通りだよ。彼らの父親が京都を離れて、使う者がいなくなったそうでね」

「厄介な連中に借りを作ったものですねえ」

「借りなんてとんでもない。彼らはナポレオン金貨をどんぶり一杯持っていったよ。じつに欲望に忠実、明朗会計だ。したがって貸し借りはない。それにひきかえ矢三郎君は断固として金銭を受け取らないから、その方が私には厄介だよ」

　金閣と銀閣が二代目のもとへ通っているのは知っていたが、彼らなりに天狗界の未来を見越して先手を打っているとすれば、油断のできない阿呆どもである。金閣銀閣による南都連合買収の資金源は二代目の懐から溢れたナポレオン金貨だったのではなかろうか。

「あいつらと付き合うのはお勧めできませんね」

「彼らも同じことを言っていたよ。下鴨矢三郎という狸はタチが悪い。やたらと夷川家をいじめる乱暴者だし、生意気にも天狗を陥れる機会を虎視眈々と狙っていると」

「あいつらの言うことを真に受けないでください。まったく阿呆なんだから」

「しかし狸はみんな阿呆だろう？」と二代目は微笑んだ。

　二代目は天狗らしくもない静謐な生活を送り、波風一つ立てようとしない。

　洛中の狸たちの「天狗新時代」への期待は薄れつつあった。狸というのは阿呆だから、赤玉先生や鞍馬天狗のように偉ぶってくれた方が「天狗らしい」と納得する。「二代目なんて、そのうち弁天様にやられちゃうよ」と得意げに予言する狸さえ現れる始末であった。狸という種族は適宜肝を冷やしてやらないと増長するものなのである。

二代目は日課の散歩に出かけて時代錯誤な新帰朝者ぶりを天下に見せつけることをのぞけば、欧羅巴時代の冒険記録を整理したり、家具の配置換えをしたり、天鵞絨張りの長椅子に寝転がって推理小説を耽読《たんどく》したりしている。その天狗的才能の無駄遣いは、いささか私を悶々とさせる。

「たまには荒ぶるのも悪くないですよ」

「物騒なことを言うね、君は」と二代目は言った。「しかし私は天狗ではないしね」

「またそんなワガママを言うんだから」

「それに私はきわめて多忙なのだよ。この部屋もまだ片付いていない」

しかしながら、この二代目の邸宅で片付いていないところを見つける方が難しい。あらゆる品物がそのかたちと働きにふさわしい場所におさまっているように見える。デスクに積まれた読みかけの書籍でさえ、きちんと分類されて背表紙をピッタリ合わせてあるという徹底ぶりである。赤玉先生の混沌たるアパートとは雲泥の差であった。

父親は混沌の極みに安住し、息子は秩序の極みに安住している。

私が赤玉先生の部屋の汚さを微に入り細を穿《うが》って説明すると、二代目は眉をひそめて冷ややかに言った。

「そんなものは燃やしてしまいたまえ。さっぱりするさ」

○

弟が電磁気学に興味があることを知ると、二代目はおおいに喜んだ。若かりし頃、一時期夢中になって研究していたことがあるらしい。

「そうだ、矢四郎君に、目を守るための道具を進呈しよう」

そう言って二代目が、部屋の隅に置かれた鉄製の櫃《はこ》から出してきたのは、古びた飛行眼鏡であった。もともとは冒険心に溢れる飛行機好きの英国少年が愛用していたものだという。弟はおおいに喜び、さっそく装着して少年飛行士を気取っていた。

二代目の家財道具には、一つ一つ欧羅巴時代の思い出が絡みついていた。

愛用のパイプはチェコの古書店主から譲られたものだし、読書するときに寝転がる天鵞絨張りの長椅子はウィーンの某貴婦人から贈られたものである。山のようにある推理小説はケンブリッジ大学の哲学者から譲られた。その哲学者は哲学に精魂を打ちこみすぎてつねに気《き》息奄々《そくえんえん》たる様子で、推理小説を読むことと映画を観に行くことが数少ない息抜きであったということである。

そういった思い出を二代目は優雅に語ったが、決して触れない話題が二つあった。一つはなにゆえ外国へ旅だったかということ、もう一つはなにゆえ日本へ帰ってきたかということである。話がそちらへ向くと、二代目はすぐに話題をそらしてしまうのだった。

やがて二代目は柱時計を見上げた。午後二時であった。

「では毛玉諸君、そろそろお引き取り願えるかな」

「これは長居をしてしまいました」

「散歩に出かける前に長椅子で昼寝をしようと思ってね」

そのとき硝子戸の向こうのベランダにスッと降り立った人影があった。

二代目が怪訝そうな顔をしてそちらを見やるなり、硝子戸が開かれ、熱風とともに白い涼しげなワンピースを着た弁天が滑りこんできた。彼女は私と弟に向かってニッと笑ってみせると、二代目には目もくれずに部屋を横切り、天鵞絨張りの長椅子に遠慮なく身を横たえた。まるで自分の部屋にいるように寛《くつろ》いでみせた。

私は二代目に耳打ちした。「弁天様でございます」

「ああ、そうかね」と二代目は冷ややかに言った。

七月に帰国して以来、弁天は二代目の存在を気にしているらしかった。

天下無敵の弁天は、洛中のあらゆるものが自分にひれ伏して当然と考えているきらいがある。彼女が世界漫遊の旅から帰国したときに、天狗と狸と人間が繰り広げた大騒ぎを見れば、たしかにその通りであった。鞍馬天狗たちは長大な歓迎式典を開き、狸界の重鎮たちは献上品を持ってご機嫌伺いに参上し、金曜倶楽部は臨時会を招集して彼女の帰国をおおいに祝った。赤玉先生に至っては、彼女の爪先に接吻《せっぷん》しかねなかった。

そんな大騒ぎに洟《はな》も引っかけない唯一の人物が二代目であった。

二代目は黙ってテーブルから立ち、弁天が寝転がっている長椅子へ近づいていく。そうして彫像のような冷たい顔で弁天を見下ろした。

弁天は二代目を見返したが、身を起こそうという素振りは見せない。

「何か？」と彼女は微笑んだ。

「お嬢さん、お休みのところを失礼致しますが、その長椅子をお返しください。これから私は日課の昼寝に取りかからねばなりませんので」

「あら、でも私が使っているのよ」

「それは私の大切な長椅子なのですよ、お嬢さん」

「……でしょうね。たいへん素晴らしい寝心地ですわ。今にも眠ってしまいそう」

紳士的交渉が決裂したと分かると、二代目は何も言わずに踵を返し、先ほど我々が紅茶を飲んでいたテーブルの前に立った。白いテーブルクロスを両手で摑むと、サッと勢いよく引き抜いた。テーブル上の茶器は微動だにしない。そして二代目は猛牛に立ち向かう闘牛士のごとく、白いテーブルクロスをひらひらさせて弁天に近づくと、長椅子の前にそれを広げ、四隅を几帳面《きちょうめん》につまんで伸ばした。弁天も好奇心に駆られて僅かに身を起こした。

「よろしいですよ、お嬢さん」と二代目は優しく言った。「そのままそのまま」

二代目は長椅子の背もたれの向こう側へまわり、身体を押し当てた。長椅子が傾いて、弁天は「キャッ」と小さな声を上げて転げ落ちた。

二代目は満足そうに両手を払い、テーブルクロスの上に尻餅をついている弁天に微笑みかけた。

「お騒がせしました、お嬢さん。しかし貴女《あなた》が如何《いか》に快適であろうとも、今ここで我々が問題とすべきは、『私が快適ではない』ということなのです」

二代目はひらりと長椅子に身を横たえた。

「それではごきげんよう。お休みなさい」

弁天は平静を装っていたが、膨れあがる怒りをさらなる怒りで無理にねじ伏せているのは明らかであった。彼女のはらわたの煮えくり返る音がゴボゴボと聞こえてきそうである。彼女は立ち上がり、怒りに充ちた目で二代目を睨んでいた。

「変わった天狗ね、矢三郎」と彼女は言った。

「弁天様、ここは一つお怒りをおさえて……」

「べつに怒ってはいませんよ、これしきのことで」

彼女はそのままベランダへ出ていくかに見えたが、どうしても腹の虫がおさまらなかったのであろう、ふいに引き返してきて二代目のクローゼットを開き、丁寧にアイロンがけされた膨大なワイシャツを引きずり出すと、一枚残らずくしゃくしゃにした。そして床一面にまき散らされたワイシャツを踏みしめて出ていった。

その間、二代目は微動だにせず寝息を立てていた。

○

二代目の邸宅から飛び立った弁天は、飛び石を伝うようにしてビル街の屋上を跳ねて北へ向かった。彼女が癇癪玉をまき散らしたため、京都市役所庁舎、京都新聞社、京都府立医科大学等において窓ガラスが割れ、アンテナが折れ、給水タンクに穴があいた。

そして弁天が訪ねたのは赤玉先生のアパートであった。

「おお、弁天ではないか。よく来たな」

相好を崩す赤玉先生のかたわらに、彼女はすとんと腰を下ろした。

「ああ、びっくりした」

「何をそんなに驚いているのだ？」

「ひどい目に遭いましたわ。お師匠様、ごらんくださいまし」

弁天は無垢な乙女のように華奢《きゃしゃ》に見える左肘をあらわにして、長椅子からの転落を物語る淡い色の痣《あざ》を見せた。あるいはその痣は、彼女が京都新聞社の給水タンクに八つ当たりの肘鉄を食らわせた際にできたものかもしれない。いずれにせよ弁天の論理からすれば同じことで、自分の魅力を意に介さない二代目が諸悪の根源である。二代目の非礼を訴えつつ、彼女がさりげなく貞操の危機さえ匂わせたものだから、赤玉先生はおのれの助平ぶりを棚に上げ、「我が弟子に手を出すとは許せん」と憤った。

かくのごとく、天狗界に争いのタネは尽きない。

狸界においても、弁天と二代目の接触はおおいに話題となった。彼女が街中にまき散らした㾮癩玉の数から見て、その面会が不穏なものであったことは誰の目にも明らかであった。

「いよいよ天狗大戦か」とわくわくしている狸もいたが、おおかたの狸は「弁天が二代目の化けの皮を剝ぐだろう」と見ていた。二代目はたしかに紳士であるが天狗としては腰抜けだ、というのが無責任な狸界の認識だった。

夜に寺町通のバー「朱硝子」へ出かけると、主人が例によって賭けをしていた。

「矢三郎よう、おまえはどっちが勝つと思う？」

「またそれか。そんなことばかりにうつつを抜かしていないで、建設的なことに知恵を使いたまえ。天狗界の争いを面白がるなんてけしからん」

「偉そうなことを言いやがる。おまえが一番面白がってるくせに」

「うん。面白い。いったいどうなることやら。……しかし俺には俺の悩みがあるんで、天狗の喧嘩どころじゃないんだ」

「なんだ、納涼船はまだ打つ手がないのか？」

「うん。どうしたもんかねえ」

「情けねえなあ。御先祖様が泣いてるぞ」

それから数日後、奈良から空飛ぶ船が輸送されてきて、偽電気ブラン工場へ鳴り物入りで運びこまれた。

弟の矢四郎からその報《しら》せを受けた長兄は、憤怒のあまり卒倒しそうになった。長兄の目論見は完全に水泡に帰したのである。以来、長兄は寝ても覚めても「夷川め」と歯軋りしており、絶え間ない長兄の歯軋りによって下鴨家全員が睡眠不足になった。

「矢一郎の歯が磨り減って消えちゃいますよ」

母はげっそりして言った。

「このままだと玉瀾を招待するのは難しそうねえ」

○

そんな中、赤玉先生に呼び出されたので、私の憂鬱はきわまった。

出町商店街裏のアパートへ渋々出かけていくと、先生は二代目の襲撃にそなえて窓をふさぎ、蒸し風呂のような部屋に立て籠もって天狗煙草を吹かしていた。がらくたを積み上げて作った杜撰《ずさん》なバリケードの隙間から、レーザー光線のように夏日が射しこんでいる。その光の中を埃と紫煙が濛々《もうもう》と舞い、行き場を失った真夏の加齢臭が渦巻いているのは、まさに目も眩《くら》むような不愉快さであった。しかも先生はあちこちにマキビシをまいているので、やわらかな狸の足裏には危なっかしくてしょうがない。

「下鴨矢三郎、参上いたしました」私はマキビシを避けて這いつくばった。「汚いところで何をムッツリしておられるのです？」

「やつが弁天に狼藉《ろうぜき》を働いたらしいな」

「ははあ。しかし狼藉というほどのものではありませんよ」

「しかもおまえはそこにおったというではないか。コソコソあんなやつのところへ出かけていって、何をしておったのか。申し開きをしてみろ」

「ささやかではございますが、二代目に引っ越し祝いをお届けに」

「……何度言えば分かるのか！」

赤玉先生が怒号して煙を吐くと、紫煙は龍の姿となって四畳半をのたくった。

「やつは我が息子ではなく、天狗でもなく、二代目でもない。天狗道のなんたるかもわきまえぬ腰抜けに、偉大なる儂の跡目が継げるわけがないのだ。如意ヶ嶽薬師坊を継ぐのは弁天である。儂は決めた、もう決めた」

「先生、何もそんなに慌てなくても良いではありませんか」

荒ぶる恩師を私は宥めた。「今日明日引退するってわけじゃなし」

「うるさい。今後やつを二代目と呼ぶのはまかりならんぞ」

「困っちゃうな。それではどうお呼びすればよいのですか？」

「『猥褻《わいせつ》紳士』とでも呼ぶがよかろ」

羊羹のようにどろりとした薄闇の中、天狗煙草がちりちりと炎を上げた。

そのとき私は驚くべきことに気づいたのだが、赤玉先生が天狗煙草の灰を落としているのは、今や失われた空飛ぶ茶室「薬師坊の奥座敷」の飛行システム、茶釜エンジンであった。

昨年の送り火の宵は言うに及ばず、年末の狸選挙にまつわる大騒動では、この茶釜エンジンがおおいに活躍し、おかげで夷川家に一矢報いることができたのだ。赤玉ポートワインによって万物を浮遊させる神秘の道具を、よりにもよって灰皿につかうとは、いくら落魄《らくはく》の天狗とはいえ投げやりにすぎる。

「先生、そこに灰を落とすのだけはお止めください！」

私は慌てて台所へ走って欠け茶碗を見つけだし、先生の手もとに置かれた茶釜エンジンと取り替えた。茶釜の灰を捨て、濡れ雑巾で丹念に拭った。

素晴らしい天啓が脳裏に飛来したのはそのときである。

「先生、この茶釜エンジンを少しお借りできませんでしょうか？」

「そんなもの何に使うのだ。赤玉を飲んでぷわぷわ浮くだけのシロモノであるぞ」

「我々が夜空で五山送り火を見物するのは御存じでしょう？」

「……はは あ、もうそんな季節か」と先生は宙を見てから、グッと威厳をこめて私を睨んだ。

「矢三郎よ。何かつまらぬものを浮かべる気か？」

「これは我ら下鴨家の名誉にかかわることでして。伏してお願い申し上げます」

赤玉先生は天狗煙草を燃やして長々と退屈な間を取った。天狗としての威厳を見せつけるために、欠くべからざる儀式的待ち時間である。ここで迂闊《うかつ》なことを言って臍《へそ》を曲げられてはたまらないので、私は黙って平伏していた。やがて先生は口を開いた。

「よかろう。ただし、一つ条件がある」

「なんなりと仰ってください」

「送り火見物に儂を誘うでない。決して行かんぞ」

「これはまた、なんと淋しいことを仰るのです」と私は大袈裟に叫んだ。「先生にいらしていただかなければ始まりませんよ」

「儂は狸の宴に連なるほど暇ではないわ。第一、赤玉が不味うなる。狸のちらし寿司は毛が喉に詰まる。その茶釜は貸してやるから好きにするがいい」

元来、天狗というものは扱いにくいものである。そもそも、その扱いにくさに辟易した人間たちによって人世の外へ押し出された者が天狗であり、彼ら自身も自分の扱いにくさに辟易しているのである。ここで「ハイそうですか」と引き下がると元も子もなくすことは長年の経験の教えるところだ。私は「どうかおいでくださいまし」と言い募り、先生は「行ってたまるか」と言い張った。双方へとへとになったところで、先生はようやく満足した。

「行けるようなら行ってやる。まったく狸はうるさいわい」

私が茶釜エンジンを抱えてアパートを出ようとすると、先生の「毛深いちらし寿司は無用であるぞ」「あんなものはいらんぞ」という声が追いかけてきた。

送り火の宵にはちらし寿司を忘るるべからず、と私は思った。

○

大昔から、狸たちは五山送り火の宵に納涼船を浮かべてきた。

伝説によると、空飛ぶことを夢見た飛行機マニアの子狸が意を決し、愛宕山太郎坊《あたごやまたろうぼう》に直訴したのがきっかけであったという。

そもそも天空は天狗の領分であり、狸が勝手に飛ぶことは許されない。冒険心に富む狸の訴えを聞いた天狗たちは、愛宕山に集まって大京都天狗会議を開き、侃々諤々《かんかんがくがく》の論争の末、ようやく一年に一度にかぎって狸が天空を飛行することを許した。それが五山送り火の宵であったそうな。

さて狸たちはおおいに喜び、一族の総力を結集して納涼船建造に着手したのだが、問題は飛行システムであった。ある者は天狗に貢ぎものをして拝借し、ある者は素性の知れない発明家のアヤシゲな術に頼った。かくして、狸的美意識の具現化たる納涼船が次々に浮かんで百花繚乱《りょうらん》、五山送り火の夜空を賑やかにするようになったのである。

その長い納涼船の歴史にあって、一度も浮かんだことのないものがある。

偽叡山電車。

私が思いついた奇策はこれである。

○

五山送り火の宵、次兄の化けた偽叡山電車が下鴨神社の参道を進んできた。

車窓から洩れる光が参道の乾いた砂利を照らしだすと、偽電気ブランの香りがぷんと漂った。酒の勢いを借りて化けた次兄はすでにほろ酔いで、参道で「おーらいおーらい」と声をかけていた長兄を危うく踏み潰すところであった。

「まさか偽叡山電車とはな」と長兄はぶつぶつ言った。

「斬新だろ？」と私は胸を張った。

「下鴨家の行事に貢献できて、俺は本当に嬉しいよ」と次兄は言った。「久しぶりの送り火なのに、兄さんたちと酒を酌み交わせないのは残念だが」

「今のうちにシッカリ飲んでおけ。上空で化けの皮が剝がれてみろ、一家全滅だぞ」

「大丈夫だよ兄貴」と私は言った。「大船に乗ったつもりでいろって」

「井戸の底で何百回もイメージトレーニングしたからね」

「まったく、我が弟たちは有能だよ」

やがて木立から母と弟が這いだしてきた。黒服姿の母は次兄の化け姿を見るなり、「あっぱれ矢二郎、立派よ！」と嬉しそうに車両に抱きついた。

今宵の賓客である南禅寺玉瀾がやってくるまで、我々は納涼電車の支度に勤《いそ》しんだ。飛行眼鏡をつけた弟はそそくさと茶釜エンジンを偽叡電に持ちこんで設置点検に余念がない。長兄は赤玉ポートワインの箱を持ちこみ、母はちらし寿司やら煮物の折り詰めやらを持ちこむ。私はキラキラ光る吹き流しを次兄の尻に念入りに貼りつけた。

「兄さんと玉瀾のお見合いはうまくいきそうかい？」と次兄が言った。

「どうかねえ」と私は首を傾げた。

「念入りに稽古したんだろ？」

「……付き合う俺の身にもなって欲しいよ」

母は五山送り火の宵のうちに、相変わらず将棋盤を挟んでモジモジしている長兄と玉瀾を一気にくっつけてしまおうと目論んでいた。そのためには長兄にハッキリと愛の言葉を囁かせる稽古をしておいたほうがいい。

そういうわけで、私が玉瀾に化けて長兄の稽古の相手をしたのだが、堅物の長兄に甘言を囁かせる特訓は困難をきわめた。「しっかりしろ兄貴！」「思い切って声を出せ！」「手を握れ!」と叱咤激励し、なんとか長兄から愛の言葉を引っ張り出すことに成功したものの、兄と弟が愛を囁き合うという薄気味悪さに総身の毛の逆立つ思いを味わい、長兄も私も気持ちが悪くなって寝こんだのであった。

　あらかた支度が終わった頃、南禅寺玉瀾が参道を歩いてきた。長兄が慌てて偽叡山電車から降りて出迎え、彼らはぎくしゃくと頭を下げあった。

「このたびはお招きにあずかりましてありがとうございます」

「いえいえ。わざわざ糺ノ森へお越し頂きまして光栄です」

「お久しぶりねえ、矢二郎君」と玉瀾は次兄に声をかけた。「ステキな化けっぷり。納涼船を偽叡山電車にするなんて、どうせ矢三郎ちゃんの考えでしょ？」

「さすが玉瀾、分かってる」私は言った。「阿呆な兄弟だろ？」

「ステキに阿呆な兄弟だわ」

　そして我々は恩師の御着到を待ち受けた。

　やがて藍色の夕闇に沈んだ糺ノ森の底に白く浮かび上がる参道を、赤玉先生が洋杖をついてのしのし歩いてきた。

　赤玉先生は参道の真ん中に立ち、暗い森に燦然と輝く偽叡山電車を睨んだ。

「これ、毛玉ども。これは何の騒ぎであるか」

○

飛行眼鏡をつけて運転席についた矢四郎が車内にアナウンスした。

「皆様ご着席ください。当機は間もなく離陸します」

かくして納涼偽叡山電車は糺ノ森を堂々と出発進行する。

今は亡き我らの父は、次兄が化けた偽叡山電車を乗りまわすのが大好きであった。酔漢たちの度肝を抜いてまわった栄光の想い出が次兄の胸に去来したのであろう、偽叡山電車は凄まじい速さで参道を走り、勢いあまって下鴨神社に激突しそうになった。

「安全運転で頼む！」

長兄が叫んだとたん、朱色の門をかすめて辛くも離陸に成功した。

胸を撫でおろしたのも束の間、宇宙ロケットのごとく急上昇する偽叡山電車は大きく傾き、我々は十把一絡げになって車両の後方へ転がり落ちた。ぶちまけられたお吸い物で乗客全員が出汁臭くなり、赤玉先生は「狸は飛行の何たるかを知らぬ」と文句を言った。「偉大なる儂を乗せておきながらなんという乱暴な運転であるか」

次兄と弟が操縦に慣れるまで、我々は生きた心地もしなかった。

やがて、ゆっくりと機体が水平になった。

「ぽーん。当機は安定飛行に入りました」

「矢四郎、安全運転で頼むと言ったではないか」

「だって矢二郎兄ちゃんがモノスゴイ速さで走るんだもの」

「すまん」と次兄の申し訳なさそうな声が聞こえた。「調子に乗りすぎたよ」

「いいさ兄さん。どうせ今宵は無礼講」

「儂が乗っていることを忘れるな、毛玉どもめ」

「あらあら、お吸い物がすっかり流れてしまって」母が残念そうに言った。「でも、ちらし寿司はもともと散らかってるから平気ね。ちょっと直せばなんとかなります」

気を取り直して宴の支度をしていると、開いた車窓から涼しい夜風が吹きこんでくる。私は座席に這い上がって、窓から外を覗いてみた。

眼下にはぎっしりと光の粒を散らした夜景が広がっていた。すぐそばに浮かんでいる牛車《ぎっしゃ》の複合体のようなものは、御所の狸たちの納涼船であろう。窓から身を乗りだして手を振ってみると、彼らも御簾《みす》を引き揚げて手を振り返してきた。御所の狸たちが偽叡山電車の離陸を祝して喇叭を吹き鳴らすのが聞こえたので、次兄も警笛を鳴らして返礼した。七色のラメ入り吹き流しを煌めかせ、我らの納涼電車は夜空を行く。

やがて五山につぎつぎと送り火が浮かび上がった。

「先生、送り火ですよ」

「分かっておる。分かっておる」

「先生もご覧になればいいのに」

「今さら儂に何を見ろというのだ。人間どものお遊びに付き合えというのか」

赤玉先生は車窓から外を見ようともしなかった。

大文字の浮かび上がる如意ヶ嶽一帯は、そもそも赤玉先生こと如意ヶ嶽薬師坊の縄張りであった。我らの父が一世一代の化け術を駆使して偽如意ヶ嶽事件を起こしたのも、先生の縄張りを荒らす鞍馬天狗たちに一泡吹かせるためである。そんな父の努力もむなしく、赤玉先生は如意ヶ嶽を追い落とされて落魄の身となった。

先生没落の原因となった「魔王杉事件」には私も一枚嚙んでいる。偉大なる父が命を賭けてまで守ろうとしたものを、阿呆の息子が台無しにする。これは飽きるほど繰り返されてきた凡庸な物語であろうが、私にだって痛恨の思いがなくもない。

しかし赤玉先生は如意ヶ嶽を恋しがるそぶりなど露ほども見せず、ちらし寿司をもりもり食べ、玉瀾に赤玉を注《つ》いでもらってご満悦であった。

やがて先生は怪訝そうな顔をして長兄を見た。

「矢一郎よ、布袋《ほてい》に化けないのか」

「今宵はよいのです」と長兄は若旦那風の格好で澄ましている。

「いやに気取っているのではないか。今宵は無礼講であろう？」

「今日は玉瀾がいるから、兄貴は格好つけてるんですよ」と私が耳もとで囁くと、赤玉先生は「ははん」と万事呑みこんだ顔をした。

「毛玉の見合いというわけか。苦しゅうないぞ。見合え、見合え！」

「先生、お相撲《すもう》ではないのですから」と玉瀾は毅然《きぜん》として言った。「矢一郎さんが困っているではありませんか」

「そうですよ、先生。玉瀾が困ってる」と長兄も言った。

先生は湯呑みから顔を上げ、長兄と玉瀾をジロリと睨んだ。

「毛玉風情が何を気取っている。百戦錬磨のこの儂に恋情を隠せると思うか」

先生が恋の駆け引きに長けているかどうかはともかくとして、理不尽な説教をするときにこそ、先生の天狗的威厳は漲り渡る。「まったく毛玉というものは己の分際もわきまえず……」と長々しい説教をするうちに、先生の目は爛々と輝きだし、白髪が電気を帯びたように逆立ってきた。今頃になって、弁天がかたわらにいないことに対する苛立《いらだ》ちが甦ってきたのであろう。老いらくの恋を持てあまして悶々としているとき、長兄と玉瀾の繊細すぎる恋の駆け引きを見せつけられては腹が立つのも道理である。

やがて赤玉先生は湯呑みを噛み砕いて赤玉ポートワインをまき散らし、「好きなら好きと言え！」と大喝して偽叡山電車を震撼させた。

長兄と玉瀾はたがいの顔をまじまじと見た。

「好きです」

「好きです」

長兄と玉瀾は尻尾を出し、あっさりと胸中を明らかにした。

「ふん。勝手に幸せになるがいい」と先生は言った。

母はうきうきとして、湯呑みに赤玉ポートワインを注いで先生に差しだした。

「さすが先生は仰ることが違いますわ」

「あたりまえである。儂は偉いのである」

○

楽しい宴の席を立ち、揺れる吊革の下をくぐって、私は前方の運転席へ行った。正面の窓からは雄大な夜景を見渡すことができる。五山送り火は終わりつつあった。

次兄の満足そうな声が耳もとで聞こえた。

「良い夜になったなあ。面白きことは良きことなり」

「兄さんは化けっぱなしで気の毒だね」

「さして淋しくないよ。みんなの賑やかさで腹の底があったかくなる。井戸の底の蛙っていう生活は、じつに腹が冷え冷えするもんだからね」

「面白きことは良きことなり」

楽しげな家族の声に耳を澄ましながら、私は夜景を眺め、かつてこの賑やかな輪の中心に座っていた父のことを想った。脳裏に浮かぶ父はたいてい笑っている。あんなに気持ちよく笑う狸はいなかった。涙をこぼすまで笑うのだった。私は父が泣くところを見たことがなかったが、よく考えてみれば、父はいつだって笑いながら涙をこぼしていた。あの笑いもまた阿呆の血のしからしむるところであろうか。

ふいに次兄が「おや」と言った。「背中に何かのったような気がする」

「見て来よう」

「落っこちないように気をつけろよ」

私は運転席の窓から外へ出て、偽叡山電車の屋根にのぼってみた。びゅうびゅうと夜風が吹きつけてくる。つるつる滑る屋根に這いつくばって目を凝らすと、巨人の骸骨のように黒々と聳えるパンタグラフの向こうに豪奢な長椅子が置かれているのが見えた。浴衣姿で夜風に吹かれ、悠々と寛いでいるのは弁天である。夜景を見下ろす気怠《けだる》そうな顔を、仄かな明かりが青白く浮かび上がらせている。

「風が涼しいわね、矢三郎。あなたもこちらへいらっしゃい」

私が屋根を這って近づいていくと、彼女は飲みかけのグラスを差しだした。足下には偽電気ブランの大瓶が置いてある。私は偽電気ブランを一口飲んだ。

「どうして二代目の長椅子がこんなところにあるのです？」

「このステキな長椅子に寝転んで夜景を眺めようと思って。先ほどあの人を訪ねたのだけれど不在でしたから、勝手に持ってきました」

「無断で二代目のものを持ちだすのはまずくはありませんか？」

「あら、怖がり屋さん」

「そりゃ怖いですよ」

「今ここで我々が問題とすべきは何かしら。私が快適であるかどうかでしょう？」

弁天は二代目の口真似をして、大瓶に口をつけて偽電気ブランを飲んだ。こくこくと喉が動いて偽電気ブランが彼女の胃の腑に落ち、青白い炎を上げるのが目に見えるようである。飲めば飲むほど彼女の顔は青ざめていくようであった。

「ねえ、矢三郎。私と二代目のどっちが好き？」

「どちらも天狗として尊敬しております」

私は用心して言った。「狸は天狗を尊敬するものであります」

「そんなふはふはした答えは大嫌いだわ。もう一度口にしたら鍋にしてやるから」

「……弁天様、二代目に相当お怒りですね？」

「あら、私は面白がっているのよ。何もかもが楽しみだわ」

弁天は真顔で呟いて、眼下の街を眺めている。

そのとき突然、目前の屋根の端に皺《しわ》だらけの手がかかり、枯れ薄《すすき》のように夜風に吹き散らされる白髪頭が飛びだした。空飛ぶ電車の屋上へ決死の覚悟で這い上がろうとしているのは赤玉先生であった。先生は「弁天がそこにおるではないか」と歓喜に満ちた声を出したものの、上がるに上がれずもがもがしている。「待て待て、いま行く」

私は慌てて駆け寄って、先生を引っ張り上げようとした。

そのとき弁天が長椅子から身を起こして愉快そうな声を上げた。

「ご覧なさい、矢三郎。お友達が来ましたよ」

後方から近づいてくるのは夷川家の船であった。

南都の狸たちを酒精に浸して横取りした船は、夷川家流の悪趣味きわまりない電飾を煌めかせつつ、京都の夜空を突進してきた。

私は電車の屋根から身を乗りだし、車内の長兄たちに声をかけた。

「夷川が来たぞう」

長兄たちが窓から顔を出し、「ひどい」「悪趣味」「阿呆の骨頂」と口々に言った。

朱色に塗られた船体はクリスマス風のイルミネーションでぎらぎらと輝き、ビアガーデンのような赤い提灯が無闇に吊るされ、帆柱の電光掲示板には「英国紳士」「万事快調」「満員御礼」「おかげさまで大好評」等の桃色文字が交互に点灯される仕組みだ。遠き奈良時代、玄界灘《げんかいなだ》の波頭を越えて大陸を目指したという歴史的威厳は見る影もない。由緒正しき南都の船を原形をとどめぬほど飾り立て、底知れぬ阿呆ぶりを天下に宣伝して恥じるところがない。

○

破廉恥な船は、やがて我らの納涼電車の横にならんだ。

「夷川家」と染めた桃色の法被《はっぴ》に身を包んだ夷川親衛隊が右舷に押し寄せ、酔いにまかせてぶうぶうと不愉快な罵声を浴びせてくる。喧嘩上等である。私は偽叡電の屋根に立ち、「くたばれくたばれ」と罵声を浴びせた。不毛な応酬の末、夷川親衛隊をかきわけて意気揚々と現れたのは天下無双の阿呆兄弟である。

金閣と銀閣は紳士服を着た布袋のような姿をして、シルクハットをかぶっていた。

「さて下鴨家の諸君、英国紳士として一つ言わせてもらおうか」

金閣はふんぞり返った。「これは納涼船ではなくて電車じゃないかい？」

「どうせ矢二郎が化けてるんだよ、兄さん」と銀閣が言う。

「ははあ。だとするとこれはもはや電車ですらないね」

「僕たちなら恥ずかしくて空も飛べないはず」

「だってこいつらは恥を知らないんだもの、銀閣」と金閣はせせら笑った。「送り火の宵に納涼船を準備できなくて偽電車でお茶を濁すなんて、まっとうな狸なら恥ずかしくて尻の毛が抜けちゃうことウケアイ。それに引き替え、僕らの船の素晴らしさときたら！　どう、この天才的センス！　準備万端、万事快調。デキる狸はココが違う！」

「準備万端！　万事快調！」

「どうだい、おまえら。悔しかったら言い返してみろ」

「黙れ、金閣」と私が屋根の上から叫んだ。「その船は下鴨家が借りるはずだったんだぞ。汚い手をつかいやがって」

「僕らが横取りしたって言うのかい？」と金閣は白々しく肩をすくめた。「おいおい矢三郎、つまらない言いがかりはよしておくれよ」

「よしておくれよ。よしておくれよ」と銀閣が言った。

金閣は気取って指を立て、右舷を行ったり来たりする。

「偉大なる父上の去った今、京都狸界の未来は、この偉大なる狸のタマゴであるところの僕に委ねられたのだ。これは洛中のあらゆる狸の認めるところなんだぞ。かくも責任ある立場の僕としてはだね、南都の長老たちに『やぷー、金閣だよ。今後もひとつよしなに』って挨拶の一つもしておくのが当然の礼儀ってもんだろ？」

「兄さんは礼儀正しいんだぞ。おまえみたいな野蛮な狸とは違うのさ」

「そうそう、なにしろ英国紳士だからね」

金閣はそう言ってオモチャのように輝く金のシルクハットを見せびらかす。

「で、挨拶するのであれば、手土産の一つも持っていくべきだろ。で、僕らが精魂こめて作った偽電気ブランに勝るステキな手土産ってある？　ないよね。そうすると、そのステキな手土産に対して、南都の長老たちがお返しをしたくなるのも当然というもの。由緒正しい遣唐使船を貸してもらうなんて悪いなあと思ったけど、『夷川家の金閣様に活用していただけるなんて無上の光栄にございます』なんて言われたら、これは断れないよね」

「そうとも兄さん。それに僕らの納涼船は去年撃墜されたんだ」

「そうそう。で、あの船を誰が撃墜したのかというとそれはおまえだよ、矢三郎」

金閣は怒りをこめた指先を私に向かって突きつけた。

「おまえの非紳士的振る舞いには、僕らホントに迷惑してる。海星だって『矢三郎たちが乱暴なことをするから、納涼船には乗りたくない』って、偽電気ブラン工場に立て籠もってるんだぞ。『仕事してる方がマシだ』なんて殺伐としたことを言うんだ。ああ、なんてひねくれた可哀相な妹だろう！」

そのとき夷川親衛隊がざわざわざと波打った。

朱色に塗られた船室からピカピカの英国紳士が現れたと思ったら、紛《まご》うかたなき二代目であった。私はほとんど驚愕《きょうがく》した。金閣と銀閣が二代目に勝手に師事しているのは知っていたが、二代目が夷川家の納涼船に乗っているとは思わなかった。

二代目は船縁に立ち、我らの偽叡電に目をやった。

その視線がパンタグラフの隣であぐらをかく赤玉先生と、長椅子に腰掛ける弁天をとらえるなり、二代目の顔は氷結したように冷たくなった。赤玉先生と弁天を「軽蔑」という分類でひとまとめにし、用済み案件の箱へ放りこんだのは一目瞭然である。

「仏の顔も三度までと言うけれど――」

弁天が長椅子から立ち上がり、私の背後で呟いた。

「ねえ矢三郎。こんな船、燃やしてしまえばいいじゃない?」

○

そのとき長兄は偽叡山電車内で凝然とし、石仏のごとく立っていた。

そもそも長兄は、五山送り火のような公の行事の場で揉め事を起こすことを嫌悪する。とりわけ今宵は玉瀾を招待した手前、南禅寺家への責任もあるから、堪忍袋の緒をいつもより念入りに締めていた。しかし一方で、長兄は家門の名誉をたいへん重んじる狸でもあって、よりにもよって御先祖様を冥途へ送り返す送り火の宵に、阿呆兄弟が家名に泥を塗るのを平気で聞き流せるはずがない。つまり長兄はボンヤリしていたのではなく、堪忍袋の緒がぷつんぷつんと一本ずつ切れゆく音に耳を澄ましていたのである。

長兄よりも先に玉瀾が怒り心頭に発し、車窓から身を乗りだした。

「金閣も銀閣もいいかげんにしなさい」

「あれえ?」と金閣が目を丸くした。「どうして玉瀾が乗っているの?」

「さっきから聞いていれば、あなたたちは本当に失礼なことばかり言うのね。今すぐ謝りなさい。小さな毛玉の頃には可愛いところもあったのに、いったい何を食べたらそんな憎たらしい阿呆に育つのかしら。可愛げのない阿呆に何の意味がありますか」

「なんという、ひどい言われよう」

「僕らは断然傷ついたよ」

「あら傷ついたの？　傷つくことができるなら上等だわ。さあ、ちゃんと謝りなさい。さもないと海星ちゃんに言いつけてやるから」

我が元許嫁の海星も口の悪さは折り紙つきだが、玉瀾の言葉には海星とはちがう重みがある。あたかもやわらかめの鉄球を投げつけられたように、金閣と銀閣は腹を押さえて呻き、青黒い大福みたいに膨らんだ。言い返したい、言い返せない、言い返したいのに言い返せない。彼らはシルクハットで船縁を連打し、煩悶の挙げ句に暴言を吐いた。

「なんだいこの将棋馬鹿」

「一生南禅寺で将棋指してろ」

その言葉によって、長兄が丁寧に数えてきた堪忍袋の緒の最後の一本がぷつんと切れた。

「今なんと言った、おまえら」と車窓から身を乗りだして怒号する長兄は、早くも虎の毛を生やしていた。

「玉瀾までも侮辱する気か。もはや許せん」

黄色い毛がむくむくと車窓から溢れ、巨大な虎が電車から納涼船へ飛び移った。玉瀾のためとはいえ、長兄も大胆なことをしたものである。

鴨虎の咆哮《ほうこう》に怯《おび》えた夷川親衛隊の狸たちが船上を逃げ惑う中、金閣と銀閣は金銀のライオン二頭に変じて長兄を迎え撃った。たがいの毛を毟り合う肉弾戦はきわめて激しく、虎と二頭のライオンは光り輝く大きな毛玉となって、船上をころころ転がった。

弟として助太刀《すけだち》すべきである。今こそ暴れなくては損である。

私は偽叡電から飛び移ろうと身がまえた。

そのとき、「砲撃始め」の掛け声とともに夷川親衛隊の連中が右舷にならび、一斉に花火を打ちこんできた。ぴゅんぴゅんと火玉が飛来して、次兄が「あちち、あちち」と身をよじる。

「うへ！　こりゃダメだ」

私は車内へ避難したが、そこもまた色鮮やかな煙が充満して息もつけない。投げこまれた鼠花火に追われた母と玉瀾が吊革にぶら下がって悲鳴を上げ、矢四郎は茶釜エンジンに赤玉ポートワインを注ごうとしている。

次兄がふいに悲鳴を上げた。

「あちち！　どうやら尻が燃えてるぜ！」

飛来する花火から引火して、次兄の尻につけたラメ入りの吹き流しが燃えていた。偽叡山電車は蒟蒻《こんにゃく》のようにくねくねしたが、吹き流しは私が入念に貼りつけたものだから容易に取れない。送り火の宵を賑やかにしようという善意の工夫が裏目に出た。

「兄さん、着陸しろ！」

「どこへ着陸しろっていうんだい？」

「夷川の船しかないだろ！」

濛々と立ちこめる花火の弾幕の中、偽叡山電車は大回頭し、前照灯を船に向けた。金魚の糞のように車両後尾にくっついてるのは炎上する吹き流しである。その炎が次兄の尻に達すれば下鴨家は夜空に投げ出されて全滅だ。かくのごとき絶体絶命の窮地にあって、夷川親衛隊がいくら花火を打ちこもうが我々を制止できるわけもない。

偽叡電はそのまま夷川の船に突っこんだ。御馳走を満載したテーブルを押しのけ、夷川親衛隊を追い立てて進み、帆柱に激突してようやく止まった。そのとたん、ぐんと世界が裏返るような感じがして、我々は船板の上へ投げだされていた。なんとか起き上がって周囲を見渡すと、炎上する吹き流しに埋もれて小さな蛙がもぞもぞしている。

「たいへん！」と母が叫んだ。「矢二郎が燃えちゃう！」

私は慌てて吹き流しをかきわけ、次兄を助けだした。

「やれやれ、みんな無事でよかったよ」と次兄は暢気な声で呟いた。「ほどよく尻が温まったな。お灸をすえるのは自律神経に良いそうだ」

そのとき傾いた帆柱から電光掲示板が落下して船板を打ち砕いた。

それきり船上は静まり返った。聞こえるのは壊れた電光掲示板が火花を散らす音ばかりである。船上は嵐に揉まれた後のように荒れ果てていた。御馳走の残骸と砕けた酒瓶が船板一面に散乱して、火薬の臭いがぷんぷんする。夷川親衛隊はあまりのことに戦意を喪失して船縁に集まり、長兄と金閣たちも呆然としている。

「本当に狸というのは、救いようのない阿呆なのね」

涼しげな声がして、弁天が天から降りてきた。

その右手には長椅子を持ち、左手には赤玉先生をぶらさげている。

我が恩師たる赤玉先生は洋杖と赤玉ポートワインの瓶を抱え、あたかも悪戯猫のように、弁天に襟首を摑まれていた。空を飛べないという天狗にあるまじき弱点を満天下に晒しながらも、先生は天狗的威厳に充ち満ちて、船上の狸たちを睥睨《へいげい》していた。

○

そのとき私は、二代目が舳先《へさき》にひとり佇《たたず》んでいることに気づいた。

二代目は狸たちの大混乱に背を向けて、シルクハットを頭にのせ、腰の後ろで手を組んでいた。この毛深い混沌に充ちた納涼船にホトホト厭気がさしたのであろう。

二代目は振り返りもせずに飛び立とうとした。

赤玉先生が洋杖で船板を音高く鳴らした。

「また逃げるのか」と先生は堂々たる声で言った。「まったく逃げてばかりだな」

二代目は振り返り、汚い毛虫でも見るかのように眉をひそめた。

それにしても今この瞬間ほど、親子の対面にふさわしくない瞬間はなかった。船上は狸毛に充ち、二代目と赤玉先生は不機嫌の極みにあって、弁天はいつでも誘爆される気満々である。しかも弁天は二代目を挑発するように、彼の邸宅から無断で持ちだした長椅子にこれ見よがしに座っているのだ。

「ひどいものだ」と二代目は言った。「まったく狸は進歩していない」

「毛玉が進歩するものか」

「狸を教育するのは天狗の仕事ではありませんか？」

二代目はカツカツと几帳面な足音を鳴らして舳先から歩いてきた。彼が白い手を挙げて撫でるようにすると、まるでアイロンでワイシャツの皺を伸ばすように、船上でざわついていた狸たちが静かになった。二代目は、長椅子に座る弁天を睨んで言った。

「その女は何者です」

「我が有能なる弟子だ」と先生は言った。「気骨ふにゃふにゃのおまえとは違うぞ」

「泥棒女とは御立派な弟子をお持ちですな。おんぶに抱っこで空を飛んで、さぞかしご満悦でしょう。あなたが老醜を晒すのは自由だが、せいぜいその女を教育して、せめて私の視界に入らないようにして頂きたい」

そんなことを言われて弁天が平静でいるはずがない。居合わせた狸たちは震え上がり、恐る恐る弁天の顔色を窺った。しかし彼女は微笑したまま不気味に沈黙している。

「言いたいことはそれだけか」

赤玉先生は懐から風神雷神の扇を取りだして身構えた。

この小さな船で赤玉先生が扇を振るえばどうなるか。五山送り火見物から帰途につく人々で賑わう夜の街へ、毛玉の雨が降り注ぐことになろう。母は「これはたいへん」と呟いて玉瀾と矢四郎を抱きしめた。夷川親衛隊たちは船板にへたりこみ、とりあえず手近なものに摑まって用心している。私は赤玉先生に駆け寄って腕を摑んだ。

「先生！　こんなところで扇を使ったりしたら、我々みんな吹き飛ばされます」

「これは天狗の問題である。天狗の喧嘩に狸が出るな」

「しかし今宵の送り火見物は狸のお祭りで、これはもともと狸の喧嘩ですよ。お忘れになっては困ります。狸の喧嘩に天狗が出るなんて妙でしょう」

そのとき弁天が長椅子から立ち上がった。

「いいのよ、矢三郎」と彼女は言った。そして彼女は身をかがめて赤玉先生に耳打ちした。

「お師匠様、ここは私にまかせていただけます？」

赤玉先生は頷いて鉾《ほこ》をおさめた。「……よかろう。やってやれ」

白い浴衣《ゆかた》姿の弁天と、黒ずくめの二代目は、狸たちが固唾を呑んで見守る中、傾いた帆柱の真下で向かい合った。転落して船板にめりこんだ電光掲示板がばちばちと青白い火花を散らしている。弁天は怒りを腹に秘め、二代目は軽蔑を腹に秘め、たがいに睨み合っている。

弁天は冷たい微笑を頬に浮かべた。

「倫敦《ロンドン》でお会いしたときには、ひどく空が荒れていましたわね」と彼女は謎めいたことを言った。「虫が好かなかったのですよ、あの日からずっと」

彼女の横顔には、二代目への青白い怒りが燃えていた。

しかしその顔を見た瞬間、言いしれぬ哀しみが私の胸をいっぱいにした。そのとき船上にいた狸たちの一匹として私の気持ちが分かったとは思えない。

ひとり私だけが確信していたのである。

弁天は二代目に負けるだろうと。

○

二代目は弁天をやすやすと撃墜し、ふたたび船に降り立った。

船上の狸たちは黙りこくったまま、二代目を尊敬の眼差しで見守っている。

その夜を境にして、狸たちは二代目こそが正統なる赤玉先生の後継であり、新時代の天狗であると考えるようになった。なにしろ森羅万象が恐れて遠巻きにしている弁天を撃墜したのである。これほど説得力のある天狗の証は他にない。

そのくせ二代目には得意気な様子などカケラもなく、船上に充満する毛深い畏敬の念さえ煩わしく感じているようであった。

二代目は愛用の長椅子を手に取り、船上の狸たちを見まわした。

「それでは毛玉諸君、私はこれにて失敬」

シルクハットの縁に手をやって会釈した後、二代目はあの静謐で整然とした邸宅へ帰るために、船板を蹴って飛び立った。赤玉先生のことは一顧だにせず、先生もまた二代目に声をかけるようなことはしなかった。

二代目の姿が見えなくなるまで、狸たちは呆然としていた。

やがて我に返った金閣と銀閣は泣きそうな顔をして船上を見まわし、「どうしてくれるの」「今年も船が木っ端ミジンコ」「くそったれ下鴨家め、責任取れ」とピイピイ喚き始めたが、風神雷神の扇を掲げた赤玉先生に「この愚か者どもが！」と大喝されるや、子狸のような悲鳴を上げて毛深い正体を露呈した。

「毛玉のくせに何が責任だ。喧嘩両成敗である」

「いやしかし先生」と金閣は泣き声を出した。「それはいくらなんでも殺生な」

「やかましい。さっさとこの船を地上へ戻せ。さもなくばこんな貧相な船、跡形もなく吹き飛ばしてくれるぞ」

船が吹き飛べば先生も困るにちがいないのだが、夷川の狸たちはその言葉を聞いて震え上がり、たちまち船板を駆けまわって着陸の支度を始めた。

大天狗の一声によって、大文字納涼船合戦の幕は引かれたのである。

その間、私はひとり船縁から身を乗りだしていた。眼下には夜景が広がり、北へ目を移すにつれて街の灯はまばらになる。弁天が墜落したのは賀茂川の上流、黒々と広がる上賀茂神社の森から川沿いを北へ辿ったあたりであろうと見当をつけた。

納涼船が降下を始めると、先生は私のかたわらに立って眼下の街を睥睨《へいげい》した。

「弁天がどこへ墜ちたか分かるな、矢三郎」

「はい。見ておりました」

「迎えに行ってやらねばなるまい。ついてこい」

「承知しました」

○

かつて阿弥陀堂裏に転がっていた長老は子狸たちに言い聞かせた。

「天狗の喧嘩に狸が出る。これは駄目じゃ」

「狸の喧嘩に天狗が出る。これも駄目じゃ」

今にして思えば、あの長老は天狗の喧嘩に狸が出たがり、狸の喧嘩に天狗が出たがることを、長年の経験から厭というほど知っていたのであろう。だからこそ子狸たちに口を酸っぱくして言ったのである。しかし長老の祈りもむなしく、今日もなお天狗の喧嘩に狸は出たがり、狸の喧嘩に天狗は出たがる。

私と赤玉先生はタクシーに乗って賀茂川の上流へ向かった。

初めて牙を折られた弁天を迎えに行くのだから、私はひどく哀しかった。

滑るように走っていくタクシーの暗い車窓を見つめていると、船から飛び立って夜空で睨み合う弁天と二代目の姿が脳裏に彷彿とした。弁天はそのとき、まさか二代目に容赦なく叩き落とされるとは夢にも思っていなかったにちがいない。

私はソッと赤玉先生の横顔を盗み見た。

赤玉先生は悔しそうでもなく、哀しそうでもなかった。川沿いの暗い町並みを睨むその目つきは鋭いけれども、その底に優しい光を湛えている。ずいぶん以前のことだが、そんな先生の目を見たことがあるような気がした。

やがてタクシーの運転手が車内の沈黙を破った。

「もうすぐ上賀茂神社ですがね。どうされますか？」

「このあたりであろうか」

「もう少し先でしょう」と私は車窓に額を押しつけて言った。

「では次の橋で降りる。あとは歩いて捜すことにしよう」

我々は西賀茂橋のたもとでタクシーを降り、川の左岸を歩いていった。

あまりにも静かで、先ほどまでの船合戦が遠い想い出のように感じられる。

賀茂川はひっそりとした住宅や畑の広がる町を抜けて、巨大な獣のようにうずくまる北の山に向かっている。川の対岸には、自動車修理場やセメント工場が廃墟《はいきょ》のように黒々としていた。あたりには人影もなく、通りかかる車もまばらである。道路沿いにぽつぽつと灯っている陰気な街灯は、そのまま世界の果てまで続いているかのようだった。

先に弁天の姿を見つけたのは私であった。

弁天は夏草の生い茂った賀茂川の中州にひとり座っていた。撃墜されたときに川に落ちたらしく、長い黒髪は乱れているし、浴衣も濡れて泥だらけである。青ざめた頬にも、生々しい泥の跡が一筋こびりついていた。

私と赤玉先生が川べりに下りていっても、彼女はこちらを見ようとしなかった。まるで迷子の子どものように、ぽかんとして川面を見つめている。

赤玉先生は川を渡っていき、彼女のかたわらに立った。

「悔しいかね」と問いかけるのが聞こえた。

弁天は小さく笑ったようである。

「……悔しいですわ」

「そうか。そうであろうな」と先生は優しい声で言った。

そのとき、弁天が初めて空を飛んだ日のことが鮮やかに脳裏に甦った。

当時の弁天は、まだ琵琶湖畔から攫われてきたばかりで、赤玉先生指導のもと、おのれの内なる天狗的な力におずおずと触れ始めたところであった。赤玉ポートワインを持って訪ねていった私の前で、先生は「教えた通りにやってごらん」と彼女に言った。その声に背中を押された弁天は、降りしきる花弁の中を初めて飛んだのである。「できました」と嬉しそうに梢から顔を覗かせた彼女の姿を忘れることはできない。

赤玉先生は生い茂る夏草の上に腰を下ろした。

「しかし天狗も時には墜《お》ちるものだ」

弁天とならんで川面を眺めながら、先生は静かに言い聞かせるようにした。

「悔しかったら、強うなれ」

第五章　有馬地獄

狸と温泉の付き合いは太古の昔にさかのぼる。

私が幼い毛玉であった頃、有馬温泉ブームが狸界を席巻し、大勢の狸たちが連れだって有馬へ出かけた。六甲山の麓にある有馬温泉は、『日本書紀』の昔から湯煙を上げていると伝えられ、あの豊太閤《ほうたいこう》も入り浸ったという名湯である。

慰安旅行に出かけた八坂平太郎たちが有馬の魅力にとりつかれ、宿に立て籠もって帰ってこない事件もあった。彼らを連れ戻すべく、単身有馬に乗りこんだのが父である。やがて狸たちが帰ってくると、六甲の山麓から彼らが引き連れてきた湯煙が京都の街をまるごと煙に巻いた。かくして有馬温泉の名は、いよいよ洛中に高まったのである。

糺ノ森に帰ってきた父はいやにホカホカしていた。平太郎たちを連れ戻すという大義名分のもと、たっぷりと有馬の湯を味わってきたらしかった。

糺ノ森を通りかかった赤玉先生が父の顔つきを見て鼻を鳴らした。

「……温泉につかってきたな、総一郎」

「はい。じつにステキなものでした」

「まったくけしからんやつ」

「おや、先生は温泉がお嫌いで？」

「あんなものに入り浸ると阿呆になる」

たしかに温泉は阿呆なものである。

かぷかぷと毛深い泡のごとく浮かんでいると、湧き上がる湯気と狸気とが混じり合い、忘我の境地に誘われる。流しても流しても湯は尽きない。その希有《けう》壮大な大盤振る舞いに、我ら狸は敬意を表するものだ。

嗚呼、「極楽」とは温泉のことと見つけたり。

○

十月中旬、私が有馬温泉に乗りこんだのは、淀川教授の失踪が発端であった。

その年の八月末から、淀川教授は今出川の研究室を離れ、花脊《はなせ》の山奥にある演習林を研究拠点としていた。

その演習林は人跡未踏の山奥に粗末なプレハブ小屋があるきりで、電気もガスも水道もない。教授を支えるのは大学院生のスズキ君一人きりだった。私が訪ねるたびに彼らは文明の衣を脱ぎ捨てていき、ついにはイノシシと戦うための竹槍を作り始めた。その未開の演習林にあって、彼らは新大陸に入植した開拓団のごとくワイルドな生活を送っていたのである。

私が訪ねていくと、淀川教授は笹の葉をガスコンロで煎《い》りながら事情を語った。

「准教授のクーデターが起こったんだよ、君。研究室を追放されちゃってね」

八月下旬、インドネシアへの冒険旅行を終え、アヤシゲな研究材料を山ほど抱えて帰国した淀川教授は、まったく身に憶えのないセクハラ疑惑によって、唐突に学部の人権委員会に召喚された。それは朦朧的事実と朦朧的推測を幾重にも重ねた砂上の楼閣もいいとこであったが、どういうわけか反論がまったく許されず、早々に学部長と副学長が研究室に乗りこんできた。あからさまに目の焦点が合っていない副学長から、「話を大袈裟にしたくないのですよ。ほとぼりが冷めるまで、花脊で研究に専念されては如何《いかが》」と迫られたとき、淀川教授は「これは陰謀だ」とピンときたという。

大学院生のスズキ君の証言によれば、淀川教授がインドネシアへ出かけている間、「金曜倶楽部の代理人」と名乗る胡散臭さの権化のような赤シャツ姿の怪人が学部長たちと一緒に准教授を訪ねてきて、半日近くも密談を交わしていたという。その赤シャツ男が金曜倶楽部の密命を受けた天満屋であることは明らかであった。

「金曜倶楽部のいやがらせさ。大人の世界は怖いねえ」

「それでは白旗上げますか？」

「何を言うんだい。狸たちを鍋から守るためだ。木曜倶楽部は解散しないぞ」

名ばかりの演習林に流刑の憂き目を見るや、かえって淀川教授は闘志を燃やし、九月には円山公園の料亭「月山」にて開かれた金曜倶楽部の会合に「狸鍋廃止」を訴えるビラを投げこんだ。それればかりか、金曜倶楽部のメンバーたちを戸別訪問して狸への愛を説こうとさえしたのである。金曜倶楽部の陰謀は空振りに終わったことになる。

そして十月も半ばを過ぎた、ある日の朝のことである。

私が久しぶりに花脊の演習林を訪ねていくと、プレハブ小屋に教授の姿はなかった。秋の陽射しで黄金色に輝くススキの原を眺めながら笹の葉茶を飲んで待っていると、やがて森の奥から弓矢と山鳥をかついだスズキ君がひょっこり現れた。彼によれば、今朝早くにあの怪しい赤シャツの男が訪ねてきて、淀川教授を連れていったという。

スズキ君は山鳥をぶらぶらさせながら言った。

「先生から伝言を頼まれてる。今夜の金曜倶楽部は有馬温泉で開かれるってさ」

かくして私は淀川教授を救うべく、有馬温泉へ乗りこんだのである。

○

私は河原町から阪急電車で三宮へ出て、私鉄を乗り継いで有馬へ向かった。

神戸電鉄有馬温泉駅の改札から出て、有馬川に沿って歩いていくと、暮色を匂わせる山間《やまあい》に軍艦のごとき鉄筋のホテルが聳えていた。左手の山上に堂々たる偉容を誇るのは、かつて八坂平太郎たちが立て籠もった「有馬兵衛の向陽閣」であった。

木々の葉も仄かに色づいて、そろそろ温泉のありがたみが増してくる季節である。

土産物屋やバスセンターがならぶ温泉街の一角に、温泉予約センターの看板を掲げた建物があり、その蔦《つた》の絡まった二階に古めかしいパーラーがあった。私は窓際の席につき、悠々とミルクセーキを飲みながら、蔦の葉越しに温泉街を見下ろした。

金曜倶楽部は年の瀬に狸鍋を喰うが、今年も早十月となり、そろそろ狸鍋の算段に本腰を入れる頃合いであろう。後顧の憂いをなくすため、彼らは淀川教授を屈服させようとしたわけだが、かえって火に油を注ぐ結果となった。彼らが方針を転換して太陽政策を選ぶことは十分に考えられる。その反骨精神を骨抜きにするため、教授をステキな温泉にかぷかぷ浮かべ、山海の珍味をしこたま御馳走し、美女の甘い囁きで陥落させるつもりか。ならば有馬は格好の地であろう。

「淀川教授、気をシッカリ持ってくださいよ」と私は思った。

そのとき小さな声で名前を呼ばれた気がした。

顔を上げて店内を見まわしたけれども、私の他に客の姿はない。カウンター席の向こうに置かれたブラウン管テレビが近畿各地の降水確率を伝えているのを、主人が横目で見ているばかりである。ふいにテーブルに置かれた銀色の砂糖壺《つぼ》がもぞもぞ動いて、「やいコラ」と言った。砂糖壺に喧嘩を売られる憶えはない。「なんだとコンニャロ」と指で弾こうとしたら、「さわるなコンチクショウ」とピイピイ言う。何かと思えば元許嫁の海星が中に隠れているらしい。

「おまえ、なんでこんなとこにいるの？」

「どこにいようが、どこにいまいが私の勝手でしょうが」と海星はいつも通りの喧嘩腰だった。「なんであんたにいちいち報告せにゃならんの？」

「ここは有馬温泉だぞ？」

「言われなくても分かってら！」

夷川早雲が洛中から姿を消したのち、偽電気ブラン工場の采配を振る海星は多忙を極め、自慢の毛並みも乱れがちであった。心配した金閣と銀閣が無い知恵をめぐらし、有馬温泉に宿をとって彼女を休暇に誘った。そもそもこの阿呆兄弟が頼りないがゆえに海星の仕事が増えるわけだが、兄たちの珍しい気遣いは海星をホロリとさせた。そういうわけで彼女は久しぶりに休暇をとり、兄たちと一緒に有馬へ出かけてきた。金閣と銀閣が温泉で酒を飲み、早々と酔いつぶれてしまったので、ひとりで温泉街を散歩していたという。

「私はあんたみたいに毎日が日曜日じゃないんですからね」

「俺だって遊びに来たわけじゃないぞ。金曜倶楽部の陰謀を阻止するためだ」

「遊びみたいなもんじゃないの、ばかばかしい」と海星はひどいことを言った。「わざわざ有馬くんだりまで鍋に飛びこみに来たってわけ？」

「鍋と温泉を間違えてたまるか」

「どうせ近いうちに鍋に落ちるって言ってんの。良い湯だナアってご機嫌になってたら、いつの間にか白菜とかと一緒に煮こまれてんのよ、阿呆だから」

「おまえねえ、いくらなんでも無茶苦茶な言い草だぞ」

「どうせあのナマ天狗に色目つかってんでしょ」と海星は鼻を鳴らした。「狸鍋を喰うやつに色目つかうなんて、アタマおかしいんじゃない？　ホントむかつく。二代目があの女にトドメを刺しといてくれれば後腐れがなかったのに」

「口に気をつけろ。弁天様も有馬に来てるんだからな」

弁天は五山送り火の宵以来、二代目との接触を避けていた。

弁天が二代目のことを気にしているのは明らかだが、私もそれを面と向かって指摘するほど底抜けの馬鹿ではない。弁天には、触れてもなんとかなる逆鱗と、触れたら本当にヤバイ逆鱗の二つがあり、狸の分際で彼女の身辺をうろちょろするにあたっては、その繊細な見極めが生死を分ける。二代目問題は明らかに後者であった。

やがて何気なく窓から温泉街を見下ろした私は、弁天が眼下をうろうろしているのに気づいた。道の向かいにある古めかしい土産物屋の軒先で、美しい蝶が花から花へと舞うようにして土産物を物色している。うなじから温泉の香りが匂い立ちそうな浴衣姿で、「有馬の鉄砲水」と呼ばれるサイダーを喇叭飲みする姿には非の打ちどころがなかった。傍若無人に発揮される色香は取り巻きの金曜倶楽部員たちのみならず、通りすがりの温泉客たちを撫で斬りにして、その土産物屋の界隈は死屍累々《ししるいるい》といったありさまである。

私は勢いこんで立ち上がった。

「俺はもう行く。ついて来るなよ」

「命令すんな」と海星は言った。

○

私は階段を下りて温泉街へ出て、金曜倶楽部を尾行した。

金曜倶楽部は先頭に立つ弁天の気紛れにまかせて散策しているらしく、とくに意味もなく民家の裏手を笑いながら通り抜けたりした。百日紅《さるすべり》がのぞく長い土塀を過ぎ、温泉寺の境内に転がるいかめしい鬼瓦を眺め、湯ノ花で黄金色に染まった石段を上り下りしているうちに、自分がどこにいるのかも分からなくなってきた。

有馬温泉は山間に押し籠められたような温泉地で、細い坂道が迷宮のように入り組んでいる。建てこんだ家並みの隙間を抜ける細い道は早々と夕闇に沈み、小さな温泉街の一角に無限の奥行きが感じられる。その迷宮のあちこちには、金の湯と銀の湯が湧き出す泉源が隠されていて、暮れかかる秋空に濛々と湯気が立ちのぼっていた。

やがて木造の二階家が軒を連ねる狭い通りにさしかかると、金曜倶楽部は炭酸煎餅や竹細工の土産物を眺めだした。佃煮屋《つくだに》の物陰に隠れて彼らを見張っていると、目前にある赤いポストの中から海星が囁く声がした。

「なによ、ずいぶん暢気そうなやつら」

「おまえもう宿に帰れよ」

「もうちょっとしたらね」

弁天は炭酸煎餅を選んでいるらしく、そのまわりには四人の男たちがいる。

遊牧騎馬民族のごとく精悍《せいかん》な男はホテル経営者の毘沙門、とろけたような甘ったるい顔をしているのは大阪某銀行の重役である恵比寿、店先で暮れゆく温泉街の風情に目を細めている若い男は先斗町《ぽんとちょう》の料亭「千歳屋」主人の大黒、そして弁天に次々と炭酸煎餅を押しつけてハシャいでいるヒョウのような男は健康食品会社の社長、福禄寿である。

「寿老人の姿が見えないな」

「どんなやつ？」

「金曜倶楽部の親玉で、裏切ると地獄に流される。弁天様が一目置いているぐらいだから、ただの人間ではなかろうな」

海星は「妬《や》いてんのね」とわけのわからないことを言った。

金曜倶楽部はしこたま炭酸煎餅を買うと、ふたたび温泉街を歩きだした。土産物はすべて男たちに持たせて、弁天はひとり先に立ってすいすいと歩いていく。

彼らは有馬温泉の奥深くにある高台にのぼった。温泉街の賑わいが遠ざかった。物干し台や瓦屋根の錯綜する家並みが眼下に広がり、その向こうには夕闇に明かりを灯し始めた有馬川沿いの鉄筋ホテル群が、遠い街のように見えていた。

金曜倶楽部が到着したのは、閉鎖された保養所らしき場所である。

大きな門の奥に三階建ての市役所みたいな建物が見えるが、敷地の路面には草が生えているし、玄関先の灌木《かんぼく》の茂みも荒れ放題であった。玄関の硝子戸の奥は真っ暗で、鉄筋コンクリートの建物のどこにも明かりはない。

金曜倶楽部は賑やかに喋りながら門を乗り越えていく。

「こんなところに乗りこむつもり？」と海星が背後で呆れたように言った。

「おまえは宿に戻れ。尻を温めてノンビリしてろ」と私は言った。

○

私は玄関前の茂みに隠れて様子を窺ってから、硝子戸を開けて滑りこんだ。

ロビーには色褪せた緑色のスリッパが散乱していて、薄暗い中に埃と黴の匂いが充満していた。右手にある無人のフロントは荒れ果て、左手には変色したソファがブラウン管テレビに向かってならんでいる。廃墟としか思えない眺めである。

ロビーを抜けて突き当たりを右に折れると長い廊下が続いている。その廊下を辿っていくと、「宴会場」と書かれた部屋のドアが半開きになって明かりが洩れていた。

私は小さな鼠に化け、用心しいしいもぐりこんだ。

そこは鯨が寝返りを打てるほど広々とした部屋であった。奥の窓は赤黒い色のカーテンで覆われていた。つるつるした広い床の真ん中に黒々とした屏風がぽつんと置かれ、その前に置かれた燭台に一本の蠟燭《ろうそく》が灯っている。浴衣姿の恰幅《かっぷく》の良い男がこちらに背を向けてあぐらをかき、瓢簞から酒を注いで飲んでいた。

その男は唐突に振り返り、私に向かって声をかけてきた。

「矢三郎か。こっちへ来い」

その男の顔を見た瞬間、私の肝はキュッと固く縮まった。なぜなら、それは人間に化けた父の姿であったからである。私は鼠に化けていたことも忘れて立ち上がり、その場に凍りついたようになった。「久しぶりだな」と男は瓢簞を振って笑う。私は鼠から人間に姿を変えて、蠟燭の明かりに浮かび上がる男の顔を見守った。

「……あんたはいったい何者だ？」

「おまえの父親じゃないか。分からないのか？」

それにしても妙なのは、父らしい匂いがまったくしないことであった。

そのときフッと脳裏に甦ったのは、かつて八坂平太郎たちが長い有馬滞在から帰ってきたときの逸話である。あまりにも長く温泉につかっていたせいで、彼らは総毛ことごとくツルピカになり、狸らしい匂いが消えていた。匂いを失うことは狸にとって身分証明書を失うのも同然である。彼らは他の狸たちから「幽霊みたいでキモチワルイ」と敬遠され、もとの匂いが戻るまで肩身の狭い思いをしたという。

狸の匂いが消えるほど温泉につかり、しかも生前の父の化け姿を熟知している狸は、この世に一匹しかいないはずである。私は偽の父を睨んで言った。

「こんなところに隠れていたのか、早雲」

「……見破ったか。上出来だ」

偽父は堪えかねたように笑いだし、瓢簞から杯に酒を注いで差しだした。「一杯やれ」と言った。私は近づいて杯を受け取り、さかさまにして中身を捨ててみせた。

早雲は不敵に微笑んで、背後の屛風に向き直る。

蠟燭のゆらめく光に照らしだされた屛風は、菖蒲池画伯の家で見た地獄絵に間違いない。遠目には黒一色に見えるが、目を凝らすと、闇の奥で赤い地獄の業火がちろちろと動いているように見える。耳を澄ませば、無慈悲に切り刻まれる亡者たちの阿鼻叫喚や、獄卒の鬼たちが煌めかせる刃の音さえ聞こえてきそうであった。

「さすが寿老人所蔵の地獄絵よ」

早雲は言った。「まるで地獄の風に吹かれるようではないか」

地獄絵を眺める早雲の背後に立ち、私は飛びかかる隙を窺っていた。

夷川早雲こそ、狸の分際で鞍馬天狗や弁天と手を結び、我らの父を金曜倶楽部の鉄鍋に突き落とした黒幕である。偽電気ブラン工場から持ちだした財産を蕩尽しつつ、温泉地を巡っているという噂であったが、ここで会ったが百年目だ。有無を言わせず京都へ連行し、父の霊前に三日三晩引き据え、尻の毛を毟って鴨川にまくべし。

しかし早雲は私の怒りなど意に介する風もない。

彼は瓢簞から酒を注ぎ、「前祝いよ」と呟いて豪快にあおった。

「裏切り者の布袋様が追放され、金曜倶楽部には空席が一つできた。そして今宵、新しい者が倶楽部に迎えられるのだ。それが誰だか、おまえに分かるか？」

私が肩をすくめると、早雲は私を横目に見て含み笑いをした。

「分からんか。じつはこの俺様、夷川早雲よ」

これには私も啞然とした。

どこからか生臭い風が吹いてきた。

「狸が狸を喰うつもりかい。冗談にしても悪趣味すぎるぜ」と私は言った。

「知ったことか。もはや俺は狸であることを止めたのだ」早雲は吐き捨てるように言った。

「誰が俺をこんなところまで追いやったか——まさか知らぬとは言うまいな」

ふいに早雲は手を伸ばし、蠟燭の光を消した。

広い宴会場が一瞬にして闇に落ち、私は飛び退って間合いを取った。総身の毛を立てて気配をさぐったが、早雲は有馬の湯で匂いを消したのをいいことに、闇に溶けこんだように姿を隠した。息の詰まるような闇の奥から早雲の声が聞こえてきたが、その声は遠ざかっていくかと思えば、ふいにかたわらで聞こえたりして、次第に鬼気を帯びてくる。

「あの偉大なる兄が、生涯にわたって俺のあらゆる前途を閉ざし、哀れな俺を小突きまわして、狸の世界から追いだしたのだ。こうなれば、この異邦の地で生き抜くまでよ」

「勝手なことを言うな。父上をこの世から追いだしたのはおまえじゃないか」

「いずれおまえにも分かるぞ、矢三郎」

夷川早雲は闇の奥でせせら笑った。

「おまえたちも俺と同じ道を辿るのだからな」

私は声のする方へ飛びかかったが、腕はむなしく闇を摑むばかりだった。

闇の向こうから生臭い風が吹きつけてきて、次の瞬間、自分の鼻先に地獄絵の屛風があることに気づいた。蠟燭の明かりは消えているのに、たしかに真っ赤な地獄の業火が瞬くのが見え、地鳴りのような音さえ聞こえてきた。熱と鉄の世界から吹きつけてくる生臭い風に息が詰まりそうになった。

「地獄を味わってみるか」

ふいに早雲が耳もとで囁き、私の背中を力まかせに突いた。

私は地獄絵に両手をつこうとしたが、しかし何の手応えもなく、奇怪なことに私の両手は闇の向こうへ突き抜けた。驚いている暇もない。私はそのまま屏風の向こう側へ、闇の奥に瞬く地獄の業火を見つめながら、あっさりと転がり落ちたのである。

○

気がつくと私は生臭い風が吹き渡る荒野に立っていた。

火星の大地のような赤茶けた地面が地平線まで続き、太陽も月も星もない漆黒の空が広がっている。あたりには錆《さ》びた鉄パイプのようなものがまばらに生えている。ぼんやりとした赤い光がどこからともなく射し、昼か夜かも分からなかった。

「おーい、誰かいるかい？」と私は叫んでみた。

荒野に答える者はなく、遠い地鳴りのような音が聞こえるばかりだ。

しょうがないので、私は近くに見える赤茶けた岩の丘まで歩いていった。ごつごつした大岩に刻まれた石段をのぼっていくと、鼻の曲がりそうな悪臭が漂ってきた。それは千匹のザリガニの死骸を大きな穴に放りこみ、しかるのち腐った鶏卵を千個割り入れてかき混ぜたかのような猛烈な臭いで、しまいにはシクシクと涙が出てきたほどである。

岩の丘を越えると、石油でも流れているかのような黒い河のそばに出た。

河の対岸を見れば、錆びついた万里の長城のような奇妙な街が、黒い水の流れに沿って延びていた。あたかも鉄の廃材を手当たり次第に継ぎ合わせて作ったかのような不気味な街で、林立する煙突からは黒煙と業火がひっきりなしに噴きだしている。

薄気味が悪いのは、その鉄の街がまるで生き物のように絶えず蠢いていることであった。よくよく見ると、巨大な歯車やピストンがしきりに動いているらしい。無数の鉄の軋み合う厭な音が、黒い河面《かわも》を越えてきた。

「いったい何なんだここは？」と私は首をひねった。

しばらく黒い河に沿って歩いていくと、左手に小さな木造の駅舎を見つけた。淋しい電球の灯った待合室に人気《ひとけ》はなかった。正面はホームへ通じる改札で、右手には立ち食い形式のラーメン屋があり、「天満屋」と染め抜いた山吹色の暖簾《のれん》がある。

私はカウンターを乗り越えて、中に入ってみた。

営業を止めて久しいらしく、明かりの消えた炊事場は粘ついた黒い汚れに覆われていた。

炊事場の隅には怪獣の骨のようなものが積み上げられている。棚のどんぶりは西瓜《すいか》半分ほどの恐るべき大きさであった。

調理場の壁を眺めていると、色褪せた弁天の写真が目に入った。金曜倶楽部に迎えられたばかりの頃に撮られた写真であろう、やわらかな初々しさがあった。その写真を眺めているうちに、天満屋の「たしかに俺にとっては高嶺の花だ」という言葉が耳朶に甦った。

棚に積まれたどんぶりがカタカタと音を立て始め、次第に地響きが大きくなり、改札の向こうのホームに真っ黒な蒸気機関車が滑りこんできた。蒸気の噴きだすものすごい音が響いたかと思うと、ガチャンガチャンと客車のドアを開ける音が聞こえ、あたりがドッと賑やかになった。改札から溢れだしてきたのは、おびただしい鬼たちであった。

そこでようやく私は、地獄に突き落とされたらしいと気づいたのである。

「おのれ早雲め。なんてことしやがる」

私はカウンターに身を隠したまま、腰巻きをつけた筋骨隆々の赤鬼に化けた。ここで獄卒に捕まって狸地獄なんぞに放りこまれてはたまらない。

若い女の青鬼がやってきて、コツコツとカウンターを叩いた。

「ちょいとアンタ。ラーメン一つ頂戴」

私は恐る恐る顔を出し、「すいません」と言った。「営業はしておりません」

「あら残念。天満屋のおっさんはどうしたの?」

「どっかへ行っちゃいましてねえ」

「あ、蜘蛛の糸か。チクショウ、うまくやりやがったな」

鬼女はチッと舌を鳴らした。「おっさんのラーメン好きだったのにナア」

その鬼女は焼け焦げや染みだらけの作業着を着て、ばさばさの金髪を後ろで束ねていた。気怠そうにカウンターに肘をつき、金髪から突きだした小さな角をちょんちょんつついたりする仕草は可愛らしい。腰に巻いた鎖帷子《くさりかたびら》のようなベルトにはハンマーやレンチのような大きな工具がぶら下がっている。「……で、ここで何してんの?」と鬼女は言った。

「ここに店でも開こうかと思って下調べをしておりやす」

「そんならラーメン屋やってよ。楽しみだったんだから」

列車から降りる鬼の行列は長々と続き、その中に知り合いの姿を見かけると、彼女は「よーう」と手を挙げた。相手の鬼たちは「そろそろ刻限ぢゃぞう」と声をかけていく。「ほいほーい」と鬼女は陽気な声で応えている。

「これから何かあるんですか?」と私は聞いてみた。

「あれ、知らないの?」

「すんません。遠くから来たもんで」

「ひょっとして焦熱あたり？　それとも無間？」

わけのわからないまま「まあそんなところで」と誤魔化すと、「そりゃタイヘンだったのねえ」と鬼女は急に何もかも呑みこんだといったような声を出した。「私も鍋の底から這いだして技師になったんだ。こっちへ出てきてビックリしたでしょ？」

「そりゃあもう」

「これが噂の産業革命よ。たいへんな時代よね」

それから鬼女はまじまじと私の姿を見た。

「それにしてもアンタ、今どき珍しいぐらい筋骨隆々じゃん。さすがだわ」

なにが「さすが」なのか分からないが、私は「ありがとうございます」と頭を下げた。舞台裏を明かせば総身が狸の毛、ハリボテの筋骨なのである。

「アンタならイケるかもね」

鬼女は私の毛むくじゃらの胸をつっついて口笛を吹いた。

「名をあげるチャンスだよ。案内してあげる」

○

鬼女と私は駅舎を出ると、鬼たちの行列について歩いていった。

例の地鳴りのような音が真っ黒な空に響き渡っている。

鬼女はたいへん親切であり、鬼も亡者もごっちゃになってぐつぐつ煮こまれているような奥地は非文明的なんだとか、アンタも地獄の底から出てきたからには蒸気機関を学んで地獄の産業革命に追いつかなくちゃいけないとか、毛皮のパンツはもう古いけれど時代に流されないのはそれはそれでオトコマエであるとか、さまざまなことを熱心に教えてくれるのであった。まことに、渡る世間に鬼はなしである。

ふいに鬼女は立ち止まり、右前方の彼方を指さした。

漆黒の空に小さな明るい穴が開き、一筋の光り輝く糸が地上に垂れている。

「あれが蜘蛛の糸だってさ。仏様もオモシロ半分に憐憫《れんびん》垂れないで欲しいワ」

荒野を進んでいくにつれて、掘っ立て小屋や資材置き場が増えてきた。地面から蒸気が噴きだして、あたりの景色を煙らせている。「ここらもじきに開発されるよ。温泉も作るってさ」と鬼女は感慨深げに言った。

地獄のフロンティアを開発するための基地を抜けると、ふたたびガランとした殺風景な荒野が広がっている。そこに大勢の鬼が集まって歓声を上げていた。鬼女によれば、ときどき天女が空から降りてきて鬼たちと相撲を取るという。鬼垣をかきわけるようにして前の方へ出ていくと、荒野の真ん中に土を盛り上げて作った土俵があって、今まさに鬼たちと噂の天女の戦いが繰り広げられている最中であった。

筋骨隆々の青鬼と互角に渡り合っているのは、浴衣姿の弁天である。

彼女は順々に土俵へ上がる鬼たちを次から次へと放り投げ、メンコのようにひっくり返した。そのたびに土俵を取り巻く鬼たちはドッと沸く。敗北した鬼たちは恥ずかしそうに照れ笑いして、弁天に向かってモジャモジャの頭をおとなしく差し出した。彼女はポキッと角を折って懐にしまい、ドングリを拾った子どものように嬉しそうに笑うのであった。

「すぐ生えてくるから良いけど、あれってけっこう恥ずかしくない？」

鬼女は私の腕をつついた。

「アンタも挑戦してみるといいよ。負けてもともとだろ？」

かくして私は土俵に上がり、弁天と向き合ってお辞儀をした。弁天は微かに頬を上気させ、面白そうな顔をして見返してくる。

土俵を取り囲む鬼たちから凄まじい声援が沸き起こった。

「矢三郎鬼です。お久しぶりでございます、弁天様」

私がもしゃもしゃの髪をかきわけてウィンクすると、さすがの弁天も意表をつかれたような顔をした。そのとき彼女は、目の前にいる腰巻き一丁の赤鬼がハリボテであること、その盛り上がる筋肉の向こう側に毛深い狸が隠れていることに気づいたのである。

私は精一杯の雄叫びを上げて弁天に摑みかかった。

彼女は私の首にしがみつくようにして囁いた。

「こんなところまで追いかけてくるなんて。地獄に毛を埋めるつもり？」

「じつは叔父に地獄絵の中へ蹴り落とされましてね」

「呆れた。なんて間抜けなの」

弁天はケラケラと笑い、両手で私を持ち上げてぐるぐるまわした。

土俵を囲む鬼たちが足踏みして笑い、赤い地面が太鼓のようにドロドロ鳴る。ワアッという歓声が高まったところで、弁天は勢いよく私を空へ放り投げた。

赤い地面が遠ざかり、真っ黒な空が近づいてくる。

私はふわりと身体をまわして、蒸気の靄《もや》の中で蠢く鬼たちを見下ろした。その中には私をここまで案内してくれた鬼女の姿もあった。せっかく親切にいろいろ教えてくれたのに礼を言わずに去るのは申し訳ない。私が手を振ってぽこんと毛深い正体を現すと、鬼女が呆れて目を丸くするのが見えた。

弁天が土俵から飛び立って、宙を漂う私を受け止めた。

そうして彼女は鬼たちに手を振り、地獄の空を飛んでいく。

「ときどき鬼の角を集めに来るの。良い運動になりますからね」

「おかげさまで現世に帰れます」

「あなたのことだから、地獄でも愉快に暮らせたのではない？」

「滅相もない。嗚呼、現世が恋しいなあ」

弁天は黒い空を滑り、黒光りする石油のような河を越えた。

そこでようやく私は地獄の全貌を見た。

それはいわば亡者たちを念入りに擂《す》りつぶす擂り鉢であった。

京都の盆地ほどもある擂り鉢のまわりは黒い河に円く囲まれ、その内側は熱と鉄の支配する世界であった。あたかも延々と広がる工業地帯のように見え、いたるところで業火と黒煙が上がり、立ち上る蒸気が黒い雲となって、陰鬱な雨を降らせていた。

降りしきる黒い雨の中、蒸気機関によって命を吹きこまれた無数の機械が、ゾッとするような音を立て、絶え間なく動いている。巨大なハリネズミが身震いするかのように針山が蠢き、巨人の腕のようなハンマーの行列が繰り返し叩き下ろされ、無数の歯を持つ複雑怪奇な歯車が虫の群れのようにうじゃうじゃしていた。

どうして何もかも薄赤いのだろうと思ったら、この降りしきる黒い雨でさえ亡者の血飛沫を洗い流しきれないのだ。亡者たちは胡麻《ごま》粒のように小さく見えた。

「地獄の底を抜けますからね」

業火の照り返しを受ける弁天の顔は生き生きと輝いていた。

「しばらく息を止めておきなさい。ひどい臭いなのよ」

彼女は擂り鉢の底にある黒い竪穴に向かって降下した。

そこはあの鬼女が言っていた通り、いまだに地獄の産業革命がもたらされていない闇の奥であり、入り乱れた亡者と邏卒《らそつ》の見分けもつかず、悪臭と闇の煮凝《にこご》りを通り抜けていくかのようであった。私は息を止めて目をつむっていたが、恐ろしい音は絶え間なく耳から流れこんできた。切り刻まれる亡者たちの阿鼻叫喚が、この地獄という擂り鉢の底へ四方八方から流れこんでいるのだ。叫びと叫びとはたがいに溶け合って一つの叫びになり、世界はただもう一切の始まりから終わりまで響き渡る一つの巨大な絶叫であった。

そのとき私は、この世界に響き続けている不気味な地鳴りの正体を知ったのである。

そしてふいに静寂が訪れた。

○

弁天のおかげで地獄絵の外へ出ることができたのは喜ばしいが、尻の毛に地獄の業火が引火していたのには魂消《たまげ》た。私は暗い宴会場を「あちゃちゃ」と転げまわってようやく消し止めたのである。その間、弁天は炎上する毛玉を高みで見物していたのだからひどい。

「狸のくせに地獄にもぐりこんだ罰だわ。反省なさい」

「好きでもぐりこんだわけじゃありませんよ」と言ってから、私は闇に包まれた宴会場の気配をさぐった。「……おや、早雲はどこへ消えた？」

「もう宴会が始まっているのかしら」

「宴会はどこで開かれるのです？」

「寿老人の電車です」

弁天は闇の中を歩いていき、窓を覆っているカーテンを一息に開いた。

眩しい光が宴会場に射しこんできた。

秋の日の暮れた荒れ庭の真ん中に、弁天の言う「寿老人の電車」が聳えて燦然と輝いていた。それは一両の叡山電車を三つ積み重ねたようなもので、呆れるほどの大きさであり、どのような魔術的方法でこの庭へ運びこんだのか見当もつかない。紅色に塗られた車体は包みを解いたばかりの玩具のようにピカピカしている。曇り一つない硝子窓からは蜜柑色の光が溢れ、まるで赤い燈籠のように夕闇の底を明るくしていた。しかも電車の屋上には竹藪と露天風呂さえあるらしく、濛々と立ち上る湯気が紺色の夕空に散っていく。かくも壮大で阿呆らしい乗り物は見たことも聞いたこともない。

私は人間の姿に化け、弁天は地獄絵を折り畳んで私に担がせた。

我々は硝子戸を開けて庭へ出ると、寿老人の電車の方へ歩いていった。庭のまわりは手入れもされずに生い茂った木立で、電車の明かりに照らされた紅葉が鮮やかである。

電車の屋上で立ち上る湯煙の中から、金曜倶楽部の面々が顔を覗かせた。

「おやおや、ついに弁天さんの御着到」

「一風呂浴びてから宴会ですよ」

「じつにステキな露天風呂ですよ」

弁天は彼らに手を振ってから、前方の乗車口から電車に乗りこんだ。

電車の一階は和漢洋の書画骨董に埋め尽くされた書斎らしきところで、中央に置かれた西洋風の書き物机に向かって恰幅の良い和服姿の老人が本を読んでいた。

金曜倶楽部の首領、寿老人である。

さすが洛中で恐れられた大高利貸しだったというだけのことはあり、この部屋に集められた蒐集品には貫禄がある。黒光りする紫檀《したん》の棚には根付《ねつけ》や陶磁器が飾られ、天井からは峨々《がが》たる山々や竹林を描いた山水画の掛け軸が吊されている。そこらへんに気軽に置いてある小さな壺一つとっても、狸の古道具屋を顔色なからしめるものであろう。

「ただいま戻りました」

弁天は寿老人の机に歩み寄り、懐から手拭いに包んだ鬼の角を取りだすと、机上に置かれた陶器の香炉にじゃらじゃらと流し入れた。寿老人は「これはこれは」と顔をほころばせ、鬼の角を一つ指先につまんで眺めている。車内灯の明かりの中で見ると、鬼の角はまるで淡く透きとおった飴菓子のように見えた。

私が地獄絵の屛風を窓際に立てかけると、寿老人は怪訝そうな顔をして私の顔を見た。

私は「矢三郎と申します」と頭を下げた。

弁天が「憶えていらっしゃいます？　年の瀬に先斗町の千歳屋で」と言った。「とっても面白い子なのですよ」

「面白いことは良いことだ」と寿老人は笑みを浮かべた。

「地獄でばったり出くわしましたの。夷川に蹴り落とされたのですって」

「なんと」と驚いたような口ぶりながら、寿老人の顔は愉快そうでさえある。「あやつもまるで鬼のようなことをする」

「地獄で会うなんて何かの縁だわ。この子も宴会に同席させてかまいません？」

「弁天さんの言うことなら、異論のある者もおるまいて」

寿老人は西洋机から立ち上がり、私のかたわらへやってきた。「さぞかし恐ろしい思いをしたことでしょうな」と言い、地獄絵を覗きこんだ。私は恐る恐る地獄絵に触れてみたが、今はしっかりと紙の手応えがあり、吸いこまれるようなことはありそうもない。

「地獄への扉が開きっぱなしということはない」と寿老人は言った。「しかしながら、この絵に入りこんで帰ってくる者は滅多におらぬ。平気な顔をして行き来しているのは弁天さんぐらいでな。まこと、地獄絵よりも恐ろしいのは弁天さんであろう」

弁天が「聞こえていますよ」と笑う。

寿老人は、菖蒲池画伯が描き足した仏様に向かって手を合わせた。

「この絵はあまりにも恐ろしいがゆえに、仏様を描き入れようとて、さる絵師にあずけておりましてな。つい先日、ようやく我が手に戻ったところだ。仏様のおかげで、この地獄絵もこれからは落ち着いて眺められよう」

「あなたでも地獄は怖いのですか？」と私は訊ねた。

「……怖いとも。まるで己の臓物を見るようでな」

寿老人の白髪が地獄の風を浴びているかのように揺れていた。その横顔は天狗のごとく壮大な年輪を感じさせる。長年にわたって金曜倶楽部に君臨し、何十匹もの狸たちを胃の腑におさめてきたのだから、尻尾の一本や二本生えていてもおかしくない。

「お二人とも、宴会前に露天風呂に入ってきてはいかがかな」

寿老人は背筋を伸ばし、くんくんと鼻を鳴らして言った。

「地獄の臭いは酒の味の邪魔になる」

○

寿老人の机の脇を抜けて車両後部へ行くと、螺旋《らせん》階段が階上へ続いていた。

二階は深紅の絨毯が敷かれた洋間になっていて、テーブルには宴会の支度ができている。三階はなぜか銭湯になっており、まったくわけの分からない乗り物である。

ようやく三階建電車の屋上に出ると、淡い夕明かりの中を湯気が流れていて、秋風に揺れる竹林を彼岸の景色のように煙らせていた。竹林を抜ける小径《こみち》の先には竹を組み合わせて作った小さな脱衣場があり、その向こうには黄金色の湯を満々と湛えた露天風呂が広がっていた。何処《どこ》かの泉源から有馬の湯を引きこんでいるらしい。

金曜倶楽部の面々は濁った湯につかり、暮れゆく紺色の秋空を見上げながら、「極楽極楽」と呟いている。私は地獄の臭いを洗い流すべくザブンと塩辛い湯につかり、「矢三郎です、ごめんなすって」と言った。

手拭いで頭を包んだ毘沙門が私の姿を見て、「これはこれは木曜倶楽部の矢三郎君」と言った。そして湯煙の向こうに声をかけた。「おい淀川さん、お仲間がいらっしゃったぞ。これで木曜倶楽部と金曜倶楽部が一堂に会するってわけだ」

そのとき淀川教授は岩にもたれて恍惚《こうこつ》としていた。拉致《らち》されたわりには元気そうであり、露天風呂にふさわしいホカホカとした顔つき、珈琲《コーヒー》牛乳の瓶さえ持っている満喫ぶりである。私は淀川教授のそばに寄り、濁った黄金の湯の底でかたい握手を交わした。

「露天風呂と珈琲牛乳で籠絡されましたか？」

「これしきの太陽政策で僕を買収できると思ったら大間違いだよ、君。しかし露天風呂というのはステキなものだね。珈琲牛乳の真価はここでこそ発揮されるね」

「これからどうするおつもりです？」

「宴会で一つ大演説をかましてやろうと思うんだ」

「そんなの今さら効果ありますかねえ」

「あたって砕けろだよ、君」

私と教授がひそひそ話をしていると、大黒が「ここで陰謀をめぐらすのは止めてくださいませんか」と言った。「今宵は和解の宴であるということを、どうかお忘れなく」

「僕はまだ和解すると決めたわけじゃない」

「どこまでも意地を張るんだからこの人は」

大黒は溜息をついた。「楽しくやりましょうよ、淀川さん」

恵比寿が茹で蛸《だこ》みたいな顔でニンマリした。

「新しい布袋さんをお迎えすることですしねえ」

秋風が湯煙を吹き払うと、濁り湯に顎まで沈めていた夷川早雲がムックリと身体を起こした。「まったく良い湯でございますな」と言いながら、彼は喰らいつきそうな目で私を睨んだ。地獄に蹴落とした甥《おい》っ子がかくも早々と生還して、露天風呂に闖入してくるとは想像だにしなかったろう。私はこれ見よがしに満面の笑みを作ってみせ、「これはどうもはじめまして」と素知らぬ顔をして手を差しだした。人間たちの面前で互いの化けの皮を剝がしあうわけもいかず、早雲はますますしかめっ面をして、しぶしぶ私の手を握り返した。

「どうしてそんな顔をするんです？」と私はからかった。

「いや、なに。塩辛い湯が目に入りましてな」と早雲は無愛想に言う。

「しかし、この塩辛い湯が効くんですよ。真っ黒な腹さえも白くなるそうで」

私はそう言って濁り湯をじゃぶじゃぶした。そして、この憎むべき叔父の嫌がることならなんでもしてやろうと、所存のほぞを固めた。

「やあ、すっかり日が暮れました」

大黒が岩場に身を乗りだして言った。

すでに釣瓶《つるべ》落としの秋の日は沈み、紺碧《こんぺき》の空には星が瞬き始めている。この有馬温泉の最奥地で聞こえるものといえば、秋風に揺れる竹林のざわめきと、ちゃぷちゃぷという湯の音ばかりだった。誰ともなく、散っていく湯煙の隙間に高い空を見上げ、一つ二つと星を数え始めた。「良い湯だナア」と誰かがしみじみ言った。

地獄の風景に縮み上がった心胆が、柔らかみを取り戻すような気がした。

温泉というものは不思議なものである。濛々と湧き上がる湯気を眺めながら、ぬくぬくと湯につかっていると、身も心もやわらかくなる。さまざまな対立は対立として、とりあえず今はかぷかぷ浮かんでおこうと誰もが思っているにちがいない。私は海星の「いつの間にか白菜とかと一緒に煮こまれてんのよ」という言葉を思い出した。温泉は敵味方の分け隔てなく、我々をとろとろ煮こむ鍋である。

そのとき、背後から声がした。

「皆さん、湯加減は如何（いかが）？」

振り返ってみると、弁天がその裸身を湯に沈めるところであった。

あたかもヴィーナスの誕生に立ち会うかのごとく、彼女が美脚を伸ばすそばから黄金色の湯がぶくぶく泡立ち、天界の音楽でも聞こえてきそうだった。美女と温泉とは天下無敵の取り合わせ、極楽とは温泉のことと見つけたり。弁天は「良い湯ですこと」と嬉しそうに言い、その白い腕を宙に伸ばしてくねらせるようにしたが、黄金の湯に濡れた白い肌は滑らかに光って、まるで骨まで黄金でできているかのように見えた。

あまりの神々しさに、私はポカンと口を開いて見惚《みと》れていた。

「おい、まったくもう、君は欲望が剝きだしだな」

毘沙門の腹立たしそうな声が背後で聞こえた。

「気持ちは分かるが、ここは我慢のしどころだろ！」

私が振り返ると、他の男たちは仲良く弁天に背を向けていた。

〇

我々はホカホカの身体を浴衣に包んで蘇芳《すおう》色の丹前を羽織り、団体の湯治客のように螺旋階段をおりていった。

二階の宴会場において、給仕人の純白の上っ張りに身を包み、かしこまって我々を迎えたのは、あの地獄帰りの不死身の幻術師天満屋であった。天満屋は私に向かって白い歯を煌めかせてウィンクした。「よう矢三郎君。また会ったな」

「天満屋さん、よく生きてたな」

「俺様がくたばるのは世界が終わるときさ」

「また寿老人の手下になったのかい？」

「ふたたび飼い犬の生活でな。俺様の有能さの為せるわざか、それとも御大の気まぐれか。浅知恵をめぐらせるだけ骨折り損よ」

二階の宴会場は深紅の絨毯が敷かれた洋風の部屋で、飾り暖炉や古めかしい柱時計が置かれている。部屋の中央には黒光りする長テーブルがあり、銀色の食器がならんでピカピカしている。暗い車窓にシャンデリアの光が映え、いっそう絢爛《けんらん》として見えた。

我々がテーブルについて待っていると、寿老人が書斎から上がってきて、長テーブルの端に王様然として座った。

寿老人は葡萄《ぶどう》酒を注いだ酒杯を掲げ、金曜倶楽部の開始を告げた。

「今宵は新しい布袋と、木曜倶楽部の面々を迎えた。愉快な一夜となることを祈るものである。では乾杯」

晩餐会は酒精を燃料にかぷかぷ浮かび、秋の夜長を漂っていく。

黒光りする長テーブルを囲んで談笑する毘沙門たちは、まさか同じ晩餐のテーブルに二匹の狸がもぐりこんでいるとは知らない。夷川早雲は持ちこんだ偽電気ブランを気前よく振る舞って好評を博している。

テーブルの向こうで笑う夷川早雲を見ていると、ふつふつと怒りが湧いてきた。

我らの父、下鴨総一郎が実の弟たる早雲の手で鉄鍋に突き落とされたとき、我ら兄弟はまだ毛の生え揃わない年少であった。しかし偉大なる父の血を受け継ぎ損ねた無念な子どもたちにも、毛の生え揃う日は訪れる。狸の風上にも置けぬ古狸に鉄槌をくだす支度はできている。

「夷川さんは嬉しそうですなあ」と私は言った。

「なにしろ金曜倶楽部に迎えられるのですからな」と早雲は言った。「まことに光栄なことで、嬉しくないはずがないでしょう」

「もりもり狸を喰えますね。そのうち尻尾が生えてくるかもしれない」

私がそう言うと、早雲は鋼をねじ曲げるような笑みを浮かべた。

さて、淀川教授は目前の御馳走を平らげるのに忙しくて沈黙していた。しかしこの沈黙はいずれ狸愛をめぐる大演説をぶつための大いなる沈黙である。

「淀川先生はまったく巨人的食欲をお持ちですな」

天満屋が皿を下げながら言うと、テーブルを囲む人々はドッと笑った。

天満屋がいそいそと立ち働き、給仕役を忠実に務めているのが不気味であった。かつて寿老人の逆鱗に触れて地獄に流されたにもかかわらず素知らぬ顔で舞い戻り、淀川教授を失脚させるために暗躍した。まことに得体の知れない怪人である。そしてこの怪人を弁天が毛嫌いしていることは、彼女の冷たい一瞥から明らかであった。

「天満屋さん、次はいつ裏切るつもりなの？」

「滅相もない」と天満屋は恐縮して小さくなった。「もう懲り懲りです、へい」

「近いうちに裏切りますって顔に書いてあるわ」

「勘弁してくださいよ、弁天様」

弁天は寿老人に葡萄酒を注ぎ、毘沙門たちを悩殺し、淀川教授を気遣いつつ、天満屋を下僕のように扱っていた。その合間に私と夷川早雲を見比べるようにしてクツクツ笑った。その顔には「狸のくせにこんなところで何をしているの？」と書いてある。

宴もたけなわとなった頃、夷川早雲が「今宵の余興を」と言いだした。

彼が取りだしたのは青い硝子瓶で、溜まった水の底に碁石ほどの小さな石が沈んでいた。

彼は浴衣の腕をまくって石を取りだし、ナプキンで丹念に拭った。手もとを覗きこんだ弁天が「アラ、可愛い石ころね」と言った。天満屋が青磁の皿を持ってきてテーブルの真ん中に置くと、早雲は水気を丁寧に拭った小石をその皿に置いた。

「皆さん、この石をよくご覧ください」

我々はテーブルに身を乗りだし、額を寄せるようにして皿を覗きこんだ。見たところ、河原に落ちているような何の変哲もない灰色の石である。しばらく眺めていても何の変化もない。「とくに何も……」と毘沙門が呟きかけると、大黒が「待って！」と鋭く叫んだ。「水ですよ。小石から水が出てくる」

たしかに小石の脇に小さな水滴がついていた。次第にその水滴が大きくなり、スッと石の表面を流れる。澄んだ水は次々とぷつぷつ噴きだしてくる。

私は手を伸ばして触れようとしたが、早雲にピシャリと手のひらを叩かれた。

「これなる龍石は鴨川の水源地より見つけて参ったもので、二十四時間三百六十五日、霊験あらたかな水が湧く石でございます。なんでも石の中に小さな龍が棲みついているとか。天竜の暴れる時節には石の力も強まり、さまざまの不可思議な現象を見せるのです。今宵、寿老人様へ献上させて頂きます」

「それはわざわざすまないことだ」

「いえいえ、ほんの御挨拶代わりですから。どうかお納めください」

早雲はそう言って狡《ずる》そうな笑みを浮かべた。金曜倶楽部への入部を決定的なものとするために、寿老人に正々堂々と賄賂《わいろ》を贈るとは、早雲らしい悪党ぶりである。

寿老人は喜んで小石を受け取ったかと思いきや、ポンと弁天の手のひらにのせた。

「この龍石は弁天さんに進呈しよう」

「あら、かまいませんの？」と弁天が小首を傾げる。

「儂に献上されたものを誰に進呈しようとて儂の自由だからな」

そう言って寿老人はジロリと早雲を見た。「そうであろう？」

夷川早雲はあっけにとられ、「それはもう」と呟くばかりだった。

○

有馬温泉の夜は更け、偽電気ブランの酔いはまわる。

やがて毘沙門が立ち上がって、「諸君、新たに金曜倶楽部の仲間となる夷川氏のために乾杯しようではないか」と陽気な声で提案した。金曜倶楽部の面々が「賛成賛成」と口々に言って、酒杯を握って立ち上がる。

そのとき、狸愛の巨人、淀川教授がようやく反撃の狼煙《のろし》を上げた。教授は長テーブルの端でチャンチャンと音高く料理皿を鳴らした。「異議あり！」

反対側の端に座る寿老人が「なにごとか」と鋭い目をして教授を睨んだ。

「僕は夷川さんに言いたいことがあるのです。今からでも遅くない、金曜倶楽部に入るなんておよしなさい。狸鍋を食べるなんて実に野蛮なことですよ」

夷川早雲は不意をつかれたようだったが、すぐに皮肉な声で言い返した。

「しかし淀川先生、あなたもたくさんお食べになったはずでは？」

まさにその通りであって反論の余地はない。

毘沙門たち金曜倶楽部の面々は口々に賛同の意を表した。

「そうですよ、淀川さん。あなたはむしろ私よりも食べてる」

「あなたは追放された身でしょう。そもそも異議を唱える権利あるの？」

「何かというと異議を唱えたがるのが詭弁論部出身者の悪い癖だから」

「だいたいだね、さんざん有馬の湯を満喫して珈琲牛乳まで飲んで、御馳走もあらかた食べてだよ、その挙げ句に我々を野蛮呼ばわりするのは図々しいじゃないか。これだけ接待しているんだから、もうちょっと素直に歩み寄ってくれてもいいだろ」

非難を浴びても、淀川教授にひるんだ様子はまったくない。

「たしかに僕は露天風呂に入りました、珈琲牛乳も飲みました、御馳走もたくさん頂きました。しかしそれとこれとは話が違うのです。なぜならば温泉も珈琲牛乳も御馳走もすべて欲望の問題だが、狸鍋は愛の問題であるからです」

金曜倶楽部の面々は、苛立ちとも諦めともつかない吐息を洩らした。

「まーた始まったぞ、詭弁先生め」

「議論はもうたくさんだっていうのに」

「あと、怪文書をバラまくのは止めてくださいよ。恥ずかしいでしょ」

「淀川さんが狸鍋を喰わないのは淀川さんの自由だよ。しかし我々が狸鍋を喰うのも我々の自由だろう。どうしてそんなに愛を押しつけるんだ？」

淀川教授は雄々しく立ち上がり、右手を振り上げて熱弁をふるった。

「なぜなら愛とは押しつけるものだからですよ。どこに理路整然と説明できる愛がありますか。食は万里を超え、愛は論理を超える。僕は自分の狸愛を諸君に押しつけることによって、諸君の内なる狸愛を呼び覚まそうとしているのであります。たしかに僕は狸を喰いました。あのときはそれが僕の愛であったからです。しかし僕は間違っていたから謝ろう。今の僕にできることは、狸愛の伝道師として金曜倶楽部の悪しき伝統に反逆することです。狸鍋を食べた僕には諸君を説得する権利はないと仰るのですか。ならば言わせて頂きましょう。僕は諸君を説得しようとは思わない。ただ感化するのみです！」

その堂々たる大演説には狸である私も圧倒されたが、あまりの愛の重さゆえ、感化された者はひとりもいなかった。長テーブルを囲んだ金曜倶楽部の面々はポカンと口を開けている。恵比寿が「危険思想だ、ついていけない」と呻いた。「落ち着きなさいって、淀川さん。あんたもう色々と崖っぷちだよ！」

テーブルに頬杖をついて聞いていた弁天だけが感心したように微笑んだ。

「愛は不条理……そう仰りたいのね、先生は」

「その通りですよ、弁天さん。あなただけでも分かってくれないかなあ」

そのとき寿老人が静かに手を挙げた。ただごとでない気迫が電流のごとく長テーブルを伝わり、宴会場は水を打ったかのように静まり返った。寿老人は微笑みを浮かべて、長テーブルの反対の端にいる淀川教授に呼びかけた。

「あくまで手を引かぬと仰るか」

「引きません」と淀川教授は狸愛に溢れるハンサムな顔で頷いた。

「淀川家親子三代、ともに鍋を囲んできたというのに残念なことだ」

寿老人はそう呟くと、教授を睨みつけたまま、「天満屋！」と鋭く叫んだ。

天満屋が音もなく淀川教授の背後に忍び寄り、素早く教授を椅子に縛りつけてしまった。

続いて彼は有馬籠から赤い達磨を取りだして、淀川教授の頭にちょこんとのせた。

「何をやっているのだろう」と思ったとき、背後からキリキリキリとネジを巻き上げるような機械音が聞こえ、振り返った私は慄然とした。寿老人は冷徹な顔つきでレバーをまわし、独逸製空気銃を発砲する支度をしていた。ギラリと光る銃身に我々が目を丸くしていると、寿老人はテーブルに肘をついて狙いをさだめ、予告もなしに発砲した。パーンと乾いた音が車内に響き、淀川教授の頭上の達磨が吹き飛んだ。

驚愕した毘沙門たちが一斉にひっくり返る。

「待って。寿老人、ちょっと待って」

「いくらなんでも銃はまずい」

「血が出る！　血が出るから！」

寿老人は「身捨つるほどの狸はありや？」と哄笑《こうしょう》しながら素早く第二弾を装塡《そうてん》し、天満屋は「心得たり」と二つ目の達磨を用意する。正月の餅つきのごとく、爽快なほど手際が良かった。淀川教授は独逸製空気銃の銃口を睨み返して顔面蒼白である。

寿老人はふたたび達磨に狙いをつけて言い放った。

「いくらでも鉛玉はあるぞ。撃ちてし止まん！」

○

淀川教授がウィリアム・テルごっこを無理強いされているのを見て、木曜倶楽部同志として傍観してはいられない。私は思わずテーブルに這い上がり、寿老人と淀川教授の間に割って入った。両手を挙げて「お待ちください！」と叫ぶと、寿老人は独逸製空気銃の銃口を天井に向けて目を細めた。「何か御用かな、矢三郎君」

「一つだけ、淀川教授に言いたいことがあるのです」

私はテーブル上に立ち上がって淀川教授を見た。椅子に縛られた教授は頭に達磨をのせたまま、呆然として私を見上げている。

「たしかに私は木曜倶楽部員として、あなたと親しくしておりました」

私は淀川教授に語りかけた。

「しかし正直なところを言わせてもらうと、あなたの狸愛にはほとほとウンザリしていたのです。あなたに付き合ってきたのは、御馳走をしこたま食べさせてくれるからにすぎません。ラーメンに鋤焼《すき》き、フランス料理にイタリアン、鳥鍋にすっぽんに河豚《ふぐ》鍋……美味しかったあんな飯、こんな飯。しかしいくら美味しいものを食べさせてもらったところで、あなたの歪《ゆが》んだ愛の思想にはついていけない。もう限界だということが今日ハッキリと分かりました」

「……そんな、君」と淀川教授は呟いた。「淋しいことを言わないでおくれよ」

「ここに私は木曜倶楽部からの脱退を宣言し、淀川教授と袂《たもと》を分かって、今後は金曜倶楽部の皆さんの味方であろうと決めました。淀川教授が理不尽な愛をもって皆様に御迷惑をかけ続けるのであれば、私がそれを阻止します。それが今まで金曜倶楽部の皆さんに御迷惑をかけてきたことへの私なりの罪滅ぼしとなりましょう。嗚呼、わけの分からない詭弁的な愛の押しつけはもうけっこう！　私には私の愛のかたちがある！」

私が一息に言い切ると、ひっくり返っていた毘沙門たちが起き上がり、歓声を上げて拍手喝采した。荒ぶる寿老人に独逸製空気銃を振りまわされるよりは、とりあえずこの場を精一杯盛り上げてお茶を濁そうと考えたのであろう。

「筋の通った青年ですよ、これは」

「ヒヤヒヤ」

「いいぞ、二十一世紀青年！」

金曜倶楽部がヤケクソで盛り上がる一方、淀川教授はこちらの胸が痛むほど哀しそうな顔をした。「何を言うんだい」と教授は叫んだ。「君と僕との仲じゃないか。あんなに狸の可愛さについて語り合ったじゃないか」

「……じつは、私は狸鍋に興味津々なんです」

「なんだって！」と淀川教授は絶叫した。

「喰うことは愛だと力説したのはあなたではありませんか。私はまったくその通りだと思う。思えば昨年の秋、弁天様の御厚意によって金曜倶楽部の宴にお招きにあずかってからというもの、狸鍋のことが頭から離れたことは片時もありませんでした。この金曜倶楽部の神秘的伝統、世人の顰蹙を恐れずに敢えて狸鍋という悪食に挑むこの反現代的浪漫に対して憧れの念は止みがたく……」

いったいこの無茶な演説はどこへ向かうのかと私が危ぶみ始めたところで、涼しげな顔をして一部始終を見守っていた弁天が一声、驚くべき提案をした。

「それなら金曜倶楽部に入ればいいじゃない？」

弁天は無邪気に微笑み、絶句する我々を見まわした。

誰よりも驚愕していたのは夷川早雲であった。彼はテーブルから離れて立ったまま、悪夢のように出現した番狂わせに啞然としている。金曜倶楽部の面々はあれこれと囁き合い、テーブルの端で思案している寿老人の様子を窺っていた。寿老人は空気銃を天井に向けたまま目を閉じている。

ふいに弁天が腕を上げ、音高く指を鳴らした。

「天満屋！」

「へいへい。かしこまりました」

天満屋が厳かに運んできたのは桐の箱と赤玉ポートワインであった。

弁天は私にテーブルから下りるように促すと、その桐の箱から茶釜を取りだしてテーブルに置いた。シャンデリアの光のもとで茶色く艶々と光るそれは、紛うことなく、赤玉先生の空飛ぶ茶釜エンジンであった。

「弁天様、それは……」

私が思わず声を上げると、彼女は「お黙り」というようにこちらを睨んだ。

金曜倶楽部の面々が怪訝そうな顔をして見守る中、彼女は赤玉ポートワインの瓶を開け、トクトクと茶釜に注いだ。

今まで目を閉じて沈思黙考《ちんしもっこう》していた寿老人がおもむろに立ち上がった。彼は空気銃を脇に置いて身を乗りだし、目を爛々と輝かせて弁天の手もとを睨んでいた。

やがてゴゴゴと大きな音が車中に響き、三階建電車が持ち上がる。

有馬の泉源から屋上の露天風呂へ湯を引いていたホースがはずれ、黄金に煌めく湯をまき散らしながら窓外を過ぎった。驚いて車窓に近づいた毘沙門が「おい、飛んでるぞ！」と悲鳴のような声を上げ、金曜倶楽部の面々は一斉に窓に張りついた。

三階建電車は保養所の裏庭から上空へ浮かび上がり、その車窓からは、山間に押しこめられた有馬温泉の夜景が見えてきた。さらに高く上がるにつれて、六甲山をはじめとする山々の影、彼方の海辺に広がる神戸市街の煌めきさえ見えた。寿老人も窓辺に寄って「ほほう」と感嘆の吐息を洩らしている。

弁天はひとり椅子に腰掛けたまま、仰天する人々を見守っている。

「これが私と矢三郎から、寿老人への献上品ですのよ」

「……大還暦を迎えるには格好の小道具なり」

寿老人は言い、私の顔を見た。

「貴君を布袋の席に迎えよう。金曜倶楽部へようこそ」

私が弁天を見ると、彼女はその唇にソッと人差し指を当てた。

それは何も言うなという禁止のようでもあり、また、何か言ってみろという挑発のようでもあった。

○

やがて燃料が尽きると、三階建電車は高度を下げ、ふたたび保養所の裏庭に着陸した。しばらくは誰もが驚異の念に打たれて沈黙していた。

　やがて金曜倶楽部員たちは私のそばへ歩み寄って握手を求めた。

　ようやく夷川早雲は、この恐るべき番狂わせを呑みこんだようであった。今にも息の根が止まりそうなほど青ざめて、喰い殺しそうな目で私を睨みつけている。堅く握り締めた両手は怒りに震え、額には青筋が浮いており、今にも尻尾を出しそうだ。

「いったいなんだ、この茶番は！」

　夷川早雲の怒号が響き、車内はシンと静まり返った。

　怒り狂う早雲を皆が遠巻きにした。

「どうした夷川」と寿老人が言った。「何か異論でもあるのか」

「これはいくらなんでも非道のなさりようでございます。今宵は私が金曜倶楽部に迎えられるはずだった」

「予定というものは変わるものだからな」

「しかし！　しかし！　なにゆえそいつなのです？」と彼は怒りに震える指を私に突きつけ、口から泡を飛ばしてまくし立てた。「弁天様の依怙《えこ》贔屓《ひいき》も目に余ります。騙されておりますぞ。みんな騙されている。そいつはトンデモナイ悪党なのだ！」

　しかし寿老人はいっこうに動じる気配がない。

「おおいにけっこう。悪党を飼うのが儂の愉《たの》しみでな」

早雲は何も言えずに後ずさり、テーブルを囲んでいる人々を怒りをこめた目で睨み渡した。

大黒は申し訳なさそうに目を伏せ、毘沙門が「今回は御縁がなかったということだ」と言った。天満屋が早雲の肩を叩き、「元気出しなさいよ。困ったことがあれば相談に乗りますぜ」と囁くと、早雲は彼の手を憤然として振り払った。

「それでは龍石をお返しいただきたい」と早雲は言った。「こんな扱いをされるのであれば、献上品を差し上げるのも馬鹿馬鹿しい」

「……あれは弁天さんに差し上げたはず」と寿老人は言った。

「私のものは私のものよ」と弁天は龍石を掌にのせて言う。

「そういうことだ、夷川」と寿老人は言った。

かくも無茶苦茶なことを、よくもここまで平然と言ってのけるものである。

夷川早雲は呆れ果て、「妖怪どもめ!」と地団駄を踏んだ。

「今の今まで、俺は無数のワガママを聞いてきた。この保養所をあなたが買収できたのは誰のおかげか——俺ではないか。今宵の偽電気ブランを用意したのは誰か——俺だ。献上品を用意するためにわざわざ岩屋山くんだりまで出かけ、龍石を掘りだしてきたのは誰か——これも俺だ。これまでにどれだけ俺が苦労を重ねてきたと思う。そこでへらへらしている矢三郎よりも何千倍も努力してきたのだ！」

　早雲はギラギラと目を光らせて私を睨んだ。

　寿老人が冷たい水を浴びせるように問いかけた。

「なにゆえそうまでして金曜倶楽部に入りたいのだ？」

　早雲はふいに息を詰まらせた。その目からは光が消え、口はポカンと開き、顔からは血の気が失《う》せている。「……私はただ……いまいましい狸たちに鉄槌を……」

「おまえは鬼になりたいとでも申すのか？」

「鉄槌を……鉄槌を……」

　早雲は喘ぐようにして呟いた。

　早雲のあまりの変貌ぶりに私は恐ろしくさえなった。

　燃え盛っていた地獄の業火が早雲の毛深い魂を焼き尽くし、灰ばかりが残ったかのようであった。もはや燃やすべきものが何もない。そこにあるものは業火にやわらかな毛を悉《ことごと》く焼き尽くされた丸裸の狸である。狸界を追放され、無為に財産を蕩尽しながら温泉地をめぐっていた早雲にとって、金曜倶楽部に迎えられて狸界に復讐することだけが唯一の望みだったというのであろうか。

　早雲は突如「ワアッ」と叫んでテーブルをひっくり返し、晩餐の残りをぶちまけた。

「矢三郎、おまえはどこまで邪魔をするのだ！」

飛びかかってきた早雲に、私は襟首を摑まれてねじ伏せられた。周囲の人間たちが引き離そうとするが、怒り狂った早雲は凄まじい形相で私にぐいぐいのしかかる。鼻と鼻が触れるほど顔を近づけ、早雲は唾を飛ばしながら怒りをぶちまけた。

「いつも誰かが邪魔をするのだ」

彼は叫んだ。「兄貴が死んだと思えばおまえらか」

怒りに歪んだ早雲の顔が真っ赤になって膨れあがり、額から角が生えだした。

「化けるな」と私は叫んだが、早雲は聞く耳を持たなかった。

早雲は天井につかえるほどの赤鬼に化け、私を摑んで振りまわした。散らばった御馳走と食器を踏み潰して怒号した。シャンデリアが砕け散って硝子の破片が降り注ぎ、車内は闇に落ち、金曜倶楽部の面々は血の気を失って逃げ惑った。

車窓に叩きつけられて息が詰まりそうになったとき、私は寿老人が「天満屋！」と鋭く叫ぶ声を聞いた。独逸製空気銃のキリキリという音が聞こえてくる。

「撃つな！　撃つな！」と私は声にならぬ声で叫んだ。

パーンと乾いた銃声が響いた途端、凄まじい咆哮が三階建電車を揺さぶった。

私を摑んでいた鬼の手が消え、私は硝子や砕けた食器の散らばる絨毯に転がった。ようよう身体を起こしてみると、早雲の姿は消えている。寿老人が小さなランプを点し、竜巻でも通り抜けたかのような、荒れ果てた車内を照らした。金曜倶楽部の面々は窓際に沿って腰を抜かしていた。

「まさかモノノケであったとは」と大黒が言った。

寿老人は暗い車窓の外を見つめながら、「鬼が出ることもあろう」と呟いた。その顔の半分は微笑んでいたが、もう半分は冷たい怒りで強ばっていた。

「温泉の地下には地獄が埋まっているのでな」

○

夷川早雲の姿を捜して、私は三階建電車から裏庭へ出た。

車窓から洩れる明かりを頼りに芝生《しばふ》をさぐってみると、まだ新しい血の跡があり、それは点々と荒れ果てた暗い木立の奥へ続いていた。血の跡を追いながら振り返ると、寿老人の三階建電車は音も立てずにしんとして、明るい光を洩らしている。自分がその中にいたことが夢であったかのように感じられる。

「早雲、どこにいる？」

私は木立の闇の奥に向かって囁いた。

そのとき、この有馬の地が京都からとてつもなく遠い場所のように感じられた。

早雲の言葉が胸の内に甦ってきた。

「こうなれば、この異邦の地で生き抜くまでよ」

私が物心ついたとき、すでに父は狸界の頭領たる偽右衛門であり、夷川早雲は偽電気ブラン工場の采配を振っていた。父と早雲の仲が悪いことは子狸ながら分かっていた。しかしながら、さらに時をさかのぼれば、早雲にもまた糺ノ森の木陰を転がる小さな毛玉であった時代があり、その頃は父と一緒に仲良く遊んだことであろう。ツチノコを探して山野を駆け、一緒に将棋を指し、赤玉先生のもとへ通っていた日々、彼らも我々と同じように仲の良い兄弟だったにちがいない。狸の世界を遠く離れて、なにゆえこんなところまで来てしまったのか。

やがて私は木立の奥深くまでやってきた。

三階建電車の明かりは届かず、そこは冷たい闇の中であった。いつの間にこんなに寒くなったのだろうと思うほどで、露天風呂で温めた身体が冷えていく。

化けの皮の剝がれた夷川早雲は毛深い姿で倒れていた。

私が近づく足音を聞き、早雲は苦しそうに息を吐いた。

「この成れの果てを見るがいい。どうやら鬼になる才覚さえなかったぞ」

私が手を触れようとすると、彼は猛犬のように唸って威嚇した。脇腹がおびただしい血に濡れていた。独逸製空気銃の銃弾はこの古狸の腹を撃ち抜いたらしい。

私はかまわず早雲の傷口をおさえた。たちまち両手が血に濡れた。

「英雄も悪党も最後は毛玉よ」と早雲は呻いた。

「こんなところで死ぬな。俺はあんたを連れて帰るんだ」

「……おまえは父親の仇を取ったのだ。もっと喜べ」

意外なことに、夷川早雲の狸姿にはまったく貫禄がなかった。

持ちだした財産を温泉地で蕩尽したらしい跡はまるでなく、ごわついた尻の毛が逆立って痩せた尻が目立つのだった。そこに倒れているのは貧相な一匹の狸にすぎず、かつて洛中の巨魁《きょかい》と呼ばれた夷川早雲とは到底思えなかった。その毛深い横顔には、微《かす》かに我が父の面影さえ感じられる。

「何をやってんだよ、叔父さん。これではあんまり惨めすぎる」

思いがけないことに、私の目に涙が浮かんだ。

それまでに積もり積もっていた夷川早雲への怒りが、まるで毛玉が風に吹き散らされるかのように消えていく。私はそのことにひどく苛立った。かつては手に取るようにハッキリそこにあると思えたものが、どうしようもなく消えていくのだ。

間もなく早雲は大きく呻き、血に濡れた鼻をヌラリと闇に煌めかせた。

大きく見開かれたその目は、闇の奥に何らかの驚異を見たかのように爛々と輝いた。もはやその目には、三階建電車の明かりも、故郷から遠い有馬の地の冷え冷えとした闇も、いつもいつも自分の野望を邪魔してきた憎むべき甥の姿も映っていなかった。早雲はゴタついた現世の彼方から射す、新しい光を見ているらしかった。

英雄も悪党も最後は毛玉であり、そして総毛は天に帰る。

「夷川早雲、これより冥途へ罷り越す」

彼は長い息を吐いて目を閉じた。

○

動かなくなった夷川早雲のかたわらに跪《ひざまず》き、私はうなだれていた。

しんしんと深まる秋の夜が早雲の身体を冷やし、私の身体を冷やした。

早雲を追い詰めてやろうと願いながら、こんな終わりを迎えたいとは思わなかった。しかしだからといって、自分がどうしたかったのかは正直なところ分からないのだ。ただ、自分がひどく哀しんでいることだけはよく分かった。父の仇が死んだというのに、私はまるで父が死んだかのように泣いていた。

　ふいに木下闇の奥から声が聞こえた。

「そこにいるのは父なの？」

　私は顔を上げて息を呑んだ。

　しばらくしてからようやく答えた。

「海星か？」

「矢三郎、どうして泣いているの？　そこにいるのは父でしょう」

「天満屋に撃たれたんだ」

「ひどい怪我なの？」

「ああ。……でも、もう苦しんではいない」

　海星は息を呑んで黙った。私も何も言わなかった。

　そのとき私は、海星は休暇で有馬へ来たのではないと悟った。彼女は早雲が有馬にひそんでいることを知り、ひそかに父親を捜しに来たのであろう。

「少しの間、私と父だけにしてくれる？」

　海星は静かな声で言った。

「ありがとう、矢三郎」

第六章　東川家の跡継ぎ

母が狸谷不動から糺ノ森へ嫁入りしたばかりの頃のことである。

下鴨家の先々代、つまり私の祖父は病床にあって、手ぶらで冥途へ旅立つのは厭だと駄々をこねていた。彼が欲しがった冥途の土産は、下鴨家と夷川家の和解である。大昔から連綿と受け継がれてきた両家の毛深くも不毛な争いに、祖父はほとほとウンザリしていた。

「儂が生きているうちになんとかしなくちゃ」

かくして祖父は夷川家に話をつけ、和解会議を開催した。

鴨川べりの料亭に、祖父とその息子たち、そして夷川家の先代とひとり娘が集まって、和解会議が開かれた。夜の蟬の声が滲む料亭の座敷で、祖父が平和を願う気持ちを切々と語ると、夷川家の先代もあっさりと祖父に賛同した。

「じつは前々から考えていたことがあるのだが……」

そう言って夷川が提案したのが、父の弟である下鴨総二郎を夷川家の婿養子に迎えるという話であった。思いがけない提案に祖父はまごまごしたが、同席していた総二郎はためらいもなく、「申し出を受けたい」と述べた。どうやら祖父のあずかり知らぬところで、夷川家の先代と総二郎との間に密約ができていたらしいのである。

祖父は思案の末、夷川家の提案を受け容れることにした。

こうして下鴨総二郎は父や兄に別れを告げて糺ノ森を立ち去り、偽電気ブラン工場へ入った。

まさか自分が両家最大の争いの種をまいたとは夢にも思わず、これで長年の争いもやれやれ終わったと安堵して、祖父は冥途へ転居した。

しかしながら、総二郎には両家和解のために尽力する気は毛頭なかった。

彼がその毛深い腹のうちに隠していた野望とは、下鴨家を完膚無きまでに叩きのめし、自分こそが兄総一郎よりも偉大なる狸であることを満天下に知らしめることであった。ここに夷川家先祖代々の宿願は、婿養子たる総二郎に託されたのである。

その後のなりゆきは洛中に知らぬ者がない。

やがて総二郎はその名をあらため、夷川早雲となる。

○

夷川早雲は海星たちに伴われて有馬温泉から洛中に戻り、秋空に弔旗をひるがえす偽電気ブラン工場へ運びこまれた。

前年末の逃亡から、じつに十ヶ月ぶりの帰還である。

物言わぬ早雲を乗せたリムジンが古風な鉄門を通り抜けたとき、偽電気ブラン工場は弔意を表すブザーを長々と鳴らし、職員の狸たちは脱帽して黙禱《もくとう》を捧げた。工場は鉄門を閉ざして休業に入った。

夷川早雲昇天の知らせは、瞬く間に狸界を席巻した。

有馬温泉から帰った私が久しぶりに寺町通のバー「朱硝子」へ顔を出してみると、薄暗い店内は噂話を囁き合う狸たちで充満していた。彼らは私の姿を見ると、声をひそめていっそう熱心に囁き合うらしい。物見高い毛玉たちをかきわけるようにしてカウンターに向かうとき、まるで自分が西部劇のお尋ね者になったような気がした。

泥鰌《どじょう》髭の店主が、偽電気ブランのグラスを差しだした。

しばしの沈黙の後、彼はニヤリと微笑んで、「……で、おまえがやったの？」と訊ねた。

「そんなわけあるか」と私は呻いた。店主はふふんと鼻を鳴らした。

「ま、そういうことにしておきましょうかね。真実がどうあろうと、俺はおまえの心の友だぜ。早雲は悪い狸だったもんなあ」

「だから俺は何もやっていないというのに」

「いいからいいから」

「何がいいんだ。ちっともよかない」

「あらかじめ謝っておくが、俺は表向き夷川家の肩を持つ。偽電気ブランが卸してもらえなくなったら営業できなくなるからな。悪く思わないでくれよ」

「まったく友だち甲斐のあることだね」

　そうして店主は、狸界に広まっている夷川早雲謀殺論について語ってくれた。

　昨年末、夷川早雲は下鴨家の先代を鉄鍋に突き落としたことが露見して、京都から逃亡した。彼は偽電気ブラン工場経営でしこたま儲けた財産を蕩尽しつつ温泉で優雅に遊んでいたが、その行方を血眼で追っていたのが、父の仇を討つことを誓った下鴨家の兄弟である。下鴨家の頭領矢一郎は、ついに早雲が有馬温泉に潜伏していることを突き止め、刺客として弟の矢三郎を有馬へ送りこんだ。早雲と矢三郎、たがいの毛を毟り合う死闘の末、闇に火を噴く独逸製空気銃がついに早雲の息の根を止めたのであった——。

何から何までデタラメである。

だいたい長兄の矢一郎が早雲暗殺を指揮したというが、あの堅物のどこを叩けばそんな凄みが出るというのか。そういった凄みのカケラもないところがぶきっちょな長兄の数少ない美点の一つであろう。早雲の昇天に誰よりも当惑しているのは長兄であった。

物言わぬ早雲が有馬から帰ってからというもの、夷川家の金閣と銀閣は早雲の葬儀を執り行うべく奔走していた。夷川家の財力を生かし、狸史上まれに見る盛大な葬儀を計画しているという。早雲の汚れきった晩節をサッパリ洗浄し、選び抜かれた業績だけを弔問客の脳裏にガッチリと刻みこもうという魂胆であろう。

「早雲の葬儀に下鴨家は顔を出すのかい？」と店主が言った。

「出るよ。また妙な噂が立っても困るし」

「ご苦労さんなこったな」

「それにしても狸が盛大な葬式なんて馬鹿馬鹿しい」

「おいおい、なに言ってんだ。おまえの親父さんが鍋になったときも盛大にやったろ？」

しかしながら、あれは葬儀と呼べるようなものであったろうか。

洛中洛外から大勢の狸たちが糺ノ森へやってきたが、祭壇も読経も鯨幕《くじらまく》も喪服もなく、毛深い者たちがところかまわず酒宴を張り、下鴨総一郎の思い出を語って明かすだけの一夜であった。どの宴席に顔を出しても、父の武勇伝を聞くことができたものだ。やがて夜が更けると、狸たちは腹鼓を乱れ打ちして糺ノ森をぶるぶる揺らした。腹の底がくすぐったくて、我々兄弟も母も笑い転げた。私は調子に乗って腹鼓を打ちまくり、腹の具合を悪くして寝こんだのである。そして翌朝、集まった狸たちは幻のように消え、私は空っぽの森でキョトンとしていた。

私は偽電気ブランを舐めながら、あの夜に森を震わせた腹鼓を思い出していた。

○

夷川早雲の葬儀当日は、運動会の万国旗が似合う秋晴れであった。

糺ノ森の木漏れ日の中、我々は喪服姿に化けていた。私の肩でけろけろ言ってる次兄さえ、あるのかないのか曖昧な喉もとに黒い蝶ネクタイを締める徹底ぶりである。およそ儀式めいたものにかけては長兄ほど経験豊富な狸はいないので、彼は我々を横一列にならばせてその化けぶりを念入りに点検した。

「けろけろ言うな、矢二郎」と長兄は言った。

「どうしてだか、しゃっくりが止まらないんだよ……けろっぷ」と次兄は言った。

打ち揃って糺ノ森を出て出町橋にさしかかったとき、母は「本当に良いお天気ねえ」と溜息をついて欄干にもたれかかり、高い秋空を舞う鳶《とんび》を見上げた。夷川早雲が冥途へ旅立ったと聞いてからというもの、母は森に引き籠もって物思いに耽ることが多かった。

「総さんも夷川さんもあの世へ行ってしまって。なんだかお母さんはいやになったわ」

母は淋しそうに鴨川の水面《みなも》を眺めた。

「狸なんて本当にロクでもないものね。しょうむな！」

京阪電車の神宮丸太町駅から地上に出て、琵琶湖疏水沿いの並木道をぶらぶら歩いていくと、乾いた打ち上げ花火と吹奏楽の音が聞こえてきた。偽電気ブラン工場の屋上から白黒のアドバルーンが上がっている。

「どうも狸は葬式と祭をごっちゃにする」と長兄は言った。

偽電気ブラン工場の正門前は鯨幕が張られ、喪服姿の狸たちで混雑していた。

その日、とりあえず参列しておこうと洛中洛外から駆けつけた狸は約千匹という噂であり、偽電気ブラン工場を運営する夷川家の威光は健在であった。千匹の黒い毛玉が蠢く敷地内には弔問客相手の露店が軒を連ね、あたかも黒い祇園祭といった趣きである。黒ければいいと思ったのか、燕尾服や天理教の法被《はっぴ》姿の狸もちらほら見える。

偽電気ブラン工場と倉庫群の隙間を抜けた先に、偽電気ブランの発明者を祀った稲妻神社という社の建つ広場があり、そこが葬儀会場であった。大混雑にもかかわらず我々がそんな奥まで辿りつけたのは、「夷川早雲謀殺論」のおかげであろう。弔問客たちは我々を用心深く遠巻きにするので、楽々と雑踏を抜けることができたのである。

我々の姿を見た南禅寺正二郎と玉瀾が声をかけてきた。

「よく辿りつけたね。お祭りみたいな混雑だ」と正二郎が言った。

「間に合ったかな」と長兄は心配そうに言った。

「今さっきお寺さんが着いたらしいから、もうじき始まると思うよ」

「まったく、あちこち厭な噂だらけだ。どいつもこいつも勝手なことを……」

「気にするな。と言っても無理だろうね、君の性格上」

「南禅寺に迷惑はかけたくないのだ」

「迷惑だなんて水くさい。モチロン僕も玉瀾も気にしてはいない」

正二郎が言うと、玉瀾も真面目な顔で頷いて「モチのロン」と言った。

広場の正面に菊花で飾られた立派な祭壇があり、その手前にならんだパイプ椅子が遺族席である。金閣は振り返って我々の姿を見つけると、銀閣に何やら忌々しそうに耳打ちした。

そのかたわらには墨汁に浸したような真っ黒な竹籠が一つ伏せてあって、その中に海星が立て籠もっているらしい。そんなときでも、彼女は決して姿を見せなかった。

やがて洛東毛念寺の狸坊主がやってきて、なむなむ言い始めた。潮が引くように葬儀会場の喧噪《けんそう》が静まった。

○

偽右衛門八坂平太郎が厳粛な顔つきで前に立った。

「畏友、早雲君の突然の訃報に接し、まことに哀惜の念に堪えません。総毛は天に帰るとはいえ、幼い頃からともに遊んできた早雲君の葬儀に参列し、狸界を代表して追悼の辞を述べることになるとは夢にも思いませんでした」

そこで平太郎は物々しく息をついて空を見上げた。誰かが「ヨッ!」「偽右衛門!」と場違いな声をかけ、「こら!」と窘められている。

八坂平太郎は真面目くさった顔つきで続けた。

「夷川家がその名を洛中に轟かせたのは大正時代、言うまでもなく『偽電気ブラン』という大発明がきっかけであります。この電磁気学と醸造学の奇跡のコラボレーションが合成酒の新時代を切り開き、今もなお無数の紳士淑女を酒精に浸った夜の旅路へと誘っていることは誰もが知るところでしょう。そしてこの偽電気ブラン工場の近代化に尽力した中興の祖こそ、他ならぬ夷川早雲君でありました。下鴨家から夷川家に迎えられた後、早雲君は粉骨砕身の努力を重ね、偽電気ブランの栄光の歴史に次々と新展開をもたらされたのであります。さらなる進歩発展のため他日おおいに為すことあろうとするとき、唐突に毛深き浄国へ旅立つことになられたのは、痛恨の極みと言うほかありません。早雲君の偉業に対して、狸界を代表して謝意を表し、ここに謹んで御冥福をお祈り申し上げます」

偽電気ブランを抜かりなく讃《たた》えながら、策謀渦巻く早雲の黒い晩年には一切触れることなく無難にまとめ上げられた弔辞は、さすが古狸の面目躍如たるものだった。

八坂平太郎の弔辞の後、居ならんだ狸たちが焼香に立った。こんなに折り目正しい葬儀は珍しいので、誰もが祭壇の前でまごついている。

やがて下鴨家の番がまわってくると、ひそひそ声が会場に巻き起こった。

私は黒い蝶ネクタイを締めた次兄を肩にのせて祭壇に歩み寄り、小さな棺《ひつぎ》の中で花に埋もれている早雲の姿を覗いてみた。早雲はまるで出来損ないの剝製のようにちんちくりんに見え、あの憎むべき古狸の貫禄は跡形もなかった。

たしかに夷川早雲が我らの父を罠にかけ、金曜倶楽部の鉄鍋に突き落としたのは到底許されることではない。しかし当の早雲はその報いを受けたかのように、遠く離れた有馬の地で銃弾に倒れ、ひとりぼっちの哀れな最期を遂げたのである。彼が生きているならその尻の毛を毟ってやることもできようが、もはや物言わぬ毛玉を念入りに蹴飛ばして何になろう。我々はそこまでねじけた狸ではない。早雲よ、安らかに眠れ。南無南無。

そうして私が手を合わせていると、肩にのった次兄がもぞもぞした。

「……どうした、兄さん？」

次兄は無言で目を白黒させている。ふいにその口から「けろっぷ」というしゃっくりが洩れた。それをきっかけにして、今まで押さえこまれていたしゃっくりが堰《せき》を切ったように溢れだしてきた。「けろっぷけろっぷけろっぷけろっぷけろっぷ……」

これを聞きつけて、金閣と銀閣が素早く立ち上がった。

「こんにゃろ、何を笑ってるんだ」と怒気をはらんだ声で言った。

「待ってくれ」と私は慌てて言った。「誤解だ。兄さんは笑っているわけではない」

「笑ってるじゃないか、けっけっけって。どんだけ邪悪な蛙なんだよ！」

「よく聞けってば。これはしゃっくりなんだ」

「よくもまあ、そんな下手っぴな嘘がつけたもんだな！」

金閣はいきり立った。「これは父上の厳粛なるお葬式なんだぞ。みんな弔意満々なんだ。いくら狸をやめた蛙だからって、父上の葬儀でけろけろ笑っていいもんか」

金閣の声を聞いた式場の狸たちがざわついた。

次兄は慌てて謝ろうとしたが、謝罪の言葉はしゃっくりに埋もれてしまった。

「いやそんなけろっぱつもりはけろっぴないのだがけろっぷ」

「このけろっぴ野郎、まだけろけろ言ってる！」と銀閣が呆れて言った。

その後も次兄のしゃっくりは、冷やしラムネの泡のごとくけろけろとリズミカルに湧き続けた。「笑ってはいけない」と力瘤《ちからこぶ》を入れれば入れるほど、何もかもがどうしようもなく面白くなってくるものである。「けろっぴ野郎」と思わず呟き、私も笑いを堪えきれなくなった。私とて厳粛たるべき葬儀の場で笑いたくはない――しかし、まさか「けろっぴ野郎」とは。長兄が走ってきて私の口を押さえ、私は次兄の口を押さえた。金閣と銀閣は「よくも父上の霊前で！」と唾を飛ばし、竹籠の海星は「いいかげんにして！」と叫び、葬儀は台無しになりかかった。

そのとき、「ぽこぽこ」というのどかな音が聞こえてきた。

喪服姿の狸たちの群れが割れ、ひとりの若々しい僧が腹鼓を打ちながら悠然と歩いてきた。色褪せた黒衣はボロ切れのようであり、剃髪《ていはつ》された頭も裏庭に雨晒しにされた鉢のように薄汚い。身辺に揺曳《ようえい》する悪臭が目に見えるようだ。

彼は祭壇の前までやってきて、無言で腹鼓を打ち続けている。

八坂平太郎がハッと思いついたような顔をして、ぽこぽこと腹鼓を打ち始めた。それにならうようにして、他の弔問客たちも腹を打ち始めた。

狸たちの腹鼓は寄せては返す波のように大きくなったり小さくなったりし、やがて坂をのぼっていくようにリズムが速まり、頂点に達したところでぷつんと終わった。謎めいた僧が打った最後の一打ちが秋空へ消えてしまうとあたりはひっそりとした。その場にいる狸たちはその不思議な僧を見つめ、「誰？」「誰？」と囁き合う。

僧は黙って焼香してから、金閣と銀閣をジロリと見た。

「呉二郎《くれじろう》、呉三郎《くれさぶろう》。息災でありましたか」

彼は若々しい風貌に似合わない重厚な声で言った。

金閣たちはキョトンとした。「金閣」と「銀閣」という異名に馴れすぎて、自分たちの本名を失念していたのである。「ああ呉二郎は僕だっけ」と金閣は呟いた。

「で、あんたは誰なの？」と銀閣が言った。

僧は我が身を見下ろして、汚い黒衣をひらひらさせた。「分かりませんか……無理もありますまい。拙僧もここへ帰る日が来ようとは思わなかった」

「ひょっとして、お兄ちゃん？」

籠の中の海星が声を上げたのはそのときであった。

「呉一郎《くれいちろう》お兄ちゃんが帰ってきた！」

○

夷川早雲の葬儀から一週間後のことである。

その日は朝から冷たい秋雨が降ったり止んだりして、糺ノ森を抜ける参道にも細かな雨の飛沫が立ちこめ、下鴨神社の楼門は絵巻の風景のごとく朦朧として見えた。

私は枯れ葉の寝床に埋もれて尻を温めていた。尻にキノコを生やして途方に暮れた子狸時代の苦い経験は、「尻の守りが健康の守り」と私に教えた。僅かな湿り気と冷えが風邪の神やキノコの神を呼び寄せるから、秋の長雨ほど用心すべきものはない。

母は出町商店街へ買い物、長兄は八坂平太郎との会合、弟の矢四郎は偽電気ブラン工場へ出かけていた。こんな冷たい雨の日に、わざわざ尻を濡らしに出かけるとは、健康に対する意識が足りないと言わざるを得ない。

そうして私が阿闍梨《あじゃり》餅を齧っていると、「こんにちは、こんにちは」と藪の向こうで声がする。藪を抜けてきたのは狸姿の南禅寺玉瀾であった。

「あら、矢三郎ちゃんだけなの？」

この秋の初めに長兄と婚約を交わして以来、玉瀾は糺ノ森へ足繁く通ってきて、ふと気がつけばそこにいる。さっさと鴛鴦《えんおう》の契りを結んでしまえばいいのに、長兄が偽右衛門になったあとで式を挙げると約束したらしい。狸のくせに万事もったいぶるのが長兄の癖である。

「怠け者ねえ。そんなところでごろごろして」

「こんな天気の悪い日は念入りに尻を守らないとな」

「矢三郎ちゃんはお尻のことを気にしすぎ。お尻ノイローゼよ、それ」

そう言って玉瀾は私のかたわらにチョコンと座った。

「やっぱりキノコのトラウマなのかしらん。あのときは金閣銀閣にも馬鹿にされて可哀相だったわねえ。あなたったら泣きべそかいて……」

「泣きべそなんてかいてないぞ！」

「あら、そんなに怒らなくってもいいじゃない」

玉瀾は毛をむくむくさせて笑った。「冗談よ。あなたは泣かない子狸でしたね」

長兄が会合からまだ戻らないと知ると、玉瀾は枯れ葉の下から将棋盤を引っ張り出して駒をならべた。「雨の日に将棋を指す狸って、ひどくハンサムよねー」などと見え透いた甘言を弄して私を盤上へ誘おうとしたが、あいにく私は将棋が苦手なので手を出さなかった。やがて玉瀾は私を誘うのを諦め、ふんふんと鼻歌を歌いながら、熱心に駒を動かして遊びだした。

「そんな安物でなくて、父上の将棋盤を使えばいいのに」

「だって勝手に使えないでしょ。矢一郎さんの宝物なんだから」

「兄貴のものは玉瀾のものさ」と私が言うと、玉瀾はわざと欲深そうな顔つきをして「げへへ」と笑ってみせた。「それはそう。だけど、やっぱり駄目よ」

雨は小止みになったが、森のあちこちからポタポタと滴の垂れる音が聞こえていた。

運命の赤い毛が母を狸谷不動から糺ノ森へ引っ張ってきたように、今は玉瀾が南禅寺から糺ノ森へやってきた。赤玉先生門下の頃、キノコを生やした自分を肛門科へ連れていってくれた狸が、自分の姉になるとは思わなかった。じつに運命とは分からぬものなり。

ふいに玉瀾が将棋盤に向かいながら呟いた。

「夷川の呉一郎さんね、ずっとお父さんの霊前で御経を上げてるって」

「さすが坊さんだけのことはあるな」

「あんなに泣き虫の子狸だったのに、立派なお坊さんになったわ」

「……玉瀾は呉一郎のことよく知ってたのかい？」

「少しは喋ったこともあったけど、変わった子だったわ。でも赤玉先生の門下生だった頃に、ぷいっと京都からいなくなって、それっきり」

夷川呉一郎は夷川早雲の第一子であり、金閣銀閣と海星の兄である。

玉瀾によれば、当時の呉一郎少年は繊細な子狸で、あの早雲のどこを絞ればそんな遺伝子が出てくるのかと思えるほど、脂ぎった父親とは似ても似つかぬ子狸であったという。とかく物思いに耽りがちで、空を眺め森を眺め雨を眺め、赤玉先生の講義をサボって何をしているのかと思えば、木彫りの仏像をこしらえたり仏典を読んだりしていた。

その狸らしからぬ抹香臭い超然ぶりは、末娘の海星が生まれてすぐに母親を亡くしたのをきっかけにいよいよ度を越したものとなった。早雲は夷川家の跡取り息子としてスパルタ教育を施そうとしたらしいが、呉一郎の皺深き脳味噌は実益のある知識をひとかけらも受け付けず、父子ともども苛立つばかりであった。日夜絶え間なく続く帝王学の無理強いは呉一郎を精神的に追い詰め、ついに出奔へと至らしめたのである。

「あんまりねじけた狸でないことを祈るよ」と私は言った。

「……でも私、あの子はそんなに悪い狸ではないように思う」

そう呟くと、玉瀾は将棋盤から顔をした。

「あら、なんだかゴロゴロっていう音しない？」

寝床から這いだして耳を澄ましてみると、紅葉した森の天蓋の彼方から、雷神様が空を踏み鳴らす音がする。すぐさま頭に浮かんだのは、出町商店街へ買い物に出かけた母のことであった。雷神様が空を鳴らすと、母の化けの皮は剝がれてしまうのである。

私が慌てて参道に飛びだすと、ちょうどタカラヅカ風美青年に化けた母が、買い物袋を振りまわしながら駆けてきた。ひときわ大きな雷鳴が轟《とどろ》くや、母は買い物袋を放りなげ、毛深い姿に戻って私の腕に飛びこんだ。

「ああ怖かった！」と母は呻いた。「ぎりぎりもいいとこ！」

その後、我々は森の奥の蚊帳の中に立て籠もり、通り過ぎていく雷の音に耳を澄ました。

母はぷるぷる震えながら、「ごめんなさいねえ」と玉瀾に言った。

「雷様は私の化けの皮を剝いじゃうのよ」

「私はお豆腐屋さんの喇叭」と玉瀾は囁いた。「あれが聞こえるとムズムズするの」

「みんな軟弱だなあ。俺なんか何一つ弱点ないよ」

「あら、ホント？　でも檻に詰めこまれちゃ駄目でしょ」

「檻は怖いに決まってら」と私は笑った。

化けの皮が厚いことは、幼少の頃からの私の自慢であった。狸鍋を喰う金曜倶楽部や天狗たちと平気でやりあうにあたっては、この皮の厚さが物を言うのである。

南禅寺玉瀾は鼻先で蚊帳を持ち上げ、森にたちこめる雨の匂いを嗅いだ。

「みんなで蚊帳に入るのってぬくぬくしてステキね」

「夏は地獄の蒸し風呂のように暑いよ。玉瀾も覚悟しとくべきだな」

ひとたび雷鳴が轟けば、母のもとへ馳せ参じるのが下鴨家の掟である。

やがて続々と下鴨家の兄弟たちが糺ノ森へ帰ってきた。長兄は蚊帳の中に玉瀾がいるのを見て「おや！」と嬉しそうに笑った。次に帰ってきたのは偽電気ブラン工場の実験室に籠もっていた矢四郎である。そして最後に帰ってきたのが次兄であった。

次兄はずぶ濡れのワイシャツ姿で森を歩いてきて、ぷるんと化けの皮が剝がれて狸姿となり、ひとしきり木立の間を走ったかと思うと、またぷるんと化けの皮が剝がれて蛙姿となった。彼が蚊帳へ辿りつくと、まるでフルマラソンを走りきったランナーを迎えるような歓声が上がり、玉瀾が蚊帳の裾を持ち上げて次兄を迎え入れた。

「おや、千客万来。玉瀾までいるじゃないか」

次兄は言った。「いやはや、母上の姿を見て気が抜けちまうと駄目だね」

「それでもたいしたものだ」長兄が珍しく褒めた。「よくそこまで練習した」

「矢二郎まで帰ってきてくれるなんて、お母さんは嬉しいわ」

「母上、見て見て」と矢四郎が蚊帳の外へ首を出して嬉しそうに言った。「もう雷様は去られたようですよ。これで安心」

耳を澄ませるとたしかに雷鳴は遠ざかり、木漏れ日がうっすらと射し始めていた。

○

そのとき参道から「ぽくぽく」という音が聞こえてきた。どうやら木魚の音らしい。

我々は人間の姿に化けて参道へ出てみた。

糺ノ森の南から、黒衣に身を包んだ坊主の群れが木魚を叩きながら歩いてくる。威厳のかけらもないふわふわした顔つきからして、夷川親衛隊が化けていることは一目瞭然である。

その先頭には夷川呉一郎の姿があり、ムッツリと膨れっ面をした金閣銀閣がそのあとに続いていた。金閣銀閣はみすぼらしい作務衣《さむえ》姿で、首から提げた木札には「恐惶謹言《きょうこうきんげん》」と書かれている。

我々の前までやってくると、夷川呉一郎は我々に向かって深く一礼した。

「お久しぶりでございます。矢一郎さん」

「久しぶりだな、呉一郎」長兄は言った。「京都を去って何年になるだろう？」

「もう十年以上になりましょうか」

「今まで、どこでどうしていたんだ？」

「旅を続けておりました。木の根を枕にし、風に吹かれ、雨に打たれて――」

呉一郎は澄んだ目を細めて、落葉して淋しげな森の梢を見上げた。

「それは己から逃れ、ふたたび己に出会うための旅でありました。私は自分が狸であったことを忘れ、故郷の町のことを忘れ、懐かしい母の面影を忘れ、あれほど憎んだ父の面影を忘れました。そこには何が残るか。ただ吹きすぎていく風があり、光り輝く森があり、降りしきる雨があるのです。己を捨て切る覚悟なくして、真の己も見えませぬ」

呉一郎は狸らしからぬ悟り澄ましたことを言ってから、素早く参道に土下座した。金閣と銀閣、そして夷川親衛隊の面々もまた、硬い豆をまくような音を立てて砂利に膝をつく。我々家族は呆れて見守るばかりである。

そして呉一郎は頭を低くしたまま言った。

「亡き父、そして弟たちの悪行の数々はまことに言語道断で、狸の風上にも置けぬもの。下鴨家の皆様のお怒りはごもっともでございます。百万遍お詫びしても足りますまい。しかしながら、どうかこの愚かなる夷川の狸の子らに御慈悲を賜り、夷川家が下鴨家の良き仲間となれますように、御鞭撻《ごべんたつ》のほどを乞い願い奉る次第でございます」

そして呉一郎はこちらに尻を向け、金閣銀閣にも尻を向けさせた。

「さあ愚かなる我々の尻の毛をお毟りください。どうか思う存分！」

「恐惶謹言！」と金閣が言った。

「恐惶謹言！」と銀閣が言った。

私も狸としてそれなりの歳月を生きてきたが、「お毟りください」と尻を向けられたことは一度たりとてない。狸にとってかくも無防備に尻を差しだすのは屈辱中の屈辱であり、夷川家の兄弟たちの己を捨て切る覚悟のほどが知れよう。毟るべきか毟らざるべきかと私が逡《しゅん》巡《じゅん》していると、長兄が威厳のある声でこう言った。

「呉一郎、どうか尻をおさめて顔をあげてくれ」

「いや、いっそひと思いに！」と呉一郎はもぞもぞする。「どんとこい」

「呉一郎よ、俺は決して叔父上のやったことを許しはしない。しかしだからといって、今さら諸君の尻の毛を毟ったところで何になるだろう。我が父の毛は天に帰り、叔父上の毛もまた天に帰った。肝心なのは、これから我らが如何に生きるかということだ」

呉一郎は向き直り、身体を起こして長兄を見た。

「如何に生きるか……？」

「ともに生きるか、争い続けるか？」

「……もう二度と争いたくはありません。この不毛な争いに終止符を打つためにこそ、私はこうして帰ってきたのです」

「では今日から争うのは止める。我々は狸だ。ともに生きよう」

長兄は呉一郎に向かって手を差し伸べた。

私の知るかぎり、その瞬間ほど長兄が立派に見えたことはない。

その非の打ちどころのない立派さに、母は目尻の涙を拭い、弟は感嘆の吐息を洩らし、次兄は私の肩で感動のあまり武者震いをしていた。南禅寺玉瀾に至っては、惚れて惚れて惚れすぎて余命幾許《いくばく》もないような顔つきをしていた。

夷川呉一郎は立ち上がり、あらためて長兄の手をかたく握った。

その瞬間を狙っていたかのように、下鴨神社の楼門の方角から一陣の風が吹き、落葉の舞う糺ノ森が水底から浮かび上がるように明るくなった。

雲間からのぞく太陽が、歴史的和解の瞬間を燦然と照らしていた。

○

下鴨家と夷川家の歴史的和解から数日後のことである。

私は腹の底が淋しくなるような秋風に追われるようにして葵《あおい》橋を渡り、出町商店街を抜けていった。秋が深まって日脚が速くなり、うかうかしていると日が暮れる。

赤玉先生のアパートを訪ねてみると、半開きになったドアから明るい光と華やかな声が洩れてきたので驚いた。陰々滅々とした先生の住まいらしくもない。

「下鴨矢三郎、参上いたしましたよ」

私は買い物袋を台所に置き、奥の四畳半を覗いてみた。

そこでは赤玉先生がてるてる坊主のような格好をして、炬燵《こたつ》机に座っていた。その頭上で大きなハサミを振りかざしているのは弁天である。彼女はざっくざっくと鎌で草を刈るような音を立て、伸び放題の先生の白髪を切り落としていた。先生の髪は床屋泣かせの剛毛として有名であり、狸たちが散髪しようとすると丸一日かかる。

私の顔を見て、弁天は野良仕事に出た村娘みたいに笑った。

「あら、矢三郎だわ」

「どうも弁天様。散髪とはご精が出ますね」

「うふふ。お師匠様孝行でしょう。あなたの毛も切ってあげましょうか？」

そう言って弁天は悪魔的な笑顔を見せ、頭上でハサミをチキチキ鳴らすのだが、彼女に毛をゆだねたりすれば、好尚の赴くまま尻の毛まで刈られて丸裸にされかねない。私が平身低頭して辞退すると、弁天は「あらそう」と呟いてふたたび先生の散髪に取りかかる。

台所へ行って片付けをしていると、「夷川呉一郎」という熨斗《のし》のついた赤玉ポートワインが目に入った。「おや、呉一郎が来たんですか？」

「恩師に無沙汰を詫びると言うてな」

「それはなかなか礼儀を重んじる狸で……」

「抹香臭い泣き虫だとばかり思っていたが、ちっとは気骨を身につけて帰ってきたと見える。呉一郎に聞いたが、下鴨と和解したそうではないか」

「……うまくいきますかねえ」と私は呟いた。

「仲良きことは美しき哉《かな》」と弁天がハサミを振るいながら歌うように言った。

赤玉先生は「そうともそうとも」と声を合わせた。

やがて弁天が「できあがり」とハサミを投げだして、手を払った。深遠なる造形物へと変貌した頭髪のもと、赤玉先生はニコニコ笑ってご満悦である。

私が四畳半に掃除機をかけている間、弁天は窓枠に腰掛けて、腕についた剛毛をつまんではフッと窓外に吹き飛ばしていた。今宵の弁天は蠱惑的な漆黒のドレスを着て、由緒正しい晩餐会にでも出かけるような姿である。トゲトゲ頭の赤玉先生は炬燵にもぐりこんだまま弁天の姿をウットリ眺め、ハリネズミの化け物みたいにカリカリと炭酸煎餅を齧った。その炭酸煎餅は、先日弁天が有馬温泉から持ち帰ったもので、先生はあたかも無類の珍味のごとく大切に味わい、一枚たりとて私には分けてくれなかった。

私が掃除を終えて炬燵にもぐりこむと、弁天が振り返った。

「矢三郎、金曜倶楽部の鍋の支度はできたの？」

「御笑覧ください。うまくやりますから」

「もし狸を捕まえるなら力を貸してあげてよ」

「いえいえ、けっこうですから。万事ワタクシめにおまかせください」

「うふふ。いざとなればあなたが自分で鍋に入ればいいから簡単ね」

赤玉先生が「鍋とは何のことだ」と怪訝そうな顔をして言うと、弁天は内緒話のように声をひそめた。「狸鍋のことです。矢三郎は金曜倶楽部に入ったのですよ」

先生はジロリと私を睨んだ。「おまえ、何を考えておるのだ」

「これもまた阿呆の血のしからしむるところで」

「……まったく、阿呆につける薬はない。呆れ果てるわい」

私は黙って先生の湯呑みに赤玉ポートワインを注いだ。

弁天はひらりと窓枠からおりて立ち上がり、その美しい肩に天女の羽衣のようなショールを羽織った。「それではお師匠様、今宵はおいとまいたします」

「なんと、まだ宵の口ではないか。淋しいことを言うでない」

弁天は無言の微笑で先生の哀願を軽くあしらい、腰をかがめて炬燵の上の鏡を覗きこんだ。結い上げた黒髪をひと撫でし、鏡に映っている己の顔を、まるで他人の顔のように横目で睨んだ。「今宵は清水寺で殿方と逢い引きなの」と不穏なことを言う。

「逢い引きだと！」赤玉先生は湯呑みを摑んでワナワナ震えた。「相手は誰だ」

「言ったら、お師匠様はお怒りになるでしょ」

「まさか、あいつか？　あいつなのか？」

「……焼き餅をお焼きにならないでくださいね」

弁天は謎めいた笑みを残し、ショールをまとってアパートから滑り出た。

彼女の意味深長な口ぶりは、餅と金網と炭火を手渡して「さあ焼き餅を焼け」と言ったに等しい。赤玉先生は黙りこみ、差し入れの松花堂弁当にも手をつけない。

私は尻にちくちくする先生の剛毛を拾い集めながら考えた。

「逢い引き」とは何か。愛し合っている男女が示し合わせて会うことである。

弁天の口ぶりからすると、思いがけない逢い引きの相手とは――。

「まさか二代目でしょうか？」と私は呟いた。

「あいつは腐った鼻汁のごとくトロトロした卑劣漢の女たらしである」と赤玉先生は唸った。

「いたいけな弁天を丸めこんだのではあるまいな」

弁天がいたいけかどうかはともかくとして、逢い引きとはまったく穏やかでない。

やがて赤玉先生は出かける支度を始めた。昨年海星に献上されたというお気に入りの綿入れを着てムクムクに膨れ、私がクリスマスプレゼントに献上した洋杖《ステツキ》を摑んだ。

「清水へ出かけるぞ。ついて来い」

「下鴨矢三郎、心得ました」

○

夜の清水寺界隈は紅葉の見物客で祭りのような賑わいであった。

赤玉先生は音高く洋杖を石畳に鳴らしながら、陶器をならべた土産物屋や喫茶店が軒を連ねる狭い坂道を歩いていく。その芸術的トゲトゲ頭を指さして笑う者があれば、先生は洋杖を振るって追い払った。

「見渡すかぎり阿呆ばかりだ」

先生はぷりぷりして言った。「これでは弁天の居所も分からぬ」

「心配せずとも、弁天様なら目立つに決まってますよ」

清水寺門前の黒々とした人垣の向こうに、赤い仁王門と三重の塔が見えてきた。

弁天の姿を捜しながら見物客の流れに交じって境内へ入っていくと、照明に照らされた紅葉が闇の中に燃え上がるようである。私は「きれいなものですねえ」と感心して見上げた。

赤玉先生は「くだらん」と言って膨れていたが、通りかかった可愛らしい女子大生に斬新な髪型を褒められて機嫌を直した。

「先生は甘酒でも飲んでいてください。私が探ってきますから」

私は先生を茶屋の床几《しょうぎ》に座らせると、名高い「清水の舞台」へ上がっていった。

二代目と弁天はわけもなく見つかった。

なにしろとてつもなく目立つのである。

二人は清水の舞台にならんで立ち、煌めく夜景を眺めていた。二代目は漆黒の紳士服に身を包み、その新帰朝者ぶりには脳天から爪先まで一点の乱れもない。そのかたわらに立つ弁天もまた妖艶《ようえん》な漆黒のドレス姿で、二代目に対して一歩も引けを取らない。鶏群《けいぐん》の二鶴《にかく》というべき美男美女はあからさまに異彩を放ち、通りすがりの男女が紅葉もそっちのけで見惚れるほどであった。

私は小さな女の子に化けて二人に近づき、その会話に聞き耳を立てた。

弁天が舞台の欄干から身を乗りだすようにして、「ほら」と夜景の彼方に見える京都タワーを指さしている。二代目は顔をしかめて首を振った。

「……じつに醜悪ですな」

「あら、蠟燭みたいで可愛いわ。なんだか淋しくなったときには、あのタワーのてっぺんに座ることにしています。そうするとだんだん気分が直るんです」

「あの薄気味の悪い物体にも一つぐらいは取り柄があるわけだ」

「ひねくれた物の言い方をなさるのね。お師匠様そっくり」

「それは侮辱的に聞こえますね」

「侮辱するつもりで言ったのですもの」

二代目と弁天は微笑み合ったが、その眼差しは冷ややかで、まるで仮面と仮面が見つめ合っているかのようである。甘い逢瀬の気配は微塵もなかった。

弁天は白い手を伸ばして夜景を撫でるようにし、百年ぶりに帰国した二代目に「現代京都の遊び方」といったものを語りだした。その間、しばしば鋭い殺気が彼女の身体に漲ったが、そのたびに二代目は横目でジロリと弁天を睨んで、彼女の殺気を押さえつけた。表向きは時代錯誤の美男美女が優雅に逢瀬を愉しんでいるように見えるが、これでは殺気と殺気の押しくら饅頭である。まるで不発弾の上にあぐらをかいているようなもので、聞き耳を立てている私は尻の毛がムズムズした。

やがて二代目が溜息をついて欄干にもたれ、物憂げな顔をして遠くを見た。

「もう諦めなさい、お嬢さん。時間と精力の無駄遣いです」

「……そうしましょうか」

弁天は胸もとから一本の長い糸のようなものを取りだした。彼女が端をつまんで掲げると、その長い糸は夜風に漂って煌めいた。

「それは何です？」

「お師匠様の髪をつなげて作ったの。あなたを縊《くび》り殺してやろうと思って」

「やれるものならやってごらんなさい」

「だって隙がないんですもの。本当につまらない人なんだから」

弁天は白い頬を膨らませ、赤玉先生の髪を夜風にのせて飛ばした。我が恩師の床屋泣かせの剛毛は、境内の夜間照明に照らされて一瞬銀色に輝き、すぐに闇へと消えてしまった。弁天はつまらなそうな顔つきになり、二代目と同じように欄干にもたれて溜息をついた。玩具を取り上げられてふてくされる少女のようだった。

「今夜はお付き合い頂きましてありがとうございました」

弁天はつまらなそうに言った。「御礼を申し上げておきますわ」

「寝首をかかれるぐらいなら、相手をしてあげたほうがマシですから」

「……偉そうに！」

「もちろん私は偉いのです。少なくとも貴女よりはね」

二代目は身を起こし、夜景を見つめながら言った。「お嬢さん、一つ御忠告させて頂きましょう。天狗になるなんてお止めなさい。貴女の向かう先には何もない」

「それなら私に何になれと仰るの？　それとも何にもなるなと仰るの？」

「そうは言いませんが、他にいくらでも道はあるでしょう」

「ずいぶん勝手な言い草だわ」

「これでも親身になって意見しているつもりですがね」

「私に惚れたのなら惚れたと仰れば？」

「馬鹿なことを言われては困る」

「あなたの意見を聞くぐらいなら、狸の意見を聞いたほうがマシです」

二代目は青白い顔をして黙りこんでしまった。

弁天は嘲《あざけ》るような笑みを頬に浮かべ、二代目の胸を指先で押した。

「……本当に煮え切らない人ね」

「どうしてあなたは帰ってきたの。こんな国の、こんな街へ」

二代目は冷たい目で弁天を睨み返したが、その問いに答えることはなかった。彼は黙って欄干から離れ、そのまま振り返ることなく人混みに紛れて姿を消してしまった。

弁天はつまらなそうな顔をして境内を見下ろしている。

眼下には、闇の中で燃え上がった木々がそのまま凍りついたかのような境内の紅葉が広がっている。その向こうに盛り上がる黒々とした森には、照明に照らされた子安塔《こやすのとう》が幻みたいに浮かんでいた。弁天は一瞬、清水の舞台から身を乗りだして飛び立つかのような仕草をしたが、ふと気を取り直したように欄干を離れた。

私があとをつけていくと、彼女は舞台を下り、境内の一角にある茶屋に近づいた。

赤玉先生が床几《しょうぎ》に腰掛けて、トゲトゲ頭を垂らして居眠りしていた。長々しき涎が糸を引き、地面の落葉にまで届いていた。彼女が肩に手をかけると、先生はボンヤリとした目で弁天を見上げ、ふいに悪戯が見つかった子どものような顔をした。

「お師匠様、こんなところで何をしていらっしゃるの？」

彼女は優しく声をかけた。

「風邪を引きます。もうおうちへ帰りましょう」

○

十二月になると街を吹く風に冬の匂いがして、朝夕の冷えこみがいよいよ厳しくなった。山々の紅葉も盛りをすぎて、落ち葉の寝床が恋しい季節である。

寺町通の骨董屋で店番をしていると、珍しく長兄が訪ねてきた。

「おい、店番はいつ頃終わる？」

「忠二郎さんが会合から戻れば、四時で仕事はおしまいだな」

「ちょっと偽電気ブラン工場へ付き合え。呉一郎が矢四郎に新しい実験室をくれたらしいから、どんなものか見に行く」

「お、いいね。そいつは俺も見たい」

「それにしても急に冷えたな。師走《しわす》だ師走だ」

　今日の午後は久しぶりに身が空いたと言い、長兄は「どっこいせ」と椅子に腰掛けた。

　その横顔はさして疲れている風にも見えず、腹の底にはまだまだ余力を残しているように見えた。このところ長兄はいよいよ多忙を極め、八坂平太郎からの仕事の引き継ぎに加え、偽右衛門襲名にそなえた挨拶まわりや幾多の儀式、さらに夷川呉一郎との和解会談さえあり、糺ノ森へ帰ってくるのが深夜をまわることもたびたびであった。ありとあらゆる方角から飛びかかってくる用事を片っ端から投げとばしつつ、それでも長兄が疲れ知らずで愉快そうに見えるのは、ひとえに母が鼻血が出るのも厭《いと》わずに飲ませる栄養ドリンクと、南禅寺玉瀾のおかげであろう。長兄は寸暇を惜しんで玉瀾と将棋を指しつつ、来年頭の結婚に想いを馳せてわくわくしているらしい。

　私は湯呑みに番茶を注いで差しだした。

「兄貴、貫禄が出てきたぞ。さすが偽右衛門になる狸は違うね」

「からかうんじゃない」と言いつつ、長兄はまんざらでもなさそうであった。「いやしかし早雲謀殺論が広まったときには、どうなることかと思ったがな」

「もう兄貴で決まりだろ」

「いや、まだまだ安心はできない。しかるべき手順というものがあるのだ」

茶を飲みながら長兄の結婚後のビジョンに耳を傾けているうちに、清水忠二郎が帰ってきたので、我々は骨董屋を出て偽電気ブラン工場へ向かった。寺町通は冬装束の人々が行き交っているが、とりわけ着ぶくれてムクムクして見えるのは狸である。長兄は通りすがりのあらゆる狸たちと、いちいち挨拶を交わしていた。

道々、長兄は夷川呉一郎の素晴らしさを語った。

糺ノ森の和解以来、夷川呉一郎はなにくれとなく下鴨家に気を遣ってくれた。わざわざ声明を発表して夷川早雲謀殺論を一掃したことに始まり、偽右衛門就任を目前にして多忙を極める長兄の仕事を一部肩代わりしてくれたり、「下鴨家夷川家和解記念」として期間限定生産の偽電気ブランを作って関係者に無料で振る舞ったりした。

「呉一郎はじつに素晴らしい狸だぞ」

「いくら親切でも、あの早雲の子どもだからなあ」

「安心しろ。とてもあいつの血を引いてるとは思えない」

早雲の死の騒動も落ち着き、偽電気ブラン工場は製造を再開している。

門をくぐって工場の殺風景な玄関ホールに入ると、すぐに夷川呉一郎がぱたぱたと階段をおりてきた。京都へ戻ってかなり時間が経つというのに、ボロ切れのような僧服はそのままだし、今さっき旅から帰ったばかりのように薄汚れている。今も清貧の暮らしを続けているらしい。清貧なのはいいが、このヒドイ臭いだけはどうにかならぬものか。

呉一郎は嬉しそうに長兄の手を握り、すぐに案内してくれた。

「矢四郎が色々と世話になる。ありがとう」と長兄は言った。

「いえいえ、どういたしまして。こちらこそ矢四郎君には教えられることが多いのです」

「あいつは勉強家ですからね」と私は言った。

「それどころか、彼は世紀の天才ですよ。いや、じつに素晴らしい」

矢四郎の実験室は、マッドサイエンティストの秘密研究所のようなところで、その壮大さに長兄も私も度肝を抜かれた。中央の畳二畳分ほどもある実験台には、倉庫の奥底から拾い集めてきたらしい真空管や配電盤が積み上がり、周囲の壁もまた用途も分からぬ実験器具で埋まっている。書棚には弟が寸暇を惜しんで愛読していた電磁気学関係の本や偉人伝がギッシリと詰まっていた。

実験台の蔭から這いだしてきた弟は作業着姿で、二代目に譲られた飛行眼鏡を誇らしげにつけ、青白い火花を散らす炊飯器みたいな機械を引きずっていた。

「おまえ、人造人間でも造るつもり？」と私は呆れて言った。

「ステキな実験室でしょう。呉一郎さんは自由にやらせてくれるんだよ」

「倉庫で埃をかぶっていた機材ですからね」呉一郎は言った。「研究に役立てて頂けると、我々としてもありがたいです」

「感電の方は大丈夫か？」と長兄が心配そうに言った。

「ちょっとちくちくすることもあるけど、かえって元気になるよ」

すぐに尻尾を丸出しにする化け下手のくせに、弟は電気だけにはやたらと強い。しかも指先から電気を放電するという狸らしからぬ特技を持っている。雷神様嫌いの母の息子が電気に強いというのも、まことに不思議な縁である。

弟は、偽電気ブランの創始者である稲妻博士が大正時代に作った偽電気ブランを、忠実に再現してみようとしていた。実験室から発見されたという博士のノートを広げ、電圧のかけ方であるとか、原液の循環速度であるとか、放電装置の仕組みであるとか、あれこれ説明してくれるのだが、長兄も私もチンプンカンプンである。

「大したもんだ。サッパリ分からん」と長兄は呟いた。

しかし弟が試験的にこしらえた偽電気ブランはすこぶる不味く、まるで腐った卵を墨汁に落としたような味がした。我々は一口飲むなり苦悶の声を上げた。

「これは深みがあるというかなんというか」と呉一郎が言った。

「深みがあるというか、臭みがあるというか」と長兄が言った。

「……ありていに言えばひどく不味い」と私は言った。

矢四郎は試作品を一口舐め、「ふんふん」と頷いた。

「やっぱり放電装置に問題があるんだ。べつのやつを倉庫で探してくる」

弟はいっぱしの学者の顔つきをして、ノートを睨みながら実験室を出ていった。

○

夷川呉一郎は「それではごゆっくり」と言って実験室を出ていった。

長兄は大事そうにコップを抱え、出来損ないの偽電気ブランを顔をしかめて飲みながら、矢四郎の実験室を歩きまわった。

「兄貴、そんなもの無理して飲むなよ。腹を壊すぞ」

生返事をする長兄の後ろ姿からは、矢四郎のわけの分からない能力への畏敬の念というべきものが滲み出ていた。その姿はまるで我が子の出世を喜ぶ父親のようだった。矢四郎の実験室を用意してもらえるように呉一郎と話をつけたのは長兄に決まっている。

やがて長兄は戻ってきて、私の正面にある木の椅子に腰を下ろした。

ふいに長兄は真剣な顔をして手もとのコップを見つめた。

「良い機会だ。おまえに一つ相談がある」

「お、この有能なる弟の手を借りたいのかい？」

「手を借りるというか……まあ、そんなことだ。呉一郎が京都へ戻ってきてから、いずれ話さねばならんとは思っていたんだが、しかしなかなか繊細な話だからな。おまえもよく知っている通り、俺はこういうことにかけては朴念仁《ぼくねんじん》で、まったくどういう風に話を進めたものか分からんのだ。しかしながら話さねばならぬことは話さねばならぬし、こういうことはそれなりの手順を踏まねばならぬし、早いなら早いに越したことはないが、これは相手方の考えもあることだし……」

あまりにも迂遠で、何が言いたいんだかサッパリ分からない。

「兄貴が不器用なのは分かってるから。早く本題に入ってくれよ」

「これから話すんだから、そう急かすな」

ようやく本題に入るのかと思いきや、下鴨家と夷川家の対立の歴史であるとか、両家の和解は祖父の念願だったとか、えらく壮大な話を始めた。いつまで経っても肝心の本題が見えない。何か言いづらいことがあると、長兄は壮大な話をしがちである。

やがて長兄は深呼吸して、意を決したように言った。

「……海星との婚約を復活する気はないか？」

私は仰天して長兄の顔を見つめた。

「おいおい、イキナリ何を言いだすの」

「もちろん、海星や呉一郎と相談した上でのことだが……」

まだ我々が幼い毛玉であった頃、父と夷川早雲が海星と私を許嫁と決めた。今にして思えば、早雲が本気でその取り決めに賛同していたのかどうかすこぶる怪しい。父が狸鍋になった後、早雲は許嫁の約束を一方的に取り消したのである。

それにしても海星は、どう考えても魅力的とは言い難い許嫁であった。思春期をこじらせたあたりから私に姿を見せなくなり、そのくせ罵倒の百貨店というべき口の悪さである。辟易していた私にとって、許嫁の解消はむしろ願ったり叶ったりであった。それを今さら元に戻そうとは思わない。私は首を振って、「お断りだ」とはっきり言った。

「自分の結婚式も済まないうちから弟の嫁探しかい。ハリキリすぎだろ」

「おまえのような狸こそ、早く嫁をもらって身を固めるべきだ。さもないとふらふらして何をするか分からん。じきに鍋に落ちるのが目に見えている」

「それで海星を見張りにつけようっていうのか？」

「おまえも守るべきものを持てと言ってるのだ俺は」

「そりゃ夷川家との和解も盤石になって、兄貴には好都合だろうさ。でも俺は、あんな口の悪い、姿も見せないヘンテコな許嫁はまっぴらだね。だいたい矢二郎兄さんはどうなるんだ。兄さんを差し置いて、よくもそんな提案ができたもんだな」

次兄が海星に惚れていることは、長兄も知っているはずであった。

すると長兄は嚙んで含めるように言った。

「矢三郎、これは矢二郎の考えなのだ」

しばしの間、私は言葉を失った。井戸の底で将棋盤を睨んでいる小さな蛙の姿が脳裏に浮かんだ。

「……矢二郎兄さんは京都から出ていくつもりなんだな？」

「行かせてやろうと俺は思う」

「そんな俺は反対だぞ」

私はカッとなった。「どうして引き留めてやらないんだ、兄貴」

「あいつにはあいつの道がある」

「兄貴がそんなに冷たい狸だとは思わなかったよ」

「あいつにはあいつの道があるし、おまえにだっておまえの道がある。俺はこれからの下鴨家のことを考えているのだ。父上はもういないのだぞ。俺がおまえたちのことを考えなければ、いったい誰が考えてくれるというんだ」

ふいに毛深い腹の底から、理不尽な怒りがむくむく湧いてきた。

「兄貴に父上の代わりになってくれと頼んだ憶えはないや」と私は言った。「代わりになんてなれないんだ。それは思い上がりというものだ」

我ながらひどいことを言ったと今では思う。

罵声が飛んでくるかと思いきや、長兄は微笑むようにして俯いた。

「……そうか」と長兄は呟いた。「そうだな」

そのときドアが開いて、機材でいっぱいになった段ボール箱を抱えた弟がえっちらおっちらと入ってきた。そこで彼はびっくりしたように立ち尽くした。

「矢三郎兄ちゃん、どうして怖い顔してるの？」

○

その日の夕刻、私は藍色の夕闇に包まれた六道珍皇寺を訪ねていった。

次兄が狸界を引退して古井戸に籠もったのは、父が冥途へ転居したことがきっかけであったが、以来私は幾度この井戸へ足を運んできたことであろう。

迷える子狸たちが足繁く通って悩みごとを投げこむ井戸として狸界に名高くなったが、じつのところ一番の馴染み客は私であったかもしれない。次兄とぷつぷつ語らっているうちに、見上げる空が白んできたこともある。満月の夜に弁天がぽたぽたと落とす涙を次兄と一緒に見上げた夜は、今から一年も前のことである。

私は井戸端から暗い地の底に声をかけた。

「おーい、兄さん。生きてるかい?」

「……矢三郎かい? そろそろ来るだろうと思っていたよ」

次兄の返事を聞き、私は蛙姿に化けて井戸へ飛びこんだ。

小さな社の御神燈が、井戸の底の小さな島をぼんやりと照らしている。

ひたひたと井戸水が打ち寄せる汀《みぎわ》に次兄はぺたりと尻をつき、かたわらに広げた唐草模様の風呂敷にならべた品々を見つめていた。私は這い上がって覗きこんだ。まるで子どもの玩具のように見えるそれらは、次兄が井戸の底に隠していた全財産らしい。

「蛙の家財道具なんて、ハンカチみたいな風呂敷にちょっぴりさ」と次兄は言った。「自分でも驚くなあ。旅は身軽な方が良いというけれどもね」

「本当に旅に出るつもりなんだね」

「……言いたいことは分かってるよ。おまえは反対なんだろう？」

「まだ化け術も本調子じゃないだろうし」

「なんとかなるさ。ばあさんの薬もある」

「母上が哀しむよ」

「……それを言われるとつらい。でも必ず帰ってくるさ」

次兄は湿っぽさを吹き飛ばそうとするかのように「けろけろ」と陽気な声を出した。

「さあさあ、俺の財産を自慢させてくれよ」

そうして次兄は、唐草模様の風呂敷から一つ一つの品物を大事そうに取り上げて、その由来を私に説明した。

南禅寺玉瀾から贈られた携帯用の将棋盤と駒、父の遺した詰め将棋の本、節分に赤玉先生がくれた天狗豆、狸谷不動の祖母が作ってくれた丸薬の入った巾着、母がくれた下鴨神社のお守り、化け術の練習に使った叡山電車のポラロイド写真。鴨川べりで拾った何の変哲もない石ころやビー玉一つ一つにまで、次兄の思い出がからまっている。

次兄の旅支度を眺めているうちに、いよいよ私は淋しくなった。

次兄は子狸の頃からボンヤリしていて、光り輝く才能を見せびらかすことなど皆無に等しく、ほとんど馬鹿だと思われていた。狸らしくもなくいつも淋しげで、熱血漢なところはカケラもなく、万事において漠然と頼りない。しかしそのやわらかな賢さのようなものを、どれほど私は好きだったことであろう。

「行かないでくれよ、兄さん」

「おまえは俺に甘えてるんだよ、矢三郎」

次兄は優しい声で言った。

「そうして俺たちはみんな矢一郎に甘えているんだよ」

次兄は「ヨッ」と掛け声をかけてぷよぷよの身体を伸ばし、何やら独自の準備体操を始めた。何をしているのかと思ったら、呆れたことにじゃぶんと井戸水に飛びこんで泳ぎだした。これからの長旅にそなえて寒中水泳をして身体を鍛えておくという。彼は小島からすいすいと泳いで遠ざかり、御神燈の明かりも届かない暗い水に浮かんだり沈んだりした。私は汀にぺたりと腰を下ろしたまま、水泳する次兄を眺めていた。

「兄さん、寒くないのかい」

「ものすごく寒いよ。心臓が止まりそうだ」

「逆に身体に悪いだろ」

「なんのこれしき。なにしろ長旅に出るんだからな」

私はもう一度風呂敷のところへ戻り、次兄の財産を眺めた。磨いた林檎のように艶々と光る達磨があって、その片目は黒々と塗りつぶされている。何気なく手にとって裏返してみると、その赤い背中には啞然とするほど力強い筆文字で、「下鴨矢二郎様復活祈願夷川海星」と書いてあった。

暗い水の向こうから次兄が「矢三郎」と呼んだ。

「なんだい、兄さん」

「運命の赤い毛を信じるかい？」

「さあ、どうだろう」

「俺がよく知ってる二匹の狸がいて、そいつらは運命の赤い毛でぐるぐる巻きなんだ。赤い毛っていうのは妙なもんだよ。傍《はた》から見れば一目瞭然なんだが、そいつら自身にはちっとも分からないらしいんだな」

次兄は泳ぎながらぷつぷつ言った。

「まったく初々しいね。緑の蛙が赤くなっちゃうぜ」

○

長兄の言うことはよく分かるが、海星とふたたび許嫁になるのはイヤである。次兄の言うこともよく分かるが、次兄が旅立つのはイヤである。糺ノ森に帰って長兄と話し合わねばならないことは分かっているが、それもなんだかイヤなのである。

何から何までイヤである。

こんな風に鬱屈したときのためにこそ、ツチノコという幻獣がいるのではないか。

「そうだ、ツチノコを探そう」

六道珍皇寺の井戸を出た私は山へ入り、ツチノコを追って東山をさまよって、糺ノ森へ帰らなかった。ありていに言えば「家出」であった。

十二月に入って冷え冷えとした森はひっそりとして、ツチノコのいそうな気配はまるでなかった。冬眠しているのかもしれないと私は考えた。由緒正しき幻獣ともあろうものが尋常な爬虫類《はちゅうるい》の生活スタイルに従うのかという疑問もあったが、私は落ち葉をかきわけて嗅ぎまわり、スコップで地面を掘り返し、地道な探索をコツコツ続けた。

夜の帳《とばり》が下りると糺ノ森で待つ家族たちのことが頭に浮かび、「明日こそは帰ろう」と決意して眠るのだが、翌日にはまたツチノコを探してしまう。あんまりツチノコ探しに夢中になったものだから、自分がツチノコになった夢を見た。自分がツチノコを追っているのか、ツチノコになった自分が追われているのか分からなくなった。

そんな風にして一週間が過ぎた。

糺ノ森では南禅寺玉瀾を交えた下鴨家の面々が協議していた。当初は「ソッとしておこう」と静観していた家族たちも、なかなか私が帰らないので心配になってきた。家族会議の末、南禅寺玉瀾が全権を委任されて偽電気ブラン工場を訪ねていった。

「下鴨矢三郎、拗《す》ねて山に籠もる」

玉瀾がその間抜けなニュースを応接室で伝えた相手は夷川海星である。

かくして、元許嫁が私を説得するためにやってきた。

○

北白川天然ラジウム温泉で風呂を浴びて饂飩《うどん》を喰ったあと、瓜生山をうろうろしているうちに日が暮れた。私は枯れ葉の寝床をととのえて野営地とした。電池式のランプで明かりを点し、乾パンをカリカリ齧っているうちに木々の梢は闇に溶け、木立の向こうにも色濃い闇が迫ってきた。

私は「ツチノコ探検家」というべき人間姿に化けていた。

なんとなく眠る気になれず、ランプの明かりを眺めながらボンヤリした。

「運命の赤い毛を信じるかい？」という次兄の言葉を思い起こした。

思春期をこじらせた夷川海星が私に姿を見せなくなったのは遠い昔のことであり、脳裏にある元許嫁の姿は台所の亀の子タワシに毛を生やしたように朦朧としている。口を開けば罵詈雑言の亀の子タワシを相手に運命を感じろというのは無茶な要求であろう。しかも結婚したあかつきには、金閣と銀閣という底抜けの阿呆が洩れなくついてくるわけで、これは「運命の赤い毛」を引きちぎってでも逃げだすべき暗澹《あんたん》たる未来と言えよう。未来の自分に対する同情の念に堪えないのである。

「いくらなんでも俺が可哀相……」

そのとき、真っ暗な木立の向こうから「こんなところにいた、バカタレ矢三郎め！」という声が聞こえて、伏せた黒い籠が不格好な森の妖怪のようにのそのそと這いだしてきた。

「おまえ、こんなところで何してんだ？」

「迎えに来てやったんでしょうが、この唐変木め」

そう言って黒い籠はぷるぷる震えた。

「お母さんや矢一郎さんに心配かけて、玉瀾先生にまで心配させて、一人前の狸としての責任感がまるでないんだから呆れちゃうわ。あんた、ひょっとしてベイビーなの？」

口が悪いくせに本質をつくのだから、なおのこと腹立たしい。同じことを伝えるにしても、もう少し毛触りの良い狸的コミュニケーションがあろうというものだ。あんまりむかむかしたので、私はゴロリと横になって海星に背を向けた。

「ああ、俺はベイビーだよ。放っておいてくれ」

「ホラ見て、拗ねたよ。ホント面倒臭い！」

「迎えに来てくれとは頼んでない。俺だってひとりで考えたいときがあるんだ」

「ふん。その空っぽのピーマン頭で何を考えるっていうの。真面目な話になるとロクな知恵が出ないくせして。阿呆なことにしか能がないのよね、あんたは」

「そろそろ黙れ。さもないと尻の毛を毟るぞ」

「毟れるもんなら毟ってみれば？」

「もうおまえとは話さん」

「そんなら私も話さない」

「いいとも」

「いいわよ」

元許嫁は黙りこんで、闇に取り囲まれた野営地には沈黙がおりた。

眠りにつこうとしたものの、海星はなかなか帰ろうとしなかった。彼女は森の一角を掃除するロボットか何かのように、カサカサと落ち葉を鳴らしながらランプの明かりの中をうろつき、木の根にぶつかって戸惑ったりしている。やがて「これは独り言だけど」と呟いた。

「許嫁を復活するのはお断りします。あんたはよけいな心配しなくていいから」

「俺も独り言だが、そいつは願ったり叶ったり」

「意見が一致してよござんした。ただでさえ阿呆な兄貴を二匹も抱えてるんですからね、これで阿呆がもう一匹増えたりしたら、やってらんないわ!」

私はむくりと起き上がってランプの向こうの黒い籠を睨んだ。

「俺だって、これはもうハッキリとお断りだ。どこの世界におまえと許嫁になりたがる狸がいるというんだ。そんな狸はヘンタイだ」

「へえ、そう?」

「ヒネクレ者で、口が悪くて、おまけに何年も姿を見せない。意味が分からん」

「はいはいはい。さぞかし意味不明でしょうよ」

「許嫁が解消されたときには、俺は本当に清々《せいせい》したもんだ」

「私だって清々しました。嗚呼これで阿呆と結婚しないで済むと思ったんだから」

「おまえと結婚するぐらいなら、漬け物石と結婚した方が幸せになれら」

「あんたが漬け物石と結婚するなら、私はへそ石様と結婚する！」

それから海星は、へそ石様を理想の夫としてひとしきり讃えた。曰く、相手を阿呆呼ばわりしない、金閣銀閣と喧嘩しない、狸鍋を喰う連中と遊んだりしない、弁天とかいう半天狗に惚れたりしない云々《うんぬん》。やがて煌びやかな罵倒のエレクトリカルパレードが始まり、「馬骨野郎」「毛ぽんち」「木偶《でく》の坊」「阿呆二歳」「芋虫毛玉」などと喚きつつ、妙なことに海星は涙声になっていた。

「おまえ、どうして泣いてるの？」

「泣いてるわけないでしょ、どうして泣くの」と海星は腹立たしそうに言った。

「いやしかし……」

「……そんなに私の姿が見たいなら見せてやる。見たらあんたも許嫁なんてなれるわけがないって分かるでしょうよ」

そう宣言して、夷川の鉢かづき狸は、かぶっていた籠を放り投げた。

ランプの明かりに浮かび上がったのは、恐ろしい妖怪でもなんでもなく、艶々と輝く毛並みをもった「天下一、可愛い」と言っても過言ではない雌狸であったが、その姿をひと目見た瞬間、私の尻がポンと弾けて尻尾が転げ出た。あっけにとられている間に、自慢の化けの皮はやすやすと剝がれ落ち、私は毛玉に戻ってしまった。

私は呆然として、自分の毛深い前足を見た。

「だから言ったじゃないの」

海星は私を睨みつけた。

「私の姿を見ると、あんたは化けの皮が剝がれちゃうのよ」

○

海星がそのことに気づいたのは、我々がまだ赤玉先生門下の頃であったという。

ちょうどその頃、私は尻にキノコを生やして金閣と銀閣に馬鹿にされ、すっかり自信をなくしてショゲていた。南禅寺玉瀾に連れられて肛門科医院に通う日々、私はたびたび化けの皮が剝がれることをすべてキノコのせいにした。

「気にしすぎだろうが、そういうこともあるかもしれんな」

肛門科医院のヤギ鬚《ひげ》先生はそう言った。

しかし海星だけは、私のスランプの原因が自分にあると勘づいていた。

海星はなんとか私に近づこうと試みたが、そのたびに私の化けの皮が剝がれる結末となった。毛深い姿で途方に暮れ、金閣と銀閣に追いまわされている私の姿を見るにつけ、海星はいよいよ私に近づけなくなった。なにしろ「化けの皮が厚い」「自由自在に化けられる」ということこそ、下鴨矢三郎最大の自慢の種だったからである。海星が次第に私の視界から身を引いていく一方で、私は「これはキノコの後遺症だ」と思いこみ、いよいよ尻を守ることに躍起になっていったのだから間抜けである。

それにしても、かくも重大な秘密を、かくも長い間、ひとり毛深い腹の中にしまいこんでいたとは信じられない。この健気さの途方もない無駄遣いは何と言うべきか。

さすがに私も呆れ果て、思わず呟いた。

「……おまえ、さては阿呆だな」

海星はランプの明かりの中でむくむくと毛を逆立てた。

「阿呆って言ったな！」

「阿呆でなくて何だというんだ！」

「どうせ私は阿呆ですから！」

「健気ならいいってもんじゃないだろう」

「どうせ私は健気で阿呆で恥ずかしがり屋よ。だって所詮狸だもん」

海星はそう言って、ランプの向こうから私を睨んだ。

「……とにかくそういうわけで、許嫁に戻るのは無理ですから」

そのまま我々はひとしきり睨み合っていた。

ふいに海星が目の力をゆるめ、不安そうに背後の闇を見た。

「ねえ、なんだか変な声がしない？」

そう言って、彼女はソロソロとランプのまわりを歩いて私の方へ寄ってくる。

たしかに耳を澄ましてみると、何者かがすすり泣くような声が暗い森から途切れ途切れに聞こえてくる。しかもその幽霊めいた声が、次第にこちらへ近づいてくるようであった。子どもの頃から海星は怪談的なるものにすこぶる弱い。彼女はぬくもりの極致というべき身体を私に押しつけ、不安そうに鼻先を震わせた。「なに、あの不気味な声」

「子どもが泣いてるみたいな声だな」

「こんな時間に？　こんな山奥で？」

我々は身を寄せ合ったまま、息を詰めてその声に耳を澄ました。

やがて暗い木立のすぐそばまでその泣き声が近づいてきたかと思うと、闇の奥からフワッと白い人魂《ひとだま》的なものが飛びだしてきて、我々の方へ転げてきた。

キャッと悲鳴を上げる海星を私はおさえた。

「落ち着け、大丈夫だ。あれは狸谷不動のばあちゃんだから」

「え？　お祖母さん？」と海星もキョトンとした。

メソメソ泣いていた夏蜜柑大の純白の毛玉は我々のところまで転がってきて、身を寄せ合っている海星と私の隙間に物も言わずにもぐりこんだ。そうしてホッとしたように身を震わせ、「ああ怖かった！」と少女の声で言った。「ここはあったかくてステキね」

「ひとりぼっちかい？　こんなところで何をしてるの？」と私は訊ねた。

「お散歩しようと思ったら道に迷ったの。だって何にも見えないんだから、わたし」

祖母は私の匂いを嗅ぎ、「あら？」と言った。「わたしって、お兄ちゃんのこと知ってる？」

「知ってると思う。夏に会ったからな」

「そうだと思った！　でも、こっちのお姉ちゃんは知らないわ」

「海星っていいます」と海星は戸惑いながら自己紹介した。

「カイセイね。憶えた。ねえカイセイちゃん、わたしってへんな匂いしない？」

海星は祖母の白い毛をクンクンやった。「とても良い匂い」

「やっぱり。へんな匂いはしないと思ったわ」と祖母は嬉しそうに言った。

瓜生山のその野営地から北西へくだると狸谷不動へ通じる。祖母は気紛れを起こして散歩に出たところ、帰り道が分からなくなって森の中をウロウロしていたらしい。今頃、狸谷不動は教祖の行方を捜して蜂の巣をつついたような騒ぎになっているにちがいない。

祖母は私と海星の間でぬくぬくと丸まり、山の夜の怖さについて語った。竹馬みたいに手脚の長い死神が自分を追いかけてくるのだという。「つかまると冥途へ連れていかれちゃうのよ。ぴゅーって」と祖母は怖そうに言って身体を震わせた。

やがて「お兄ちゃんたちは夫婦なの？」と祖母は唐突に言った。

「夫婦じゃないわ」と海星が言った。

「あら。でも赤い毛でぐるぐる巻きじゃない。わたし、見えるわ」

「まあ、いずれ夫婦になるよ。許嫁だから」

私が言うと、「やっぱり！」と祖母は得意そうに毛を震わせた。

「俺たちはやっていけると思うかい？」と私は祖母に訊ねた。

「そんなことを心配してるの、お兄ちゃん」と祖母はくすくす笑った。「ふわふわしていればなんとでもなるわ。だってわたしたちは狸だもの。やわらかいのだけが取り柄なのよ」

「それならいいや」

「ねえ、教えてあげる。わたしも結婚していたのよ。苦しいことはみんな忘れちゃって、ステキなことだけ憶えてる。可愛い毛玉をたくさん産んだっけ……そういえば、みんなどこへ散らかったのかしら。あのよく笑う、ころころした毛玉たち……」

　祖母は大きなあくびをした。

「わたし、すぐに眠っちゃうの。いつでもどこでも」

　眠りにつく直前、祖母は寝惚けた声で、「頑張って、お兄ちゃん。頑張って」としきりに言うのだった。「頑張るよ」と私はこたえて祖母の美しい白い毛を撫でた。

「流れが淀んでるわ。毛をシャンとしとかなくっちゃね」

「分かったよ。シャンとしとく」

「波風を立てて面白くするのよ」

「波風立てるよ。ずんずん立てるよ」

　私がそう言うと、祖母は笑い、やわらかな身体を震わせた。

「面白きことは良きことなり。……そうよね、お兄ちゃん？」

　そして祖母は、塩むすびが穴に転げ落ちるように、コロンと眠りに落ちた。

　海星と私はしばらく黙って祖母の寝息に耳を澄ました後、小声で言葉を交わし、「狸谷不動の狸たちのもとへ祖母を届けてあげよう」という結論に達した。海星がツチノコ探検家の女の子に化けて祖母を抱き、暗い夜道にランプを掲げた。私は狸姿のままである。

　そうして我々は暗い山道を狸谷不動に向かって下りていった。

やがて暗い森を充たす狸谷不動の狸たちのざわめきが感じられてきた。黒々とした杉の木立の下で、無数の懐中電灯の明かりがちらちらしている。「伯父さんたちがのぼってくるぞ」と私が言うと、海星はランプを高々と掲げて、下からよく見えるように大きく左右に振った。純白の祖母は海星の腕の中で膨らんだり縮んだりし、可愛い寝息を立てている。

海星はしゃがみこみ、私の耳もとで囁いた。

「本当にいいの？」

「……いいさ」

「私と一緒にいると自慢の化けの皮が剝がれるのよ」

「なんとかなるだろ」

「……いいかげんなんだから」

「これもまた阿呆の血のしからしむるところで」

私がそう言うと、海星は「ふん」と鼻を鳴らして立ち上がった。そうして、寝入った祖母を抱いたまま、黙って迎えの明かりを見つめていた。

○

京都タワーは狸が化けているという都市伝説がある。

ちなみに紫雲山頂法寺《しうんざんちょうほうじ》六角堂前に鎮座ましますへそ石様が狸であるという事実は広く知られており、松葉で燻すという天才的手法によってそのことを満天下に知らしめたのは、幼い頃の私であった。私は京都タワーの化けの皮も同じ手で確かめる腹だったのだが、「へそ石様事件」でこっぴどく叱られたために断念した。以来、京都タワーについては狸疑惑を払拭できずにいる。

次兄が京都から旅立つ朝、次兄と私は京都駅前に立ち、冴え返った青空に屹立するテングタケめいた京都タワーを見上げていた。

「兄さん、このタワーって狸っぽくない？」と私は言った。

「俺もそう思ったことがあるなあ。しかし矢三郎、松葉で燻すのはやめておけよ」

「さすがにもうそんなことはしないや」

私は京都タワーのてっぺんを指さした。

「ときどき弁天様があそこに腰掛けてカクテルを飲むらしい」

「たしかに天狗の腰掛けにはちょうどいいな」

「……父上はどうしてだかこのタワーが好きだったなあ」

「俺も京都へ帰ってくる頃にはこいつが懐かしくなるのかねえ」

我らが父の下鴨総一郎は京都狸界の代表として日本各地の狸たちに会いに出かけていったものだが、旅から帰ってくるたびに京都タワーの懐かしさが増すと言っていた。どこか狸の里心と響き合うものがあるのだろう。

朝の駅前はひっきりなしに市バスが出入りし、白い息を吐く通勤者や学生たちがせかせかした足取りで行き来していた。私は腐れ大学生姿で、次兄は通勤ラッシュに溶けこむ背広姿であった。次兄は全財産をまとめた風呂敷包みを大事そうに抱えている。

やがて長兄が玉瀾と矢四郎を連れてやってきた。

「遅れてすまん、矢二郎。母上が見つからなくてな」

「しょうがないさ。その方が俺も落ち着いて出発できるし」

「まあ、そうかもしれんな」

「母上にここで引き留められたりしてごらん。俺、行けなくなっちゃうよ」

「お母様は本当にお見送りが苦手なのね」と玉瀾が言った。

前夜、寺町通のバー「朱硝子」で開かれた送別会の席上でも、母は見送りには行きたくないと駄々をこね、今朝もまた京都駅へ連れていこうとする我々を蹴散らして糺ノ森を逃げまわり、タクシーに飛び乗ってどこかへ行ってしまったのである。

父が生きていた頃もそうだったが、母は長旅に出る狸を見送りに出るのが大の苦手であった。一度など九州の壱岐《いき》へ旅立つ父を見送るために京都駅まで来たのはいいものの、別れを惜しんでいるうちに一緒の電車に乗ってしまい、そのまま神戸までついていき、タカラヅカ観劇で心を慰めて帰ってきたことさえある。

「矢二郎兄ちゃん、お薬はちゃんと持った？」

矢四郎が訊ねた。「飲むのを忘れては駄目だよ。蛙に戻っちゃうから」

「ばあちゃんに貰ってきて、ちゃんと風呂敷に入れてあるさ」

次兄は分厚い時刻表を広げ、鉄道の路線図を我々に示した。

まずは倉敷の小町温泉に住む狸たちを訪ねる。倉敷の小町狸は、何十年も前に南禅寺の狸たちから分家して倉敷へ移り住んだ狸たちであり、南禅寺正二郎から遊びに行ってやってほしいと頼まれている。倉敷に何日か滞在した後、尾道や鞆《とも》ノ浦《うら》をめぐって、そのあたりの狸たちと会ってくると次兄は言った。

「そのあとのことは旅をしながらユックリ考えるとしよう」

「もし四国へ渡ることがあれば、金長《きんちょう》一門に挨拶してきてくれ」と長兄が言った。

小松島の金長《きんちょう》一門は我らの父とも交流が深く、長兄と次兄は一度だけ父に連れられて訪ねたことがある。父の死後、なかなか交流を深める機会がなかったので、瀬戸内海をまたぐ毛深い絆《きずな》をシッカリ結び直したいと長兄は言った。

南禅寺玉瀾が母から預かった火打ち石を取りだして、首をすくめる次兄の後ろでカチカチ鳴らした。「これでバッチリ。きっと良い旅になるわよ、矢二郎君」

「ありがとう。俺が帰ってくる頃には、玉瀾は俺の義姉《ねえ》さんだな」

「こんな大事なときに、なーにへんなこと言ってるの」と玉瀾は恥ずかしがった。

そして次兄はあらたまった顔つきになり、我々に向かって深々とお辞儀をした。

「お見送りの儀、まことに畏れ入ります。下鴨矢二郎、これより旅に出て、ひとまわりムックリ大きくなって帰ってくる所存です。皆様もどうかお元気で」

「気が済んだら、いつでも帰ってこい」と長兄が言った。「みんな、待っている」

「待ってる待ってる」と弟が言った。「おみやげ買ってきてね」

「……兄さん、必ず帰ってくるんだぜ」と私は念を押した。

「今の俺には帰る場所があるよ。だから必ず帰ってくるさ」

次兄は風呂敷を揺らしながら、スタスタと歩いて改札を抜けていった。そのまま力強い足取りで歩いていき、一度も振り返らずに駅構内の雑踏に姿を消した。

次兄の姿が見えなくなったあとも長い間、我々は祈るように改札を見つめていた。そうすることで、次兄の旅先に待つ幸運が増すような気がしたのである。そして最後の最後まで、改札前から動こうとしなかったのは長兄であった。

かくして、下鴨矢二郎は旅に出た。

○

私が母を見つけたのは、賀茂大橋西詰のビリヤード場であった。

硝子ドアを開いて足を踏み入れると、店内には温かい空気が充ち満ちて、鴨川に面した硝子窓から射しこんだ日光が板張りの床を照らしていた。二階から球を撞《つ》く音が聞こえてくる。私が珈琲カップを持って上がっていくと、タカラヅカの香気を振りまく黒服の王子がひとりでビリヤード台に向かっていた。私は椅子に腰掛けて珈琲をすすりながら、母が球を撞くのを黙って眺めた。

やがて母は口を開いた。

「……あの子、出かけたの？」

「今、京都駅で見送ってきたところですよ」

「ようやく森に帰ってきたと思ったら、もう行ってしまうのだものねえ」

「兄さんはちゃんと帰ってくるよ」

母は私から珈琲カップを受け取り、両手を温めながら窓辺に寄った。

「……総さんはあの子が京都を出るのを恐れていたわ。もう帰ってこないかもしれないと言ってね。だから、あの子だけは遠くへ行かせたくなかったのよ」

硝子の向こうには今年一番の冷えこみという冬の朝があり、鴨川を飛ぶ白い鷺《さぎ》がいて、レンズを通したかのようにクッキリと見える東山があった。しかし母はそんな風物は何一つ見ておらず、呆然としたように遠くを見つめていた。その目に映っているのは、京都駅の改札を抜けていく次兄の後ろ姿にちがいなかった。

「……見送りにも来ないなんて、ひどいお母さんだと思ったかしら」

母は誰に言うでもなく、独り言のように呟いた。

「でもあの子の手を放してやれる自信がなかったのよ。もし顔を合わせて引き留めたりしたら、あの子はきっと行けなくなるから——」

「兄さんは元気に出かけていったよ。きっと良い旅になるさ」

私がそう言うと、母は振り返って笑顔を見せた。

「ええ、きっとそうね」と母は言った。「あなたたちが自分で決めたことだもの。総さんはきっと許してくれます」

そのとき私は、長兄が次兄を旅立たせたのは正しかったのだと思った。

次兄の旅は素晴らしいものになるだろう。旅先で出会う狸や人間たちはきっとみんな親切だろうし、次兄の毛並みにはいつも暖かい陽が射すだろう。なによりも大事なことは、次兄が必ず京都へ帰ってくるということである。

私は腹の底からそれを信じた。

○

十二月の前半、私はとくにすることもなく糺ノ森でぐうたらしていた。葉を散らした木々の梢を風が鳴らす音に耳を澄まし、蜂蜜生姜湯《はちみつしょうが》を飲んで風邪予防をし、深窓のご令嬢に化けて母のビリヤードに付き合う日々だった。

私がぐうたらしている一方で、長兄は玉瀾に贈られた赤いマフラーを巻き、白い息を濛々と吐きつつ自働人力車を駆って、師走の京都を走りまわっていた。天から降り地から湧く用事をちぎっては投げ、ちぎっては投げ、あたかも身体の血がすべて栄養ドリンクに入れ替わったのではないかと思えるほどのモーレツぶりであった。

海星との婚約復活についても、長兄は夷川呉一郎と相談した。呉一郎も反対ではないらしいとのことだったが、早雲の葬儀から間もないこともあり、正式な発表はいずれ折を見て、ということになった。これは無理もないことであろう。

私が糺ノ森の寝床でころころしていると、母はしきりに海星のことを気にした。

「会いに行ってあげたらどうなの？」

しかしながら、化けの皮が剝がれるところを金閣や銀閣に見られては困るし、そもそも海星に会うのが猛烈に恥ずかしい。どうせ海星も恥ずかしがっているにちがいないのであり、会いに行ったところでまともに話ができるとは思えない。

「会いに行くのは厭だよ。どうせ海星は怒るから」

「許嫁なのにどうして怒るの？」

「どうしていいか分からなくなると、とりあえず怒るんですよ、あいつは」

「大事な許嫁のことをそんな風に言うもんじゃありません」

「だいたい海星と何を喋れというの？」

「あらやだ、そんなことお母さんに言えるもんですか。なんだか嬉しいような恥ずかしいようなことを色々言ったりなんかするのよ。いやだわ、恥ずかしい」

「いくら許嫁になったからって、それでは今日からおおいに睦言《むつごと》を交わしていきましょうってわけにはいかないよ」

私がそう言うと、母は「あらやだ恥ずかしい」と言って枯れ葉にもぐってしまった。

それにしても——。

早雲が昇天して以来、あらゆることが嘘のように順調である。

夷川家との歴史的和解も実現し、海星との許嫁関係も復活し、次兄は旅立ち、長兄の偽右衛門就任は確実と見られている。赤玉先生と弁天と二代目のイザコザにしても、清水寺の夜以来、まったくの膠着《こうちゃく》状態にある。水平線の彼方まで、波風の立ちそうな気配がカケラもない。

私は天下太平を愛する狸だが、「それだけでは困る」と阿呆の血が囁く。

いつでも波風立てるよ♪
ずんずん立てるよ♪
いつでも平和を乱すよ♪
がんがん乱すよ♪

冬枯れした賀茂川の土手に座り、狸にあるまじきデンジャラスな歌を口ずさんでいると、自働人力車が走ってきて目の前に止まった。長兄が身を乗りだした。

「矢三郎、ちょっと来てくれ。八坂さんが呼んでいる」

私はハッとして立ち上がった。何やら面白そうな匂いがする。

「何か問題でも？」

「喜べ、どうやらおまえの出番らしい」

○

問題とは、狸選挙の立会人をめぐるイザコザであった。

狸界の頭領たる偽右衛門は、年の瀬に開かれる長老たちの忘年会で選ばれる。その席には立会人として天狗を招くのが遠い昔からのならわしであるが、天狗というものは往々にして狸を馬鹿にしているから、アレコレ難癖をつけて出席を渋るきらいがあった。昨年は鞍馬天狗が腹痛を理由にして赤玉先生に役目を押しつけた。

自働人力車を走らせながら、長兄は難しい顔で腕組みをした。

「赤玉先生がどうしても今年の立会人を引き受けてくださらない。そして後任の天狗を推薦すると仰るのだが……」

「……どうせ弁天様だろ？」

「いくらなんでもあんまりではないか。弁天様は金曜倶楽部の人間だぞ。狸鍋を喰う人間を、狸界の頭領を決める宴に招けと仰るのか」

「いっそのこと天狗ナシでやるわけにはいかないの？」

「そうはいかん。偽右衛門の権威は、狸界の総意と天狗様による承認に基づく。この手続きをすっ飛ばしてみろ、偽右衛門なんてものは張り子の虎になってしまう」

「やれやれ、融通のきかない話だね」

出町商店街裏のアパート「コーポ桝形」前は、まるで借金取りのように赤玉先生のもとへ押しかけた狸たちで賑わっていた。赤玉先生は狸たちに大挙して押しかけられるのを嫌うのだが、狸たちとしては如意ヶ嶽薬師坊への敬意を毛玉の頭数で表さねば気が済まないのである。

長兄と私が自働人力車を乗りつけると、「矢三郎たちが来たよ」と呟きが伝わり、八坂平太郎がわざわざ迎えに出てきた。

「すまんな、矢三郎。天狗専門家としてのおまえの力を借りたい」

「また八坂さんはそうやっておだてるんだから」

「薬師坊様は臍を曲げておしまいになってな、俺とは口もきいてくださらん。献上品も差し上げたし、先生の偉大さも讃えたし、土下座して嘘泣きもした。もはや万策尽きたのだ。立会人を引き受けて頂けるよう、おまえの話術で丸めこんでくれ」

ドアを開けて先生の部屋に入ると、台所は熨斗《のし》をつけた赤玉ポートワインや菓子折などの献上品で足の踏み場もない。赤玉先生は、白々とした冬日の射す四畳半で炬燵にもぐり、大皿に切り分けたデッカイ鉄火巻きをもぐもぐやりながら、かたわらに置いた将棋盤を覗いている。アパートを包囲している狸界の重鎮たちのことなど、まったく念頭にないらしい。

「下鴨矢三郎、参上しました」

「なにゆえ参った。呼んでおらんぞ」

「また駄々をこねて狸をいじめておられますね。さすが天狗の中の天狗、天下の如意ヶ嶽薬師坊様です」

私があぐらをかくと、先生はジロリと私を見た。

「おまえの毛深い腹の内は読めておる。小理屈をならべて儂を引っ張り出そうという魂胆であろう。八坂平太郎に泣きつかれたな」

「おや、お見通しですね」

「昨年はおまえの口車にのせられてヒドイ目にあったわ」

「けっこう楽しんでおられたではないですか」

「たわけ」と先生は怒った。「立会人は弁天にやらせる。これで話は終わりである」

赤玉先生はゴロリと横になり、こちらに背を向けてしまった。

私はあの手この手で説得を試みたが、不貞寝《ふてね》する先生は終始無言である。

窓外は次第に暮れてきたが、先生は電球の紐を引っ張ることさえ億劫がるので、四畳半は廃墟のように真っ暗となった。アパートの外から、痺れを切らした狸たちが酒盛りを始めた音が聞こえてきた。じつに暢気なものである。長兄が穴子の天ぷらをのせたどんぶり飯を差し入れてくれたので、暗い台所でわしわし喰った。

やがて先生が闇の奥でムックリと起き上がった。煙草と香水と加齢臭が渾然一体となった暗がりで天狗煙草の火がじくじくと明滅した。

「……つまらぬ一日が今日も暮れおる」

「なにゆえ明かりを点けないのです？」

「なにゆえ儂が手をくださねばならんのか。おまえが点けよ」

「いやです。ご自分でお点けください」

私が言うと、先生はムッと膨れた。

なにゆえ赤玉先生は弁天を立会人にしたがるのか、と私は思案した。

そもそも弁天に如意ヶ嶽薬師坊を継がせたがっているのは赤玉先生のみであり、岩屋山金光坊や愛宕山太郎坊をはじめとする京都の天狗たちはこころよく思っていない。天狗的膂力に富む二代目が帰国した今、いよいよ弁天の形勢は悪くなる一方である。それゆえに、赤玉先生は「狸選挙の立会人」という口実で弁天を強引に跡継ぎに指定し、いわば既成事実を作ろうという魂胆であろう。天狗界の跡目争いに巻きこまれる狸たちは災難というほかないが、しかしながら狸にも狸の矜持というものがある。

天狗煙草の火は消え、先生は炬燵にもぐりこんだまま黙っている。どうやら眠っているらしい。私は四畳半の隅で正座して頭を下げた。

「長々とお邪魔いたしました。今日はこれにて失礼いたします」

○

アパート前には「如意ヶ嶽薬師坊対策本部」のテントが設営され、まるで町内会の祭りのような賑わいであった。眩しく輝く白熱灯のもと、八坂平太郎たちは電気ストーブで足先を温めながら酒盛りをしていた。

私が足音高く階段を下りていくと、毛深い酔漢どもはハッと口をつぐんで神妙そうな顔つきをした。私は両手を挙げて「お手上げであります」と言った。

集まった狸たちの口から白い息と失望の声が洩れた。

「もはや弁天様にお願いするほかないのか、あの弁天様に……」

アパートの門前にひしめく狸たちはそう言って身を震わせた。ある者は勇気づけに酒をあ

「まずは空気銃について、ご報告を一つ」

私は有馬温泉で起こった事件の一部始終を語った。

この五月以来、私は二代目から全権を委任されて、街に散らばった二代目の家財道具を回収してきた。狸たちが拾い集めたものは取り戻せたものの、もっとも危険な品物がいまだに戻らない。天満屋の手に落ちた独逸製空気銃である。

有馬温泉において、その空気銃が夷川早雲の命を奪うことになったと聞くと、二代目は不愉快そうに眉をひそめた。

「芸術品を狸殺しに使われては困る」

「この天満屋というのが神出鬼没の怪人でありまして、あの夜以来、まるで行方が知れません。たとえ見つけ出したにしても、幻術を使うから迂闊に手が出せないのです。これはまったくもって私めの責任です。二代目にはお詫びのしようもありません」

私が頭を下げると、二代目は手を振った。

「何を言っているんだ。君にはもう十分世話になっている。こうして家財道具が戻ったのも君のおかげだろう。じつに落ち着かないことだが、君にはおおいに借りがある」

すかさず私は顔を上げて問いかけた。

「そんなに狸への借りが気になられますか？」

「君が謝礼金を受け取ってくれるとありがたいのだが……」

「独逸製空気銃の分を差し引いたとしても、かなりの貸しになりますか？」

私がそう言って念を押すと、二代目はパイプを吹かしながらキョトンとした。それから片頬に笑みを浮かべて「おやおや」と言った。「何やら狸臭い話になってきたね」

「狸気濛々という感じがしましょう？」

「この会話はどこへ行き着くのかな。ズバリ言ってみたまえ」

そこで私は年の瀬に迫っている狸選挙について語った。

我が長兄にとって、亡き父の跡を継いで「偽右衛門」となることは長年の夢である。弟の私としてもなんとかその夢を叶えてやりたいと思っている。

ところが赤玉先生は狸選挙の立会人を断り、代理として弁天を指定した。天狗的才能を鼻から垂れるほど持ち合わせているとはいえ、弁天はいまだに正式の天狗ではなく、しかも狸鍋をペロリと喰う金曜倶楽部の人間である。狸の頭領を選ぶ会議の席上に、狸鍋を喰う人間を招けというのは、いかに天狗的ワガママをほしいままにする赤玉先生といえど、あんまりな仰りようではなかろうか。これぱかりは狸界としても承伏《しょうふく》できない。

「……そういうわけで、ぜひとも二代目に立会人をお願いしたいのです」

私が言うと、二代目は煙を吹いて渋い顔をした。

「君は私に天狗になれというのか」

「いえいえ、立会人になってくださいと申し上げているだけです」

「しかし立会人は天狗の役目だろう」

「それは狸界や天狗界でそのように考えられているというだけのことでして、そのような古い観念にとらわれる必要はありませんよ。連中には好きなように考えさせておけばよろしい。二代目は二代目として立会人になってくだされればそれでいいのです」

我ながら素晴らしい屁理屈だと思ったが、二代目はそう簡単には丸めこまれなかった。

「あの老いぼれの尻ぬぐいをさせられるのは御免被る」

「……そうですか。困っちゃうなあ」

私はしょんぼりと肩を落としてみせつつ、次なる一手を思案した。

二代目は天に向かって煙を吹きながら言った。

「まったく油断のならない狸だよ、君は」

「えへへ。そんなたいそうなもんじゃござんせんよ」

「先日も清水寺で私をスパイしていたろう」

「あれ、バレていたのですか?」と私は急に恥ずかしくなって頭をかいた。「しかし悪気はなかったんです。純粋な痴的好奇心というもので」

「あの老いぼれに泣きつかれたのだろう」

「……その点についてはノーコメントとさせて頂きます」

「狸を手先に使って愛人の動向を見張らせるとは、呆れ果てて物も言えない。老醜の極みだ。私はあの弁天という女を憎んでいるから、あの老いぼれが心配するような間違いが起こるはずもない。僅かに疑われることさえ私にとっては侮辱に等しい」

「二代目は弁天様が本当にお嫌いなのですね」

私が言うと、二代目は冷たい顔をして私を睨んだ。

「嫌っているのではない、憎んでいるのだ。それには明確な理由がある」

○

そもそもの発端は大正時代にさかのぼる。

如意ヶ嶽薬師坊親子の恋の鞘当ては、東山三十六峰を震撼させる大喧嘩へと発展した。当時まだ天狗的膂力の漲っていた赤玉先生が辛くも勝利をおさめ、若き二代目を南座の大屋根から四条通の路上へ蹴落としたのはすでに述べた通りである。

蹴落とされた二代目は、土砂降りの雨に打たれつつ逃走した。

当時の京都の街は今とは比べものにならないほどひっそりとしていた。ましてや雷鳴轟く嵐の夜であり、真っ暗な街路には行き交う人影があるはずもない。ひしめく町屋の瓦屋根を大粒の雨が叩き、青白い稲妻が空を裂くたびに砂利道がぎらぎらと光る。格子戸や電信柱にしがみつくようにして、二代目が夜の烏丸通を北へ抜けていくと、やがて稲妻に照らしだされる時計台が見えてきた。

その時計台を持つ建物は、軍需産業に進出した貿易商が世界大戦でドッサリ儲けた金を注ぎこんで建てた洋館であった。暴風をものともせず、夜の底に電灯の光を贅沢《ぜいたく》にまき散らして、宝石箱のように輝いていた。真鍮《しんちゅう》の看板には「廿世紀ホテル」という文字が刻まれている。

二代目が玄関先に立つと、ホテルマンたちは二代目の怪我を見て騒然とした。

「どうなさったんです？」

介抱しようとする人々を押しのけるようにして、二代目は「御令嬢は？」と訊ねた。

顔馴染みのホテルマンたちは気まずそうに黙りこんだ。

厭な予感に駆られた二代目は雨水を滴らせながらロビーを突っ切り、階段を駆け上がった。

赤い絨毯と漆喰の壁が続く廊下を抜け、客室のドアを叩いた。

しかし返事はなかった。

ドアを開けると部屋はもぬけの殻であった。

その客室に暮らしていた令嬢は、「廿世紀ホテル」のオーナーの娘であった。

欧州から吹きつけてくる世界大戦の風にのって莫大な金を手にした父親は、きらびやかな洋館と同じく、娘にも大金を注ぎこんでいた。その娘は手脚の骨が黄金でできているのではないかと思えるほど美しかったというが、これは生まれて初めて恋に落ちた人物が百年前を思い返して言う言葉であるから割り引いて考えるべきであろう。

とはいえ、彼女はしばしば男装して街へ出たり、二代目と赤玉先生を手玉にとって遊んでいたというのだからタダ者ではない。彼女の手脚の骨が黄金で作られていたとしても、それは華奢な骨ではなかったようである。

やがて追いついてきたホテルマンが目を伏せて言った。

「昨日、誰にも知らせずにお発ちになったのです」

「どこへ?」

「それが私どもにも見当がつきません。昨日から蜂の巣をつついたような騒ぎでして、途方に暮れている次第なのでございます」

「何か伝言は?」

「このお手紙をお渡しするようにとのことでした」

二代目は令嬢が残した手紙を慌てて開いたが、そこには愛の言葉どころか、ただの一言も書かれてはおらず、ただ大きな「×」が記されているばかりだった。

二代目は怒りのあまり脳天が爆発しそうになった。二代目が赤玉先生と死力を尽くした戦いを繰り広げることになったのは、もとはといえばその黄金の骨を持つ令嬢に二代目が惚れたのが発端であった。にもかかわらず、二人の天狗が京都上空を股にかけてドンパチやっているうちに、令嬢は二代目に失格の烙印《らくいん》を押し、謎の失踪を遂げたのである。

客室の暗い窓が雨に打たれて、砂利を投げつけられているかのような音を立てている。

二代目は絶望し、廿世紀ホテルからふたたび嵐の中へ出ていった。その嵐の夜の出来事は二代目の胸に深く刻まれた。あまりに屈辱的であったので、その記憶は深く心に底に沈めてしまい、二度と思い出すまいと決意した。そして二代目は日本を出た。

それから百年後。

英国は倫敦の北の郊外に、ハムステッド・ヒースという公園がある。

まだ夏には早く、寒々とした公園の森の中を二代目は洋杖を振りながら歩いていた。しばらく散歩していると暗い空で雷鳴が轟き、みぞれ混じりの雨が降り始めた。みぞれはざくざくと音を立てて、二代目のまわりに降り注ぐ。二代目は木陰に入って雨が止むのを待つことにした。木立の隙間から覗くと、ハムステッド・ヒースの枯れた芝に覆われた荒涼とした丘が見え、垂れこめた暗雲の狭間を稲妻が駆け巡っている。

そのとき二代目は、人影もない丘をひとりの女性がのぼっていくのを見た。みぞれ混じりの雨が降り、雷鳴がひっきりなしに轟いているというのに、その女性はピクニックでもするかのような軽い足取りである。二代目は呆れて眺めていたが、ふと興味をそそられて木立を出て、彼女に向かって歩いていった。

その女性は丘のてっぺんに立ち、稲妻に照らしだされる暗雲を見上げている。

「こんなところに立っていると危険ですよ、お嬢さん」

二代目は手の甲でみぞれをよけながら声をかけた。

すると彼女は振り返り、濡れた髪を払った。不機嫌そうな声で言った。

「平気ですから、放っておいてくださる？」

それはこの春、世界一周クルーズに出て英国に辿りついた弁天であった。彼女の顔を見た瞬間、百年の時は消え去り、時の流れはあの嵐の京都の夜から、この英国の丘へまっすぐにつながった。心の奥深くに沈めたはずの屈辱の記憶が甦ってきた。

「どれほど私が驚いたか分かるかね、矢三郎君」

二代目はウンザリしたように溜息をついた。

「弁天とあの令嬢は瓜《うり》二つなのだ」

○

太陽が雲に隠れ、ふいに屋上が冷え冷えとした。

二代目はパイプのコレクションを天鵞絨張りの箱にしまって、邸宅の前庭をぶらぶらと歩き始めた。降り散った落ち葉が、二代目の黒光りする靴の下で乾いた音を立てた。

庭の木戸の脇に、大昔の倫敦のガス燈を模した外灯があって、これは日が暮れると自動的に明かりが点いて、やわらかな光を放つ。吉田山竹中稲荷《いなり》の境内に墜落して真夜中に怪談めいた明かりを放っているのを、苦労して拾ってきたのは私であった。

二代目はガス燈の下に立ち、街から聞こえる微かな音に耳を澄ました。

「クリスマスの音楽が聞こえるね」

「最近は街のどこへ行っても聞こえますねえ」

「妙なものだ。なにゆえあんなに夢中になるのだろう」

「なんとなく楽しいから狸はクリスマスが好きですよ。さしたる根拠のないところが特にステキですよ。あとケンタッキーのチキンは美味い。あれの嫌いな狸はおりません」

「それは食べたことがないな。いずれ試してみよう」

私は二代目のかたわらに立ち、庭木戸の外に広がる屋上を見た。

屋上の向こうには、凸凹としたビル街が広がっていた。

殺風景なコンクリートの屋上や室外機や給水タンク、非常階段や張り巡らされた電線が織りなす世界は狸の領分ではなく、天狗の領分である。この屋上世界のどこかで、今も弁天は天狗煙草を吹かしているかもしれない。

かつて二代目は弁天と瓜二つの令嬢への恋に破れ、可愛さ余って憎さ百倍となった。しかしそれならば、憎さ余って可愛さ百倍となることもあり得よう。百倍の百倍は一万倍である。

「それにしても二代目は弁天様にお優しい」

私が言ってみると、二代目は白い頰を怒りに染めた。

「何を馬鹿なことを言っているのだね。お優しいところなどカケラもないさ」

「畏れ入りますが清水寺で耳にしましたよ。二代目は弁天様が天狗になるのを止めておられた。彼女のためを想って仰ったのでしょう？」

「まるで違う！　君はひどい誤解をしている」

「そうですかねえ」

「あんな女は天狗にふさわしくないと思っただけさ」

当人は認めそうにないが、二代目が百年の時を経て帰国するきっかけとなったのが、英国倫敦における弁天との出逢いであったことは明らかである。

しかし百年ぶりに帰ってみれば、かつて復讐を誓った父親は没落して、弁天の尻を夢見て暮らしている。弁天に恋する父親と、弁天に引き戻されて帰ってきた息子。親子揃って百年前と同じ醜態を演じつつあるということが、二代目にとってどれほど屈辱的に感じられたことであろう。見渡すかぎり何もかもが不愉快である。何ゆえこんな国のこんな街へ帰ってきたのか。阿呆ではないか。それというのもすべてあの女が悪い。あの女が諸悪の根源である。あんなやつはキライ、大キライ——この二代目の癇癪玉にこそ、狸のつけいるスキがある。

私は二代目の足下に平伏して奏上した。

「このままにしておけば弁天様は二代目如意ヶ嶽薬師坊をお継ぎになられるでしょう。そんなことが許されましょうか。もはや二代目におすがりするしか、弁天様を止める手立てがないのです。どうか我々狸に、そのお力をお貸しください」

「矢三郎君、そんな泥臭い真似は止めてくれたまえ」

「お引き受けくださるまで止めませんからね」

「……分かった。分かったよ」

二代目は溜息をついて両手を挙げた。

「狸諸君に伝えたまえ。立会人は私が引き受けた」

「ありがとうございます」

「これで貸し借りなしだからね、矢三郎君」

○

西国三十三所第十八番札所、紫雲山頂法寺。

ビルの谷間に忽然と姿を現すその寺の境内、枝を垂らした柳の下に六角形の不思議な石がある。これぞ京都の要石、またの名を「へそ石」という由緒正しい石ころである。じつは狸が化けているというのは狸たちだけの秘密だが、それゆえにへそ石様は偽右衛門よりもいっそう偉い。偽右衛門選挙に先立って、狸界の重立った面々が六角堂へ集まり、へそ石様に御挨拶するのは昔からのしきたりであった。

その日、私は家族と連れだって六角堂へ出かけた。

ビル街に切り取られた空は青く澄んで雲一つなく、一年前と同じ色をしている。

長兄は機嫌が良くて、六角堂に出かける前に立ち寄った洋食店では、座布団のごときハンバーグを二つもペロリと平らげた。

「偽右衛門は体力がなければ務まらないからな。栄養ドリンクだけでは長丁場をしのぎきれない。日頃から力のつくものを食べる必要がある」

「美味しいものをたくさん食べるのはいいことね」と母が言った。「それにしても、あのハンバーグの大きかったこと！　まるで狸みたいに大きかったわね」

「縁起の悪いことを言わないでください、母上。共喰いみたいじゃありませんか」

「狸鍋ならぬ、狸ハンバーグか……」

私は恐ろしい想像をした。鍋もイヤだが、挽肉もイヤだ。

「ハンバーグって美味しいねえ」と弟が言った。

そんなことを言い合いながら六角通を歩いていくと、てんでんバラバラの姿に化けた狸たちが六角堂の門から外へ溢れだしてうごうごしている。

いつも思うのだが、一匹一匹の狸は上手に工夫を凝らして人間に化けているにもかかわらず、そいつらが大勢集まると、あたりの空気に毛が生えたような狸的雰囲気が濃厚に漂う。毛玉が大勢で身を寄せ合うと気がゆるむのかもしれない。

黒衣の坊主たちが門前に立ち、うろちょろする狸たちを境内へ誘導していた。金閣銀閣配下の夷川親衛隊が化けた偽坊主たちである。

門をくぐろうとしたとき、偽坊主姿の金閣と銀閣が目に入った。

「おや、おまえたち。ずいぶんおとなしくしてるな」

「これはこれは矢三郎殿」と金閣が合掌して頭を下げた。「まことに良いお天気になりまして、へそ石様もお喜びでしょう。けっこうなことでごぢゃいます」

「ステキなことでごぢゃいます、なむなむ」と銀閣が言った。

その悟り澄ました口ぶりは不気味以外のなにものでもない。

「……おまえたち、何かへんてこなものでも喰ったのか？」

「何を仰いますやら。我々は阿呆から脱皮することを目指し、兄の呉一郎から教えを受けて、日夜修行に励んでいるのでごぢゃいます」

「兄さんも僕も、やわらかでヒンヤリした蒸しパンのように心穏やかでごぢゃいます」

「呉一郎兄さんは金閣寺に京都タワーをのっけたぐらい偉い狸でごぢゃいます。嗚呼、僕らはなんて阿呆だったのだろう！」

「恥ずかしい恥ずかしい、穴がなくても入りたい。なむなむ」

「矢三郎殿にも断然仏道をオススメ。もはや阿呆の時代ではごぢゃいませんぞ」

金閣と銀閣は、阿呆に満ちた狸界でさえ「あり得ない」と匙を投げるほど、純度の高い阿呆だった。そんな彼らが阿呆からの脱皮を目指せばどうなるか。毛深いタマネギを剝き続けるがごとく脱皮を重ね、ついには地上から跡形もなく消失するであろう。

「そうか、頑張ってくれ。応援してる」

私は金閣たちを励ましてから、六角堂の境内に入った。

○

ビルの谷間にある六角堂は池の底に沈んだように薄暗い。

境内から見上げると、青空はいっそう明るく見える。

さほど広くもない境内は、浮かれた狸たちで満ちていた。

ある者は六角堂の屋根にある金ピカの宝珠を物欲しそうに眺めながらうろうろし、ある者は線香の煙を吸いこんでチンチンとくしゃみを連発して笑いだし、ある者はわらべ地蔵の前に緋毛氈《ひもうせん》を敷いて弁当の包み紙を開けている。

「なんだかピクニック気分になるわねえ」と母が言った。

「お弁当持ってくればよかったね」と弟が言った。

長兄は我々と別れ、へそ石様のところへ歩いていった。八坂平太郎や夷川呉一郎、南禅寺正二郎たちが立ち上がって長兄を迎えているのが見える。豪快に笑う八坂平太郎は、いかにも機嫌が良さそうであった。やがて茄子紺《なすこん》の座布団にのせられた毛玉姿の長老たちが「くるしゅうない、くるしゅうない」とぷつぷつ言いながら、境内へ運びこまれてきた。

「閉門！」の掛け声とともに、六角通の門が閉じられる。

アロハ姿の八坂平太郎がへそ石様のかたわらに立ち、厳粛な顔つきで境内を見まわした。狸たちはへそ石様を十重二十重《とえはたえ》に取り巻いて儀式の始まりを待つ。

「静粛に願います」

八坂平太郎はポコポコと腹を叩いた。

「これより会議を開きます。なお、会議の開催にあたりまして、紫雲山頂法寺様より格別の御配慮を頂きましたことを御礼申し上げます。また、お忙しい中、御臨席賜りました長老様方に御礼を申し上げます。会議に先立ちまして、ありがたくもへそ石様から御言葉を頂戴いたしております。ここに拝読いたしますので、諸君の御起立を望みます」

境内の狸たちが一斉に立つ。

「『風邪を引いたときは、足を温めて頭を冷やす。これで医者いらず。蜂蜜生姜湯を飲むのもすこぶる良いゼ！』以上です」

境内の狸たちが一斉に頭を下げてから座りこむ。

八坂平太郎はへそ石様にお辞儀した後、ごほんと咳払いした。

「皆様も御存じのように、昨年の狸選挙が未曽有《みぞう》の混乱のうちに散会となったのは、まことに哀しむべきことでありました。偽右衛門を選ぶことができず、ワタクシのごとき凡骨が引退の時を延ばして一年の時を刻んだのは、まことに遺憾の極みであります」

私は「お疲れさん！」と叫んだ。母が「頑張り屋さん！」と叫んだ。

八坂平太郎は手を挙げて苦笑し、挨拶を続けた。

「しかしながら、こうして無事に一年の終わりを迎え、今は喜びでいっぱいであります。偽右衛門に立候補される矢一郎君はまことにステキな狸であり、このように有望な新世代に未来を託して引退できるのはまことに幸いなことと存じます。これから夷川呉一郎君に応援演説をお願いしますが、この呉一郎君もまた、夷川早雲君亡き後の夷川家を背負って立つ有望な新世代であります。狸界の輝かしい未来は彼らの双肩にかかっておるのであります。では呉一郎君、どうぞ」

夷川呉一郎が静かに立ち上がった。

「夷川早雲が長男、夷川呉一郎でございます」

彼は深々と頭を下げ、境内の狸たちに語りかけた。

「狸界の皆様には、長年の無沙汰をお詫びいたします。我が父たる夷川早雲は偽電気ブラン工場の近代化に尽力しましたものの、狸の風上にも置けぬ悪行に手を染めて、その晩節を汚《けが》したことを忘れるわけには参りません。にもかかわらず、矢一郎君は両家の諍《いさか》いを水に流して、『ともに生きよう』と言ってくださった。こんなにも懐の深い狸は他にありません。矢一郎君は必ずや素晴らしい偽右衛門となられるでしょう。夷川家は新しい偽右衛門に協力を惜しまず、狸界の明るい未来のために力を尽くす所存です」

感動した面持ちの長兄が立ち上がり、呉一郎に握手を求めた。

「ありがとう、呉一郎。ありがとう」

そうして手を握り合う両家の頭領を、八坂平太郎は満面の笑みを浮かべて見つめていた。居ならぶ狸たちから「ヨッ！　新時代！」「二十一世紀！」と陽気な声が飛び、割れるような拍手喝采が巻き起こった。新時代の到来を祝う万雷の拍手は微風を起こし、座布団に埋もれて居眠りする長老たちの毛をふわふわ揺らした。

長兄はへそ石様に深々とお辞儀をした後、手を伸ばしてソッと触れた。

ビルの谷間に拍手の音が響き続ける。

やがて八坂平太郎が手を挙げた。

「皆様、ご静粛に」

平太郎は晴れ晴れとした顔をして、すでに南国の陽射しの中にいるようだった。

「これにて、へそ石様への御報告は終わりました。今後のことについて皆様にお知らせし、決を採りたいと存じます。まず、長老様の御会議は十二月二十六日の夜、如意ヶ嶽薬師坊二代目の御邸宅で開催とします。御異議はありませんか？」

境内の狸たちは不思議そうな顔をしているが、不服を言う者はない。

「では御異議なしと認めます。続きまして、もう一つ。狸界の頭領たる偽右衛門を決めるにあたって、昨年はお立会人として如意ヶ嶽薬師坊様の御臨席を賜りました。しかし今年は薬師坊様のご都合がつかないとのことでありまして、二代目の御臨席を賜ることとなりました。この決定にあたっては、下鴨家の矢三郎君が尽力してくださいました。ここに感謝の意を表するものであります」

八坂平太郎は私に向かって片目をつぶってみせた。「責任の所在を明らかにしておいたぜ！」とでも言いたげであった。

「御異議はありませんね？」

狸たちはキョトンとした顔のまま、ウンともスンとも言わない。

八坂平太郎はホッとした顔をして会議を切り上げようとした。

「それでは――」

そのとき、六角堂の屋根から涼しい声が降ってきた。

「異議あり」

○

六角堂の屋根に降り立った弁天は、冷ややかな目で眼下の狸たちを睥睨した。

彼女は不吉な漆黒の振袖に朱色の帯を締め、長いキセルを手にしていた。ビルの谷間に射す光を受けて、黄金の雁首《がんくび》がギラリと光った。今にも弾けそうな癇癪玉を、グッと腹の底に押しこんでいるのが見て取れた。

私は思わずその美しさに見惚れていたが、他の狸たちは見惚れるどころではなかった。洛中の狸たちにとって、弁天は美しいとか美しくないとかいう次元を超えたものである。天狗の力を持っているのに天狗ではなく、狸鍋を食べるくせに人間ではない。もはや空飛ぶ天災というべきものだ。天災は頭を低くしてやり過ごすしかない。

「弁天様の御降臨！」

八坂平太郎が平伏すると、他の狸たちも我先にと平伏した。

ぼんやりしていた私は、母に引きずられるようにして平伏した。そのまま母は、私の腕をしっかりと胸に抱きかかえている。

一切が凍りついたような沈黙が境内に充ちた。

「お師匠様から狸選挙の立会人になるように言われたのですけど」と弁天は煙を吹いて言った。「……どうやら私はお呼びでないようね」

　八坂平太郎は恐る恐る顔を上げた。

「おや、そうでありましたか。何やら行き違いがありましたようで……」

「あの英国かぶれが引き受けてくれるなら、べつにかまいませんけど」

「畏れ入ります」

「それにしても、どうしてそんな行き違いが起こったのか、事情が知りたいものだわ。ひょっとして狸たちは私が立会人では不満なのかしら」

　八坂平太郎は今にも尻尾を出しそうな顔を上げて震えた。

「いや、決してそのようなことは……」

「いいのよ、いいのよ。分かります。たしかに私は人間ですし、狸鍋を食べる女ですからね。私だって馬鹿ではないから、狸たちの気持ちぐらいは分かるのよ」

　弁天はまるで心の籠もっていない猫撫で声で言った。

「……気持ちは分かってても食べちゃいますけどね。だって私は人間だもの」

　睨み据えられた八坂平太郎は息も絶え絶えである。

　他の狸たちも地蔵と化したかのように動かない。

やがて弁天は六角堂の屋根の縁に立って腕を上げ、境内の狸たちの頭数を数えるような仕草を始めた。あたかも今年の鍋の具にする狸を選んでいるかのようである。洛中でそれなりに重きをなす狸たちが色を失ってざわついた。

「いくらでも狸鍋ができるわねえ」

弁天はキセルの煙を吹き、境内の狸たちに浴びせかけた。

揺れる柳をかすめて鳩《はと》たちが飛び去り、長老たちはころころと座布団から転げ落ちる。あちこちでぽんぽんと尻尾の出る音がし始めた。まるで夜明けに蓮池の花が開くように、狸たちの化けの皮がやすやすと剝がされていく。

ついに弁天は私の姿に目を留めた。

「あらあら、矢三郎。そんなところに隠れていたの」

私のまわりにひしめいていた狸たちが総崩れになってドッと逃げだし、気がつけば私のそばにいるのは母と矢四郎ばかりであった。長兄が慌てて駆け寄ってきた。

「どうせあなたの差し金でしょう」

弁天は私を見下ろして言った。「よくあいつを丸めこめましたね」

「まったく身に憶えのないことで何が何やら……」

「嘘を仰い」

「嘘です。申し訳ございません」

「呆れた狸だわ。お師匠様の言いつけに背いて、私をないがしろにするなんて」

「弁天様は矢三郎という狸をよく御存じでしょう。私の内なる阿呆の血がへんてこなことをさせるのです。まったく何がしたいものやら。赤玉先生を裏切ったり、弁天様を裏切ったり、二代目を丸めこんだり……」

「私、あの男が大キライなの」

「二代目も弁天様のことを大キライだと仰っておられます」

弁天はふんと鼻を鳴らした。

「あなたはどうなの。私とあいつと、どっちが好き？」

「……どちらも天狗として尊敬しております」

私がそう答えるや否や、弁天は腕を振り上げて黄金のキセルを投げつけてきた。キセルはまっすぐ私の足下へ飛んできて、地面にぐさりと突き刺さった。母と矢四郎が悲鳴を上げて私にしがみつく。私は黙って弁天を見上げていた。

そのとき六角通に面した門が開かれた。境内の狸たちが一斉に振り向く。シルクハットをかぶった二代目が冷ややかな顔をして立っていた。

弁天は背をそらし、傲然と二代目を見下ろした。

「やあ狸諸君」と二代目は境内の狸たちに言った。「海星という狸から、六角堂で面倒な事件が起こっていると聞いたものでね。しかしとくに問題は見当たらないようだな」

二代目はそう言って境内を見渡した。弁天には一瞥もくれなかった。

弁天は二代目と私を睨みつけていたが、ふいに拗ねたようにプイとこちらに背を向けた。片袖をひらひらさせながら、六角堂のてっぺんで煌めく宝珠を眺めている。やがて「しょうのない子ね。好きになさい」と弁天は言った。

「このたびは御慈悲を賜りましてありがとうございます」と私は平伏した。

「おまえは何も分かっていないのね、矢三郎」

彼女は飛び立つ前にそう言った。

「私はいつでも優しかったわ」

〇

その翌日、旅先の次兄から手紙が来た。

紀ノ森　下鴨家御中

拝啓。

皆様、お元気ですか。

私は今、広島の鞆ノ浦という瀬戸内海に面した港町で過ごしています。長い歴史のある町だそうで、ところどころに江戸時代の面影が残っています。沖合に仙酔島《せんすいじま》という小さな島があって、ここの国民宿舎の裏手には狸たちが暮らしています。おおいに歓迎してくれて、当面はここで骨を休めることができそうです。

京都を旅立ったばかりの頃は、まだ化けて旅を続けるだけで精一杯でしたが、今ではすっかり馴れました。倉敷や岡山や尾道の町でも色々な狸に出逢って不思議な目に遭いましたが、それらの想い出を書くにはこの便箋は小さすぎます。いずれ糺ノ森に帰ったとき、ゆっくりお話しできればと思っています。

次々と違う町へ旅をしていくのは、それだけでとても面白い。

仙酔島の国民宿舎で、四国の丸亀から船で渡ってきたという狸と知り合いました。将棋談義で仲良くなりました。彼は自前の船で四国へ帰るそうなので、私も同乗させてもらって四国へ渡り、小松島の金長一門に挨拶へ行こうと思います。

ともかく私は大いに元気で、愉快な旅を続けております。一日一日、自分がむくむく

と大きくなっていくような気がします。まるで毛深いタケノコのようですよ。
皆様もどうかお元気でお暮らしください。またお手紙いたします。

草々

下鴨矢二郎

○

次兄からの手紙を私が読んだのは、すべての騒動が終わった後であった。この手紙が糺ノ森に届いた頃、私は弁天の目を逃れるため、洛中から姿を消していたのである。

三十六計逃げるに如《し》かず――。

「逃げの矢三郎」の名はふたたび洛中に轟いた。

夜陰に紛れて逢坂の関を越え、私が向かった先は琵琶湖であった。

第七章　天狗の血、阿呆の血

十二月半ば、下鴨矢三郎は洛中から煙のごとく消え失せた。

クリスマス・イブに潜伏先を訪ねてきた南禅寺玉瀾から聞いたところによると、私の行く先は誰にも分からず、死亡説さえ流れたそうである。

私が逃げた先は琵琶湖であった。

琵琶湖畔は弁天の生まれ故郷である。彼女は逢坂の関の向こう側に押し籠めた過去を嫌悪しているのか、滅多に近づこうとしない。弁天に関するかぎり、琵琶湖はもっとも近くにあって遠い場所であり、逃亡先としては格好の地であった。

菖蒲池画伯の家を訪ねたのは、京都市内から脱出したその夜である。

思い返してみれば今年の七月に訪ねて以来のことで、石の門に貼りつけてあるぺらぺらの木板に滲んだ「菖蒲池」の文字や、門の奥で蜜柑色に光る引き戸が、ひどく懐かしく思われた。

「これはこれは、ようこそ来てくれました」

菖蒲池画伯と奥さんはおおいに歓迎してくれた。

挨拶だけのつもりだったが、あれよあれよという間に画伯の好意に甘えて夜食を御馳走になってしまい、腹を休めてごろごろしていると風呂が沸いた。風呂を浴びて出てきたら麦酒の支度がされていて、炬燵にもぐった画伯が「いらっしゃい、いらっしゃい」と誘惑する。炬燵にもぐって麦酒を飲み、ひんやりしてステキに甘い粉をふいた干し柿を齧っているうちに、「この家に潜伏したい」という思いが胸底に澎湃《ほうはい》と湧き上がってきた。

こんなステキな隠れ家が他にあろうか。いや、ない。

かくして私は、菖蒲池画伯の家を潜伏先と決めたのである。

○

我が逃亡生活は暢気かつ陽気であった。

夜は縁側の下で眠り、昼は画伯と一緒に箒《ほうき》で集めた枯れ葉を分類したり、南瓜《かぼちゃ》の絵を描いたり、土をほじくり返して虫を見たりして遊んだ。

午後のお昼寝をはさんでおやつを食べてから、画伯と将棋を指すのが日課であった。

炬燵で将棋盤に向かうのだが、画伯は勝敗など念頭になく、いつまでも駒をのちのち動かして、盤上の一角で自分の美意識に合致する陣形を作ることに熱中している。

「この金将クンには是非ここに座っていただきたいのです」

画伯はぷつぷつ言った。「そうするとたいへん面白いかたちになるですよ」

「ははあ。そういうものですかねえ。そんなら私はこうしよう」

「……これはこれは、あなたも良い手を指すですね」

画伯と遊んで日が暮れたら、夜陰に紛れて大津の町を散歩した。

住宅街を抜けた先にある商店街には、年季の入った洋品店や混沌とした金物屋が軒を連ねているが、私が散歩をする頃にはシャッターを下ろして閑散としていた。寒々しい大津港まで出ると、琵琶湖の向こうに遠い街の灯が連なり、ナイトクルーズの遊覧船が船窓から光を散らして暗い湖上を滑っていくのが見えることもあった。

旧大津公会堂の前を通り過ぎて暗い町中をふらふらしていたとき、明治時代に露西亜《ロシア》帝国の皇太子ニコライ二世が斬りつけられたという場所を見つけた。いわゆる「大津事件」の地である。今となっては何の変哲もない町角に立ち止まって、湖南の地を露西亜帝国の皇太子が人力車を連ねて走り抜けた時代を想像してみた。

明治大帝の御代、文明東漸の荒波に揉まれる人間たちはオロオロしていたが、狸たちもまた偽汽車を走らせたりしてオロオロしていた。長崎の街から赤玉先生に攫われてきた二代目

が、如意ヶ嶽山中に鬱屈し、天狗への階梯を渋々のぼりつつあった時代である。母を恋しがる紅顔の少年は、やがて自分が海を渡って百年も帰らないことなど考えもしなかったろう。

「人間も狸も天狗も、思えば遠くへ来たもんだ」

私はそんなことを考えながら菖蒲池画伯の家へ帰っていった。

暢気な逃亡生活を送りながら、しきりに思い出されたのは紏ノ森の長兄たちのことである。夜陰に紛れて紏ノ森にサヨナラするとき、長兄は私を天狗問題に巻きこんだことをしきりに後悔していた。「いったいどうなるんだ」と別れ際まで嘆いていた。

「なんとかなるさ」と私は言ったが、なんとかなるアテはとくになかった。

○

冬至の日の午後、菖蒲池画伯と将棋を指していると、がらりと引き戸の開く音がして、「ごめんください」という声がした。玄関先へ出てみると、淀川教授が立っていた。雪山へ挑む登山家のごとく厳重な装備に身を包んでいる。

「おや、君も来ていたのかい」と教授は嬉しそうな顔をした。

「すごい格好ですね。山登りにでも行かれるんですか？」

「演習林の方は雪がひどくて、しっかりと装備しておかないと遭難するから。ねえ君、どうして人間は狸のように毛深くないのかな。進化の過程で体毛をリストラしたのは失敗だったと僕はつくづく思うねえ……おや、こんなところにステキな文明の利器が！」

淀川教授は炬燵にもぐりこみ、温泉につかった山猿のようにウットリした。

闇物資の買いだしに出かけたかのようなリュックからは、ぼっこりとした大きな南瓜と色鮮やかな柚子《ゆず》がごろごろ転がり出た。

「あらまあ、立派な柚子ですこと」と奥さんが言った。

「冬至ですからね。柚子湯に入らざる者は人にあらずですよ」

「私は風呂に入るのがきらいなのです」と菖蒲池画伯が困った顔をした。「風呂に入るとアタマが痒《かゆ》くなるですよ」

「この人は放っておけばいつまでも入らないんですから。昔からそうですよ」

「しかし菖蒲池先生」淀川教授が怪訝そうな顔をした。「風呂に入らない方がアタマが痒くなりますでしょう？」

「痒いところを通り過ぎると痒くなくなるです。そのあとはいくら風呂に入らなくても、決して痒くなるということはないです。なにごとも最初の辛抱が肝心です」

「いやだわ、汚い」と奥さんが顔をしかめた。

「ははあ、そういうものですか。僕はちっとも知らなかった。しかし僕は風呂が好きだなあ。演習林でドラム缶に湯を沸かして入るんですが、真っ暗な森にしんしんと雪の降る中を湯気が立ち上るのを見ていると、天地と一体になったかのような雄大な気持ちになりますねえ。積もった雪を削ってきてウィスキーを注いで飲んだりしてると、自分が生きているのか死んでいるのか分からなくなるねえ」

淀川教授は包丁をがつんがつん鳴らして南瓜を切って甘い煮物を作った。

そうして、「『いもたこなんきん』は乙女の好物だというけれども僕は全部好きだから、だとすれば僕は乙女だろうか」とか「南瓜にはβ‐カロチンやビタミンCが含まれているから身体に良いのです」とか、「中国大陸の奥地で巨大化した南瓜の中をくりぬいて住んでいる人を見たけど、南瓜の怪獣に喰われているのかと思いました」とか、タメになる話やタメにならない話を次々に繰り広げて我々を笑わせたり感心させたりし、自分で作った煮物をあらかた自分でたいらげた挙げ句、「おや、もう山へ帰る時間だね」と身支度をした。

私は教授を三井寺《みいでら》駅まで送っていった。ひっそりと流れる暗い琵琶湖疏水沿いに、点々と外灯が煌めいている。

淀川教授はあたりの様子をうかがってから、声をひそめて言った。

「金曜倶楽部の忘年会が近づいてきている。連中はそろそろ心配になってきたろうね」

「こちらは狸を調達する気なんて毛頭ないですからね」

「君が金曜倶楽部に入ると言ったときにはどうなることかと思ったけれど、じつにうまい作戦だった。君がこのまま逃げ切れば、連中はアテが外れてガッカリするだろう」

「ザマミロです、あはは」

「いや、しかし寿老人のことだから、万が一のことを考えて手を打ってあるかもしれない。とくに天満屋さんは怪しいよ」

「そうですね」

「いざというときには、僕が乗りこんで狸を救出するつもりさ」

外灯の下で淀川教授は不敵に微笑んだ。山奥のサバイバル生活で精悍になった横顔は狸愛に燃え、狸を鍋から救うためには宴会場襲撃も辞さずという固い決意が見えた。

○

狸はクリスマスが好きである。祝う理由の特にないところが実にいい。

下鴨家ではクリスマスにチキンを食べ、矢四郎が輝かす電飾を見ることにしていたが、今年のクリスマスには参加できそうもないので、私は淋しい思いをしていた。それゆえに、十二月二十四日の午後、あの泣く子も黙るカーネルおじさんの秘伝スパイスの香りが玄関先から匂ってきたとき、ひどく心が浮き立った。訪ねてきたのは南禅寺玉瀾であった。

「誰にも見つからないように、ひとりで山を越えてきたわ。下鴨のお母さんが一度様子を見てきてやってと仰るから」

玉瀾は長兄とおそろいの赤いマフラーを巻いて、差し入れのチキンが入った箱を抱えていた。菖蒲池画伯にお辞儀して自己紹介した後、玉瀾は炬燵の上にある将棋盤を覗いて、「なんぢゃこりゃ！」と叫んだ。「こんなの見たことないわ！」

「あなたはきっと将棋がお強いでしょう」

菖蒲池画伯が優しく言うと、玉瀾は頬を赤らめた。

私は玉瀾と一緒に冬の庭へ出て、ぶらぶらしながら話をした。

玉瀾は今夜、糺ノ森のクリスマスパーティに招待されていると言った。矢四郎が偽電気ブラン工場からもらってきた部品をつないで、壮大な電飾を作ったらしい。

「夷川の呉一郎さんも来るそうよ。矢一郎さんの仕事も助けてくれるし、呉一郎さんは本当に親切よ。あんな泣き虫だったのに、立派な狸になったのね」

玉瀾は私が姿を消した後の京都市内の様子を聞かせてくれた。

六角堂で私が弁天の逆鱗に触れてからというもの、諦念と安堵が狸界に広がっているという。「可哀相な矢三郎君、サヨナラ」という諦念と、「矢三郎が喰われるなら自分が鍋に落ちる心配はない」という身も蓋もない安堵である。

八坂平太郎は「矢三郎は大丈夫かいな」と心配しつつもハワイへ旅立つ支度に打ちこみ、祇園縄手の事務所も引き払ってしまった。年明けに長兄と玉瀾の結婚式に出席したら、すぐに旅立つ腹づもりだという。

「なりたくて偽右衛門になった狸じゃないから、引退したくてしょうがないのね」

「たいていの狸は偽右衛門なんか御免だよ。兄貴みたいなヘンタイでもないかぎりは」

「そのヘンタイのために一皮脱いだせいで、あなたの命は風前の灯火なのよ。あなただって立派なヘンタイだと私は思うわ。矢一郎さんのことをとやかく言えやしない」

「下鴨家はヘンタイ家族というわけだ」

「嗚呼、私はヘンタイ家族に嫁入りするヘンタイなの？」

玉瀾は落ち葉を蹴飛ばしながらクスクス笑った。

それから彼女は俯いて落ち葉を見つめ、少し哀しげな顔をした。

「……赤玉先生があなたを破門したわ」

「そうかい。やっぱりね」

予想されていたことなので、私は驚かなかった。

「天狗には天狗の誇りがあるし、狸には狸の矜持があるさ」

「無茶なことを仰ったのは先生なのにねえ」

「ほとぼりが冷めるまで待つよ。俺がいなければ先生だって困るんだから」

かつて弁天にそそのかされて魔王杉事件を起こした後、私は先生の身辺から遠ざかっていたことがある。しかしあれは自主的な謹慎というべきもので、本格的な破門を言い渡されるのは初めてのことだ。

風に揺れる冬木の梢を見上げていると、薄暗くて寒々しいアパートで、背を丸めている赤玉先生の姿が脳裏に浮かんだ。弁天の尻代わりに冷え冷えとした達磨を抱き、赤玉ポートワインを舐め、暗がりで天狗煙草の煙を吹かしている姿である。

「玉瀾、先生に差し入れを持っていってあげてくれるかい？」

「まかせて」

「綿棒を切らさないようにね。綿棒がないと先生は耳が痒くて辻風《つじかぜ》を吹かすからな」

私は念を押した。「まあ、そよ風みたいなもんだけど」

「心配しないで。ちゃんとやるから」

「あの天狗の世話をするのは手間がかかるんだ。本当に厄介な天狗なんだよ」

「……矢三郎ちゃんは本当に先生が好きなのね」

「そんなこと誰にも言わないでくれよ、沽券にかかわる」

私がそう言うと、玉瀾はうふふと笑った。

○

こうして菖蒲池画伯の家に潜伏したまま、私は偽右衛門選挙の前夜を迎えた。

その夜、私は庭に面した縁側の下に身をひそめ、画伯のパイプ煙草の甘い匂いが染みついた古毛布にくるまっていた。先ほどまで園城寺の狸たちが庭先をうろちょろしていたが、今は彼らの姿も見えなくなった。私はなかなか寝つかれず、前足の毛を数えて眠気が訪れるのを待った。

冬の夜はしんしんと更けていく。

そうやって眠れぬ夜を過ごしていると、父が鍋になった夜のことが頭に浮かんでくる。長兄たちは糺ノ森で、次兄は旅の空の下で、父のことを想っているだろう。

父の最期の顚末を淀川教授から聞いたのは昨年の秋のことだ。

先斗町の料亭の冷え冷えとした広い座敷、鴨川の対岸に煌めく街の灯、檻の中でむっくりと身を起こす毛深い父の姿が、まるで自分の目で見たように眼前に思い描ける。その話を聞いた夜、淀川教授はアルミホイルでくるんだおむすびを分けてくれたものだが、あのとき噛みしめた冷えた米の味わいは、父が最後に食べたおむすびの味に通じている。

そのうち私はうつらうつらとしたらしい。

ふいに庭の奥でパリパリという薄い硝子が砕けるような音がした。

冬枯れした木々の肌がみるみる霜に覆われていく。尻が痛くなるほどの冷気が地面を這って、箒で掃き寄せておいた枯れ葉を真っ白に凍りつかせた。縁の下から這い出た私の眼前で、庭を埋め尽くす木々が満開の桜のように氷の花を咲かせ、透きとおった花弁がさらさらと舞い散った。あたりが青白い不思議な光に満ちた。

木立の向こうから姿を現したのは弁天であった。

身辺に揺曳する凄絶なほどの冷気が彼女の頰を白くして、まるで少女のように幼く見せていた。彼女は淋しげな遠い目をして、舞い散る氷の花弁を見上げている。かつて赤玉先生に攫われてきた日、弁天はそんな顔をして、雪の降り積もる琵琶湖畔に佇んでいたのではないかと私は思った。

彼女は私の姿を見てニッコリと笑った。

陶器のようなその頰を、涙がポロポロと伝っている。

「どうして泣いているんです？」

「私に食べられるあなたが可哀相なの」と彼女は言った。

ハッとして目を開くと、あたりは薄明かりに包まれている。

「なあんだ夢か」と納得して、私はごそごそと縁の下から這いだした。

木立の隙間から覗く紺色の空には、爽やかな夜明けの色が滲んでいる。

私はあくびをしながら庭をうろつき、バケツに張った氷をコツコツ叩いた。鼻先が凍りそうな冷たい朝の空気を吸い、ふうふうと白い息を吐いた。「朝だ」と私は呟いた。

偽右衛門が決まる日。

すなわち我らの父の命日。

すなわち金曜倶楽部の忘年会の日。

疾風怒濤の一日は、そのようにひっそりと始まった。

◯

その日、長兄もまた私と同じように朝早くから起きだした。

長兄はこっそりと寝床を抜けだし、母や矢四郎を起こさないように、落葉を踏んで糺ノ森を歩いていった。冬の森は青白くて冷たい朝の靄に沈んでいた。

長兄は身を切るように冷たい小川で顔を洗い、父の将棋盤を前にして瞑想した。次第に頭がハッキリしてきて、五体に力が漲ってきた。

「ついにこの日が来たのだ」と長兄は思った。

やがて母が白い息を吐きながらやってきて、長兄のとなりにチョコンと座った。

「いよいよねえ」と母は言った。

「いよいよです」と長兄は言った。

そして彼らは明るくなっていく紀ノ森を眺めていた。

その日の午前中、まずは矢四郎が偽電気ブラン工場へ出かけていった。このところ、矢四郎は稲妻博士の実験ノートを解読しようとして、連日のように実験室に通っていた。今のところ飲むに堪えないシロモノしか作れないが、「あと少しだよ！」と矢四郎は意気軒昂《いきけんこう》であった。

「あんまり無茶な実験をするんじゃないぞ。なんといっても電気は危ない」

「うん。気をつける。兄ちゃんも頑張ってね。お祝いの会には完成品を持っていくから」

矢四郎は本やノートの詰めこまれたリュックを背負って紀ノ森を出た。

長兄も出かける支度をした。南禅寺正二郎ら若手の狸たちによる前祝いの会に出てから、二代目の邸宅で開かれる長老たちの会議へ向かう予定である。

母は火打ち石を打って長兄を見送った。

『朱硝子』を予約してあるからね。長老様たちの会議が終わったら、合流してちょうだい。矢三郎も夜には帰ってくるでしょうし」

そして母は自働人力車に乗った長兄の姿を眩しそうに見上げ、「嗚呼！」と感に堪えぬように言った。「とうとう、あなたが偽右衛門になるのね」

「……父上は喜んでくださるでしょうか」

「もちろん総さんは喜んでくれるわ。あちらでカラカラ笑っているでしょう」

「では母上、行って参ります。吉報をお待ちください」

そうして長兄は糺ノ森を出発した。

自働人力車は快調に走り、下鴨神社の参道を抜けて出町柳へ出た。鴨川の三角州には菰《こも》の腹巻きをした松がならび、鳶がノンビリと空を舞っている。春のようにやわらかな陽射しに照らされた鴨川べりの風景は天下太平そのものである。

長兄は鴨川沿いに南へ人力車を走らせた。

ついに父上の跡を継いで偽右衛門になると思うと、腹の底からふつふつと喜びが湧き上がってきた。ようやく俺は「下鴨総一郎の血を受け継ぎ損ねたちょっと無念な子どもたち」という汚名を返上するのだ。父の霊は喜び、母は喜び、玉瀾も喜ぶ。下鴨家はほどほどの栄光を取り戻し、狸界は俺の指導のもとでほどほどの発展を遂げる。ほどほどの栄光を讃える俺の銅像が建つかも。その銅像の鼻面に鳩がほどほどの糞をするかも。

そんな妄想に耽っているうちに、顔が自然にほころんできた。

長兄は四条大橋西詰の東華菜館に人力車を乗りつけた。妄想でゆるんだ顔をピシャリと手で打って気合いを入れ、古式ゆかしい手動エレベーターに揺られて階上へ行くと、和服姿の玉瀾が廊下に立って長兄を迎えた。

「みんなもう集まっているわ」

南禅寺玉瀾は言い、長兄の手を取るようにして宴会室へ連れていった。

黒い丸テーブルのならんだ板敷きの宴会室では、南禅寺正二郎ら数匹の狸たちが長兄の到着を待っていた。鴨川に面した縦長の窓からは燦々と光が溢れ、眼下の四条大橋を人々が行き交い、川の対岸には南座の大屋根が見えている。

南禅寺正二郎は待ちきれずに紹興酒に手をつけていて、矢一郎の姿を見ると慌てて杯を手で覆った。玉瀾に「もう飲んでるの!?」と叱られて、正二郎は苦笑している。

「いよいよだね、矢一郎」と正二郎は笑った。「あとは待つばかりだよ」

僧衣を身に纏った夷川呉一郎が立ってきて頭を下げた。

「このたびはおめでとうございます」

「いやいや、まだ早いよ、呉一郎」

「石橋を叩くのはもういいでしょう、矢一郎さん」

長兄を囲んだ狸たちは紹興酒を注いだ杯を手にして立ち上がり、狸界の未来を担う偽右衛門の、ほどほどの栄光を祈って乾杯した。

すでに長兄の偽右衛門就任が決まったかのように誰もが笑っていた。

長兄は窓の外に広がる平和な街の景色を眺めた。そうやって物思いに沈んでいると、玉瀾が寄り添ってきた。「矢二郎君たちのことを考えてるんでしょう」

「……よく分かるね」と長兄はギョッとした。

「分かるわよ。いつだって矢一郎さんは心配しているんだから」と玉瀾は笑った。「矢三郎ちゃんは逃亡生活をエンジョイしてたわ。きっと矢二郎君も大丈夫よ。もう今頃は四国へ渡っているんじゃないかしら」

「……俺は心配性だからなあ」

「知ってる。でも今日は自分のことに集中しましょう」

○

その日の朝十時頃、次兄はＪＲ南小松島駅に降り立った。

小松島は紀伊水道に面した阿波徳島の街で、大昔から四国と関西を結ぶ海上交通の要所であった。阿波の狸合戦の舞台としてよく知られ、その伝説の主役たる日開野《ひがいの》金長の子孫が今もなお、この地で毛深い血脈を保っている。

「なにしろ相手は名門だ。礼儀正しくしよう」

次兄は駅の便所で折り目正しい背広姿に化けた。

駅前へ出てみると、赤白に塗り分けられた客待ちのタクシーのほかには、行き交う人の姿も少なくてガランとしている。広場の片隅に小さな狸の像があった。

次兄は金長神社を目指し、小松島の街をてくてくと歩き始めた。道沿いに銀行や港湾会社の事務所がならんでいて、うららかな陽射しの照らす街は暖かかった。海がそばにあるせいか、どこか京都とは空の色が違っている。

京都の下鴨家と、阿波の金長一門とは、大昔から交流があった。

江戸時代に起こった阿波の狸合戦において、たまたま逗留《とうりゅう》していた下鴨家の御先祖様が金長に助太刀した――という伝説は、明治時代に下鴨鉄太郎というホラ吹き狸が捏造《ねつぞう》したもので信憑性はゼロである。しかし下鴨家と金長一門の世代を超えた気長な付き合いが、江戸時代までさかのぼることは確かであるらしい。旅行好きの祖父は金長の屋敷を足場にして四国八十八箇所を巡ったし、父もたびたび四国へ出かけていた。金長一門が京都へやってきたときには下鴨家が世話を焼き、金長は我ら兄弟に阿波の狸合戦の伝説を語って聞かせた。初代金長の、同じ狸とは到底思えない骨太エピソードの数々は、我ら兄弟を圧倒したものであった。

昼過ぎ頃になって、次兄はようやく金長神社に辿りついた。

神社のまわりには冬枯れした田んぼと住宅地が広がっている。

黒い染みの浮かんだ石造りの鳥居をくぐっていくと、石畳の敷かれた境内には落葉がぱらぱらと散っていた。手水処《ちょうずどころ》を右手に見て進んだ奥に本殿があり、「金長大明神」と書かれた赤い大提灯がぶらさがっている。賽銭箱《さいせんばこ》の向こうには四斗樽や御輿《みこし》がならんでいた。初代金長へ贈られたという「正一位」の文字が堂々としていた。偉大なる初代金長の血脈を今に伝える狸たちは、この神社の境内を本拠地とする。

しかし境内には狸の気配がまったく感じられなかった。

「ここでいいはずなんだが……」

本殿の裏へまわったところで、次兄はハッとして立ち止まった。

ひとりの若い女性が本殿に寄りかかるようにしてネコジャラシを揺らしていた。

冬だというのに洗い晒しの玉子色のワンピース姿、しかも寒々しい裸足であり、無造作に垂らした薄茶色の髪が昼下がりの陽射しに燃えるようだった。野性的な格好とは裏腹に、次兄を見返す目は美しく澄んでいる。どうやら正体は狸らしい。

彼女は無言のままヒラリと飛び退き、次兄から用心深く距離を取った。

「金長一門の方でしょうか？」

次兄は声をかけた。「私は怪しい者ではありません。じつは……」

そうして前へ踏みだした途端、足がボカリと地面を突き抜け、身体が唐突に地面に吸いこまれた。仰天した次兄は蛙姿に戻ってしまい、気がつけば大きな穴の底にいた。

次兄はムッツリ膨れて空を見上げた。

穴の縁から先ほどの女性が覗き、次兄の姿を見て目を丸くした。

「狸かと思ったら蛙だった！」と彼女は言った。「化けられる蛙なんて初めて見た。蛙界では有名な蛙なんでしょう、あなた」

「私は狸ですよ。蛙ではないのです」

「おふーッ！　そんなにつるんつるんした狸がいるもんですか」

「嘘ではありませんよ。長い間蛙に化けていたので、今でも気を抜くと蛙の姿に戻ってしまうんです。本当はちゃんと毛が生えております」

「あらー、へんなのね！　へんなことになったものね！」

彼女は首を傾げてニッコリ笑った。

「どうしてそんなにずっと蛙に化けたの？　可愛いから？　私もよく蛙に化けたりするのよ。

蛙ってすごくいいよねー。冬眠するときは穴にもぐるんだから、きっと穴のことをよく分かってるステキなやつら……虫を食べるのは気持ち悪いけど」

ポカンとしている次兄を置き去りにして、彼女はぷつぷつと語り続ける。

「この穴は私が掘ったんです。父からは穴を掘るなって言われてるんだけど、穴を掘らないぐらいなら死んだ方がマシだわ。きっと私は世界に穴を掘るために生まれたのね。なにしろ私ってヒネクレ者で、昔はいくら呼ばれても穴の底から出なかった。穴の底って超落ち着くんだもの。でも、まだ理想の穴が掘れたことがないから、父のお小言を無視して毎日精進してるわけです」

「芸術家なんですね」と次兄はやっとのことで合いの手を入れた。

「そうそうそう！　芸術家！　穴には一家言ありますわ」と彼女は我が意を得たりというように言った。「……で、ときどきドジな誰かさんが私の穴に落っこちるの」

ふいに彼女は驚いたように口をつぐみ、薄気味悪そうに次兄を見下ろした。

「……どうしてだろ、あなたにはなんでも喋っちゃうわ」

そして彼女は穴の底に手を入れて次兄を拾い上げた。次兄を両手にのせて、鼻先を近づけて匂いを嗅ぐや、彼女はパッと顔を輝かせた。

「あなた下鴨の狸ね。偽叡山電車に乗せてくれたでしょう。憶えてない？」

次兄は、かつて父と一緒に金長一門を訪ねた時のことを思い起こした。

父に促されて次兄は余興に偽叡山電車に化けた。夕闇の垂れこめた田園を金長一門の狸たちを満載して疾駆し、おおいに好評を博したはずである。そのとき運転席の窓にかじりついて「すごーいのね！　すごーいのね！」と興奮する女の子がいた。穴からなかなか出てこない困った娘が今日は珍しく出てきたと、金長が喜んでいたものだ。

「なーんだ、下鴨の狸だったのか。そんなら父のところへ案内してあげる」

彼女は次兄を天に捧《ささ》げるように持ち上げた。

そして「ららら、カエルー♪」と歌いながら、本殿の床下へもぐりこんでいった。

○

その頃、私は菖蒲池画伯の家の縁側に腰掛けて、パイプを吹かしていた。

時刻は昼をまわり、のどかな陽射しが庭先に落ちていた。菖蒲池画伯と奥さんは座敷に布団を敷いて仲良く昼寝をしている。

あたりはひっそりとして、パイプの火皿で煙草がちりちりと燃える音が聞こえた。

午前中に画伯と一緒に庭で遊んでいたときは、門前の路地をバイクが行きすぎていく音や、冬休みに入った子どもたちが遊ぶ声が聞こえていたが、今はまるで時の流れが止まってしまったかのように静かであった。動くものといえば透明な陽射しの中をたゆたって消えていくパイプの煙ぐらいである。

「そろそろ兄貴は狸選挙会場に向かったかな」と私は考えた。

そうして縁側で足をぶらぶらしていたら、小さな四つ足で枯れ葉を踏む音が聞こえ、庭の木立から一匹の狸が姿を現した。「なんだか可愛い狸が来たぞ」と思ったとたん、私の化けの皮は剝がれ落ち、パイプが落ちてコツンと鳴った。私は慌てて茶をかけて煙草の火を消した。「いきなり姿を見せるなよ」と私は言った。

夷川海星が庭先にちょこんと座って笑っていた。

「会いに来てあげたんでしょ、あんたが会いに来ないから」

「無茶言うな。俺は逃亡中の身なんだからな」

「狸のくせにナマ天狗に喧嘩売るのが悪いんだわ」

「おい、待て。俺は狸界のために一皮脱いだんだぞ」

「面白がってやっただけでしょうが。鍋に落ちても自業自得よね」

しかしながら、人間の家の庭先で許嫁と口喧嘩するわけにはいかない。私は縁側から下りて海星を連れて木立を抜け、干上がって枯れ草に覆われた池の底に下りた。

そこで海星が偽電気ブラン工場を逃げだしてきたと聞いて驚いた。

「逃げだしたってどういうことだよ」

「呉一郎兄さんって、なんだかすごく妙なんだもん」

十年ぶりに京都へ帰還して以来、夷川呉一郎はかつて世を捨てた毛坊主とは思えないほど精力的に活動していた。我が長兄の偽右衛門就任にあたっては、狸界の仕事を肩代わりしたり、長老たちへの挨拶まわりに同行したりと、文句のつけようのない助太刀ぶりである。偽電気ブラン工場の経営においても、彼は抜群の要領の良さを示し、海星の仕事はあれよあれよという間に肩代わりされてしまった。金閣と銀閣はすっかり呉一郎のカリスマに心酔して、口答え一つしないという。

「呉一郎は総領だから張り切ってるんだろ」

「兄さんはあんな感じの狸じゃなかった」

「十年も経ってるんだし、呉一郎だって変わるさ」

「それだけじゃない。もっと妙なことがあるんだからね」

そうして海星が語ったのは、たしかに聞き捨てならぬことだった。

数日前、海星が工場の敷地内をぶらぶらしていると、故稲妻博士の霊を祀った稲妻神社で怪しい人影がうごうごしていた。その神社は夷川家の聖地であり、工場の関係者でさえ気軽には近づかず、まして部外者が踏み入ることはない。

海星が咄嗟《とっさ》に声をかけようとしたとき、夷川呉一郎が足早に歩いてきて、その怪しい人物と握手をした。海星は物陰に隠れて様子を窺った。そのまま彼らは稲妻神社に入っていき、何ごとか密談に耽っている様子であった。

「その相手があの胡散臭い幻術師だったのよ」と海星は言った。

「ちょっと待て。呉一郎は天満屋なんかと取引してるのか？」と私は仰天した。あの怪人の偽物臭い歯が脳裏で白く煌めいた。「たしかにそれは妙なことだな」

以来、海星はそれとなく呉一郎の身辺をさぐるようになったが、呉一郎はなかなか尻尾を摑ませなかった。そのうち、海星は逆に自分が監視されているらしいと気づいた。彼女がどこへ行くにしても、それとなく夷川親衛隊の狸たちがついてくるのだ。問い詰めてみても彼らはシラを切るのだが、夷川呉一郎に命ぜられているとしか思えなかった。

「それにね、呉一郎兄さんは私たちの婚約復活も厭がってるみたい」

「来年には正式に発表すると兄貴に言ったらしいけどな」

「矢一郎さんの手前、とりあえずそう言っただけじゃないの。父の喪中っていうのは言い訳なのよ。とにかく呉一郎兄さんは得体が知れないわ」

そうして海星は自慢するように言った。

「とにかくなんだか気に入らないから、『矢三郎と駆け落ちする』って書き置きを残して逃げだしてやった。きっと兄さん、ビックリするでしょうよ」

「おまえ……そんなことしたら、またややこしいことになるだろ」

「何をお尻の穴のちっちゃなこと言ってんの」

「許嫁に戻ってから駆け落ちするなんて、本末転倒もいいとこだろうが」

何か言い返そうとした海星がふいに口をつぐみ、木立の方に目をやった。濡れた鼻先をくんくん鳴らして、「へんな感じがする」と呟いた。私も振り返って木立を見てみたが、冬枯れした木々の枝が重なり合っているばかりである。

海星は不安そうな声で囁いた。

「どこかでお祭りをやってるの？　祭り囃子が聞こえたような……」

その瞬間、木立の奥からバネの弾けるような「パン」という乾いた音が響き、何かが空を切ったと思うや、海星がキュッと悲鳴を上げて倒れた。私は慌てて彼女に駆け寄り、「どうした！」と揺さぶったが、海星は焦点の合わない目で私を見つめるばかりである。前足をユラユラさせたかと思うと、そのまま目を閉じてしまった。

天満屋の陽気な声が響き渡ったのはそのときである。

「ほうほうほう！」

木立の奥から姿を現した天満屋は、ご自慢の赤シャツの上からゴージャス極まる毛皮を羽織り、ピカピカ光る独逸製空気銃をかまえていた。あたかも北国からやってきた成金趣味の猟師のごとし。今までどうやって気配を消していたのか見当がつかない。

私は海星を引きずって、迫りくる天満屋から逃れようとしたが、意識を失った許嫁は毛深い漬け物石のように重たい。抱え上げて逃げようにも化けることができない。四つ足の不便さに私は切歯《せっし》扼腕《やくわん》して唸るばかりであった。

「そうれ、もう一発!」という天満屋の声が響いた。

首もとに激しい痛みと衝撃を感じ、そこから熱いものが身体全体に広がった。

みるみるうちに視界が狭まり、目の前の景色が遠ざかる。

隧道の彼方にあるかのような小さな景色の中を、毛皮に身を包んだ天満屋がのしのし歩いてくる。その手にぶら下げられた大きな檻が冬の陽射しに光っていた。

そして私は意識を失った。

最後まで目に焼きついていたのは、天満屋の偽物臭い純白の歯であった。

○

金長神社の薄暗い床下には狸穴がたくさんあいていた。

金長の娘は狸姿となり、次兄を背中にのせて、大きな穴にもぐりこんだ。しばらく這っていくうちに、穴は煉瓦壁で補強された立派な隧道となり、やがて前方に古ぼけたカンテラの光が射したかと思うと、彼らは大きな屋敷の板廊下に出た。

「これが金長の狸穴なの」

金長の娘と次兄は人間の姿になって歩いていった。

曲がりくねる板廊下の両側には、延々と座敷が連なっていた。どの座敷にも狸たちがごろごろしていて、通りかかる金長の娘に親しげに挨拶する。お遍路姿の狸たちがごろごろしている座敷もあれば、卓袱台で一家団欒《だんらん》中の座敷もある。座敷ごとに縁側と庭があって、その向こうは白漆喰の塀が見えているが、空模様はさまざまだ。真夏の入道雲が聳えていたり、立てきった障子の向こうで冷たい雨が降り続いていたりする。

「ここにならんでいるのは、ぜんぶ白峰相模坊《しらみねさがみぼう》様の奥座敷なんだってさ」

娘はぺたぺたと歩きながら言う。「金長一門は相模坊様から間借りしてるわけよ」

「どれぐらいの広さがあるのだろう？」

「それはもうトンデモナイ広さで、想像しただけであくびが出ちゃう。それだけじゃなくて、大きさと形がしょっちゅう変わるのよ。相模坊様がやってきて、お座敷をいくつも切り取って持っていっちゃったり、また新しいお座敷を持ってきてくっつけたりするから。そのたびに狸たちが引っ越しで大騒ぎするんだ」

やがて彼らは宴会場のように広々とした座敷へ出た。

縁側の向こうには爽やかな初夏の空が広がっており、庭先にある物干し竿《ざお》には色とりどりの手拭いが干されてヒラヒラしている。座敷の真ん中には年季の入ったカメラのコレクションがずらりとならんでいて、それらを二人の男が眺めていた。

一人は白地に黒の太い縞が入った浴衣を着て、豪快に胸毛を溢れさせた胸もとには首からさげた小さな瓢箪が揺れている。顔は髭モジャで、全体的に丸っこい。人間の姿に化けているのに、溢れ出る狸気が隠しようもないという印象で、それが第十八代金長であった。金長のかたわらに正座してニコニコし、几帳面そうな着物姿で眼鏡を光らせている大男が、金長一門の参謀として名高い藤ノ木寺の鳶《とんび》という狸であった。

二匹の狸はカメラ談義を中断し、入ってきた次兄を怪訝そうに見た。

金長の娘が次兄を紹介して、「それじゃね」とあっさり引き返していった。

次兄は金長の前に進み、正座をして頭を下げた。

「御無沙汰しております。下鴨総一郎が二男、矢二郎でございます。金長様におかれましては、ますます御健勝のこととお慶び申し上げます」

「や、これはこれは下鴨の」

金長と鳶は慌てて向き直り、次兄に対して頭を下げた。

そのとき次兄は、座敷にもう一匹の狸がいることに気づいた。座敷の隅に薄汚れた布団が敷かれ、坊主らしき禿頭《はげあたま》の男がぐうぐうと大鼾をかいている。ぽっこりとした腹を剝きだしにして、喰いかけのおむすびを右手に握りしめ、こちらもまた全身から滲み出る狸気を隠す気もない。

「金長の居候だろうか」と次兄は思った。「遠慮のない居候だなあ」

次兄は金長たちに京都狸界の近況を語り、偽右衛門を務めてきた八坂平太郎が引退して下鴨矢一郎が偽右衛門となること、矢一郎もいずれ挨拶に来るということ、父の代まで続いてきた付き合いを今後も変わらず続けていきたいということを述べた。

金長は嬉しそうにニカニカと笑った。

「偽右衛門とは、矢一郎も御立派になられたな。困ったことがあればなんでも言ってくださいよ。総一郎の息子の頼みとあらばこの金長、いくらでも毛皮を脱ごう」

「……嗚呼、それにしても総一郎君はじつに惜しい狸でございましたねえ」

藤ノ木寺の鳶がしみじみ言うと、「まったくまったく」と金長も言った。

金長が哀しげに丸っこい身体を揺らすと、瓢簞がちゃぷちゃぷと小さな音を立てた。

次兄は声をひそめ、昨年明らかになった夷川早雲の陰謀について語った。早雲が父を鉄鍋に落とした顚末を知ると、金長は「むごい話よ」と太い眉をひそめた。

「しかし今は叔父も亡くなり、下鴨家と夷川家の和解も成りました」

「すると、今の夷川家の総領は誰なんだい？」

「幸いにも長子の夷川呉一郎が京都へ戻りまして」

次兄がそう言うと、金長と鳶はキョトンとした。

「それは妙ですな」と鳶が首を傾げた。「夷川呉一郎さんは当家に滞在中ですからな」

今度は次兄がキョトンとする番であった。

「……それは本当ですか？」

「さよう、もう一年にもなるかな」と金長は言った。「修行するようなしないような、悟ったような悟らぬような、まことに妙な毛坊主ですよ。室戸岬で豁然《かつぜん》大悟したと思ったら気のせいだったそうな。喰うとなれば狸十四分の大飯をペロリと平らげるし、寝るとなれば三日三晩ぶっ通しで寝る。こいつが、どうしてだか俺とは馬が合ってねえ」

そのとき、座敷の隅から眠そうな声が聞こえてきた。

「なんだか妙な話をしてるナア」

「おや、呉一郎。ようやくお目覚めかい」と金長が呼びかけた。

先ほどまで高鼾をかいていた坊主が起き上がった。かぴかぴになったおむすびが胸もとから転げ落ちたのを、慌てて摑んで口に放りこんでいる。

「京都のそいつが呉一郎だと言い張るならそれでもいいが――」

その坊主は次兄を見据えながら、薄汚れた禿頭をザラリと撫でた。

「そうすると、ここにいる俺は誰なんだろ？」

○

午後三時をまわった頃、長兄たちは東華菜館を威風堂々出発した。

四条通を歩いていく長兄の後ろに、前祝いの会に参加した狸たちが従った。南禅寺正二郎によれば、長兄の背中には早くも偽右衛門の風格が漂っていたという。

長老たちの会議が行われるのは二代目の邸宅である。長兄たちがビルの前に到着したとき、玄関先には八坂平太郎をはじめとする狸界の重鎮たちが着物姿で詰めかけていた。

「皆様、本日は宜しくお願いいたします」と長兄は頭を下げた。

狸たちがぞろぞろと階段をのぼってビルの屋上へ出ると、早くも夕暮れめいた陽が射して、尻を冷やす冬の風が吹き渡っている。

二代目は庭先にあるガス燈のとなりに立って、狸たちを迎えた。

「ようこそ、狸諸君」

二代目は狸たちの会議のために邸宅を模様替えしていた。

几帳面にならべられていた西洋家具は居間の奥の壁際に集められ、入念な計算のもとに累々と積み上げられて、その頂きは天井近くにまで達していた。てっぺんには二代目の長椅子が置かれて天狗的バランスを保っている。天井にはシャンデリアが硝子の城のように輝き、床には狸百匹をのせて空を飛びそうなペルシア絨毯が敷かれていた。

「私はここから見物させて頂こう」

二代目はヒラリと飛び上がり、長椅子に腰掛けてパイプに火を点けた。

ペルシア絨毯に座布団がならべられ、長老たちが鎮座した。

八坂平太郎を筆頭に、狸たちは二代目に平伏した。

「このたびはお忙しい中、狸どもの会議に御臨席を賜りまして、まことにありがとうございます。モタモタするかとは存じますが、ご寛恕《かんじょ》頂ければ幸いでございます」

「かまわないとも、八坂平太郎。好きにやりたまえ」

そこで二代目は怪訝そうな顔をした。

「ところで矢三郎君の姿が見えないね」

「あいつは弁天様の逆鱗に触れましたがゆえ、現在逃亡中でございます」

「やれやれ……彼も忙しい狸だな」

かくして豪奢なペルシア絨毯の上で、長老たちの会議は始まった。

この長老たちの会議は、まことにのんびりしたものである。ぷつぷつと泡が弾けるような声で囁き合い、長老たちは気紛れに眠ったり起きたりして、この世とあの世の境目をふわふわする。この世の会議場とあの世の会議場を行き来することで、この世の事情とあの世の事情を多角的に検討しているというが、本当のところは誰にも分からない。

そのとき南禅寺玉瀾は狸たちの末席にひかえて、会議の行く末を見守っていた。

彼女は天井近くに陣取っている二代目を興味津々で見つめていた。

二代目は長い脚を組んで長椅子に座り、パイプ煙草の煙をぱっぱと吐きだして、豪奢なシャンデリアのまわりに雲を作っている。

「狸たちが会議をするなんて、天狗様にはおかしいのかしらん」

玉瀾はそう思い、神妙な顔をしている狸たちを見まわした。

そのとき彼女は妙なことに気がついた。

夷川呉一郎の姿が見えないのである。

○

その頃、母は糺ノ森で心細い思いをしていた。

午後三時半をまわって冬の日は傾き、糺ノ森の木陰には夕暮れの気配が忍び寄った。乾いた落葉が冷たい風に吹かれて転がっていく。

ひとりで考えれば考えるほど、いくらでも心配の種は湧いてきた。普段の母は下鴨家最大サイズの肝っ玉を誇るといっても過言ではないのだが、なにしろ今日はかつて父が狸鍋に転落した日でもあり、何かと厭な想像ばかり湧いてくるのである。

「総さん、総さん。あの子たちをお守りください」

母は亡き父に呼びかけて、子どもたちの無事を祈った。

そんな風にそわそわしていたものだから、ふいに矢四郎から電話がかかってきたとき、母は飛び上がるほど驚いた。寝床から携帯電話を拾い上げて出ると、電話の向こうで矢四郎はしくしくと泣いていて、何かただならぬ気配であった。

「どうしよう母上。僕、事故を起こしちゃった」

「事故ですって？」

「実験室がめちゃめちゃになって、金閣と銀閣がたいへん怒るんだ。でも僕にはどうしてこんなことになったのかちっとも分からない」

「落ち着いて。お母さんが行くまで待ってなさい」

母は黒服の王子に化けて寝床を飛びだすと、韋駄天《いだてん》のごとく参道を走って馬場を駆け抜け、下鴨本通へ出た。タクシーを呼び止めて乗りこむなり、「夷川発電所まで全速力！」と大声で叫んだ。

そして十五分後には、母は偽電気ブラン工場の門扉をくぐっていた。

蔦のからまった煉瓦造りの旧館や倉庫群が立ちならぶ敷地内は異様にひっそりとしていた。傾いてきた陽射しが工場の薄汚れた窓を蜜柑色に染めている。工場の玄関先に夷川家専用の消防自動車が止まって赤いランプを光らせていた。

母が階段をのぼって長い廊下を歩いていくと、次第に喧噪が聞こえてきた。

矢四郎の実験室の前は消火用のホースが伸び、消防服に身を包んだ夷川親衛隊たちが立ち働いている。廊下は燃えかすと水でどろどろで、廊下にならんだ窓硝子は砕け散って、冷たい風が吹きこんでいた。そんな中、矢四郎が尻尾を丸出しにして、意気消沈した様子で壁にもたれている。母は矢四郎に駆け寄り、廊下から実験室を覗いて驚愕した。

実験室内は風神様が踊り狂ったかのようにメチャクチャで、砕け散った機械類と燃えかすが渾然一体となっている。ようやく事故の大きさを知った母は急に怖くなり、矢四郎の顔をぺたぺたと触って耳を引っ張り、尻尾が焼け焦げていないか入念に調べた。

「僕は大丈夫」と矢四郎は呻くように言った。

「何が大丈夫なものですか。このありさまは何なの？」

そのとき、忙しく立ち働いていた消防服の狸たちの中から、金ピカ消防服を得意げに着こんだ金閣が出てきた。「じつにとんでもないことですよ」

金閣がものものしい顔で説明したところによると、矢四郎が開発中であった偽電気ブラン製造器が暴走、予想外の化学反応の連鎖が爆発事故を引き起こしたらしい。矢四郎はたまたま休憩に出かけていたから無事であったのである。

「下鴨家の教育はどうなっているのかと僕は問いただしたいね。この偽電気ブラン工場でこんなにも大きな爆発事故は前代未聞だ。僕は自分の部屋にいたけど、ドカーンと音がして思わず尻尾が出たよ」

「そんなのおかしいよ。爆発なんてするわけない！」

「アマチュア研究家の言うことなんてアテにならないね。僕は前々から、こんなことになるのではないかと恐れていたのだ。呉一郎兄さんの好意で実験室を与えてもらっておきながら、こんな事故を起こすなんてひどい。恩を仇《あだ》で返すとはこのことじゃないか」

「僕、ちゃんと調べてみるから——」

矢四郎が実験室に入ろうとすると、金閣は凄まじい剣幕で立ちふさがった。

「証拠隠滅は許さないぞ。現場検証は僕らの仕事！」

「ねえ、金閣」と母は言った。「こんな騒動になって本当に申し訳ないと思っていますけど、そんな風に決めつけるのは早いのではないかしら。矢四郎もこう言っていることだし、きっと何かの間違いだと思うのですけど」

「間違いと言われても、現に実験室は爆発しておるんですよ、お母さん！」

「私はあなたのお母さんではありません」と母はピシャリと言った。

「……ともかくね、この実験室で発生した爆発のおかげで、工場内の電気系統がむにゃむにゃになって、製造ラインがストップしている。被害甚大、前代未聞。僕ら夷川家は、下鴨家に対して正々堂々と損害賠償を請求するからね。尻の毛まで毟ってやるから覚悟しろよな」

「海星はどこにいるの？　海星と話をさせてちょうだい」

「海星は部屋に籠もってる。このところ偽電気ブラン工場の経営から外されて、ちょっとスネちゃってるんだ。まったくムズカシイ年頃なんだ」

「こんな大事故なのに部屋に籠もってるの？　そんなの海星らしくないわ」

「海星を呼ぶのはお断りだね。海星の部屋に入ったりしてみろ、毛深い馬糞とか黴菌《ばいきん》の親玉とか、罵詈雑言がそれはもうひどい。僕の繊細な魂がいちいち傷つくんだよ」

海星が姿を見せないことに、母の不審はいよいよ募った。

「あなたたち、何を企んでいるの？」

母は矢四郎を抱き寄せてそう言った。

そのとき、銀ピカの消防服に身を包んだ銀閣が、燃えかすだらけになった実験室から姿を見せた。「兄さん、へんなものを見つけた」と言い、黄金にピカピカと輝く細長い機械を金閣に手渡した。

金閣はその恐るべき文明の利器を矢四郎の鼻先へ突きつけた。

「どうしてこんなものがおまえの実験室にあるんだ？」

「知らない。僕はそんなの知らないよ！」

「これは二代目が捜しておられた独逸製空気銃だろ。哀れ僕らの父上が有馬温泉で命を落としたとき、その弾丸を放ったやつだ」と金閣は母と矢四郎を睨んだ。「どうしてこんなものがおまえの実験室にあるんだ？」

母と矢四郎は抱き合って呆然としている。

「いったいこれはどういうことなのでしょうか」と背後で声がした。

母と矢四郎が振り返ると、夷川呉一郎が哀しげな顔をして立っていた。

○

そんなことになっているとは夢にも思わず、次兄は南海フェリーの船客となり、紀伊水道にのんびり船出しようとしていた。

次兄は甲板に立って潮の匂いを胸一杯に吸いこみ、遠ざかる徳島港を眺めていた。立ちならぶ倉庫群やセメント工場、紅白に塗り分けられた煙突がみるみる小さくなる。フェリーは海の向こうの和歌山港を目指して、暮れかかる海上を進んでいく。

「もう少し旅を続けたかったけどなあ」

次兄は手すりから身を乗りだし、遠ざかる阿波の国にサヨナラをした。

金長狸は親切であり、呉一郎に出逢って驚いている次兄に、「とりあえず一度京都に戻ってみたほうがいいのではないか」と忠告してくれた。彼らが狸穴を抜けて金長神社の床下へ這い出ると、芸術的穴掘りにいそしんでいた金長の娘は「もうカエルの？」と拍子抜けしたような顔をしたが、金長から事情を聞いて、徳島港まで次兄と呉一郎を車で送ってくれた。

「世の中というものは親切な狸に充ち満ちているなあ」

次兄が考えていると、呉一郎がカップラーメンをすすりながらやってきた。

「やあ。阿波の国も遠くなりにけり」と呟いて、呉一郎は遠ざかる港を眺めている。

呉一郎は金長神社から徳島港へ向かう間も饅頭を頬張り、フェリーの出航時間が迫っているのに売店で食べ物を買いあさって次兄をはらはらさせた。「めんぼくない」と呉一郎は言った。「ずっと寝ていたものだから、とんでもなく腹が空《す》いててな」

次兄はかつての同窓生をしげしげと見たが、目前でラーメンをすすっている破戒坊主めいた狸と、かつて森の木陰で仏典を読んでいた呉一郎が結びつかない。先に京都へ姿を見せた呉一郎の方が、よっぽどかつての呉一郎らしかった。

「ずいぶん修行をしたんだろうね、呉一郎」

「修行したのを自慢しているようでは、まだまだ悟りは遠いんだぜ」

「君は悟ったのか?」

「悟ってない、悟ってない。いやはや、悟らざるもの喰うべからずだよな」

そう言いながら呉一郎はラーメンをすすった。

次兄は呉一郎のいない間に京都で起こった出来事を語った。

自分の父親が狸殺しで晩節を汚し、人間の手にかかって世を去ったことを聞いても、呉一郎は眉一つ動かさなかった。

「……まったく親父殿らしい末路だな」

「哀しくないのかい？」

「ただ親父はそう生きたというだけのことだな。毛玉一匹いかに生きようがいかに死のうが、天地の大勢に何のかかわりもない。とはいえ一寸の毛玉にも五分の魂だ。まったく腹黒い狸だったが、親父には親父の矜持があったろう。くたばっちまった今となっては、あんな狸もたまには生まれてもかまわんと思うね」

　ふいに呉一郎は不思議に澄んだ目で次兄を見た。

「すまん。あんたにとっては親の仇だった。謝るよ、矢二郎」

「いいんだ」と次兄は今さら怒る気持ちにもなれなかった。

「さてさて、俺に化けているのは何者だろうか」と呉一郎は面白そうに言った。

「少なくとも俺には本物の呉一郎に見えたけれどもね」

「京都に帰ってその偽者に対面するのが楽しみだ。仏に会ったら仏を殺せ、自分に会ったら自分を殺せ。ついでに、今は亡き親父殿の霊前で阿呆陀羅経《あほだらきよう》でも上げてやろう」

　それから二人は寒風に震えつつ、広々とした空と海を眺めた。

「問題が片付いたら、俺はまた四国へ渡ろうと思う」と次兄は言った。

「それはいい」と呉一郎はニヤリと笑った。「金長の娘も喜ぶだろうよ」

「何を笑ってるんだ、呉一郎」

「何も笑ってないさ、矢二郎」

次兄は徳島港の乗船口で、金長の娘とサヨナラしたときのことを思い起こした。彼女は人目も気にせず裸足で立ち、「また来てね、今度は偽叡電で室戸岬まで連れてって」と言った。次兄と呉一郎が船に乗りこもうとすると、彼女は大きく背伸びして、「ボンボヤージュ！」と手を振った。彼女のきらきらと輝く目のことが、もうすでに懐かしい。

「そういえば彼女の名前は何というんだっけ？」

「なんだよ知らないのかよ」と呉一郎は目を丸くした。「呆れたやつだな。彼女は星瀾《せいらん》というんだぜ。星の波っていう意味だよ」

「宇宙的でステキな名前じゃないか。海星に似ているなあ」

「そりゃそうだろ」

呉一郎は愉快そうに笑った。

「星瀾の名付け親は偽右衛門下鴨総一郎だ」

○

ようやく正気に返ったとき、私は自分がどこにいるのかも分からなかった。

いやに頭が朦朧としているし、世界がひどく揺れている。鼻先を上げてみると、ひんやりとした鉄の檻に触れた。檻の向こうは紫色の布に覆われて何も見えない。

「やられたなあ。金曜倶楽部の鍋へ直行か」

私のかたわらでは海星がぬくぬくと丸まって寝息を立てている。でっかい温泉饅頭の夢でも見ているかのような暢気な寝顔で、揺さぶっても目覚める気配はまるでない。彼女の毛が鼻先をくすぐり、私は「へっぷしん」とクシャミをした。

その拍子に、揺れていた檻が急に止まってガシャンと地面に置かれた。

私が慌てて狸寝入りをすると、風呂敷包みを解いて天満屋が中を覗きこんできた。公爵夫人のよそゆきみたいな悪趣味な毛皮に身を包み、檻を摑んで揺らす手首には黄金の腕輪、指先にはゴテゴテと指輪をつけている。満艦飾《まんかんしょく》の成金趣味だが、ハアハアと吐きかけてくる白い息にはほんのりと仁丹の匂いがした。

檻の外はずいぶん賑やかな街中で、なんとなく見覚えがある。琵琶湖畔から京都市街まで連れてこられたらしい。ちらりと見えた空はうっすらと桃色に染まっていた。

「よーしよし」と天満屋は風呂敷を包み直し、ふたたび歩きだした。

十分ほども揺られると、格子戸の開く音がして、あたりがスウッと暗くなった。

「ごめんくださいまし、天満屋でございます」

「天満屋か。ご苦労であった」

遠くから嗄《しわが》れた老人の声がした。まるで天の声のように聞こえた。

紫色の風呂敷を通して、年季を重ねた木の匂い、畳の匂い、湿気った土の匂い、線香の匂いが渾然一体となって漂ってきた。坪庭のある古い町家のたたずまいが脳裏に彷彿とする。

やがて天満屋はふわりと風呂敷包みを解いた。

「狸をお届けに上がりましたぜ」

そこは薄暗い冷え冷えとした六畳ほどの座敷であった。

金曜倶楽部の首領、寿老人が床の間を背にして端然と座っている。そのかたわらには象牙を彫って色を塗った狸の像が置かれていて、寿老人はそれを脇息《きょうそく》がわりにぺたりぺたりと撫でていた。床の間には掛け軸があり、月を見上げる狸の図。寿老人は細い目をいよいよ細くして、檻の中で狸寝入りする私を見ているらしい。

「ようやった、天満屋。これで鍋ができるというものだ」

「……で、あの新入りの矢三郎君は除名ですかい？」

「他ならぬ弁天さんの推薦といえども、忘年会に狸を持ってこないのでは話にならぬ。どうやら弁天さんの見こみちがいであったようだな」

「なかなか面白い青年でしたがなあ。まことに惜しいことで」

「おまえが気にすることではない」

「しかし貧乏籤《くじ》を引かされるのは気に喰わんです。俺も天下の天満屋だ。他人様の尻ぬぐいばかり引き受けさせられては、どうも沽券にかかわるんで」

そして天満屋は隠し持っていた独逸製空気銃を畳に立ててみせた。

「こいつでズドンと一発やらせてもらいました。薬で眠らせただけですから、新鮮ピチピチもいいところ。この狸ども、鍋に落ちるまで夢見心地でしょうよ」

「何処で手に入れた？」と寿老人が訊ねた。

「あの菖蒲池とかいう絵師の庭でございますよ。我らが親しき友、夷川さんが懇切丁寧に教えてくださいましてね。あそこの庭に狸が一匹住み着いておるから、こっそり訪問すればイチコロだと。出かけていったら、なんと逢い引き中の狸を二匹見つけて、思わぬ幸運でした。仲良きことは美しき哉。狸というやつも、じつに油断のならないエロですな」

「哀しい哉、逢い引きの続きは鍋の中となろう」

「鍋は道連れ世は情けとはよく言ったもの」

天満屋相手に狸を売り飛ばすとは、夷川呉一郎は許すべからざるクソ坊主であった。工場を抜け出してきた海星までが巻き添えになるとは計算外のことであったろう。しかし呉一郎の本性が分かったとしても、檻の中からでは手も足も出ない。

「大還暦は近づけり、狸鍋で英気を養うとしよう」

寿老人は立ち上がって障子を開け、薄暗い坪庭をめぐる廊下を歩いていった。天満屋は檻を抱えてあとに続く。町家の裏に抜けて、さらに真っ暗な蔵の中を通ると、有刺鉄線をからめた高い塀に囲まれた妙な空き地に出た。

そこに寿老人愛用の三階建電車が堂々と聳えていた。

一階の先頭に運転席があり、寿老人が乗りこんで操作すると電車全体に明かりが灯った。運転席のかたわらには、赤玉先生の茶釜エンジンが据えつけられている。寿老人は天狗の道具を我がものとし、京都の制空権を握るつもりか。

寿老人は書斎の机の向こうに腰かけて、天満屋をジロジロ見た。

「しかし天満屋、ずいぶん金まわりが良さそうであるな」

「えへへ。金は天下のまわりもの、天満屋の懐へ入るもの。夷川さんがいやに我が愛用の空気銃を欲しがりなさるので、きわめて良心的なる価格で売却した次第です」

「しかしおまえは銃を持っているではないか」

「……おや、どうしたことか。はて面妖な」

「夷川をたばかったな」

「人聞きの悪い。夢を売ったのでございますよ」

「天満屋、おまえも悪よのう。いずれ地獄に堕ちようぞ」

寿老人がそう言うなり、書斎の隅に立てかけられていた地獄絵から、生臭い風が噴きだしてきた。机上に置かれた和綴じの本や、天井から吊られた掛け軸が、風に吹かれて音を立てる。天満屋は檻を抱えたまま、薄気味悪そうな顔をして後ずさった。

「今日も地獄の風が吹く」

寿老人は机の向こうで微笑んだ。

「そろそろ邏卒がおまえを迎えに来るかもしれんな」

「恐ろしいことを仰らないでくださいよ。俺は人一倍娑婆《しゃば》が大好きな男でございます」

そのとき生臭い風がひときわ強くなって、何者かがヌッと地獄絵から姿を現した。天満屋はキャッと悲鳴を上げて檻を放りだし、車窓に張りついた。しかし現れたのは地獄の邏卒ではなく、闇夜のようなドレスを着た弁天であった。

「あら、天満屋さん」

彼女は身体にからみつく炎をはたき落としながら言った。

「なんだかへんな匂いがすると思ったら、あなただったの？」

「そいつはひどい言われよう」と天満屋は言った。「こうして狸を連れて参ったのは、もとはといえば矢三郎君が逃げたからで、つまりは弁天さんのお尻拭いですぜ」

「あなたにお尻を拭われるぐらいなら、地獄の炎で炙《あぶ》られたほうがマシというもの」

「身を粉にして尽くしているのに御礼の一言もナシだよ。ゾクゾクすらあ」

「高嶺の花はお辞儀をしないのよ」

そう言って弁天はかがみこみ、檻の中の私と海星を見つめた。

彼女が首からさげている「龍石」が、檻にあたってコツコツ鳴る。

しばし沈黙があったかと思うと、狸寝入りしている私の鼻面に、温かくて塩辛い滴が降ってきた。私が狸寝入りしていることを、弁天が気づいていたのかどうかは分からない。

「やれやれ。鬼の目にも涙ですかい」と天満屋が言った。

「私に食べられるあなたが可哀相なの」

弁天は檻を抱えるようにして、私に向かって囁いた。

「……それでも私は食べてしまうのよ」

○

二代目の邸宅の硝子戸の外は暮れていき、鹿鳴館時代のようなシャンデリアはいよいよ華やかに輝いていた。あまりの退屈さに二代目は長椅子に寝転んで眠ったように動かない。

冥途と現世を股にかけた長老たちの長談義が終わりに近づき、「よかろ」「よかろ」という声が泡の弾けるようにぷつぷつ響いた。ついに到来する栄光の瞬間にそなえて長兄が居ずまいを正したまさにそのとき、硝子戸が乱暴に開かれた。

そして金閣の鋭い一声が狸たちを驚かせた。

「偽右衛門の決定、ちょっと待って！」

「なにごとだ、金閣」と八坂平太郎が怒気を含んだ声で言った。「長老様たちの御会議中に大きな声を出すな。二代目もいらっしゃるのだぞ」

「僕を叱るのは後まわしにして欲しいなあ、八坂さん」

夷川親衛隊を引き連れた金閣は意気軒昂であり、戸惑う狸たちを押し分けるようにして強引に前へ出た。狸たちが「なにごとか」と固唾を呑んでいると、開きっぱなしの硝子戸から夷川呉一郎が暗い顔をして入ってきた。

金閣は振り返って呉一郎に言った。

「兄さん、ここは僕にまかせてちょうだい」

あたかも有罪を確信した鬼検事のごとく、金閣はニンマリと笑みを浮かべ、夷川親衛隊員から受け取った独逸製空気銃を得意げに掲げてみせた。

「これは偽電気ブラン工場内、矢四郎の実験室から発見されたものです」

金閣は狸たちを見まわしながら言った。

「これこそ、僕らの父上である夷川早雲を撃ち殺した、あの独逸製空気銃にちがいない。先ほどポンコツ発明家の下鴨矢四郎が、偽電気ブラン工場で爆発事故を起こしましてね。現場検証をしていたら見つけちゃったのだ。僕は心底驚いたよ。どうして矢四郎がこんなものを自分の実験室に隠していたんだろう。不思議だな！　僕はおおいに不思議だな！」

長老たちは黙りこみ、狸たちは騒然とした。金閣が空気銃を振りまわすと、狸たちは怯えて波を打った。八坂平太郎が「まさか」と唇を震わせている。

金閣はニンマリと笑って長兄を見た。

「君のお母さんと矢四郎君は偽電気ブラン工場にいる。銀閣が事情を聞いてるよ。いずれ矢四郎君が何もかも白状するだろう」

「母上を捕まえる権利など、おまえらにはない。勝手なことをするな」

長兄は膝を立てて叫んだ。「これは陰謀だ！　夷川の陰謀だ！」

「しかし動かぬ証拠がここにあるんだぞ。どうしてこれを隠したか？　なぜならおまえらがこの銃で僕らの父上を撃ち殺したからだ。この狸殺し！」

金閣は長兄に空気銃を突きつけた。

「どうせあのアナーキーな矢三郎にやらせたんだろ。だいたい有馬で父上が撃たれたとき、その場にいたのは矢三郎だけじゃないか。賢い僕にはピンときたね。おまえの計画がすべて見えたね。矢三郎に暗殺をやらせて、矢四郎に証拠品を隠匿させる。そうして自分は知らん顔して偽右衛門になり、ほとぼりが冷めた頃に凶器の独逸製空気銃は二代目に返上してしまおうってわけだ。なんという毛深いチームワーク！　呆れ果てたる兄弟愛だな！」

夷川呉一郎が膝をつき、包帯を巻いた腕で目尻の涙を拭った。

「私にはどうしても信じられません。まさかあの矢一郎さんが父を暗殺したとは。これではまったくの殺し合いではありませんか――」

「このまま知らん顔して偽右衛門になれると思うなよ」と金閣は言った。

その場に居ならぶ狸たちの頭には、この秋に狸界を席巻した夷川早雲謀殺論がふたたび暗雲のごとく垂れこめてきたらしい。長老たちは沈黙し、狸界の重鎮たちも沈黙した。

まるで幻術にかけられたような気がして、長兄は呆然としている。

そのとき夕闇に浸された前庭のガス燈に明かりが点り、その下を夷川親衛隊のひとりが駆けてきた。その狸は息せき切って会場に飛びこんでくると、「下鴨矢三郎が金曜倶楽部に捕まったぞ！」と叫んだ。「今頃はもう鉄鍋に落ちているだろうよ」

「矢三郎が……？」

長兄は息を呑んで立ち上がる。

その知らせを受け、会議場には漠然とした諦念が漂った。「あの矢三郎ならそういうことがあってもしょうがない」という狸たちの腹の内が透けて見え、長兄は思わず怒りに駆られた。矢三郎が弁天の怒りを買ったのは、もとはといえば狸界のために一皮脱いだからではないか。その矢三郎が捕まったと聞いて、おまえたち狸は何をボンヤリしているのか。

そして夷川呉一郎の小憎らしいほどに落ち着いた顔を見たとき、長兄は一切がこの毛坊主の罠であったことを悟った。こいつが真の黒幕だったのだ。この狸が念入りに隠した腹黒さを、愚かな俺はまったく見破れなかった——。

いつの間にか寄り添った玉瀾が長兄の手を強く握った。彼女は何も言わずにただ長兄に寄り添って、その決断を待っている。

ふいに長兄の血は沸騰し、腹の底から笑いがこみ上げてきた。

矢三郎は俺の弟だ。あいつは俺の弟だぞ。

我が弟の絶体絶命の危機にあって、何を迷うことがあるというのか。

長兄はむくむくと毛を生やして虎に化け、ペルシア絨毯を踏み鳴らした。

「何が伝統だ、何が狸界の未来だ、何が偽右衛門だ」

長兄の怒号が会議場を震撼させた。

金閣は「してやったり」と満面の笑みを浮かべた。

「言ったな、矢一郎。よくも長老様たちの面前で」

しかし、もはや長兄はひるむことなく、堂々たる声で宣言した。

「我こそは下鴨総一郎が長男、矢一郎である。立派な父の血を受け継ぎ損ねた、情けない長男とは俺のことだ。しかし俺にだって阿呆の血は流れているのだ。たとえ鉄鍋の底に沈もうとも、俺は弟を助けてみせる。おまえらは好きなだけ、そうして遊んでいるがいい」

怒号する長兄の背に、玉瀾がヒラリと飛び乗った。

長兄は呉一郎を睨みつけて言い放った。

「偽右衛門でもなんでも、そんなに欲しければくれてやる！」

あっけにとられる狸たちを尻目に、長兄と玉瀾は屋上へ飛びだした。冬の日は暮れきって、ビル街の灯が煌めき始めている。鍋には絶好の寒さであった。

がらんとした屋上を駆け抜けながら、長兄は武者震いした。

「すまんな、玉瀾。けっきょく俺も阿呆なのだ」

玉瀾は長兄の首にしがみつきながら、「知ってた」と笑った。

「だから私がいるんでしょう？」

○

その頃、母と矢四郎は偽電気ブラン工場の敷地内にある倉庫にいた。

あたりには使い古された機材が雑然と置かれていて、コンクリートの床は冷え冷えとする。電気ストーブの赤い光がぼんやりとあたりを照らしていた。

「いやだわ、また檻に詰めこまれちゃって。まるで去年と同じじゃないの」

「すごくお尻が冷えるねえ」

「それにお腹が空いたわねえ。今頃は『朱硝子』で矢一郎を待っているはずだったのに、夷川のおばかさんたちのせいで、とんだ忘年会になってしまったわ」

そのとき倉庫の扉が開き、銀閣がやってきた。

「やあ、夕食を持ってきたよ。生卵を入れてあげる」

銀閣は持ってきた牛丼のどんぶりに生卵を割ってかけ、母と矢四郎の檻に入れた。それから小さな器に魔法瓶から味噌汁を注いだ。銀閣が丁寧にこしらえた味噌汁には刻んだ油揚げと葱が入っていて、意外にも美味しかったので母は感心した。牛丼を食べて温かい味噌汁を飲んでいるうちに、腹の底がぬくぬくとして、母と矢四郎は落ち着いてきた。

銀閣は「なかなか暖かくならないなあ」とストーブを調整している。

「ねえ銀閣」と母は呼びかけた。「私たちが夷川さんを撃ち殺したなんて、まさかあなたそんなこと本気で信じているわけじゃないでしょうね」

「うーん。僕からはなんとも言えないね！」

「でもね、うちの子たちにかぎってねえ」

「親ってみんなそう言うから」と銀閣はストーブに手をかざしながら言った。「僕らの父上もそう言ってたものね。うちの子にかぎってこんなに阿呆なわけないって」

「そりゃ、あなたたちを見ればそう言うわねえ」

母は溜息をついた。「あなたたちのお母さんは、いつも心配していたっけ」

「母上の話はしたくないよ」と銀閣は言った。「僕は淋しくなるから」

夷川早雲の妻、銀閣たちの母親は、海星が生まれてすぐに急病で亡くなった。夷川家の箱入り娘として育ったために、彼女は見栄っ張りでワガママなところはなきにしもあらずであったが、子どもたちには良い母親だったにちがいないと母は言っていた。

「あなたたちもお母さんを早くに亡くして、それはつらいことだったでしょうねえ」

母が言うと、銀閣は黙りこんでストーブの赤い火を見つめた。

「お母さんはさぞかしあなたたちのことを心配しているでしょうね。子どもがいくつになっても、狸の親は心配なのよ。まして阿呆ならなおさらよ。あなたは本当は優しいところもある狸だから、お母さんが恋しいこともあるでしょう。こんな寒い夜には淋しくなったりもするでしょう。それはちっとも恥ずかしいことではないと思うわ」

「僕は淋しくない」と呟いた銀閣は淋しそうであった。

母は檻を開けてくれるように銀閣に幾度も頼んだが、彼は「それは駄目だよ」と首を振った。「兄さんたちに叱られるからね」

「でも私には分かりますよ、あなたが良い子ってことが」

「……良い子なもんかい」

やがて立ち上がって倉庫から出ていこうとした銀閣は、扉に手をかけたまま考えこんだ。

「檻から出すのは駄目だけど」と呟いた。「海星に相談してみるのはいいことかもね」

「そうね。私たちはここで待っているわ」

母は海星に望みを託して、銀閣が戻ってくるのを待った。

矢四郎が泣きそうな声で言った。

「矢一郎兄さんは偽右衛門になれない？」

「ややこしいことになってしまったからねえ」

「……きっと矢三郎兄ちゃんがなんとかしてくれるよ」

「どうかしら。あの子は何も知らないから」

とはいえ母たちもまた、私が鉄鍋に転落しかかっていることを知らなかったし、すでに長兄が偽右衛門の座を捨てて会議場を飛びだしたことも知らず、ましてや次兄がもう一匹の呉一郎を連れて徳島から京都へ向かっていることも知らなかったのである。

やがて銀閣が戻ってきて、驚くべきことを伝えた。

「どうしよう、海星が部屋にいない。僕は完全に困った」

「どういうことなの？」

「……こんな手紙があったんだけど、『駆け落ち』って何のこと？」

母はその置き手紙を読んで鼻を鳴らした。

「あらあら……いったい何がどうなってるの？」

○

狸寝入りをしているうちにふたたび私は眠りこんだらしい。

気がつくと私は、冷え冷えとした薄暗い廊下のようなところにいた。

紅《あか》い天鵞絨張りの椅子と木の西洋卓子《テーブル》が壁際にならんで延々と続き、廊下の果てはぼんやりとした暗闇に呑まれている。ところどころで古風なストーブが燃えていた。

「『朱硝子』だな」と私は気づいた。

洛中の狸たちが集う寺町通のバー「朱硝子」は、いくら客が入っても満席にならないと言われていた。店の奥はかぎりなく深く、一年を通して冬のように寒い。その果ては冥途へ通じているという話である。ひょっとすると私は今まさに現世と冥途の境を越えようとしているのであろうか。

廊下の果ての暗がりから、微かに祭り囃子のような音が聞こえている。

私はひとり卓子につき、その不思議な音に耳を澄ました。サヨナラの音だと私は思った。

卓子に頬杖をついて息を吐くと、廊下に充ちた寒気の中で私の吐息は白く凍った。幼い頃、父と一緒に糺ノ森の小川を歩いた冬の朝のことが思い出される。

気がつくと、西洋卓子の上に狸姿の父がちょこんと座っていた。

私は不思議と驚かなかった。

「父上、私はもう鍋になってしまったのでしょうか」

「そんなことはない。眠っているだけだ。これはおまえの夢なのだよ」

「父上はどうして狸の姿のままなんです？」

「……もはや化けられる身ではないからな」

「夢の中なんだから化ければいいのに」

「やりたい放題というわけにはいかんのさ。それが夢というものだ」

私はしばらく父の優しい目を見返していたが、ふいに「父上はひどい狸だ」という言葉が口からこぼれた。父は勝手に天狗へ喧嘩を売り、夷川早雲の恨みを買い、私たち家族を現世に残してアッサリと狸鍋になってしまった。いくら父自身は覚悟の上でも、遺された者たちはビックリする。家族の絆は深まったが、そのために我々はおおいに苦しみもしたのである。

「すまなかった」と父は言った。「阿呆の血のしからしむるところでな」

「我々はなんでも阿呆の血のせいにするきらいがあるね」

「おいおい、おまえも父のことは言えまい？」

「そうだねえ」

「蛙の子は蛙、毛玉の子は毛玉だ」

父は毛深い前足を見つめて言った。

「矢三郎、おまえは面白く生きているか？」

「面白く生きていますよ」と私は胸を張ったが、そこで自分が狸鍋にされかかっていることを思い出した。「おかげでもうすぐ鍋の底だよ」

「そのときは父が必ず迎えに行くとも」

「ありがとう父上……でも鍋に落ちるわけにはいかないよ」と私は首を振った。「いざとなれば父上のように笑って鍋になってやろうと思っていたけれど、海星を巻き添えにするわけにはいかないし、まだまだ現世に未練があるんだ」

「それでいいのさ」と父は笑った。「いずれ誰もが辿る道だ。先を急いで何になろう」

私は呆れて溜息をついた。

「我が子が鍋に落ちそうだっていうのに、どうして父上は笑ってるんです？」

「おまえらしくもないことを言うなあ、矢三郎」

父は優しい目で私を見つめた。

「我々は狸だ。笑うべきでないときなどない」

今までは平気で喋っていたのに、ふいに涙が湧いてきて、卓子の上にいる父の姿が見えなくなった。遠くからサヨナラの音が聞こえてきた。父に呼びかけようとしたが言葉にならない。暗い廊下はいよいよ暗くなって何も見えない。「赤玉先生を頼むぞ」という、懐かしい父の声が聞こえた。「おまえにはまだまだやることがある」

目を開いてみると、私はあいかわらず檻の中にいた。

意識を失っているうちに、檻は電車の三階に移されたらしく、銭湯の脱衣場の隅に置かれていた。かたわらでは海星が暢気に寝息を立てている。

そのとき私はギョッとして身を起こした。

奇怪な人物が姿を現し、足早に檻に近づいてきた。その人物は旧制高校の黒マントに身を包み、ペラペラの紙でできた安っぽい狸のお面をつけていた。

「ぽんぽこ仮面が助けに来たよ」と淀川教授は言った。

○

「三十六計逃げるに如かずだよ、毛玉諸君」

淀川教授はマントから毛むくじゃらの手を出して檻を抱え上げた。

しかしそのとき、階下の宴会場から陽気な一団がのぼってくる声が聞こえた。鍋に転落する狸にサヨナラしに来た金曜倶楽部の面々である。

「なにしろ今宵は二匹もいるらしいですよ」

「おいおい、天満屋さんも張り切ったな。狸を二匹も喰えないぜ」

「寿老人は昨年喰えなかった分を取り返そうって腹でしょうな」

「うーん。聞いてるだけで胃もたれしちゃう」

そんなやりとりが聞こえたかと思うと、金曜倶楽部の四人、大黒と毘沙門と恵比寿と福禄寿が階段口から姿を見せた。陽気に喋っていた彼らは、狸の檻を抱えた怪人を見るや否や、あっけにとられて立ちすくんだ。

「おいおい、なんだよおまえさん！」

「あ、ご覧なさい。そいつ、狸を盗む気じゃないですか」

とはいえ、彼らにも得体の知れない怪人に飛びかかる蛮勇はない。脱衣籠の散らばった簀《す》の子《こ》張りの脱衣場において、金曜倶楽部とぽんぽこ仮面はしばし睨み合った。「で、おまえは何者なんだ？」と毘沙門が問うと、淀川教授は雄々しく胸を張った。

「狸の味方、ぽんぽこ仮面だ！」

その声を聞くなり、金曜倶楽部の面々は拍子抜けしたらしい。

「なんだ、淀川さんかよ。驚いて損した」

「大学教授ともあろう人がそんな格好で何してるんです？」

「これは不法侵入ですぞ」

しかし淀川教授は耳も貸さない。

「天が呼ぶ地が呼ぶ人が呼ぶ、狸を救えと俺を呼ぶ。我が狸愛の前には一切の法律が無効となるのだ。六法全書なにするものぞ。詭弁上等、御意見無用！」

「はいはい、淀川さん。もう分かりましたから」

「しょうのない人だなあ。取り押さえよう」

しかし淀川教授は、南米で採取してきたという異形のオナモミをばらまき、金曜倶楽部員たちを容易に近づけなかった。「そのトゲトゲには毒があるぞ」と教授が叫んだので、部員たちは悲鳴を上げ、二階へ下りる階段を転げ落ちるようにして退却した。教授は脱衣籠や箪笥を投げ落として階段をふさぎ、檻を抱えて屋上へ向かった。

しかし時すでに遅し、三階建電車は空へ浮上していた。

屋上の竹林は風にざわめき、竹林を抜けた先にある池はじゃぶじゃぶと揺れている。紺色の夕空へ浮かび上がった三階建電車は旋回し、飛行船のようにゆっくりとビル街をかすめて飛んでいく。

教授は青竹にしがみつき、流れていくビルの明かりを無念そうに見つめた。

「まさかこんな街中で飛ばすとは……」

そのとき、金曜倶楽部がめいめいに脱衣籠や浴衣の帯などを持って現れた。

「怪我はさせたくないからおとなしくしてちょうだい」と大黒が叫んだ。

「逃がしてやるから狸だけは置いてけ」と毘沙門が言った。

竹林の中を逃げまわる淀川教授を、金曜倶楽部の面々が追いまわす。浮遊する三階建電車の屋上において、それなりに地位も名誉もある大のオトナたちが、狸をめぐってくんずほぐれつした。大黒は淀川教授に突き飛ばされて池に転落し、恵比寿は大立ちまわりに圧倒されて手も出せない。やがて屈強な毘沙門が、通信教育で習得したというアヤシゲな拳法の動きをみせて、淀川教授を池の端に追いつめた。

「あんた、ただの教授ではないな」

「もちろん我が輩は教授ではない。ぽんぽこ仮面だ」

「まだ言うか。その心意気やよし！」

ふいに竹林から飛びだしてきた福禄寿が淀川教授の黒マントを摑んだ。いかに変装のためとはいえ、なにゆえそんな黒マントを選んだのか理解に苦しむ。教授がよろめいたところへ、すかさず毘沙門と大黒がのしかかり、ついに教授はねじ伏せられてしまった。

毘沙門たちは檻を取り上げようとしたが、親に内緒で拾ってきた捨て犬をかばう子どものごとく、淀川教授は頑として檻を手放そうとせず、「見逃しておくれよ！」と男泣きした。

その熱涙を浴びながら私は思った——たとえ奮闘空しく鉄鍋に転落することになろうとも、必ずや毛深い霊魂となって教授の枕頭《ちんとう》へ御礼参りに出向こうと。

そのとき天満屋がニヤニヤしながら竹林から姿を現した。

「おやおや、こいつは何の騒ぎですかい」

街の灯がその顔を青白く照らし、独逸製空気銃がギラリと光る。

「淀川先生、狸の独り占めはいけませんぜ」

さすがのぽんぽこ仮面も、独逸製空気銃には太刀打ちできない。

万事休したかに思われたそのとき、通り過ぎていく隣のビルの屋上から野獣の咆哮が聞こえた。なにごとかと顔を上げた金曜倶楽部の面々は、恐怖のあまり凍りついた。ビルの屋上を疾駆して追いすがってくるのは、二頭の巨大な虎であった。

「ちょっと待ってくれ、どうなってんだよ」

毘沙門が悲鳴を上げた。「どうして今年も虎が出るんだ！」

二頭の虎は唸り声を上げ、こちらへ飛び移ってきた。

○

二代目の邸宅には重苦しい空気が垂れこめていた。

長兄が飛びだしていった後、狸たちはピクニックで置き去りにされた子どもたちのように、ペルシア絨毯の上で途方に暮れていた。

二代目が長椅子で身を起こし、眼下の狸たちに呼びかけた。

「厄介なことになったようだね。まことに気の毒なことだとは思うが、私も多忙な身の上だ。

そろそろ切り上げていただきたい」

「……今しばし、お待ち頂けませんか」と八坂平太郎は呻いた。

偽右衛門八坂平太郎の落胆ぶりは見る者の哀れを誘った。すでにハワイへ旅立つ支度は万端ととのっていた。祇園縄手の事務所は引き払い、膨大なハワイグッズも処分した。手もとに残っているのは、今は亡き下鴨総一郎や南禅寺の先代と慰安旅行に出かけたときに買ってきた、ハワイ出雲大社のお守りばかりである。「俺のハワイが……」と呟いたきり、平太郎は黙りこんでいる。

息苦しい沈黙を破ったのは金閣であった。

「一つ僕から提案があるんだけどなー」

「なんだ、金閣」と八坂平太郎は唸った。「言うてみい」

「呉一郎兄さんを偽右衛門代理にするのはどうだい。しっかりした偽右衛門代理が立つなら、八坂さんも安心して南の島へ旅立つことができるでしょ。もちろん兄さんが偽右衛門になるかどうかは、いずれ長老様方に正式に決めていただくってことで」

「……おまえらしくもない妙案ではないか」と八坂平太郎は唸った。

それから狸たちはひそひそと囁き合って相談したが、その表情は次第に明るさを取り戻してきた。十年ぶりに京都へ帰って以来、夷川呉一郎の誠実な活動ぶりは狸界に広く知られているし、なんといっても由緒ある偽電気ブラン工場の跡取り息子であるから信用がおける。金閣銀閣のような問題児でもない。長老たちも「当面の代理ということなら、この際、呉一郎でよいのではないか」ということをぷつぷつ言った。

夷川呉一郎は厳粛な顔をして頷き、長老たちに平伏した。

「夷川呉一郎、偽右衛門代理をお引き受けいたします。まことに畏れ多いことですが、狸界のため、粉骨砕身努力して参る所存であります」

狸たちはもぞもぞならんで姿勢を正し、高みに腰掛けている二代目に平伏した。

「――という次第でございます」

「やれやれ。終わったかね」

そう言って二代目はひらりと床に舞い降りた。

「私の空気銃を返してくれたまえ」

金閣は光り輝く黄金の独逸製空気銃をうやうやしく献上したが、二代目は空気銃を調べて不思議そうに首を傾げた。「これは偽物だよ。こんな玩具《おもちゃ》では金魚さえ撃ち殺せまい。なにしろ弾が出ないのだからね。これはいったいどういうことかな」

金閣は「まさかそんな」と絶句し、集まった狸たちはざわついた。

「どうも妙な話になってきたね、呉一郎君」

二代目はにこやかに声をかけたが、その目は冷ややかであった。

呉一郎はにわかに色を失い、口ごもりながら言う。

「……畏れながら二代目、そんなはずはございませんです」

「しかしね、この私が偽物だと言っているんだよ」

「そんなはずは……」と呟いたきり、呉一郎は黙ってしまった。

この不穏な成り行きに八坂平太郎は気が気でなかった。

他の狸たちも息を呑み、二代目と呉一郎を見守っている。

そのとき、庭に面した硝子戸を開けて、フラリと入ってきた怪僧があった。

「なんだこいつは」と誰もがあっけにとられた。

その坊主は首から大きな栄螺《さざえ》のような奇岩をぶら下げ、薄汚い頭陀袋を背負っていた。室戸岬でタップリ潮風に吹かれた身体からは今もなお潮の匂いが漂っている。手には大きなどんぶり飯を持ち、がつがつとかきこみながら歩いてくる行儀の悪さである。そして青々とした坊主頭のてっぺんには小さな蛙を一匹のせていた。

その蛙を見て、八坂平太郎が思わず立ち上がる。

「下鴨の矢二郎ではないか。旅立ったと聞いたが……」

「お知らせすることがございまして、急遽《きゅうきょ》四国より帰って参りました」

蛙姿の次兄は怪坊主の禿頭をぺたぺた叩きながら言った。

次兄は阿波徳島から南海フェリーで紀伊水道を渡り、南海電鉄と地下鉄御堂筋線を乗り継ぎ、阪急電車で烏丸まで辿りついたのであった。

「ああ、そいつかい。俺の偽者っていうのは……」

そう叫ぶや否や、怪僧は狸たちを押しのけるようにして部屋を横切った。どんぶり飯を喰いながら、呉一郎をジロジロと見下ろした。とたん、その僧は爆発したような大声でワハハと笑いだし、呉一郎の顔面を米粒だらけにした。

「嗚呼オモシロイ。こいつが呉一郎であるもんか」

「なんだと、そもそもおまえは何者だ」と八坂平太郎が言った。

「俺は夷川呉一郎さ」

「デタラメ言うな。夷川呉一郎はそこに座っているではないか」

「おまえらの目鼻は節穴かい。そこに座ってるのは夷川早雲だぞ」

狸たちはギョッとして振り返った。

呉一郎は開きなおったかのようなふてぶてしい顔で、顔にこびりついた米粒を丹念に拭っていた。

ここに至って八坂平太郎は言葉を失い、途方に暮れて目を閉じた。

頼むから誰かこの混乱に幕を引いてくれ、と彼は祈った。

○

寿老人の三階建電車は市街地の上空を漂っていた。

ビルの屋上から飛び移って池に飛びこんだ二頭の虎は、池から這い上がって水を跳ね散らし、淀川教授を突き飛ばして檻を奪った。教授はマントにくるまってコロコロ転がり、ドングリのごとく池に落ちた。我が命を救うために奮闘してくれた教授には申し訳ないが、この敵味方入り乱れる狸争奪戦の渦中にあって、長兄に繊細な配慮を求めるのは酷であろう。

「兄貴、空気銃に気をつけろ！」と私は叫んだ。

長兄は天満屋が焦って発射した銃弾を危ういところでかわし、第二弾を詰める隙を与えずに体当たりして、天満屋を池に叩きこんだ。憤怒で真っ赤になった天満屋はすぐさま這い上がろうとするものの、淀川教授にからみつかれてもがもがしている。

金曜倶楽部の男たちは竹林に駆けこみ、蜘蛛の子を散らすように逃げていく。

ようやく私は自由の身となり、人間に化けて手脚を伸ばした。

玉瀾が海星の眠る檻を揺らして、「海星ちゃんが目を覚まさないわ」と心配そうに言った。

眠る海星を見ないようにして、「天満屋に撃たれて眠らされたんだ」と私が言うと、玉瀾は「ひどいことをするわね！」と憤慨した。「いったい何がどうなってるの？」

おたがいに聞きたいことは山ほどあるが、淀川教授をふりほどいた天満屋が今にも池から這い上がろうとしている。まずはここから逃げるべし。

我々は竹林を抜ける小径を走りだした。

「おい、電車が上昇してるぞ」と長兄が叫んだ。「これでは逃げられん」

「この電車をハイジャックしてくれる」と私は言った。

竹林の小径を抜けたところに銭湯の煙突があり、その脇に階下への階段口がある。毘沙門が恐る恐る顔を出して様子を窺っていた。長兄が物凄い咆哮を上げて走っていくと、毘沙門は「来たーッ！」と絶叫して顔を引っこめた。

我々は長兄を先頭に、螺旋階段を駆け下りていった。

金曜倶楽部の男たちは「虎！　虎！　虎！」と喚きながら、転げ落ちるようにして逃げていく。我々はぐるぐると螺旋階段を下り、あっという間に一階の書斎へ侵入した。長兄は書画骨董をかきわけて突進し、逃げ惑う男たちを甘嚙みしては放り投げる。天井から吊られた掛け軸がびりびりと破れ、陶器を満載した棚がばんばん倒れた。

「ええい、なにごとかッ！」

寿老人が爛々と目を光らせて運転席から振り返る。

そこへ私は飛びかかり、寿老人を運転席から引き剝がそうとしたが、寿老人は「無礼者め！」と叫んで操縦桿《そうじゆうかん》にしがみつく。彼が乱暴に操縦桿を動かしたものだから、三階建電車は書画骨董と乗客をごちゃまぜにしながら右へ左へと大揺れした。乗客たちの「墜落するぞ！」という悲鳴が車内に響いた。寿老人は大還暦を目前にひかえた老人とは到底思えない超人的しぶとさを見せ、なかなか運転席を譲らないのである。

「京都の制空権は儂のものだ」と寿老人は呻いた。

「京都の制空権は天狗のものだ」と私は言った。「人間のくせに生意気な！」

私が寿老人の白髪を摑んで引っ張ると、寿老人は「ぬおう」と唸ってのけぞった。その隙に長兄が寿老人の和服の襟をくわえて運転席から引きずり出す。

すかさず私は操縦桿に飛びつき、手近にあった赤玉の瓶を手に取った。

ありったけの赤玉ポートワインを茶釜エンジンに注ぎ、私は操縦桿を思い切り引いた。急浮上する車体は大きく傾き、操縦桿にしがみついている私をのぞいて、あらゆるものが十把一絡げになって車両後方へ転がり落ちていく。

運転席の窓からは市街地の夜景を一望することができた。正面に輝く京都タワー、四条通の街の灯と交差する鴨川、祇園八坂神社の明かり、黒々と聳える東山三十六峰。私は三階建電車を急旋回させ、向かうべき着地点を眼下に探した。

　ふいに良い香りが背後から漂ってきたと思うと、白い腕が首に巻きつき、私は操縦桿から引き剝がされた。冷たくて滑らかな頰が、グッと私の頰に押しつけられる。

「いいかげんになさい、矢三郎」と弁天が囁いた。

「……これはこれは弁天様」

「往生際の悪い狸ね。あなたのお父さんは潔く鍋になったというのに」

「私にはまだまだやることがあるんです」

　そのとき私はついに探していた明かりを見つけて快哉《かいさい》を叫んだ。

　空飛ぶ電車に翼はないが、敢えて言おう。

　――翼よ、あれがガス燈の灯だ！

「弁天様、今からあそこへ突っこむのはいかがでしょう」

　私は二代目の邸宅の明かりを指さした。

「二代目はさぞかし仰天されるでしょうね」

　弁天は一瞬言葉を失い、首を伸ばして着地点を睨んだ。混沌の女神の白い頰には、まるで誕生日にステキな玩具を贈られた少女のような、一点の翳《かげ》りもない笑みが浮かんだ。もちろんその玩具は、彼女の手によって木っ端微塵にされるべき運命にある。

彼女は私の背中を陽気に叩いた。

「矢三郎ったら、悪い子ね！」

かくして、我が暴走を制止せんとする者は世界に払底した。

○

私は煌めくガス燈を目指して、三階建電車を降下させていった。

三階建電車は屋上に着陸し、悲鳴のような車輪の音を響かせながら、二代目の邸宅に迫っていく。私は警笛を無我夢中で鳴らし続けた。

電車は庭の白い柵を踏み潰し、ガス燈と庭木を押し倒した。

ギラギラと輝く前照灯がベランダの向こうにある居間を照らしだしたとき、狸たちが次々と毛玉に戻り、雪崩《なだれ》を打つように奥へ逃げるのが見えた。そのまま電車はベランダを乗り越えて二代目の邸宅へ突っこんだ。硝子戸は砕け散り、三角屋根が崩れ落ちる。

電車は先頭部分を二代目の邸宅に押しこんだかたちで停車した。

やがて弁天が「お上手！」と手を叩いて立ち上がり、車両後方へ金曜倶楽部員たちの無事を確かめに行った。弁天の呼びかけに、倶楽部員たちが生返事をしている。

弁天と入れ違いに長兄と玉瀾たちが前へ出てきた。

「死ぬかと思ったぞ、矢三郎」と長兄が呻いた。

前方の乗車口から外へ出て邸宅の中を見渡したとき、さすがの私も胸が痛んだ。二代目ご自慢の邸宅は無惨に崩壊していた。三角屋根は三階建電車に突き破られ、隙間からは星空が見えているし、床には砕け散った家財道具やシャンデリアの残骸が散らばっている。前照灯の明かりの中を濛々と粉塵が舞っていた。

狸たちは奥の壁際にひとかたまりになって息を呑んでいた。

その毛深い山の中に、夷川早雲が座って目を光らせている。

「生きておったか、矢三郎」と早雲は私を睨みつけて言った。

「叔父上こそ、てっきり冥途へ旅立たれたものかと」

「おたがいに現世への未練がありすぎるようだな」

早雲はその正体を隠そうともせず、毛深い姿を堂々とさらしていた。

二代目の追及によって尻尾を摑まれ、阿波徳島から帰還した本物の呉一郎によって化けの皮を剝がされたところへ、鉄鍋に突き落としたはずの甥に三階建電車で乗りこまれたとあっては、「もはやこれまで」と開き直ったのであろう。しかし早雲はへこたれるどころか、その両目は不屈の闘志にギラギラと光り、かえって生き生きとして見えた。

我が胸中に湧き上がったのは怒りでも驚きでもなかった。「たいしたやつだ」という感嘆であった。有馬温泉における銃殺劇から偽呉一郎としての帰還まで、徹頭徹尾嘘の皮であり、夷川早雲は狸界を丸ごと化かしてみせた。変幻自在の悪狸ぶりここに極まると言うほかなく、あまりの壮大さにもはや笑うしかない。

しかし玉瀾に抱かれている海星の姿を見ると、さすがの早雲も絶句した。

「海星は天満屋に撃たれたんだぞ」と私は言った。

「……なんだと」

「おまえの陰謀の巻き添えを喰ったんだ。恥を知れ」

そのとき暗がりからぴょんと跳ねて私の肩にのった者がある。

「あいかわらず無茶するなあ」と次兄は言った。「危うく踏み潰されるところだったよ」

「あれ、兄さん。どうしてこんなところにいるの？」

「とりあえず目先の問題を片付けた方がいいぜ」

そう言われて私は振り返った。

停車した三階建電車から金曜倶楽部員たちが這い出てきた。

ぎらぎらと輝く前照灯の明かりの中に、和服姿の寿老人がユラリと立った。金曜倶楽部の怖るべき首領は、冷ややかな怒気を全身から漂わせている。そのかたわらには独逸製空気銃をかまえた天満屋がひかえていた。天満屋は狸の群れを見て口笛を吹いた。

「こいつは絶景ですな。いくらでも鍋ができますぜ」

「天満屋よ、ここにいる狸たちを一匹残らず鍋に放りこめ」

「いやはや、そいつは一大事業」

それを聞いて、狸たちはピイピイと悲鳴を上げた。

「よう矢三郎君。おまえも大した悪党だよ」

「狸を撃つなんてやめなよ、天満屋さん」

「そういうわけにはいかんのさ、何しろ今の俺は飼い犬の身の上だからな。しかし今でも俺は君と組みたいと思っているんだぜ。たとえちっとばかし君が毛深くともな」

長兄が彼らの前に立ちはだかって咆哮したが、寿老人も天満屋もまったくひるむ様子がない。寿老人は「張り子の虎め、敷物にしてやるぞ」と一喝した。

「ぽんぽこ仮面」こと淀川教授が物陰から現れ、寿老人たちの前に両手を広げて立ちはだかった。ボロ切れのようになった黒マントは昆布のお化けのようであり、狸のお面の残骸はかろうじて鼻先にひっかかっているにすぎない。しかし彼の捨て身の狸愛は、空気銃などものともしなかった。

「一匹たりとも渡さないぞ。狸を撃つなら僕を撃て！」

「まったく困ったお人ですなあ」と天満屋が苦笑した。

「天満屋、愚物にかまうな。放っておけ」

寿老人に言われ、天満屋は煌めく独逸製空気銃をかまえた。

しかし、その銃口から弾が飛び出すよりも前に、狸たちの群れから夷川早雲が飛びだして、素早く床を横切った。早雲は蹴り飛ばそうとする天満屋の脚にしがみつき、一気に身体を這い上がると、天満屋の耳にガブリと噛みついた。天満屋はギャッと悲鳴を上げて身もだえした。

「おまえのせいで台無しではないかッ！」と早雲は天満屋の頭にガリガリと爪を立てた。

「これだから人間というものはッ！」と喚くその声は悲痛であった。贋物《にせもの》の空気銃を売りつけて陰謀を台無しにし、愛娘を撃った天満屋へ、せめて一矢報いたかったのであろう。早雲の捨て身のプロテストを、我々はあっけにとられて見守っていた。

そのとき、崩れかけた二代目の邸宅を物凄い声が揺さぶった。

「天満屋ーッ！」

あたかも地獄の底から湧き上がってくるようなその声に、その場にいる誰もが震え上がって身を縮めた。さすがの天満屋も肝を冷やしたらしく、半狂乱の早雲を引き剝がそうとする格好のまま、凍りついたように動きを止めた。

「迎えに来たゾーッ！」

次の瞬間、電車の運転席の窓が砕け散り、突風のような哄笑が響き渡った。

窓から飛びだしてきたのは、丸太のように大きな鬼の片腕であった。笹藪《ささやぶ》のような剛毛が生い茂り、茹で蛸のように真っ赤である。その鬼の腕は天満屋と早雲をもぎ取るように摑んだかと思うと、大蛇が巣穴に戻るようにして素早く運転席へ引っこんだ。

まるで大波にさらわれるかのような、アッと言う間の出来事だった。あまりの恐ろしさに人間たちは腰を抜かし、長兄は毛玉に戻り、他の狸たちもただ震えるばかりである。

私は恐る恐る運転席の砕けた窓から中を覗いてみた。

弁天が地獄絵のかたわらで微笑んでいた。

地獄絵の奥には揺らめく炎が見え、生臭い風が噴きだしてくる。

そして地獄の風にのり、弁天が静かに踏みこんできた。

○

弁天は冷気を振りまきながら、軽やかに二代目の邸宅の居間を横切っていく。

部屋の中央で彼女は立ち止まり、首からぶら下げていた龍石をはずした。

彼女は天井に向かって大きく口を開け、ためらいもなく龍石を放りこんだ。白い喉がごく

ごくと動き、天狗の力の源となる神秘の石が腹におさまると、彼女の頰は凍りついたように
いよいよ白くなる。結い上げた髪に霜の下りるのが見えた。

そして弁天は長椅子を片手で持ち上げ、壁際の狸たちに近づいていく。

「出ていらっしゃい、弱虫さん」

弁天に冷たい風を吹きつけられて狸たちが散り散りになると、その毛玉の山の下から二代目の姿が現れたので私は驚いた。まことに申し訳ないことに、そのときまで私は二代目の存在を失念していたのである。

二代目は反抗期の少年のように、壁にもたれて膝を立てていた。自慢の紳士服は狸たちの毛にまみれ、髪はくしゃくしゃであった。狸と人間たちによって蹂躙《じゅうりん》された邸宅を見渡す目には力がなく、捨て鉢になったかのように赤玉ポートワインを喇叭飲みしている。

弁天は腰に手を当てて二代目を見下ろし、鼻を鳴らして嘲笑した。

「そんなところでスネているの。情けない天狗だこと」

「黙れ。私は天狗ではない」

「……あなたは本当に憎らしい」

弁天が長椅子を投げつけると、二代目は腕を上げてそれを払いのけた。

「まったく礼儀を知らぬやつばかりだ」と怒号して、二代目は赤玉ポートワインの瓶を叩き

割った。「どいつもこいつも腹が立つ。いったいどういうことなのだ。天狗も狸も人間も、なにゆえおまえたちはそんなに愚かなのか。見渡すかぎり阿呆ばかりだ！」

もはや二代目の内なる癇癪玉は、ぱつんぱつんに膨れて破裂寸前であった。

二代目の身体のあちこちから火が噴きだし、荒れ果てた室内を照らしだした。家具の残骸にその火が燃え移り、めらめらと炎を上げ始めた。

天狗の癇癪玉を前にして狸にできることは何もない。

「二代目如意ヶ嶽薬師坊様の御降臨なるぞ！」

私は急いで長老たちをまとめて抱え上げ、大声で叫んだ。

「巻き添え喰うな、総員撤退！」

私の声を合図にして、人間も狸も一緒になって逃散した。

我々が屋上へ駆けだしたとき、邸宅の屋根が残らず吹き飛び、弁天と二代目が夜空へ舞い上がるのが見えた。吹き渡る寒風と熱風が我々をもみくちゃにした。

弁天と二代目はビルからビルへと飛び移り、天狗風をぶつけ合い、町家の屋根瓦を投げつけ合い、電信柱を引き抜いて火花を散らして殴り合った。二代目が高圧電線を鞭《むち》のように振って弁天を打てば、弁天は給水タンクから噴きだす水を凍らせて二代目を貫こうとする。荒ぶる二人がビルの屋上で足踏みするたびに、全階の窓が残らず砕け散り、眼下の街から通行人の悲鳴が聞こえてきた。

我々は頭上で繰り広げられる戦いを呆然と見守るほかなかった。

「この戦いはいつ終わるんだ」と長兄が叫んだ。

「止められる者がいるもんか」と私は叫んだ。

二代目の邸宅は今や業火に包まれて、二代目が欧州から持ち帰った品々がことごとく灰燼《かいじん》に帰そうとしていた。燃え上がる炎は天を焦がした。立ち上る黒煙の行方を目で追うと、背広姿の鞍馬天狗たちが怪鳥のごとく夜空を舞い、二代目と弁天の決闘の行く末を見守っている。夜空に立ち上る黒煙は、あたかも来るべき天狗大戦を予告する狼煙のようだ。

死力を尽くしてぶつかり合った二代目と弁天は満身創痍である。

ついに彼らは天狗的膂力を使い果たして、荒ぶる子どものように取っ組み合いの喧嘩を始めた。立ち上る黒煙のまわりをぐるぐると旋回しながら、鬼のような形相でたがいの髪を引っ張り合う。弁天の髪は乱れに乱れて山姥《やまんば》のようであった。

ふいに二代目が彼女を抱き寄せ、その髪に接吻するような仕草をした。

弁天がギョッとして身をよじったとたん、二代目の息を吹きこまれた彼女の髪がワッと燃え上がり、まるで干し草に火を放ったかのように、天の一角を明るくした。

弁天は声にならぬ悲鳴を上げて二代目を突き放し、流れ星のように炎の尾を引きながら、なすすべもなく墜ちていく。

二代目は息を切らしながら、彼女の墜ちた先を睨んでいた。

しかし、その後を追おうとはしなかった。

○

我々は息を詰め、屋上に降り立った二代目を見つめた。

自慢の紳士服はぼろぼろに切り裂かれて、二代目はほとんど半裸といってよかった。その目は癇癪玉の光で爛々と輝いている。身辺を吹きすさぶ天狗風が髪を逆立て、身体のあちこちでくすぶる小さな炎を絶え間なく煽っていた。

二代目は邸宅に歩み寄っていく。

炎上する邸宅を前に仁王立ちしたまま、二代目は火を消そうともしなかった。怒りにまかせて天狗風を吹かせるたびに、巨大な鞴《ふいご》で煽られたように、火柱が轟々《ごうごう》と音を立てた。濛々と立ち上る猛烈な黒煙は紅蓮《ぐれん》の炎と混じり合い、あたかも天に向かって昇る龍の腹のように蠢いている。あまりにも火の勢いが強いので、屋上の隅にいても頭がくらくらするほどだ。私のまわりで二代目を見守る狸たちは、毛深い飴のように光って見えた。

荒ぶる二代目を如何にして宥めればいいのか見当もつかない。

ふいに雷鳴が轟き、狸たちがキュッと悲鳴を上げて縮こまった。

一天、にわかにかき曇る。

垂れこめる暗雲を稲妻が照らしだした。雷鳴とともに吹き始めた暴風が、大粒の雨をぶつけてくる。炎上する邸宅はジュウジュウと物凄い音を立てていたが、次第に押さえこまれていく。屋上を吹き渡る熱風は生温かい風に変わってきた。

轟き渡る雷鳴のもと、屋上へ現れたのは赤玉先生こと如意ヶ嶽薬師坊である。

我が恩師は降り注ぐ土砂降りの雨をものともせず、身を寄せ合う狸たちを睥睨した。その手には風神雷神の扇がある。

先生は私の姿を見つけると、「矢三郎」と呼んだ。

私は狸たちの群れから這い出て平伏した。

「下鴨矢三郎、参上いたしました」

私がそう言うと、先生は厳粛な顔つきで言った。

「矢三郎よ。このたびは格別の働き、大儀であった」

「お褒めにあずかり光栄に存じます」

赤玉先生は「うむ」と頷いてみせると、砂利のように降り注ぐ雨の中を、二代目に向かって歩いていく。雨に濡れた白髪がべったりと頭に貼りついている。

消えゆく炎を背にして、二代目は赤玉先生を睨んだ。

一筋の血が二代目の白い頬を伝い、降り注ぐ雨に洗われていく。

英国紳士の鍍金《めっき》があっけなく剝がれ落ちた二代目の顔に、あらゆるものがよぎるのを私は見た。わけもわからず長崎から攫われてきた少年時代、如意ヶ嶽で天狗修行に明け暮れた日々、初恋の人をめぐる実の父親との恋の鞘当て、洛中を震撼させた三日三晩の死闘。そして赤玉先生の天狗笑いと暗い雨の降り注ぐ中、痛む身体を引きずって路地裏を逃げた敗北の記憶。嗚呼しかし、それでもなお、天地間で偉いのはただひとり俺なのだ。俺は誰よりも偉いのだ。父よりも俺が偉いのだ。それは二代目の荒ぶる天狗としての地金であった。

まるで百年前の決闘の続きを眼前に見るようである。

ところが赤玉先生は、風神雷神の扇を投げ捨てて丸腰となった。

「先生が扇を捨てちゃったぞ」狸たちがざわついた。「殺されちゃう」

思わず私は立ち上がりそうになったが、そっと私の腕に触れる者がいて、「矢三郎、じっとしてなさい」と母の声がした。驚いて脇を見ると、矢四郎の腕に抱かれた母が小さな毛深い腕を伸ばしていた。銀閣を説得して偽電気ブラン工場を抜け出した母たちは、ちょうど今この時、この屋上に到着したところであった。

「先生には先生のお考えがあるわ」

私は母の言葉に従って、出しかけた手を引っこめた。

空を飛ぶことさえできない丸腰の赤玉先生の後ろ姿が、急に大きく見えてきたのはその時であった。つい先ほどまでは荒ぶる二代目に立ち向かう哀れな老人に見えたのに、今では二代目の方がまったく頼りない少年のように見えるのだった。

二代目の邸宅はすっかり鎮火され、暗い屋上を雨が打ち続けている。

ふいに二代目は立ったまま俯いて、両手の握り拳を額に押し当てるようにした。降りしきる雨の音に混じって、二代目の嗚咽《おえつ》が聞こえてきた。

「……悔しいか」

赤玉先生は威厳をもって言った。

「悔しかったら、強うなれ」

子どものように泣く二代目を、我々は一言もなく見守っていた。

○

年が明けて一月六日のことである。

海星が眠りから目覚めたと聞いて、私は偽電気ブラン工場を訪ねていった。

空に浮かぶ雲は先ほど浮かべたばかりのようにピカピカしている。鴨川の両岸に続く街並みにも、隅々まで新鮮な空気が充ちている。

夷川の偽電気ブラン工場はまだ正月休みの最中で、敷地内はひっそりとしていた。車まわしのついた玄関先には狸界最大の豪華な門松がある。

私は長い廊下を歩いていき、弟の実験室を覗いてみた。

年始休暇中の偽電気ブラン工場内で唯一熱心に活動しているのは弟の矢四郎であり、彼は爆発してメチャクチャになった実験室の後片付けをしていた。まだ松の内だというのに腕まくりして働くのだから、まったく狸らしくもない勤勉家である。

実験室の使い物にならなくなった器具類はあらかた処分され、今はわずかな計器類と古びたトランクが一つ、あとは粗末な机が置かれているばかりである。弟は机に広げたノートに何やら図を描きながら、坊主姿の夷川呉一郎に自前の理論を説明しているところであった。

呉一郎は胸にぶら下げた室戸岬の奇岩を撫でながら、「ほーん、ふーん、はーん」と奇声を上げて感心している。

「なーる。おもろいことを考えるやっちゃ」

「やってみていい？」

「どんどんやってみろ。面白いじゃないか」と弟の肩を陽気に叩いた後、呉一郎は顔を上げた。「よう矢三郎、明けましておめでとさん」

年末の騒動の後、四国から戻った本物の夷川呉一郎は偽電気ブラン工場へ帰還した。

当初は腹一杯飯を喰ったらすぐに流浪の旅に出るつもりだったらしいが、夷川早雲は天満屋とともに地獄絵に呑みこまれるし、海星は眠りこんだまま目覚めないし、金閣と銀閣は八坂平太郎から大目玉を喰って無期限の謹慎を言い渡されるし、夷川家は滅亡の危機にあった。「このままでは大混乱になるから」と偽電気ブラン工場の関係者たちに泣きつかれ、やむを得ず旅立ちを延期したのだという。

呉一郎は陽気に喋りながら海星の部屋へ案内してくれた。

「海星はまだフラフラしてるが、もう少し養生すれば元気になるだろう。今でも元気すぎてウルサイぐらいだ。兄ちゃんはどうしてそんなヘンテコ坊主になっちまったんだとか、昔の兄ちゃんはそんなインチキ臭い顔つきをしてなかったとか……何を喰ったらあんな風に育つんだい。俺が旅に出る前はメチャンコ可愛い毛玉だったけどなあ」

呉一郎はそう言って嘆くので、私は笑いを嚙み殺した。

私がひとりで寝室に入っていくと、海星は西洋のお姫様が寝るような天蓋つきベッドで眠っていた。その毛深い姿を見るなり、こちらの化けの皮は剝がれてしまった。私はベッドの脇にある出窓によちよちのぼり、カーテンを開いて光を入れた。

「おい、起きろ海星。起きろや起きろ」

海星はむにゃむにゃ言っていたが、薄目を開いて私の姿を見ると、「キャッ」と叫んで布団にもぐりこんだ。怒りに震える声が聞こえた。「そんなとこで何してんの？」

「見舞いに来たんじゃないか。呉一郎さんが入れてくれた」

「ざけんなよ、あの似非《えせ》坊主め。嫁入り前の妹をなんだと思ってんだ。許嫁だったらナンデモOKってわけないでしょうが。室戸岬の潮風に吹かれすぎて、馬鹿に磨きがかかったんだわ。心底呆れる。くたばれ！」

海星はぶつぶつ言いながら、布団から顔を出した。

「……明けましておめでとさん、矢三郎」

「明けましておめでとう」

「知らないうちに年が明けてた。私、なんにも憶えてないんだけど」

「暢気そうに眠ってたからな。どうせ、でっかい温泉饅頭の夢でも見てたんだろ」

「どうして分かるの⁉」と海星は目を見張った。

実際、天満屋に眠らされた海星は、空から降る百万個の温泉饅頭の夢を見ていたという。焦げ茶色で艶々と光る温泉饅頭は、綿のように軽くてしっかり甘かった。食べれば食べるほど美味しくて幸せになるので、「なにこれステキ」と思いながら夢中で食べまくり、満ち足りた気持ちで目を開いたときには天蓋つきベッドの中にいたというのだから呑気なものだ。

とはいえ、年末年始を寝て暮らしたのは下鴨家も同じであった。

下鴨家だけではなく、あの騒動に巻きこまれた洛中の狸たちはことごとく腑抜けになっていたはずである。

○

私は海星のベッドに座り、菖蒲池画伯の庭で天満屋に撃たれてから、我々の身に起こった出来事について語った。

まるで遠い昔の出来事のように感じられる。

あの夜、二代目が赤玉先生の前に膝を屈した後、邸宅の炎上によって集まってきた野次馬の群れに紛れ、天狗と狸たちは逃散した。金曜倶楽部の人間たちも姿を消した。

三階建電車は二代目の邸宅とともに炎上し、哀れにも真っ黒焦げになって雨に打たれていた。寿老人ご自慢のコレクションも一切が燃え尽きたであろう。寿老人はいつの間にか姿を消していたが、さぞかし私のことを恨んでいるにちがいない。

海星の見舞いに来る前日のこと、私は花脊の演習林へ淀川教授に会いに出かけた。

雪に埋もれた原をサクサク歩いていくと、むくむくに着ぶくれた淀川教授が立っていた。笹の葉茶をすすりながら白い息を吐き、朝の森を眺めている。

教授は私の姿を見ると「やあ！」と元気そうに手を振った。

年始の挨拶を交わした後、淀川教授はしばらく私の顔を見つめて絶句していた。年末の奇天烈な出来事について何か言おうとしているのは分かったが、わけがわからなすぎて言葉にならないらしい。やがて教授は溜息をついた。

「……この街では不思議なことが起こるねえ、君」

プレハブ小屋には缶詰や酒などの贈り物が山をなしていた。狸たちをかばって独逸製空気銃に立ち向かった教授の姿は狸界において感動を呼び、毎晩御礼参りの狸が忍んでくるのである。教授はそれらの贈り物を喜びながらも、しきりに首を傾げていた。

「ねえ、君。これはいったい誰がくれるんだろう」

○

夷川早雲と天満屋が地獄絵に呑みこまれたので、彼らの企みの全貌は想像するしかない。

早雲は前々から、偽呉一郎として洛中へ返り咲く計画を温めていたのであろう。そのために天満屋と手を結びもした。潜伏していた有馬温泉へ私が現れたのは計算外だったろうが、天満屋と組んで私の目前でみごとに即興芝居を打ってのけ、自分の死を信じこませたのである。たしかにあれは夷川早雲一世一代の名演技というべきであった。やがて狸の剝製と入れ替わった早雲は、偽呉一郎として自分の葬式へ堂々と姿を現すことになる。憎むべき私を金曜倶楽部へ引き渡し、下鴨家に早雲謀殺の濡れ衣を着せて長兄の偽右衛門就任を阻止し、ゆくゆくは自分が正式に偽右衛門となるつもりだったのであろう。

すっかり偽呉一郎に心酔して言われるがままだった金閣銀閣は言うに及ばず、洛中でその正体に気づいた者はひとりもいなかった。手を結んだはずの天満屋に裏切られ、偽の空気銃を摑まされていなければ、その計画は成功したかもしれぬ。まことに、まことに、狸とも思えぬ執念である。

海星は「呆れた！」と溜息をついた。

「死んだと思ったら生きていて、生きてたと思ったら地獄へ流されちゃったっていうんだもの。私はもう何がなんだか分からない」

「早雲はしぶとく生きてる。地獄の屋台で天満屋と一緒にラーメンでもゆがいてるさ」

海星は大きな目で私を見つめた。

「……あんたはそれでいいの？」

「しょうがない。殺しても死ぬようなやつじゃないからな」

海星は何も言わなかった。

「さて、そろそろ帰るぞ。俺は忙しいからな。また来る」

「ふん。来るなら来るで追い返しはしないけど」

「ツチノコ探検隊は隊員二号を募集中だ。元気になったらツチノコ探検隊に入らないか？」

と私が言うと、海星はベッドの中で「それはお断り」と言った。

海星の部屋を出たとき、呉一郎が歩いてくるのに出くわした。

彼は大きな檻をぶら下げていて、中では金閣と銀閣が毛深い膨れっ面をしている。

「よう金閣銀閣。明けましておめでとう」

私が陽気に挨拶すると、金閣は怒りで毛を震わせた。

「明けましてもまったくおめでたくないね。僕らはこのお正月に何遍反省させられたと思ってんだい。こんなに反省上手の狸はなかなかいるもんじゃないぞ」

「反省のプロフェッショナルだぞ」と銀閣が言った。「反省上手！」

「だいたい、どうして僕らが反省しなくちゃいけないんだ。僕らだって父上にずっと化かされていたんだぞ。一番かわいそうなのは僕らじゃないか。たしかに矢四郎の実験室を爆破したのは悪かったけど」

「独逸製空気銃を隠して濡れ衣着せたのも悪かったけど」

「偽呉一郎兄さんがそうしろって言ったんだからしょうがないだろ」

「長幼之序《ちょうようのじょ》！　長幼之序！」

呉一郎が「よしよし反省のプロフェッショナルども、お経の時間だ」と言うと、「えーッ」と金閣銀閣は声を合わせて嘆いた。「お経はもう喉から血が出るほど読んだよ！」

「おまえたちの性根を叩き直さなくては旅にも出られん」

「僕たちの性根なんてどうせ直らないから、気にせずに旅に出てください」

「そういうわけにはいかん。八坂さんと約束したからな」

呉一郎はガチャンと檻を鳴らして歩きだしたが、ふいに思いついたように私を振り返った。

「そうそう、八坂さんから連絡があったぞ」

「あ、どうなりました？」

「長老たちのお許しが出たそうだ。よかったな。これで俺も安心したよ」

八坂平太郎は調査委員会を組織し、正月休みを返上して夷川早雲の陰謀を解明して、下鴨矢一郎の無実を証明した。その結果を携え、平太郎は新年の挨拶をかねて長老たちのもとへ直談判に赴いたのである。引退への意欲に燃える平太郎は長老たちを説得し、ついに偽右衛門の地位を長兄に譲ることを認めさせた。それが偽右衛門八坂平太郎最後の仕事であった。

「終わり良ければすべてよし。矢一郎に『おめでとさん』と伝えてくれ」

夷川呉一郎はそう言って、お経を唱えながら歩いていった。

○

一月の下旬、長兄と南禅寺玉瀾の結婚式が下鴨神社で執り行われた。

その日は朝から厳しい冷えこみで、舞い散る雪が街を包んだ。

神社の西にある西洋風の参集殿に礼服姿に化けた狸たちが集まって、絨毯を踏んでうろうろしていた。我々下鴨家と狸谷不動の伯父たち、南禅寺正二郎をはじめとする南禅寺家の一族、そしてハワイへの旅立ちをひかえた八坂平太郎である。

大勢の狸たちが厳かな正装に尻尾を隠し、「このたびはおめでとうございます」と言い合って和気藹々《わきあいあい》とした雰囲気である。和服姿に化けた母は、皆から「『黒服の王子』が珍しい格好してる」と言われ、しきりに「いやだわ」と恥ずかしがった。

ふいに矢四郎が参集殿の表を見て声を上げた。

「あれ、先生がいらっしゃったんじゃない？」

ちらつく雪の中、参集殿の前にタクシーが止まり、赤玉先生が姿を見せた。

正装した狸たちは慌てて玄関先に整列して、偉大なる恩師を出迎えた。長兄の結婚式のために集まった狸たちは、すべて赤玉先生の門下生なのである。

「毛玉どもがしゃちほこばっておるな」

目を細める先生に、母は深々と頭を下げた。

「如意ヶ嶽薬師坊様、わざわざご足労頂きまして光栄にございます」

「……総一郎も喜んでおるだろうな」

赤玉先生はそう言って、目尻の涙を拭う母の背を軽く叩いた。

我々はテーブルのならんだ待合室に入って、茶を飲みながら式が始まるのを待った。

白っぽく光る窓の外は雪が降りしきっているが、待合室はぬくぬくと温かい。母はにこにこして、双葉葵の紋が入った白い饅頭をぱくぱく食べている。

「このお饅頭ったら、なんて美味しいのかしら」

「うん。このお饅頭はとても美味しいねえ」と矢四郎が言った。

「さすが饅頭一つとっても格が違うな」と次兄が言った。「見ろ、この煎茶には金粉が入ってら。どうにも緊張して困るね。神殿でカエルに戻ったらどうしよう」

言った。
「大丈夫じゃないかしら。式のときにもお酒が出るし、いずれにせよ飲むんだもの」と母が
「おいおい矢三郎、いくらなんでも今から飲んだくれるわけにはいかないよ」
「兄さん、偽電気ブランを飲んでおいたら」

そのとき、紋付 袴姿《はかますがた》の長兄がフラリと待合室へ入ってきた。

緊張のせいか、えらく青い顔をしている。

「兄さん、もうちっと晴れ晴れとした顔をした方がいいと思うぜ」と次兄が言った。「まるで渋々結婚するみたいじゃないか。玉瀾が無用の心配をする」

「どうしてだか死ぬほど緊張しているのだ俺は」

「ほら、もっとやわらかく堂々として。尻尾は念入りにしまっておきなさい」

「尻尾のことを思い出させないでくださいよ、母上。今にも出そうなんだから」

「思い切って出しとけば」と私は言った。「堂々としておけば分からないよ」

「馬鹿め。神殿に毛を散らしたらどうする」

そのとき、鈴を鳴らすような声が聞こえた。

「何を楽しそうに話しているの？」

我々が振り向くと、白無垢姿の玉瀾が立っていた。長兄が無言のままポンと尻尾を出した

ので、私と矢四郎は慌てて押しこんだ。

長兄と玉瀾はともに赤玉先生のもとへ向かい、恩師に頭を下げた。先生は饅頭を口に放りこんで立ち上がり、洋杖にもたれて長兄と玉瀾を睨んだ。

「しょうむない毛玉どもめ。生み増えるぐらいしか能がない」

先生はそう言って長兄と玉瀾の頭を撫でた。「さっさと幸せになるがいい」

それから、傘を差しかけられた長兄と玉瀾を先頭にして、我々は行列を作り、式の執り行われる神殿に向かって歩いていった。

下鴨神社の鮮やかな朱塗りの楼門に、白い雪がちらちらと舞っていた。

狸の結婚行列が境内を通り抜けていくとき、通りすがりの観光客たちが「あら結婚式よ」「いいねえ」などと口々に言った。彼らに写真を撮られたり祝福されたりしながら、毛玉の行列はしずしずと歩みを進めていく。見物人たちは、目前を通りすぎていくのが尻尾を入念に隠した狸の行列だとは想像もしていないだろう。

私は灰色の空を見上げ、かたわらを歩いている赤玉先生に囁いた。

「雪ですねえ、先生」

「雪であるな。まったくいまいましい」

「……念のために伺いますが、私の破門は解かれたんですよね？」

「不満なら、もう一度破門してやるぞ」

「いえ、不満なんてことは」

「……おまえは救いがたい阿呆だが、たまには役立つこともある」

赤玉先生は、あの年末の騒動について何も語ろうとせず、私も敢えて訊ねなかった。

「何はともあれ新年ですよ、先生」と私は言った。

「ふん」と先生は鼻を鳴らした。「つまらん一年がまた始まりおる」

我々は境内を通り抜け、赤い毛氈の敷かれた薄暗い神殿に入った。

両家の狸たちが厳粛な顔をして見守る中で式は厳かに進み、三三九度の杯を交わす頃にはようやく長兄も落ち着いて、その新郎ぶりは堂々としていた。白無垢姿の玉瀾は長兄のかたわらで恥ずかしそうに俯いている。

やがて長兄は折り畳まれていた紙を広げた。

厳かに誓詞を奏上する長兄の声は、父の声によく似ていた。

掛けまくも畏《かしこ》き賀茂御祖《みおや》神社の大前《おおまえ》に申さく
此《こ》の度、偽右衛門下鴨矢一郎と南禅寺玉瀾と御前に於《おい》て
夫婦の契りを結び固むるは尊き神慮に依《よ》れることと悦びまつり

今より後は千代に八千代に相睦び相親しみ
仮染《かりそめ》にも夫婦の道に違うことなく
相助けて家政を整え家門の繁栄を計るべきことを誓い奉る。
夫　偽右衛門下鴨矢一郎
妻　　　　　　　玉瀾

○

長兄の結婚式のあと、私は赤玉先生をアパートまで送っていった。

ぶつぶつ言う恩師を炬燵に押しこんでから階段を下りていくと、塀の外のうっすらと雪の積もった路地に二代目が立っていて、黒い傘の下から私を見つめていた。

二代目に会うのは年末の騒動以来のことであった。

あの騒動によって家財道具の一切は灰燼に帰したが、二代目はふたたび河原町御池のホテルオークラの一室に居をかまえ、まるで何事もなかったかのように平然とした顔で暮らしている。ポケットから溢れだすナポレオン金貨は尽きることがないらしい。

とはいえ、あの騒動のそもそもの発端が私にあることはハッキリしている。叱られるかと思ってヒヤリとしたが、二代目は「やあ、矢三郎君」と手を挙げた。

「あいかわらず、あいつの世話を焼いているのかね」

「なにしろ恩師ですから」

「狸というのは健気なものだ」と二代目は呟いた。そしてアパートの方を見やりもせず、

「あいつはどうしている？」とそっけなく聞いた。

「寒い、つまらん、と言って膨れておられます」

「そうか。それはなにより」

そうして二代目はさっさと先に立って歩きだした。「先生にお会いにならないのですか？」

と私が追いついて言うと、「会いに来たわけではない」と二代目はにべもない。

我々はならんで出町商店街を歩いていった。

「それにしても年末はひどい騒ぎだったね」

「……申し訳ございません」

「どこまでが君の企みで、どこまでが事故だったのかな」

「もう何が何やら、私にもさっぱり分からないのです。なにしろ陰謀が錯綜しておりまして
……しかしこの国のこの街では、こういった騒動は珍しくないのです」

私がそう言うと、二代目は目を細めて私を見た。

二代目は私がしらばっくれていることを先刻ご承知らしいが、敢えて私を追及しなかった。そして私もまた、二代目が先刻ご承知であることを知ったからといって、こちらの毛深い腹の内を開けっぴろげに語るつもりはないのである。

「君という狸は面白い。抜け目なく何もかも考えているように見えることもあれば、まったく何も考えていないように見えることもある」

「その二つは同じものではないですか？」

「すなわち狸的知恵かね」

「阿呆の血のしからしむるところで」

「君は立派な古狸になれるだろうさ」

「二代目は立派な天狗になられますよ」

「……私は天狗にはならないよ」

二代目はそう言って口をつぐんだ。

我々は出町商店街を抜けて、出町橋のたもとから賀茂大橋の方へ歩いた。

鴨川べりは人影も少なく荒涼として、冷たい雪が降りしきっていた。着ぶくれした学生たちや僧侶が賀茂大橋を往来して、市バスがエンジンを吹かして通り過ぎる。賀茂大橋の欄干から北を見れば、比叡山は粉砂糖をまぶしたように白く、遠い北方の山並みは降りしきる雪に煙ってほとんど見えなかった。

私は絶え間なく雪を散らす灰色の空を見上げた。その空はあまりにも静かすぎて、画竜点睛《がりようてんせい》を欠いている。何が足りないのか、もちろん私には分かっていた。

ふいに二代目が、まるで恥じらう乙女のような小声で言った。

「我々は友人になれるだろうか？」

「ありがたいお言葉ですが、そいつは無理な相談です」

「……なぜかね？」

「なぜなら私は狸ですから。天狗は狸をいじめるものです」

すると二代目はにっこりと笑った。前年の春に帰国して以来、二代目がそんな爽やかな笑顔を見せるのは初めてのことであった。

「ユニークだ。君はじつにユニークだ」

「ありがとうございます」

「またホテルへ遊びに来たまえ、遠慮はいらない」

そう言うと、似非英国紳士は、降りしきる雪の中を歩いていった。

私は賀茂大橋の欄干にもたれながら、その姿勢の良い後ろ姿を見送った。

なにゆえ二代目はその力を生かそうとしないのだろう、と私は思った。父親の薫陶によって開花させられた天狗の力――その力に遠く憧れた狸もいるというのに。

しかし狸に天狗の悩みは分からず、天狗に狸の悩みは分からぬ。

天狗には天狗の誇りがあり、狸には狸の矜持がある。

それゆえに、天狗の血と阿呆の血は響き合う。

○

私はひとりで三条名店街の雑踏を抜けていった。

一月も終わりに近づき、賑わう街には正月の残り香も薄れてきた。洗い清められた京都の街には、新しい一年のごたごたが溜まり始めている。

私が訪ねたのは三条高倉の扇屋「西崎源右衛門商店」である。

店名が浮き彫りになっている硝子の嵌《は》められた引き戸を開けると、線香のような匂いが漂ってくる。薄暗い店内には美しい扇が蝶の標本のようにならんでいた。いつ訪ねてみても、まるで時間の流れが止まっているかのように感じられる。

「ごめんください」

私が声をかけると、奥から源右衛門が出てきた。

「これは矢三郎さん」

「今日は大丈夫でしょうか？」

「どうでしょうか。まだまだ海が荒れておりますので……」

「とりあえず覗いてみます」

私は紺色の暖簾をくぐって長い板張りの廊下を歩いていった。

奥へ進むうちに潮の匂いが濃くなり、打ち寄せる波の音が聞こえてきた。

廊下の先を折れて食堂に出ると、一昨年の夏に弁天を訪ねた頃とは打って変わって荒涼としていた。がらんとした板敷きの床は、降りこんでくる雨粒と波の飛沫でびっしょりと濡れていた。食堂の真ん中に立って沖を見やれば、獣のような黒雲が走る空の下、海は無数の鯨が暴れているかのように荒れている。

二代目に敗北を喫して以来、弁天は沖の洋館に立て籠もっていた。幾度か訪ねてきたのだが、いつも海が荒れていてボートを出すことができなかった。

私は天気が変わるのを待ちながら、初めて弁天に出逢ったときのことを繰り返し思い起こした。弁天が生まれて初めて空を飛び、満開の桜の梢から顔を覗かせた日のことである。あのとき以来、私は叶うわけのない恋に落ちたのであった。「狸であったらだめですか」と私は訊ね、「だって私は人間だもの」と彼女は答えた。

一時間も待っていると、次第に風雨が穏やかになってきて、飛び交う黒雲の切れ目から、洗い清めたような青空が覗いた。

私は思いきってボートに乗り、暗い海を渡っていった。

遠くで鯨が潮を吹き、雲の間で紫色の稲妻が光るのが見えた。

やがて時計台を持つ洋館が見えてきた。

沈没をまぬがれた最上階に、ぽつんと明かりが灯った部屋がある。

私は洋館の壁をよじのぼり、別室の暗い窓を割って中に入った。

荒れ果てた洋室のドアを開けて内廊下へ出てみると、同じようなドアが廊下の両側に規則正しくならんでいた。床板はところどころ崩れ、壁の漆喰も剝がれ落ちている。

床板を軋ませて歩きながら、私はこの洋館の栄光の時代を思い描いた。

それはまだ二代目が少年の面影を残し、赤玉先生が天狗的威厳に充ち満ちていた時代である。今は潮風に錆びついている時計台も、当時は誇らしげに時を告げていたにちがいない。廊下には赤い絨毯が敷き詰められ、漆喰で塗られた純白の壁には染み一つなかったろう。無数の電燈が灯る夜になれば、この洋館はまるで女王の宝石箱のように見えたろう。「廿世紀ホテル」の偉容が、眼前に甦るように思われた。

そして私は立ち止まり、一つのドアをノックした。

「下鴨矢三郎、参上いたしました」

○

その部屋は凍りつきそうなほど冷え冷えとしていた。

窓辺に小さな机と椅子があり、机上には西洋ランプが置かれていた。硝子窓からは、灰色の海と、空を滑る黒雲が見えている。

弁天は壁際のベッドにもぐりこみ、小さな寝息を立てていた。

私はベッドのかたわらに置いた椅子に腰掛けて、ひとり眠る弁天を見つめた。

どんな夢を見ているのだろうと思った。

そのとき私の脳裏に、冬の琵琶湖畔をひとり歩む彼女の姿が浮かんだ。

枯れた田んぼも、青々とした竹林も、あらゆるものが雪に埋もれている。足跡一つない琵琶湖の浜を彼女は黙々と歩いていく。歩かずにはいられないのに、向かうべきところは分からない。身のうちに眠る未曽有の力をありありと感じるのに、どうやって遊べばいいのか分からない。天と地の間にただひとり我ばかり、淋しさだけがそこにある。やがてひとりの天狗が飛来して地上に手を差し伸べるとき、彼女は冷たい冬の空へ向かって、ためらいもなく手を伸ばす――。

私がそんなことを考えていると、弁天が目を覚まして寝返りを打った。

彼女は何も言わずに私を見つめた。高熱にうなされているようにその目は潤み、妖《あや》しい光を放っていた。二代目に燃やされたその髪は、少年のように短く切られていた。

私は黙って手を伸ばし、彼女のやわらかな新しい髪に触れてみた。

弁天は私を見つめながら呟くように言った。

「……私って可哀相でしょう」

「可哀相だと思っていますよ」

私がそう言うと、弁天はぽろぽろと涙をこぼして、枕に顔を押しつけるようにした。くぐもった小さな嗚咽が聞こえてきた。彼女は子どものように泣いていた。

「もっと可哀相だと思って」

「もっと可哀相だと思っていますよ」

ふたたび雨脚が強まって、大きな雨粒が窓を叩いている。客室の中はひっそりとして、聞こえるのは廿世紀ホテルを包む雨の音と弁天の嗚咽ばかりであった。

いみじくも二代目の言った通り、狸というのは健気なものだ。

そうやって彼女の髪を撫でながらも、とうに私は承知していた。

弁天に必要なのは私ではない。
狸であったらだめなのだと。

解説

堀川憲司

もし僕が弁天だったら、第二部の最後に一言添えてみたいですね。

「私はあなたに何を期待しているのかしらね？　矢三郎」

『有頂天家族』第一部は、矢三郎と弁天が希望に充ちた慶春の光に包まれて幕を閉じました。初詣でお互いの願いごとを語り合うなんて、小っ恥ずかしいにもほどがある。緑の蛙が紅くなっちゃうぜ！

　作中ではあれから一年が経って（ファンは七年半待ったけれど）、第二部も再び二人の会話で終わります。けれど読後の余韻は対照的ですね。今回は、救いを求める弁天と、自分の無力を悟る矢三郎。いったい二人の関係はこの後どうなっちゃうのか。

考えてみれば、これまで森見登美彦さんの小説で、こんなふうにヒロインが貶《おとし》められたことがあっただろうか。

弁天は、森見登美彦さんの小説の中でも捉えるのが難しいヒロインです。アニメーションで弁天を演じた声優、能登麻美子さんとの対談から森見登美彦さんの言葉を拾うと、「弁天という人は……僕にもよく分からない人なんです」「弁天は、自分でも何がしたくて動いているのか、本当のところ分かってない人なんじゃないかって」（『有頂天家族公式読本』より）

むしろ弁天は、謎が魅力である。理解してしまったらつまらない。弁天の生みの親がそう思っている節がある。

小説家はそれでもいいのです。物語に登場するキャラクターの全ては一人の小説家から生み出される訳で、それ故どこかに小説家の人間性を受け継いでいる。よく分からないキャラクターであっても、創造主の想像力の縛りからは逃れられないんじゃないかな。意識的にせよ、無意識にせよ、そこには小説家が世界を見つめる視点が反映されています。下鴨四兄弟は個性がバラバラでも、みんなどこかに父親下鴨総一郎の一面を受け継いでいるようなものですね。

それに比べると、テレビシリーズのアニメーションはちょっと事情が違います。監督を中心に大勢のスタッフが意見を出し合ってキャラクターを生み出すのです。登場人物の行動やセリフの中にも「そのキャラクターらしさ」の一貫性が求められ、スタッフの間で共有する必要があります。

「弁天はよく分からない人だよね」といって、スタッフ各々が思い浮かべる「よく分からない芝居」を絵に描いても、弁天は魅力的なキャラクターにはなりません。スタッフの間でも、ヒロイン弁天は甚《はなは》だやっかいなキャラクターなのです。


はて、弁天みたいな人が僕の周りにいるだろうか？

自分の経験に照らし合わせて探ってみると、思いあたりましたね。といっても人間ではありません。アニメーションで物語を創作する過程の高揚感や、盲目的な没入感や、冒険心を刺激して、創作する者を惹きつけている力……に置き換えられる気がします。その力を「物語の女神」とでも呼びましょうか。

〝彼女〟は、謎と魅惑的な狂気を内に秘めている。高みからこちらを見下ろして、挑発的な微笑みで、危険な冒険に誘い出す。理想の彼女を、我々はいつも追いかけるけれど、きっと一生捉えることはできないと思うな。だからといって、もし捉えてしまえば、己が創作する物語の底が見えてしまうのでつまらない。彼女が内面に湛《たた》えている物語の泉を覗き見れば、吸い込まれてしまいそうなほど深く、無限を思わせる広さで、その色は言葉にするのが難しく、くるくると表情を変えてくれたほうが、恐ろしくもあるけれど、好奇心と創作意欲を掻き立てるというものです。

どうやら弁天と矢三郎の関係は、「文豪の女神」と小説家の関係の投影らしい。そう考えると、なんとなく腑に落ちます。

振り返ってみれば、これまでの森見登美彦さんの小説の多くは、主人公がヒロインを追いかけることで物語を転がしてきたのではなかったか。『太陽の塔』の水尾さんに始まり、『四畳半神話大系』の明石さん、『夜は短し歩けよ乙女』の黒髪の乙女、『恋文の技術』の伊吹夏子さん……と、次から次へと意中の女性の後をつけまわしたハレンチな大学生の記録。まさしくこれらは「文豪の女神」に惹かれて背中を追い続ける小説家の物語だったんじゃないか！

矢三郎が弁天を恐れず、阿呆の血が躍るに任せてちょっかいを出すことは、森見登美彦さんが文豪の女神と戯れながら楽しく小説を書くことに重ねているに違いない。

では、第二部で無敵の弁天が二代目に負けて空から墜ちたことは、矢三郎にとって何を意味するのかしらん。矢三郎の結びの言葉を引用しよう。

とうに私は承知していた。
弁天に必要なのは私ではない。
狸であったらだめなのだと。

もしそれが矢三郎の本心ならば、小説家は、文豪の女神との蜜月関係に自ら終止符を打つつもりなのか。第二部の刊行までに七年半を要したことは、二人の関係の変化にも関係があるのか。この先、二人の関係に明るい未来はあるのか。考えれば考えるほど、第三部の不穏な展開を示唆する余韻ではないですか？

森見登美彦さんの書く京都には、雅やかな世界の彼方此方《あちこち》に、得体の知れない闇へと通じる穴が開いています。蛙が棲んでいる井戸の底は冥界に繋《つな》がっているし、寿老人の屏風は「地獄の産業革命」への入り口になっている。祇園祭の宵山に吸い込まれてしまえば、十五年は「宵山迷宮」を繰り返すことになるし、「鞍馬の火祭」で夜の世界に取り込まれると、十年は抜け出せないのです。
文豪の女神の背中を追っていた小説家の体験談、「別の宇宙に迷いこんでしまったに違いない……宇宙が悪い、宇宙が……」（ブログ森見登美彦日誌より）にも別に驚かないですね。小説家が自分の内面と向き合い、物語の水脈を辿《たど》って、深く無意識の闇の底まで下りていく作業は、とても危険を伴うものだよ、みたいな話を河合隼雄さんと某小説家の対談本で読んだ気がします。

「別の宇宙」に長い間迷い込んだ小説家が、そこでどんなに恐ろしい地獄を味わったのかは、僕には想像がつきません。もし天から一縷《いちる》の糸が垂れているのを見つけられなければ、今頃はまだ京都の暗黒面を彷徨《さまよ》っていたかもしれない。これに懲りて二度と危険な穴には近づくまいと考えても不思議ではない。

現世と地獄を平気な顔で行き来できるのは弁天くらいなものです。「有馬地獄」の経験で、矢三郎は悟ったのかもしれません。弁天と狸ではあまりにも生きる世界が違い過ぎる。

金曜倶楽部の狸鍋ならばまだしも、地獄でラーメンの出汁となり、ちゅるちゅる鬼に食われるのは御免こうむりたい。阿呆であっても身の程を知るべし。弁天に相応《ふさわ》しい相手は、狸であったらだめなのだと。

矢三郎よ。おまえはそれでいいのかい？

もし僕が文豪の女神だったら、森見登美彦さんに尋ねてみたいですね。

「私はあなたに何を期待しているのかしらね？」

その答えは次の第三部で、矢三郎と弁天の関係として描かれるのでしょうか。僕はそれを待ちたいと思います。

とりあえず、矢三郎は思い出すべきですね。これまで絶体絶命のピンチから自分を救ってくれたのは、いつも弁天だったことを。今こそ、化け術を駆使して彼女の寵愛に報いるときじゃないか。「可哀相だと思っていますよ」と言葉にするだけなんて冷たいじゃないか。近寄り難い美しさの奥に底知れぬ虚無の闇を抱えた弁天の、唯々《ただただ》「喜ぶ顔が見たいからだ！」と叫んだ偉大なる恩師の教えを忘れたわけではあるまい。

天狗と狸と人が暮らす世界が、恐ろしい「地獄の産業革命」の上に創られていることを知ったとしても、矢三郎には、その世界のありのままを、色とりどりの光と、柔らかな風と、ふわふわの毛玉でまるっと覆い尽くして、面白く生きることを謳ってほしいですね。

文豪の女神の寵愛を受けた小説家は、どんな時代のどんな場所に閉じ込められていたとしても、美しい呪文で光の射す世界への扉を開くことができると思うのです。

――アニメーションプロデューサー・ピーエーワークス代表

この作品は二〇一五年二月小社より刊行されたものです。

幻冬舎文庫

●好評既刊
骨を彩《いろど》る
彩瀬まる

十年前に妻を失うも、心揺れる女性に出会った津村。しかし妻を忘れる罪悪感で一歩を踏み出せない。わからない、取り戻せない、もういない。心に「ない」を抱える人々を鮮烈に描く代表作。

●好評既刊
みんな、ひとりぼっちじゃないんだよ
宇佐美百合子

だれかになぐさめてほしいとき、自分が変わりたいと思ったとき、この本を開いてみてください。あなたを元気づける言葉が、きっと見つかります。心が軽やかになる名言満載のショートエッセイ集。

●好評既刊
犬とペンギンと私
小川　糸

インド、フランス、ドイツ……。今年もたくさん旅したけれど、やっぱり我が家が一番！　家族の待つ家で、パンを焼いたり、ジャムを煮たり。毎日をご機嫌に暮らすヒントがいっぱいの日記エッセイ。

●好評既刊
いろは匂へど
瀧羽麻子

奥手な30代女子が、年上の草木染め職人に恋をした。奔放なのに強引なことをしない彼が、初めて唇を寄せてきた夜。翌日の、いつもと変わらぬ笑顔……。京都の街は、ほろ苦く、時々甘い。

●好評既刊
離婚して、インド
とまこ

「そろそろ離婚しよっか」。旦那から切り出された突然の別れ。心の中ぐっちゃんぐっちゃんのまま、バックパックを担いで旅に出た。向かった先は混沌の国インド。共感必至の女一人旅エッセイ。

幻冬舎文庫

●好評既刊
愛を振り込む
蛭田亜紗子

他人のものばかりがほしくなる不倫女、夢に破れた元デザイナー、人との距離が測れず、恋に人生に臆病になった女——。現状に焦りやもどかしさを抱える6人の女性を艶めかしく描いた恋愛小説。

●好評既刊
女の数だけ武器がある。
たたかえ! ブス魂
ペヤンヌマキ

ブス、地味、存在感がない、女が怖いetc.……。コンプレックスだらけの自分を救ってくれたのは、アダルトビデオの世界だった。弱点は武器でもあるのだ。女性ＡＶ監督のコンプレックス克服記。

●好評既刊
白蝶花
宮木あや子

福岡に奉公に出た千恵子。出会った令嬢の和江は、愛に飢えた日々を送っていた。孤独の中、友情とも恋とも違う感情で繋がる二人だったが……。時代と男に翻弄されながお咲き続ける女たちの愛の物語。

●好評既刊
さみしくなったら名前を呼んで
山内マリコ

年上男に翻弄される女子高生、田舎に帰省して親友と再会した女——。「何者でもない」ことに懊悩しながらも「何者にもなれる」とひたむきにあがき続ける12人の女性を瑞々しく描いた、短編集。

●好評既刊
すばらしい日々
よしもとばなな

父の脚をさすれば一瞬温かくなった感触、ぼけた母が最後まで孫と話したがったこと。老いや死に向かう流れの中にも笑顔と喜びがあった。父母との最後を過ごした〝すばらしい日々〟が胸に迫る。

有《う》頂《ちょう》天《てん》家《か》族《ぞく》　二代目《にだいめ》の帰朝《きちょう》

森見登美彦《もりみとみひこ》

平成29年4月5日　初版発行

発行人——石原正康
編集人——袖山満一子
発行所——株式会社幻冬舎
〒151-0051東京都渋谷区千駄ヶ谷4-9-7
電話　03(5411)6222(営業)
　　　03(5411)6211(編集)
振替00120-8-767643

印刷・製本—中央精版印刷株式会社
装丁者——高橋雅之

幻冬舎文庫

ISBN978-4-344-42582-8　C0193　も-12-3

幻冬舎ホームページアドレス　http://www.gentosha.co.jp/
この本に関するご意見・ご感想をメールでお寄せいただく場合は、
comment@gentosha.co.jpまで。